베르테르의 연인

송 계

시간의 흐름과 자연의 변화 속에서 피어나는 인간의 감정
을 섬세하게 그려 내는 소설가. 이 작품은 한 여성을 중심으
로, 인생의 사계절을 거치며 사랑과 상실, 그리고 그로 인한
내면의 성찰을 다룬다. 계절에 따라 변화하는 감정의 흐름
을 통해 인간의 삶 속에서 사랑이 어떻게 피어나고, 깊어지
고, 때로는 사라지는가에 대해 고요하게 탐구하고 있다.

베르테르의 연인

사계 The Four Seasons

송 계 지음

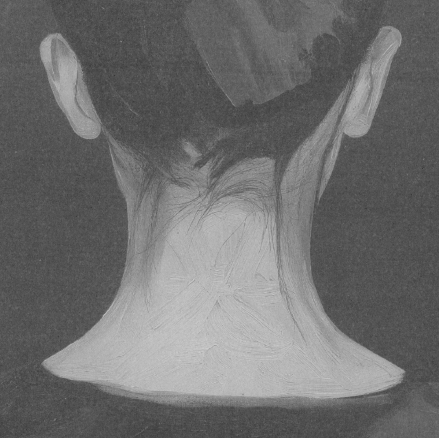

목차

프롤로그

겨울이 잠이고 봄이 탄생이라면,

그리고 여름이 삶이라면 가을은 숙고의 시간이 된다.

잎이 떨어지고 수확하고 사철 식물이 지는 식이다.

대지는 이듬해까지 장막을 친다.

이제 지난 일을 되돌아볼 때다.

If winter is slumber and spring is life,

Then autumn rounds out to be reflection.

It is a time of year when the leaves are down, and the harvest is in

And the perennials are gone.

Mother earth just closed up the drapes on another year.

And it is time to reflect on what's come before.

- 미첼 버제스 (Michell Bergess)

세월의 흐름은 사계절이 반복되면서 이루어진다. 계절들의 계속되는 순환이 시간의 흐름을 가져오는 것이다. 사계절은 봄에 시작하여 겨울에 끝난다. 봄, 여름, 가을 그리고 겨울, 계절이 계속해서 순환하면서 세월은 역사를 이루어 간다.

봄에는 움이 돋고, 여름에는 피어나고, 가을에는 열매 맺고, 겨울에는 모든 자연의 활동을 접는다. 이와 같이 세월은 사계절과 함께 끊임없이 반복된다. 1년 사계절의 순환이 끝나면 다른 1년의 사계절이 그 역할을 이어 간다.

모든 사람이 자연의 사계절처럼 순환하는 삶을 살아간다. 태어나서 움트는 봄의 사춘기를 지나면 화사하게 꽃피는 아름다운 인생의 여름을 맞이한다. 여름의 바통을 이어받은 인생의 가을은 시들어 가는 자신들의 모습을 조금이라도 더 아름답게 보이려고 노력한다. 생기 잃은 자기 모습에 온통 색깔들을 칠해서 울긋불긋 치장해 본다.

그러나 그렇게 치장한 여러 가지 색깔은 가을의 찬 이슬에 빛이 바래면서 땅 위로 추락하기 시작한다. 마지막 잎새로 가냘프게 버티던 인생의 가을은 자신들의 가을 인생을 조금이라도 더 연장하려고 안간힘을 써 본다. 그러나 곧 닥쳐오는 인생 겨울의 폭풍 한설과 거친 눈보라를 이기지 못하고 안간힘을 쓰면서 붙어 있던 마지막 잎새를 떨구고 인생의 무상함과 고독 속으로 빠져든다. 그리고 인생의 겨울이 깊어지면 나시는 돌아올 수 없는 미지의 땅으로 편도 여행을 떠나게 된다. 이렇게 인생의 한 세대가 끝나면 다음의 세대가 순환의 역사를 이어 간다. 이 세상 모든 인생은 이와 같은 자연의 순환 법칙을 따라 살아간다.

이러한 순환의 세월을 살아가는 우리 모든 인생의 삶 속에서 가장 아름다운 것은 사랑이다. 사랑은 순환하는 삶을 살아가는 모든 인생의 꽃이다. 그리고 사랑은 삶에 의미를 부여한다. 이 세상 그 어떤 것도 사랑만큼 인생을 멋지고 아름답게 만들어 주는 꽃은 없다. 이 멋지고 아름다운 사랑도 사계절의 순환 법칙에 따라서 이루어져 간다. 사랑이 싹트는 봄에서부터 사랑이 활짝 피어나는 여름과, 사랑이 익어 가는 가을, 그리고 결국에는 그 사랑을 접어야 하는 사랑의 겨울이 사랑의 사계절이다.

이 소설은 사랑의 사계절을 아름답게 살다 간 한 여인에 대한 사랑의 이야기다. 그녀에게도 사랑이 움트는 봄이 있었고, 움튼 사랑이 피어나는 여름이 있었고, 피어난 사랑을 결실하는 가을이 있었다. 그러나 그녀에게 다가온 사랑은 함박눈 내린 깊은 겨울의 아름다운 눈길 한 번 걸어 보지 못하고 끝내야 했던 슬픔의 초겨울이었다.

그러나 그녀는 그 누구도 경험하지 못했던 아름다운 사랑의 사계절을 살다가 갔다.

봄

16세, 고등학교 1학년 오경미에게 다가온 인생의 봄은 육군 사관학교 축제에서 박제만 군을 만나서 풋사랑의 꿈을 키워 나가면서 시작된다. 발레를 좋아하는 오경미에게 움터 오르던 박제만과의 애틋했던 사랑의 감정은 국가 변란 사태라는 예기치 않은 상황이 발생하면서 오래 지나지 않아서 끝나 버리고 만다.

그런 경미에게 우연히 찾아온 광고 모델로서의 활동 기회는 새로운 인생의 장르를 열어 준다. 경미가 모델 활동을 하기 시작하고 얼마 되지 않아 국내 굴지의 재벌, 샤 로테 그룹으로부터 전속 모델 제안을 받게 된다. 이후 그 일은 경미의 인생 여정을 크게 뒤흔드는 운명의 전환점이 된다.

꿈 많던 여고 시절 찾아왔던 10대 소녀의 애틋했던 풋사랑, 예기치 않게 찾아온 모델 활동의 시작. 그것은 추위를 극복하고 맞이한 인생의 봄날처럼 경미에게 다가왔다. 그리고 이어 그 운명은 화려한 사랑을 꽃피우는 인생의 여름으로 경미를 이끈다.

여름

경미에게 다가온 인생의 여름은 샤 로테 그룹 회장의 비서가 됨으로써 시작된다. 비서로 일하면서 20회 생일을 맞이한 경미를 회장은 특별한 파티를 열어서 축하해 준다. 파티가 끝날 무렵 회장은 경미에게『젊은 베르테르의 슬픔』이라는 책을 주면서 읽어 볼 것을 권한다. 경미가 그 책을 읽으면서 회장의 무의식 속에 숨겨져 있는 속내를 알게 된다.

그러던 어느 날 경미는 일본 출장을 가게 된다. 그리고 출장지에서 만난 회장에게 20년 동안 간직해 온 여자의 꽃망울이 터져 버린다. 회장과의 첫 경험은 경미에게 감추어져 있던 사랑의 불꽃을 피어오르게 한다. 회장은 경미와의 불타오르는 사랑 속에서 경미야말로 자신이 평생을 찾고 찾던 별에서 온 여자, 샤 로테임을 고백한다. 경미도 회장과의 사랑 속에 흠뻑 빠져들면서 자신의 인생을 회장의 인생에 온전하게 동화시켜 버린다. 그리고 회장과의 사랑을 떠나서는 금방이라도 자신의 인생이 깨져서 사라져 버리고 말 것이라 여기는 유리 망상증 환자가 되어 버린다.

가을

경미 인생의 가을은 조경식이라는 사람과 결혼함으로써 시작된다.

샤 로테 그룹 회장이 만들어 놓은 사랑의 새장에 갇혀 있던 경미는 회장이 권하는 '계획된 결혼'을 하면서 회장의 새장에서 풀려난다. 그러나 회장은 자신의 새장에서 탈출한 경미의 발목에 보이지 않는 사랑의 족쇄를 채워 놓고 경미와의 관계를 계속한다.

경미는 결혼을 했지만 회장과 관계를 계속하면서 회장과의 사랑을 이어 간다. 경미는 결혼한 남편과의 관계를 통해서 세 번씩 임신을 하지만 회장에 의해서 모두 유산되고 만다. 경미의 몸을 통해서는 오직 회장의 유전자를 가진 아이만 출생해야만 했다.

그 후 회장은 경미와의 관계를 통해서 자신의 딸, 유정이와, 아들 오준이를 출생시켜서 경미의 남편 조경식이 양육하게 한다. 그러나 경미의 남편 조경식은 그들을 친자식이라고 생각하고 온갖 사랑과 정성을 다해 양육한다. 하지만 경미는 회장과의 부적절한 관계에서 출생한 아이들 때문에 남편 조경식에게 견디기 힘든 죄책감과 양심의 가책을 느끼기 시작한다.

그런 와중에 회장은 오준이가 5살이 되었을 때 조경식에게 오준이가 자신의 아들이니 데려가겠다고 선언한다. 가뜩이나 회장과의 불륜과 회장의 두 아이 문제로 온통 죄책감에 빠져 있는 경미에게 그 선언은 선택지를 빼앗아 간다. 그래서 경미는 극단 선택으로 자신의 인생을 마감하기로 결정한다.

겨울

경미 인생의 겨울은 경미가 극단적 선택을 위해서 아들 오준이와 함께 미국 뉴욕으로 여행하면서 시작된다. 자신의 마지막 모습을 아무에게도 보이고 싶지 않았던 경미는 생소한 나라 미국, 뉴욕에서 생을 마감하겠다고 결정하고 뉴욕에 도착한다. 그러나 하나님의 섭리는 제한된 인간의 능력으로는 거역할 수 없는 영역인 것일까!

경미는 뉴욕에서 한인 목회자, 다니엘 씨를 만나게 된다. 그 목사를 통해서 교회에 출석하면서 하나님을 영접하고 자신의 죄악에 물든 삶을 모두 회개한다. 그리고 자신의 남은 인생 모두를 하나님의 사랑에 의지하겠다는 믿음을 가지면서 극단적 선택을 포기한다.

그리고 얼마 후 경미의 행방을 알게 된 회장이 경미와 아들 오준이를 위해서 뉴저지 알파인 지역에 대저택을 준비해 준다. 경미는 호화 저택으로 이사하게 되고 오준이는 미국에서 중학교 과정을 마치고 영국의 왕립 아카데미로 유학을 떠난다. 그 후 경미는 목사와 접촉하는 시간이 늘어났고, 이후 그와 서로 친밀한 감정이 싹트게 된다. 그렇게 두 사람은 결국 피해 갈 수 없는 운명으로 발전한다. 샤 로테 그룹 회장도 경미와 오준이를 위해서 미국을 방문했을 때 목사를 만나서 자기가 세상을 떠난 후에 경미와 좋은 친구가 되어 달라고 부탁한다.

한편, 샤 로테 그룹 회장은 자신이 이루고자 했던 일생의 모든 꿈을 이루고 99세를 일기로 생을 마감한다. 회장의 임종을 보기 위해서 한국으로 나갔던 경미조차도 회장의 임종 10개월 후 치료할 수 없는 난치병에 걸리고 만다. 경미는 그렇게 살아온 60세 평생 반복해 왔던 인생의 사계절을 끝내고 자신이 왔던 별나라로 떠나야 하는 인생의 겨울을 맞이한다. 경미의 인생을 온통 아름답게 장식해 준 사랑의 사계절은 그녀가 살아온 인생의 사계절이 끝남으로써 함께 끝을 맺는다.

봄 ·

여 :
름 ·

가 :
을 :

겨 : :
울 :

찬란히 빛나라 봄이여
앞으로 올 여름에 그대를 추억할 수 있게.
- 드게르 머큐리

● ○ ○ ○ ○

　1977년 봄, 4월 말. 예쁘게 생긴 소녀 경미는 학생들과 함께 발레 학원에서 선생님의 지시에 따라서 열심히 발레를 배웠다. 2시간의 발레 교습이 거의 끝나 가고 있었다.

　"여러분, 오늘 연습을 통해서 발레를 할 때 몸의 밸런스 유지가 얼마나 중요한가 하는 것을 모두 다 알았지요. 자, 이제 마지막으로 스트레칭을 하면서 몸을 최대한으로 풀어 보도록 해 봐요. 우선 다리와 발을 수평으로 쭈욱 벌리고 앉는 것 알지요. 그리고 양발을 발끝까지 쭈욱 펴세요. 그리고 양팔도 쭉 편 다음에 머리가 땅에 닿을 만큼 오른쪽으로 한 번, 그리고 왼쪽으로 한 번씩 굽히도록 하세요. 그리고 몸을 앞쪽으로 돌려서 팔을 앞으로 향하게 하고 앞으로 쭈욱 엎드려서 엉덩이와 등과 머리까지 온전히 일직선이 되도록 스트레칭해 봐요. … 네, 다들 잘하셨어요. 오늘 연습은 이것으로 끝입니다. 다음 주에 다시 만나요."

　발레 연습이 끝나고 경미는 탈의실에서 대충 씻고 옷을 갈아입었다. 친구 미란이가 30분 전에 와서 경미의 발레 연습을 지켜보면서 연습 시간이 끝나기를 기다리고 있었다. 경미와 미란이는 올봄 3월에 이제 막 고등학교

14　　　　　　　　　　　　　　　　　　　　　　　　　베르테르의 연인

에 입학한 16세 동갑내기 친구다.

경미는 학교의 발레 클래스에 다니지만, 발레에 더욱 숙달하고 싶어서 학원에 등록해서 매주 토요일 오후 발레를 배우고 있었다.

"경미야, 너의 발레 폼이 정말 보기에 좋다. 정말 네 몸매에 딱 어울려. 나비같이 날아오르는 듯한 율동이 정말 아름답게 보이는 거 같아."

"고마워, 미란아. 아직도 부족한 게 많은데. 그래도 좋게 봐 줘서 정말 기쁘다. 미란아, 우리 명동 입구에 있는 떡볶이집 갈래?"

"좋지, 가자!"

경미와 미란이는 대한극장 옆에 있는 발레 학원에서 나와서 명동 입구로 향했다.

거리마다 온통 봄꽃들이 피어나서 장관을 이루고 있다. 동백과 벚나무 꽃들은 이미 그 본래의 밝고 화사했던 모습을 감추어 가고 있었다. 그 뒤를 이어서 튤립과 매화가 아름다움을 자랑했고 장미와 라일락은 5월의 꽃을 피우기 위해서 기지개를 한창 켜고 있었다.

떡볶이집에 도착한 경미와 미란이는 떡볶이와 오뎅을 맛있게 먹으면서 재잘대기 시작했다.

"경미야, 넌 발레를 언제부터 한 거야?"

"중학교 2학년 때부터. 원래 발레는 초등학교 들어가기 전에 해야 하는데 좀 늦었어. 중학교에 들어가니까 체육 선생님이 마침 발레 선생님이었어. 그 선생님이 발레를 권했는데 처음엔 할까 말까 망설이다가 2학년 때부터 시작했지."

경미와 미란이는 중학교 때는 다른 학교에 다녔다. 그러다가 보성여자고등학교에 같이 입학을 하면서 둘도 없는 짝꿍이 되어 거의 붙어 다니다시피 하게 되었다.

"너는 좀 늦었다고 생각하는지 모르지만 그래도 발레에 재능이 있는 것 같아. 얼굴도, 몸매도, 그리고 날씬한 키도. 정말 모두 발레하는 데 어울려."

"고마워. 그래도 더 열심히 해야 해. 발레는 한 동작, 한 동작이 감동을 줘야 하는데 아직 내게 그런 감동이 느껴지지 않아. 난 사람은 무엇을 하더라도 감동이 넘치는 삶을 살아야 한다고 생각해. 삶은 주어지는 거지만, 그 삶 속에 엄청난 감동이 느껴지지 않으면 정말 참된 삶이라고 할 수 없어. 발레를 하든 공부를 하든 하는 사람이나 보는 사람들에게 넘치는 감동을 주어야 해. 미란아, 지금 할 이야기는 아니지만 너도 나도 나중에 때가 되면 아마 사랑하는 사람들을 만나게 될 거야. 그때 정말 세상이 부러워할 만큼 감동적인 사랑을 하지 않으면 우리 삶 전체가 무의미해지고 말 거야."

"경미야, 우리는 아직 장래의 인생을 이야기할 만큼 성숙한 나이는 아니지만 네 말은 정말 맞는 것 같아. 너는 아마도 그런 삶을 살고도 남을 거야. 감동적인 사랑, 그리고 감동적인 인생…, 네 성격에도 정말 잘 맞는 것 같아. 그런데 넌 언제까지 발레를 할 거야? 지금 고1이긴 하지만 2학년 말부터는 대입 준비도 해야 하는데."

"글쎄, 하는 데까지는 해 보려고 해. 그런데 나는 학과 공부에는 별 취미가 없어. 공부는 너같이 머리 좋은 학생들의 영역인 것 같아. 물론 대학 진학도 생각해 보긴 해야지. 그래도 지금은 진학이나 공부보다는 발레에 더 관심이 많아. 그런데 우리 이제 그런 이야기는 그만하자. 내게 생각지도 않은 일이 하나 생겼거든. 그 이야기를 들어 볼래? 다음 달에 내가 어딘가에 초대를 받았어."

"응? 어디에 초대받았는데?"

"다음 달 5월에 육군사관학교 봄 축제에 초대를 받았어. 사관학교 축제 때는 사관생도들이 꼭 파트너를 데리고 참석해야 하나 봐. 너한테 이야기한 적이 있던 것 같은데, 내 삼촌이 올해 육군사관학교에 입학했어. 삼촌의 입학 동기인 사관생도가 삼촌에게 부탁을 해서 나를 소개했다더라고."

"좋겠다. 상대가 누군데?"

"응, 삼촌과 아주 친한 사이라고 하는데. 누구라고 하면 금방 너도 알 사람이야."

"누군데?"

"대한민국에 딱 한 사람. 세상에서 가장 멋있는 남자."

"얘는! 누군데 그래?"

"우리나라 최고 통치자의 아들! 그러면 당장 알겠지?"

"박제만?"

"그래, 맞아. 박제만 오빠야."

"와, 그래? 축하해! 일부러 만나려고 해도 만나기 힘든 사람인데 축제에서 만나서 시간을 함께 보낸다니! 정말 좋겠다. 다음 달 언젠데?"

"5월 26일과 27일, 이틀 동안 열리는데 나는 27일 가든파티에서 박제만 오빠의 파트너로 춤을 추기로 되어 있어."

"경미야, 정말 너무 잘됐다. 넌 발레뿐 아니라 다른 춤도 정말 잘 추니까. 그날의 축제에서 정말 아름다운 모습을 보일 수 있을 거야. 더군다나 너의 파트너가 박제만 오빠라니까 사람들이 얼마나 많은 관심을 갖겠니. 박제만 오빠와 잘 사귀어 봐. 혹시 누가 아니? 앞으로 좋은 관계로 발전될지?"

"얘는! 우린 고작 고1이라고. 아직 어려."

"경미야, 우리가 아직 이성 간의 사랑을 한다거나 이성 친구를 사귀기에는 어리기는 해. 그래도 너, 〈로미오와 줄리엣〉 영화 봤지? 로미오와 줄

리엣이 서로 사랑할 때의 나이가 13세, 14세였어. 하하."

"얘는….."

경미는 미란이에게 깜찍하고 귀여운 눈길을 흘려 보이면서 긍정도 부정도 하지 않았다.

경미와 미란이는 서로 깔깔대며 이런저런 이야기를 나누다가 얼마 후 떡볶이집을 나와서 신세계백화점 건너편 버스 정류장에서 버스를 타고 각자의 집으로 돌아갔다.

경미의 집안은 대대로 군인이었다. 경미의 아버지 오영환은 현재 육군본부 국고감실 실장으로 별을 2개 단 투 스타 장군이다. 경미의 큰아버지도 6.25전쟁 때 참전했던 원 스타 장군이었다.

그래서 아버지의 막냇동생인 오영호도 올해 육군사관학교에 입학해서 군인 가족의 일원이 되었다. 그 삼촌이 마침 박제만과 함께 육사에 입학함으로써 그의 가장 가까운 친구가 되었다. 원래 오영호는 육군사관학교에 가기 위해서 3년이나 재수를 했기 때문에 박제만보다는 3살 위였다. 그러나 육군사관학교 입학 동기로서 1학년 때부터 내무반 생활을 같이하면서 가장 가깝게 지내는 친구가 되었다.

그런 인연으로 훗날 경미의 삼촌 오영호는 군복무를 마치고 난 후에 박제만이 경영하는 회사에서 근무하기도 했다.

5월 말의 화창한 봄날, 육군사관학교에서 '생도의 날' 축제가 열렸다. 첫째 날에는 체육대회와 화랑 음악회가 열렸다. 경미는 둘째 날 가든파티에 참석했다.

육군사관학교의 전 생도는 1,300명이 넘지만 올해 입교한 1학년 생도는 모두 330명이다. 육사의 화랑 연병장에는 전체의 사관생도들과 그 파트너들이 가득 모여 있었다.

경미는 삼촌이 소개한 박제만을 처음 만났다. 삼촌으로부터 이야기를 들었지만 첫 대면이었다. 박제만은 우선 첫인상이 좋았다. 잘생겼다. 콧날이 오뚝하고 눈이 밝게 빛났다. 키는 그렇게 크지는 않았지만 163센티미터인 경미와는 잘 어울렸다. 가든파티의 시작과 함께 파트너끼리 어울려서 춤을 추기 시작했다.

춤은 왈츠로 시작했다. 발레를 하는 경미는 이미 왈츠가 익숙했다. 박제만도 춤 솜씨는 남에게 빠지지 않았다. 두 사람은 너무나도 잘 어울리는 한 쌍의 원앙 같은 커플이 되어 있었다. 발레로 다져진 경미의 몸매에서 뿜어져 나오는 매력 덕분에 경미와 제만의 왈츠는 다른 커플들을 압도하기에 충분했다. 경미와 박제만의 파트너십은 파티에 참석한 모든 사람들의 시선을 집중시켰다. 몸매에 잘 어울리는 왈츠 드레스를 입은 경미와 하얀 육군사관생도의 제복을 입은 박제만의 춤은 많은 사람의 시선을 사로잡았다. 그렇게 그 둘은 가든파티에서 주인공이 되어 있었다.

사관생도들과 그 파트너들의 첫 왈츠가 끝나고 난 후 주최 측은 파티장에 있는 다른 커플들을 일정한 거리 밖으로 물러나게 하고 경미와 제만, 둘만의 무대를 만들어 주었다. 그렇게 경미와 박제만 둘만의 왈츠가 시작되었다. 경미와 박제만은 Waltz No 3 'Dance Of Heaven'으로 춤을 시작했다. 처음에 음악이 시작되면서 가깝게 서서 눈동자를 마주 보면서 바라만 보다가 박제만이 그의 오른손을 경미의 허리춤에 가져가면서 화려한 춤의 율동이 시작되었다. 서로 손을 잡았다 놓기도 하고 양손을 잡고 돌기도 하고 박제만이 경미의 허리를 잡고 들어올리기도 했다. 그렇게 경미와 제만의 왈츠는 온통 장내를 흥분의 도가니로 만들고 있었다.

주위에 있는 커플들은 경미와 제만의 춤이 계속되는 동안 함께 박자를 맞추어서 춤을 추고 있었다. 경미와 제만을 중심으로 주위의 커플들이 함께 왈츠를 추는 모습은 마치 영화의 한 장면 같았다. 경미와 제만의 춤이 끝나자 주위의 커플들은 물론 관람객들이 모두 일어서서 앙코르를 연발하며 우레 같은 박수갈채를 보냈다. 계속되는 박수갈채에 경미와 제만은 다시 파티장 중앙으로 나섰다. 주위에 인사를 한 다음 그 둘은 다시 마주 보고 섰다. 이번에 나오는 음악은 닐 세 다 카(Neil Sedaka)의 '당신은 나의 전부예요(You Mean Everything To Me)'였다. 경미와 제만은 이 음악의 느린 템포와 운율에 맞춰 춤을 추기 시작했다.

You are the answer To My Lonely Prayer

You Are The Angel From Above

I Was So Lonely Till You Come To Me With The Wonder Of Your Love

I Don'T Know How I Ever Lived Before

You Are My Life, My Destiny

Oh, My Darling, I Love You So

You Mean Everything To Me

If You Should Ever, Ever Go Away

There Would Be Lonely Tears To Cry

The Sun Above Would Never Shine Again

There Would Be Teardrops In The Sky

So Hold Me Close And Never Let Me Go

And Say Our Love Will Always Be

Oh, My Darling, I Love You So

You Mean Everything To Me

So Hold Me Close And Never Let Me Go

And Say Our Love Will Always Be
Oh, My Darling, I Love You So
You Mean Everything To Me

당신은 나의 외로운 기도의 응답입니다.

당신은 하늘에서 온 천사입니다.

나는 당신이 당신의 경이로운 사랑과 함께 나에게 오기 전에는 나
는 너무 외로웠습니다.

나는 그전에 어떻게 살았는지 잘 모르겠어요.

당신은 나의 인생, 당신은 나의 운명

오, 내 사랑, 그대를 너무 사랑합니다.

당신은 나의 전부입니다.

만일 당신이 정녕 가 버리면

외로운 나에게는 눈물밖에 남는 게 없을 겁니다.

하늘의 태양도 다시 비추지 않을 겁니다.

하늘에서 떨어지는 것은 오직 눈물뿐일 겁니다.

그러니 나를 꼭 안아 주세요, 나를 떠나지 마세요.

우리의 사랑이 영원할 거라고 말해 주세요.

오, 내 사랑, 그대를 그토록 사랑합니다.

그러니 나를 꼭 안아 주세요, 떠나지 마세요.

우리의 사랑이 영원할 거라고 말해 주세요.

오, 내 사랑, 그대를 그토록 사랑합니다.

당신은 나의 전부입니다.

원앙 한 마리가 물을 가르며 날아와서 물 위에 앉아 있는 원앙에게 날개를 얹고 춤을 시작한 것같이 경미와 제만은 서로 어깨에 손을 얹고 그들의 춤을 시작했다. 춤이 깊어지면서 파티장의 장내에서도 사람들이 서로 어울려 춤을 추면서 한껏 분위기를 고조시켰다. 음악과 춤이 끝나고 경미와 제만이 허리를 숙여 관람객들에게 인사를 할 때 함성과 박수갈채가 하늘을 찌르고 있었다.

연병장의 가장 중앙의 객석에는 마침 최고 권력자 Mr. P와 박제만의 누나 둘이 나와 있었다. 올해에 처음으로 육군사관학교에 입교한 아들과 동생, 제만이 처음 맞이하는 축제를 참관하러 일부러 경호원들과 함께 참여한 것이었다. Mr. P와 두 누나도 경미와 제만의 아름다운 춤에 연거푸 박수를 보냈다.

그날 저녁 경미의 집에서는 찬사가 쏟아졌다. 삼촌 오영호는 육사의 축제가 아니라 경미와 박제만의 축제라는 표현까지 쓰면서 경미의 춤 솜씨와 매너를 칭찬했다.

그 후로 경미는 육사의 가을 축제인 '화랑제'에도 참석하여 더욱 아름다운 발레와 춤의 기량을 선보였다. 경미는 발레를 시작한 후에 거의 모든 춤을 익히고 있었기에 어떤 춤을 추어도 돋보였다.

경미와 제만은 그 후에 자주 연락하며 파티에서의 파트너 이상으로 가까워지기 시작했다. 국경일 같은 휴일에는 제만은 언제나 경미를 불러냈다. 육사의 사슴농장을 함께 산책하기도 하고 육사에 있는 말을 함께 타면서 데이트를 즐겼다. 처음에 경미는 제만에게 아무런 이성적인 감성을 갖고 있지 않았다. 경미는 그런 생각을 가질 만한 나이도 아니었다. 그러나 제만과의 만남은 어쩐지 좋았다. 계속해서 만나고 싶고 함께 시간을 보내고 싶었다. 경미는 그를 기다리면서 마음이 부풀었다. 제만에게서 연락이 오지 않거나 그와 만나지 못하면 그녀의 얼굴에 어두운 그늘이 내리기 시작했다.

경미는 타고난 미모를 가지고 있었다. 엄마 차은혜로부터 물려받은 미모는 마치 미국 1950년대 유명한 배우 그레이스 켈리를 연상케 했다. 그런데 1978년, 경미가 고등학교 2학년 때인 가을, 육사 가을 축제인 화랑제가 끝난 후 예기치 않은 사고가 발생한 후 경미는 더 이상 발레를 계속할 수 없게 되었다.

발레 학원에서 연습을 하고 있는데 경미의 오른쪽 발 장딴지에 갑자기 쥐가 나기 시작했다. 쥐가 점점 심해지면서 다리가 돌처럼 굳어 갔고, 오른쪽 다리 전체를 움직이지 못할 정도가 되었다. 오른쪽 다리뿐만이 아니라 온몸에 경련이 일기 시작했다. 너무나 다급해진 발레 선생은 연습실 구석에 있던 작은 각목을 급히 꺾어서 날카로운 부분으로 돌처럼 단단해진 경미의 장딴지를 깊숙이 찍어 눌렀다. 발레 선생은 피를 내야만 쥐가 풀릴 것이라고 생각했다. 경미의 오른쪽 장딴지에서 검붉은 피가 솟아올랐다.

경미는 곧바로 병원에 입원하여 2주 동안 치료를 받았다. 병원에 입원해 있을 때 부모님과 동생들은 물론 사촌들까지 와서 경미를 위로해 주었다. 물론 삼촌과 제만도 몇 번씩 다녀갔다.

"자아식, 그래도 그만하길 다행이다. 수술도 잘되고 경과도 좋아지고 있으니. 빨리 완쾌해서 경미가 다시 신나게 말 타는 모습을 보고 싶다."

제만은 예의 너털웃음을 지으면서 경미를 위로하고 돌아가곤 했다.

"네, 오빠. 고마워요. 퇴원하고 건강해지면 꼭 그렇게 하고 싶어요."

"그리고 퇴원해서 발레는 계속할 거니?"

"두고 봐야 할 것 같아요. 오른쪽 발목과 발, 그리고 발가락까지 제대로 펼 수가 있는지 봐야 하고요. 또 밸런스도 맞춰 봐야 될 것 같아요."

"그렇겠지. 아무래도 수술을 했으니 예전 같지는 않을 거다. 그래, 그건 나중에 잘 알아서 하도록 하고 몸조리 잘하도록 해."

경미는 제만이 몇 차례씩 병원을 방문하여 손까지 잡아 주면서 따뜻하게 자신을 위로해 주는 것이 몹시 기뻤다. 어느 사이인가 경미에게는 제만에 대한 풋사랑이 온몸에 스며들고 있었다.

퇴원한 후, 경미는 더 이상 발레를 할 수 없었다. 오른쪽 다리가 예전과 같지 않았다. 왼쪽 다리처럼 힘을 내어 뻗을 수 없었다. 양쪽 발의 밸런스도 맞지 않았다. 발레를 계속하기 위해서 물리치료도 받으면서 열심히 노력을 해 보았지만 신체 조건이 따라 주지 않았다. 그래서 어쩔 수 없이 발레를 접어야 했다. 발레에 그렇게도 많은 정성과 열정을 쏟았건만, 연습 동영상 몇 개와 작품 발표회 때 만들어 놓은 비디오 몇 벌이 추억으로 남았을 뿐이다. 소녀 시절 그렇게도 이루고 싶어 했던 발레리나의 꿈은 생각지도 못한 사건 때문에 그렇게 사그라들었다.

고등학교 3학년, 늦가을로 접어들고 있었다. 경미가 예기치 않은 사고로 발레를 그만두고 1년이 지나가고 있었다. 그 가을은 경미에게 잔인한 겨울을 예고하고 있었다. 발레를 향한 열정이 떠나 버린 후, 한 사건 때문에 경미의 가슴속에 봄날의 아지랑이처럼 피어오르던 박제만과의 풋사랑도 끝나게 되었다.

1979년 10월 29일 밤, 대한민국에 역사적인 사건이 일어났다. 소위 10.26사태. 이는 대한민국은 물론 전 세계에 엄청난 충격을 안겨 주었다. 박제만의 아버지가 자신의 충성스러웠던 부하의 총탄에 쓰러지고 만 것이다.

18년 반 동안 대한민국을 다스리던 최고 지도자, Mr. P의 야망에 찬 국가 발전 계획도 그 순간부터 멈추게 되었다. 인간의 운명은 정말 언제나 예기치 못한 상황 속에 벌거벗은 모습으로 노출되어 있는 것이던가.

누구도 예상하지 못했던 Mr. P의 종말은 그가 이끌던 정치 그룹과 함께 했던 가족에게도 영향을 미쳤다. 마치 해가 지고 난 후 어두움이 내리듯 종말을 가져다준 것이었다.

그와 동시에 경미와 함께 육군사관학교 축제에서 만나 함께 춤추고 말을 타며 아름다운 시간을 같이 보내던 육군사관생도 박제만의 그 활기차고 늠름했던 기상도 경미의 눈에서 멀어져 가기 시작했다. 날아오르는 새도 떨어트릴 만큼 막강했던 권력도, 그 속에서 활활 불타오르던 화려한 영화도 모두 덧없이 사라져 갔다!

몇 년 전 박제만의 어머니 또한 독립기념일 행사에서 조총련의 사주를 받은 젊은 일본 교포에게 유명을 달리했다. 그 5년 후 아버지조차 운명함으로써 박제만에게는 인생 끝나는 날까지 고통과 아픔의 트라우마를 남겨 놓고 부모 모두가 사라졌다. 아버지가 운명함으로 말미암아 아버지의 절대적 권력과 특권을 함께 누렸던 제만의 모든 영화도 끝나 있었다. 그 후부터 제만은 경미에게 연락하지 않았다.

일체의 전화도 없었고 어떤 안부도 직접 전해 들을 수 없었다. 가끔 삼촌 오영호가 전해 주는 제만에 대한 소식은 온통 좋지 못한 것뿐이었다. 육군사관학교 졸업을 1년 앞둔 제만이 수업과 훈련 시간에도 제대로 나오지 않고 있다, 우울증에 걸려 있다, 심지어 마약을 하고 있다는 등의 소식은 어린 경미의 마음을 아프게 했다.

경미는 박제만에게 몇 번에 걸쳐서 편지를 써 보내기도 했지만 그에게서는 아무런 소식도 들리지 않았다. 경미가 제만에게 마지막으로 보낸 편지에는 이런 내용이 담겨 있었다.

제만 오빠!

수없이 불러 봐도 대답 없는 오빠에게 마지막이 될지도 모르는 경미의 마음을 전해 드립니다.

그동안 오빠와의 연락이 두절되면서부터 시린 아픔과 고통이 얼마나 반복해서 밀려왔다가 밀려갔는지 모르겠어요. 썰물처럼 빠져나가려는 순간 밀물처럼 다시 밀려 들어오곤 했어요.

펜을 들어 오빠에게 나의 마음을 전해 드리는 이 순간에도 오빠에대한 보고픔과 그리움이 요동치면서 내 마음 전체를 흔들어 놓고 있어요.

이제는 오빠를 생각만 해도 안 되는 걸까요?

마음에 떠올리기만 해도 안 되는 건가요?

사랑스럽게 바라보던 오빠의 눈망울을 그려 보는 것도 허락하지 않으실 건가요?

오빠와 함께했던 꿈만 같았던 순간순간들의 아련한 추억들을 생각할 때 저의 가슴이 미어져 옵니다.

그와 같은 추억들은 수천 겁의 세월이 흘러도 영원히 사라지지 않을 거예요.

그 아름다웠던 추억들은 경미의 생명 끝 날까지 살아 숨 쉬면서 인생의 순간, 순간들을 모자이크처럼 장식해 나갈 거예요.

오빠에게 향했던 사랑의 감정은 사춘기 어린 소녀의 가슴속에 피어오른 봄날의 아지랑이가 아니었어요. 정말 저의 어린 마음속에 깊은 감동으로 다가왔던 아름다운 사랑이었어요. 같은 길을 영원히 함께 걷고 싶었던 꿈과 이상과 소망이 가득 담긴 사랑이었어요….

제만 오빠, 오빠의 사정은 저도 잘 알고 있어요. 모든 상황을 이해해요.

베르테르의 연인

그리고 저도 오빠의 아픔과 괴로움에 함께하고 싶어요.

오빠, 그러나 이제 일어나세요. 요동치며 흘러가는 세월의 물결 속에 모든 것을 던져 버리세요. 그래도 오빠에게 남은 고통이 오빠의 마음을 아프게 하거든 천 길 땅속에 묻어 버리세요. 뒤돌아보지 말고 앞만 바라보고 달려 나가세요.

그리고 웅비하세요. 옛날과 같은 오빠의 용기와 기상을 되찾으세요. 빛을 잃은 어제의 태양에 미련을 갖지 마세요. 어두운 밤이 지나고 나면 빛나는 태양은 다시 떠오르잖아요. 희망과 용기를 잃지 마세요. 힘차게 새롭게 떠오르는 태양을 향해 달려 나가세요.

오빠가 달려가는 발걸음과 함께 경미의 발길이 항상 함께 뛰고 있다는 것을 꼭 기억하세요. 경미가 오빠의 꿈과 이상과 젊음을 힘차게 응원하고 있음을 항상 기억하세요.

간절한 마음으로 오빠의 소식을 기다려 봅니다.

1980년 1월 1일, 사랑하는 경미가 드립니다.

경미가 마지막 보낸 편지에도 박제만에게서는 답이 없었다. 순수하고 때 묻지 않았던 시절, 철없는 찾아왔던 잊지 못할 애틋한 풋사랑은 경미의 가슴 깊이 아픔의 흔적을 새겨 놓고 흐르는 계절의 격랑 속으로 휘말려 들어갔다.

경미는 캐나다의 배우이자 가수였던 디나 더빈(Deanna Durbin)이 불렀던 'Annie Laurie'를 기억하면서 그 노래에 자신의 슬픔을 실어 보기도 했다.

Annie Laurie

Maxwellton's Braes Are Bonnie

Where early fa's the dew

And t'was there that Annie Laurie

Gave me her promise true

Which never forget will be

And for Bonnie Annie Laurie

I'd lay me doon and dee

첫 새벽이슬 내려 빛나는 언덕은

그대 함께 언약 맺은 내 사랑의 고향

참사랑의 언약 나 잊지 못하리

사랑하는 애니 로리 내 맘속에 살겠네.

애니 로리는 티 없이 맑고 아름다운 영국 스코틀랜드 소녀였다. 그녀는 어린 나이에 윌리엄 더글라스라고 하는 육군 사관생도를 만나서 사랑했다. 사랑이 무르익어 가면서 결혼하겠다는 결심을 했지만 애니 로리의 아버지는 그와의 결혼을 한사코 반대했다. 결국 그녀는 다른 남자와 결혼하게 되면서 소녀 시절 그토록 애절하게 사랑했던 사람을 떠나게 된다.

윌리엄 더글라스는 자기를 떠난 애니 로리를 잊지 못하고 그리워하면서 한 편의 시를 썼는데 그 시 가사에 1834년 엘리사 스코트 여사가 편곡하여 스코틀랜드의 민요가 되었다. 그 후 그 노래는 해외에 파병된 영국 군인들이 고향에 두고 온 애인들을 그리워하면서 부르게 되었고 세계적인 애창곡이 되었다.

물론, 경미가 애니 로리처럼 애절하게 사랑한 사람을 스스로 떠난 것이 아니라 제만이 경미를 떠난 것이기는 했지만 그 사랑의 노래는 경미의 가슴을 파고들어서 경미의 민요가 되어 있었다. 그러나 그 노래도 시간이 흐름과 함께 아련한 추억의 한 페이지를 장식하면서 흐르는 물 위에 떨어진 낙엽처럼 떠내려가고 있었다.

실망과 좌절의 아팠던 추억의 언덕을 넘으면 찬란하게 빛나는 희망의 지평선이 기다리고 있는 것일까. 어두운 밤이 지나서 떠오르는 빛나는 태양은 소망 속에 새로운 인생의 여정을 안내하여 주는 것인가! 경미의 앞에는 예기치 못한 운명이 다가오고 있었다. 그 운명은 경미의 일생 전체를 송두리째 바꾸어 놓는 결코 서항할 수 없는 길이었다.

경미는 고등학교를 졸업하고 S전문학교에 입학해서 봄 학기를 보내고 있었다. 일반 대학에 갈 수 있는 성적이 안 되었지만, 엄마의 성화에 못 이겨 2년제 전문학교의 유아교육과에 다니고 있었다. 고등학교 때 학업 성적이 별로 좋지 못해서 일반 4년제 대학에 갈 수 없었던 경미는 대학 가는 것을 포기해 버릴까 하는 생각까지 하고 있었다. 그때마다 엄마는 경미에게 입버릇처럼 이야기하곤 했다.

"경미야, 고등학교 졸업만으로는 안 된다. 아무리 얼굴이 예뻐도 전문대학 학력은 있어야 해. 혹시라도 나중에 혼처가 생겼을 때 그래도 초급대학은 나왔다는 이야기는 할 수 있어야지. 요즘 세상이 다 그래. 보이는 얼굴뿐만이 아니고 학벌 찾고 집안 환경 찾고, 부모님들의 사회적 지위 찾고 그래. 가면 갈수록 더 심해지지. 미와 부와 지식과 가정 환경 등이 배우자 선택 기준이 되어 가고 있어. 그러니 경미야, 전문대학이라도 졸업하도록 해라."

그러나 경미에게 또 다른 운명의 여신이 미소 지으며 손짓하고 있었다. 경미가 전문대학도 계속해서 다닐 수 없는 상황이 다가오고 있던 것이다. 경미가 전혀 예상하지 못했던 이 상황은 경미의 남은 인생의 여정을 완전하게 바꾸는 계기가 되었다. 이는 경미조차도 상상할 수 없는 일이었다. 정말 세상을 살아가는 모든 인생에는 인생을 송두리째 바꾸어 버리는 운명이 부지불식간에 찾아올 수밖에 없는 것인가.

> "운명에는 우연이란 없다. 인간은 어떤 운명을 만나기 전에 벌써
> 제 스스로 그 운명을 만들고 있는 것이다."
> – 토머스 윌슨

그 시작은 친구 미란이에게 걸려 온 한 통의 전화였다. 1980년 봄 5월, 미란이에게서 연락이 왔다. 미란이는 E대 영어영문학과에 다니고 있었고 졸업 후에 고등학교 영어 교사가 되겠다는 소박한 꿈을 가지고 있었다.

"경미야, 이번 주말에 시간 낼 수 있지?"

"응, 그래. 너랑 만나는 거야 언제든지 시간 내지. 왜? 무슨 특별한 일이라도 있어?"

"글쎄, 네겐 정말 어마어마하게 특별한 일일 수도 있을걸. 이번 주 토요일 오후 2시에 명동 챔피언 카페로 나와. 나오면 무슨 일인지 알게 될 거야."

"오케이. 그때 보도록 하자."

"응, 그때 만나."

5월 초의 봄날은 따뜻했다. 주말이라 많은 사람이 거리로 쏟아져 나와 있었다. 경미가 약속 시간에 맞춰서 카페에 들어갔을 때 카페 안은 사람들로 가득했다.

챔피언 카페는 당시 세계 권투 미들급 챔피언이었던 김모 씨가 운영하고 있었는데 유명인의 이름 탓인지 카페 안은 항상 사람들로 만원이었다.

카페 안에는 김모 씨가 미들급 챔피언 타이틀 매치할 때의 사진들과 챔피언이 되어서 챔피언 트로피를 들고 환하게 웃는 모습을 찍은 사진들이 확대되어 걸려 있었다.

그리고 거기에는 몇 년 전에 유행했던 카펜터스(Capenters)의 노래 'Yesterday Once More'가 흘러나오고 있었다.

When I was young I'd listen to the radio

Waiting for my favorite songs

When they played I'd sing along

It made me smile

Those were such happy times and no so long ago

How i wondered where they'd gone

But they are back again

Just like a long lost friend

All the songs I loved so well

Every sha-la-la-la

Every wo-o-wo-o still shines

Every shing-a-ling-a-ling

That they are starting to sing's so fine

When they get to the part

Where he's breaking her heart

It can really make me cry just like before

It's yesterday once more

Looking back on how it was in years gone by

And the good times that I had

Makes today seem rather sad

So much was changed

It was songs of love that I would sing to then

And I'd memorize each word

Those old melodies still sound so good to me

As they melt the years away

Every sha-la-la-la

Every wo-o-wo-o still shines

Every shing-a-ling-a-ling

That's they starting to sing's so fine

어렸을 때 내가 좋아하는 노래들이 나오기를 기다리면서 라디오를 듣곤 했어요.

그 노래들이 나오면 나는 혼자서 따라 불렀고 얼굴엔 미소가 가득했죠.

그때는 정말 행복했었죠.

그렇게 오래되지 않았는데 어떻게 그렇게 빨리 지나가 버렸는지 의아해요.

하지만 그들은 다시 돌아왔죠.

마치 잃어버린 오랜 친구들처럼 말이에요.

내가 너무도 사랑했던 그 노래들….

그 노래 중에 살랄랄라 워우워우 하는 부분은 여전히 아름답죠.

노래 시작 부분에 싱어링어링 하는 부분도 정말 좋아요.

남자가 여자를 아프게 하는 부분에 이르면 정말 눈물이 날 것 같아요.

다시 어제로 돌아간 것처럼

지나간 세월들이 어땠나 돌이켜보고

내가 보낸 좋은 시간들을 돌이켜보니

지금이 좀 슬프게 보이네, 너무 많은 것들이 바뀌었어.

그때 카페 한쪽에 앉아 있던 미란이가 손을 들어 자기가 있는 곳을 알려 주었다.

"경미야, 여기! 어서 와."

"그래, 미란아. 벌써 와 있었구나. 일찍 왔니?"

"응, 한 30분 전에."

미란이는 혼자가 아니었다. 30대 후반의 훤칠하게 생기고 긴 머리를 뒤로 질끈 동여맨 한 남자와 함께였다. 그 남자는 한쪽 어깨에는 촬영용 카메라의 긴 줄이 걸려 있었고 그의 옆자리에는 커다란 카메라가 놓여 있었다.

"경미야, 인사해. 내 외사촌, 공제식 오빠야."

"안녕하세요? 미란이 친구 오경미라고 합니다."

"그래, 네가 경미구나. 만나서 반갑다."

"저도 반가워요, 오빠. 저도 오빠라고 부를게요."

경미는 미란이 옆자리에 앉으면서 공제식에게 웃으면서 말했다.

"그래, 미란이 친구니까 그렇게 불러. 경미 이야기는 미란이에게 많이 들었어. 정말 듣던 대로 대단한 미인인데."

"고마워요."

경미와 미란이는 고등학교 3년 내내 둘도 없는 단짝이었다. 경미에게는 미란이 외에 친한 친구가 없었고 미란이 또한 경미 이외에는 가까운 친구가 하나도 없었다. 경미는 발레를 하는 친구들보다 미란이와 더욱 가까웠다. 그래서 어떤 일이든 비밀 없이 이야기를 나누었다. 미란이는 경미 외에는 이렇다 할 친구 하나 없는 외톨이였다. 미란이는 학교 성적은 아주 우수했지만 정말 외롭고 고독한 가엾은 영혼이었다.

미란이가 그와 같이 불행하고 서글픈 운명적 삶의 여정을 시작하지 않으면 안 되었던 이유는 미란이가 태어난 가정의 이력에 있었다. 그녀의 아버지는 미란이가 태어날 당시 한국 최고의 권력자 밑에서 일하던 2인자 행정관료 J모 씨였다.

최고 권력자 밑에서 무소불위의 2인자로서 막강한 권력을 소유하고 있던 J모 씨였지만 딸만 5명을 두고 있었고 대를 이을 아들이 없었다. 아들이 없었던 그는 자기 노모의 성화에 못 이겨서 정식 결혼을 하지 않고 한 젊은 여자를 미스트레스로 두고 있었다. 늙은 어머니는 그 여자를 통해서 아들을 낳아 당시 이름깨나 있는 그 가문의 대를 이어 주기를 바랐다. 그게 죽기 전 소원이라 했다.

그 젊은 여인은 J모 씨와 동거한 지 몇 달 만에 아이를 임신했다. 그러나 기대와는 달리 임신한 아이는 딸이었다. 사회적인 시선 때문에 그녀는 가정집에서 조산원의 도움으로 출산했다. 그리고 그렇게 태어난 딸이 바로 미란이었다.

대를 이을 아들을 누구보다도 기대했던 J모 씨의 늙은 어머니는 태어난 아이가 딸이라는 이야기를 듣고 끓어오르는 분노를 참지 못하고 실망한 나머지 그 핏덩어리 어린 생명을 문밖으로 집어던져 버렸다. 이 가정에 더 이상의 딸은 필요 없다고, 죽어 버리라면서. 밖으로 던져진 그 갓 태어난 가엾은 생명체는 정원의 돌에 부딪혀 얼굴이 부서지면서 온통 피투성이가 되어 죽어 가고 있었다.

딸이라는 이야기를 듣고 허탈 상태에 빠져서 정신이 없던 생모는 조산원과 함께 허겁지겁 피로 범벅이 되어 버린 가엾은 생명체를 병원으로 데리고 갔다. 모든 치료와 수술이 잘 끝이 나서 생명에는 지장이 없었으나 오른쪽 귀에서부터 입술까지 깊게 패인 상처는 그 어린 생명에게 지울 수 없는 흔적으로 남아 인생 전체에 슬픔과 고통을 안겨 주었다.

당시 한국 정계에서 내로라하는 제2인자를 아버지로 두고 태어났지만 결국 미란이는 아버지를 한 번도 불러 보지 못하고 어머니의 손에서 양육되있다.

경미와는 너무나도 비교되는 가정에서 성장하면서 인생의 여정을 시작한 미란이에게 뒤집어씌워진 무겁고 참혹한 인생의 굴레는 그녀를 아픔과 고통, 그리고 잔혹하고 냉정한 세상의 멸시 속에 내던졌다.

경미가 고등학교에 입학하면서 바로 옆자리에 앉은 새로운 친구를 만나게 되었는데 그 친구가 바로 미란이었다. 경미가 미란이를 처음 보았을 때 미란이는 항상 긴 머리로 오른쪽 얼굴을 가리고 있었고 우울하고 그늘진 모습이었다.

어릴 때 얼굴에 남은 상처에서 오는 외모 콤플렉스와 주름진 가정 환경의 아픔에서 오는 열등감이 미란이의 영혼 전체에 배어 있었다. 그녀의 얼굴에 드리워진 어두운 그림자는 어릴 때부터 그녀의 자화상의 일부가 되어 있었다. 자신감이 없었고 외부와 자신을 철저히 차단하는 게 무의식적으로 버릇이 되어 있었다.

학교에 입학해서 미란이는 경미의 옆자리에 앉게 되었지만 처음에는 경미에게 말조차도 쉽게 건네려고 하지 않았다. 경미는 그런 미란이에게 끈질긴 관심을 보이면서 계속해서 대화하기를 원했고 미란이가 열등감에 사로잡혀 자신을 학대할 때마다, 그리고 미란이가 친구들로부터 따돌림을 당할 때마다 더욱더 다가가서 감싸 주었다.

학기가 시작되고 몇 주가 지나면서 미란이는 경미에게 조금씩 마음을 열어 가기 시작했다. 그리고 조금씩 자신의 참된 모습을 경미에게 보여 주기 시작하면서 경미는 미란이의 본모습에 엄청난 연민의 정을 느끼면서 더욱 특별한 우정을 다져 나가기 시작했다.

"미란아, 사람은 모두 다른 환경에서 태어나. 그러니까 그 삶이 다 다른 건 어쩔 수 없지. 그게 인간의 운명이야. 특별히 내가 어떤 부모에게서 태어나서 어떻게 자라느냐는 것은 정말 운명적일 수밖에 없어. 아무리 벗어나려고 해도 어쩔 수 없이 지고 가야 하는 숙명이 아닐까 해. '슬퍼하거나 노여워하거나 세상을 탓하지 마라.' 자기에게 주어진 운명을 그대로 받아들이면서 그 상황 속에서 삶을 어떻게 개척해 나가느냐가 중요하지 않을까? 미란아, 네가 마음이 힘들어질 때 국어 시간에 배웠던 러시아 시인 알렉산드르 푸시킨의 시를 생각하도록 해 봐. '삶이 그대를 속일지라도 슬퍼하거나 노여워하지 마라. 서러운 날을 참고 견디면 즐거운 날이 오고야 말리니 마음은 언제나 미래에 살고 현재는 언제나 슬픈 것 모든 것은 순식간에 지나가고 지나간 것은 훗날 소중하게 여겨지리니.'라는 시 말야. 너도 알고 있잖아."

"그래, 경미야. 네 말이 맞아. 차가운 바람 불고 눈 내리는 겨울이 지나면 반드시 꽃피는 봄날이 오는 것은 알고 있어. 그리고 계절이 바뀌면서 수많은 세월이 우리 삶을 스치면서 흘러가겠지. 그런데 아무리 세월이 흘러가도 삶 속에서 뭉쳐진 특별한 응어리는 세월의 여울에 씻겨지지 않아. 너도 알 거 아냐. 여자들이 한세상 사는 동안 가장 아픈 것이 뭔지 아니? 외모에 대한 콤플렉스야. 너같이 세상에 없는 아름다운 모습으로 태어나서 인생에 자신감을 가지고 살아간다는 것이 얼마나 소중한 일인지 몰라."

베르테르의 연인

"그래, 미란아. 내가 남들보다는 아름다운 외모를 가지고 태어나서 좋은 가정환경에서 자란 것은 정말 하늘로부터 받은 축복이라고 생각해. 대신에 너는 남보다 좋은 머리를 갖고 태어났고 학교에서의 성적은 너를 따라올 친구들이 없잖아. 학교 성적이 누구보다도 뛰어난 것에 대해서 넌 얼마든지 자부심을 가지고 살아갈 수 있잖아. 좀 자만하는 듯 들릴지 모르지만 나는 외모로 세상에 승부수를 던질 수 있다고 생각해. 그것처럼 너는 능력이 좋은 데 자부심을 느끼며 살면 너 나름대로 인생에 멋진 승부수를 던질 수 있지 않겠니?"

외모 때문에 열등감 속에서 헤어나지 못하고 자기 자신을 감추어 가면서 그늘진 거리를 방황하는 미란이었지만 학교 성적만은 전교에서 수석과 차석의 자리를 내놓지 않았다. 미란이는 자신의 외모 콤플렉스를 커버하려고 했는지 학교 공부에 자신이 할 수 있는 모든 열정을 다 쏟았다.

그리고 교회에도 열심히 다니면서 자신의 열등감을 신앙의 힘으로 이기려고 노력했다. 경미와 미란은 외모가 많이 비교되기는 했지만 서로가 가지고 있는 결점을 보완해 가면서 이 세상 누구보다도 가장 깊은 우정을 나누고 있었다.

사실 경미도 학교에서 발레를 함께 하는 몇몇 친구들 외에는 딱히 친구가 없었다. 경미의 남다르게 예쁜 외모와 특별한 가정환경은 학교의 친구들로부터 외면당하는 이유가 되었다.

경미의 반 친구들은 학교 수업 시간이 끝나고 나면 친한 친구들끼리 학교 앞 떡볶이집에 모여서 웃고 떠들며 보냈다. 경미도 그들과 함께 그런 시간을 갖고 싶었다. 그러나 친구들이 함께해 주지 않았다.

경미가 가진 환경과 귀엽고 예쁜 외모는 비교 대상이 되었다. 그래서 경미와 가까이하려는 친구들이 많지 않았다. 게다가 무엇보다도 경미는 방과 후 집으로 돌아갈 때 언제나 아버지의 운전병이 차를 가지고 와서 하교시켜 주었기 때문에 가까이하려는 친구들이 많지 않았다.

그럴수록 항상 경미와 함께하는 친구는 미란이밖에 없었다. 그리고 어떠한 일이 있으면 서로 이야기하고 의견을 나누었다. 고등학교 3년 내내 경미와 미란이는 단짝이자 떡볶이 친구가 되어 있었다.

그런 둘도 없는 친구 미란이가 오늘 자신의 외사촌오빠와 함께 나와서 경미에게 하고 싶은 말이 있다고 하면서 시간을 마련한 것이다.

"전문학교에 다니고 있다면서?"

미란이에게 이야기를 들었는지 공제식이 경미에게 물었다.

"네. 미란이처럼 성적이 좋지 않아서 2년제 전문학교에 갔어요."

"학교 다닌다고 학생들 모두가 다 공부 잘하라는 법은 없지. 잘하는 학생도 있고 못하는 학생도 있고. 대신 너는 미란이에게는 없는 특별한 재능이 있다면서. 발레 말이야."

"재능이라 할 것도 없어요. 제가 좋아서 열심히 했을 뿐인걸요. 그런데 고등학교 2학년 때 사고가 나서 그만뒀어요. 정말 좋아하기는 했지만. 그리고 사실 발레 때문에 학과 공부를 소홀히 하기도 했어요. 그때는 학교 공부보다는 발레를 더 잘해 보겠다고 하는 의욕이 더욱 강했으니까요."

"그랬구나. 그러나 학교 공부를 잘하고 못하고 하는 것에 인생의 성공이 달려 있는 것이 아니다. 성공한, 후회 없는 삶을 산다고 하는 것은 말이야, 나중에 사회에 나가서 무엇인가 반드시 성공해야겠다고 생각되는 할 일이 자신에게 다가왔을 때 얼마나 많은 열정을 가지고 몰입해서 진행해 나가느냐가 중요해. 그리고 자신을 둘러싸고 있는 환경을 어떻게 잘 활용할 것인가도 중요하지. 인생을 사계절로 나누어 본다면 이제 너희들은 막 인생을 시작하는 봄이라고나 할까? 이제 맞이한 봄과, 다가오는 여름에 자신에게 다가온 일이 인생 사는 동안 올인해야 할 일이라고 생각되면, 오기와 배짱을 가지고 밀어붙여 보는 거야. 그래서 인생의 가을이 되었을 때 열매 잘 맺으면 되는 것이고, 그러다가 인생의 겨울이 오면 후회 없이 떠나면, 그처럼 멋지고 아름다운 인생은 없겠지. 미리 이야기한다마는 언젠가 너희들에게 인생을 함께할 사랑이 반드시 나타날 거야. 그때도 이 사람이야말로 인생을 함께할 사람이라고 생각되면 목숨 걸고 열정을 다해서 사랑하는 거야. 그러다가 인생의 겨울이 오면 열정적인 사랑을 나눈 사람과 눈 내리는 겨울 길을 함께 걷는 거지. 아마 경미는 무엇이든지 잘해 내리라고 생각한다."

"고마워요, 오빠. 좋은 말씀해 주셔서."

공제식과의 대화가 끝났을 때 옆에 있던 미란이가 말을 꺼냈다.

"경미야, 오늘 제식 오빠와 특별히 함께 온 이유가 있어."

"특별한 이유?"

경미는 고개를 갸우뚱했다. 미란이를 대신해 공제식이 말했다.

"경미야, 너 혹시 광고 모델 한번 해 보지 않을래?"

"오빠, 광고 모델을요?"

"그래. 너 요즘 화장품은 어떤 회사의 제품을 사용하고 있니?"

"화장품을 많이 사용하지는 않아요. 기초 화장품만 쓰기는 하는데 H화장품이 제일 잘 맞는 것 같아서 주로 그걸 사용해요."

"그래, 그 H 화장품 회사에서 요즘 사춘기 학생들과 젊은 여성들을 대상으로 신제품을 출시하는데, 그걸 홍보할 젊고 예쁜 광고 모델이 필요해. 그 회사 영업부에서 내게 신제품을 홍보해 줄 좋은 모델을 찾아봐 달라고 제안해 왔어. 여기저기 찾아보았지만 마땅한 사람이 없었는데, 그러는 중에 그동안 미란이에게 네 이야기를 들었던 적도 있어서, 미란이에게 오늘 한번 너와 만나 보았으면 좋겠다고 이야기했지. 미란이와 함께 찍은 사진을 보기도 했지만 네 외모라면 모델로서 충분하다고 생각했지."

그 당시에는 신제품이 나오기 전에 광고 모델을 특별히 모집하는 경우도 있었다. 그러나 가끔 홍보담당이나 영업 사원이 사람들이 많이 모이는 다방이나 길거리에서 미모의 여성들을 찾아 모델로 캐스팅하는 경우도 있었다. 소위 말하는 스트리트 픽업이었다. 경미의 경우는 친구 미란이의 소개가 있기는 했어도 어떻게 보면 스트리트 픽업에 가까운 것이었다.

"그런데 오빠가 보시기에 제가 그런 모델에 적합하게 보여요?"

"경미야, 우선 네 외모는 충분해. 그리고 나이도 딱 어울리고. 게다가 모델이 되었다고 해서 말을 잘해야 하는 것도 아니고. 다만 화장품을 홍보하는 멘트 몇 마디만 하면 충분해."

"오빠, 제안은 감사해요. 그런데 제가 감당할 수 있을지 모르겠어요."

미란이가 경미의 말을 받아서 이야기했다.

"경미야. 너 연기 학원에 다니면서 수업이라도 받고 배우나 한번 해 볼까 하는 이야기를 한 적도 있잖니? 이게 너한테 찾아온 아주 좋은 기회일지도 몰라. 이 일로 네가 하고 싶어 했던 배우나 탤런트의 길로 나아갈 수 있을지 누가 알아? 난 좋은 기회인 거 같은데. 시작이 중요하지 않을까? 한번 해 봐."

공제식이 미란이의 말을 받아서 이야기했다.

"그리고 혹시 누가 아니? 경미가 하는 그 모델 일에 성공하면 다른 많은 기업에서 생산되는 수많은 제품 모델로 발탁되어서 인기를 얻을 수도 있어. 그러면 미란이 이야기대로 영화나 드라마 배우로 일할 수도 있고 말이다. 경미야, 너 요즘 샤 로테 그룹에서 선전하는 껌 알지. ○○껌이라고. 거기에 나오는 모델이 누군지 알지."

"예, 서민경이요. 아주 예쁘고 깜찍해요."

"그래, 서민경. 물론 걔는 그 기업에서 선발하는 미스 샤 로테가 되어서 모델이 된 경우이긴 해도 모델로서 인기가 있으니까 영화나 TV 드라마에까지 나와서 활동하는 만능 배우가 되지 않았니. 사람 미래는 아무도 몰라. 혹시 아니, 경미도 혹시 서민경처럼 만능 스타가 될지. 네 얼굴은 다른 어떤 미녀들과 달라. 선이 예쁘고 개성이 뚜렷해서 카메라를 잘 받을 얼굴이야. 오빠가 강력하게 추천하고 싶구나. 한번 해 보도록 해."

"네, 오빠 고마워요. 생각해 볼게요. 부모님께 우선 말씀도 드려야 하고요."

"그래, 빠른 시간 내에 결정하도록 해. H화장품 홍보 담당 영업팀과 이야기도 해야 하고 시간이 촉박한 편이니."

"네, 알았어요. 곧 연락드릴게요."

"그래, 경미야 결정이 되면 전화부터 하고 청진동에 있는 내 스튜디오로 찾아오도록 해."

"네, 오빠."

공제식은 경미에게 주소와 전화번호가 적혀 있는 명함 한 장을 주고 커피 한 잔을 마시곤 자리에서 일어났다.

공제식은 중앙방송국 연예기획실에서 일하면서 별도의 사무실을 차려 놓고 좋은 모델이나 드라마나 배우 지망생들을 발굴하여 각 기업체의 홍보실이나 영업부, 그리고 영화사에 제공해 주는 프리랜서 일을 겸하고 있었다.

공제식이 떠나고 난 후 경미와 미란은 얼마 동안 자리를 지키고 앉아서 경미의 모델 일에 대해서 이야기를 이어 갔다.

"경미야, 어떻게 생각해? 아까도 이야기했지만 진짜 좋은 기회 같은데.

네 미모라면 정말 영화배우가 된다 해도 손색이 없을 것 같아."

"뭐 설마 그렇게까지야 되겠어? 혹시라도 모델이 되어서 일을 한다면 다른 사람들과는 좀 다른 열정을 가지고 올인을 하겠지. 학교 공부까지 팽개치면서 발레에 올인했던 것처럼 말이야. 그런데 학교에 다니면서 모델 일이라…. 부모님께 말씀드려야 하는데 아빠는 어느 정도 이해하실지 모르지만 엄마와는 좀 의견에 마찰이 있을 것 같기도 하고."

"경미야, 이런 기회가 두 번 다시 올 것 같지 않아. 어머니를 잘 설득해봐. 어머니도 아마 네가 하고자 하는 일에 반대하시지는 않을 거야."

그날 저녁, 경미는 2층 아버지의 서재에서 부모님과 마주 앉아서 오늘 있었던 광고 모델에 대해서 설명하고 의견을 물었다.

"아빠, 엄마, 미란이 오빠가 제안한 광고 모델 어떻게 생각하세요?"

"글쎄, 경미야 엄마가 생각하기에는 이왕에 학교에 들어가서 공부하고 있으니 전문대학 2년을 마치고 생각해 보는 게 어떻겠니? 그 후에 또 좋은 기회가 있을 수도 있을 테니까. 그때 가서 생각해 보면 어떨까."

엄마의 생각은 예나 지금이나 변함이 없었다. 요즘은 여자라도 일단 전문대 학벌은 가지고 있어야 한다는 학벌 제일주의는 그녀의 바꾸기 힘든 생활 철학이었다.

"엄마, 혹시 누가 알아. 광고 모델을 하다가 영화나 드라마에 픽업이 되면 배우나 탤런트로 나갈 수 있다고 하던데. 지금 샤 로테 그룹에서 껌 광고 모델을 하는 서민경처럼. 걔도 대학교 안 나왔다고 하던데. 그리고 엄마, 언젠가 엄마에게 연기 학원에 가서 연기 공부하고 싶다고 한 적도 있잖아."

"경미야, 배우가 마음먹는다고 쉽게 될 수 있는 건 아니잖니. 그런 걸 감당할 수 있는 끼도 있어야 하고, 또 그런 계통에서 일하는 사람들도 많이 알아야 하고."

"엄마, 그렇긴 해도 누가 알아. 일단 그런 일을 시작하게 되면 그 계통에 일하는 사람들도 자연스레 만나게 될 테고…. 또 혹시라도 일이 잘되면 대학을 졸업한 것보다 돈도 많이 벌고 인기가 많아지면 좋은 곳으로 시집도 갈 수 있잖아. 엄마. 엄마는 학벌, 학벌 하는데 학벌도 학벌이지만 그런 분야에서의 많은 경험도 학벌 못지않게 좋은 이력이 된다고 생각해요. 배우나 탤런트로 성공한 여자들이 학벌은 별로 높지 않지만 재벌 그룹이나 좋은 교육을 받고 세상에서 내로라하는 좋은 직장에서 일하는 남편들을 만나서 결혼도 하고 잘 살잖아요. 그리고 이런 기회가 쉽게 오지 않는다고 생각하는데…."

"여보, 당신의 생각은 어떠세요?"

엄마는 아빠의 의견을 물었다.

"글쎄, 당신의 의견에도 일리가 있지만 무엇보다도 중요한 건 경미가 하고 싶어 한다는 거 아니겠어. 이제 경미도 대학에 다니는 성인이고 무엇이든지 제 자신의 일을 결정할 수 있는 나이도 되었으니 경미가 하고 싶은 대로 하도록 하는 게 좋을 것 같은데."

아빠는 오래전부터 무엇을 해도 경미의 편이었다. 경미의 머리에는 항상 도전 정신이 자리 잡고 있었다. 발레를 시작할 때도 그랬다. 원래 발레는 초등학교 들어가기 전 어린 나이에 시작하는 것이 관례였다. 그러나 경미는 중학교 2학년 때 발레의 기회가 왔을 때 누구보다도 잘할 수 있으리라는 자신감을 가지고 과감하게 도전했다. 박제만을 만나서 교제할 때도 아름다운 사랑에 대한 도전 정신이 경미의 영혼을 가득 채웠다.

경미가 제안받은 모델 활동도 온갖 열정을 다해서 도전해 볼 만한 가치가 있었다. 어쨌든 경미는 무엇인가에 열심히 도전하면서 끊임없이 삶의 방향을 새롭게 변화시키며 살아야 한다고 생각하고 있었다. 남들과 완전히 구별되는 삶이란 결국 개인이 창조해 내는 고유한 작품과도 같은 삶이라고 경미는 믿고 있었다.

그래서 경미는 인생에서 가장 중요한 것은 사람이 품은 생각이라고 여겼다. 머리가 좋고 나쁨을 떠나서 어떤 생각을 품고 살아가느냐가 중요한 것이다. 각자 가지고 있는 생각이 자신의 인생을 만드는 것이다.

어떤 물체에 외부에서 힘이 가해지지 않는 한 모든 물체는 자기의 상태를 그대로 유지하려고 한다. 정지한 물체는 영원히 정지한 채로 있으려고 한다. 그러나 어떠한 힘이 가해져서 어떤 물체를 운동하게 하면 그 물체는 그 운동을 계속하게 되며 그 운동에 따라서 그 물체는 여러 가지 모양으로 변형된다. 그게 바로 관성의 법칙이다.

생각이 움직이면 그 생각에 따라서 선택의 결과가 어떤 형태로든지 나타나게 마련이지만 생각이 있다 하더라도 선택하지 않으면 결코 아무런 결과가 나타나지 않는다. 즉, 생각의 법칙에도 관성이 적용된다는 것이다. 가만히 생각을 정체 상태로 머물게 하면 그 정체를 계속하지만 생각으로 무엇인가 선택을 해서 움직이면 계속해서 무엇인가를 만들어 가면서 전진하게 되어 있다.

결국 미래의 나 자신의 모습은 내가 하는 수많은 선택의 결과물일 수밖에 없다. 생각을 통해서 선택이라는 힘을 가했을 때 생각은 그 선택의 방향으로 움직여 가면서 선택으로 가해진 인생의 작품을 만들게 되어 있다.

"중요한 것은 말하는 것이나 희망하는 것, 바라는 것이나 의도하는 것이 아니라 행동하는 것이다. 당신의 선택이 실질적으로 당신이 어떠한 사람인지를 분명히 말해 준다."
– 브라이언 트레이시

"자기 앞에 어떤 운명이 가로놓여 있는가를 생각하지 말고 앞으로 나아가라. 그리고 대담하게 자기의 운명에 도전하라. 거기에는 인생의 풍파를 헤쳐 나가는 묘법이 있다. 운명을 두려워하는 사람은 운명에 먹히고 운명에 도전하는 사람은 운명이 길을 비킨다."
- 비스마르크

인간에게 주어진 운명은 모두 다르다. 어떻게 태어나느냐가 중요한 것이 아니라 태어난 자신의 운명을 어떠한 모습으로 가꾸어 가느냐가 중요하다. 어떤 사람들은 태어나면서부터 이미 자신들이 가야 하는 운명이 결정되어 있다고 생각한다. 그래서 운명은 자기가 아무리 노력한다고 하더라도 바꿀 수 없는 불가사의한 불변의 무엇이라 주장하기도 한다.

그러나 인간의 운명은 한평생 살아가는 동안 얼마든지 변화 가능한 속성을 가진 유연한 것이다. 어떠한 가치에 초점을 두고 열정 다해 추구해 나가느냐에 따라서 운명은 얼마든지 변화한다. 불변 속에 갇혀 있는 운명이란 존재하지 않는다. 운명에 대한 무관심과 자신이 편안하게 느끼는 감성에의 안주가 운명을 환경과 상황에 그대로 흘러가게 내버려둘 뿐이다.

경미는 자신의 운명에 변화를 선택했다. 도전을 통해서 자신의 미래를 새롭게 창조해 나가기를 원했다. 평안한 현실에 안주하면서 도전하지 않는 삶은 성공적인 삶을 포기하는 것이다. 세상 사람들이 일반적으로 생각하는 평범한 사회적인 규범이나 인식에의 안주를 벗어나야 한다.

특별히 경미의 엄마가 주장하는 여자들에 대한 사회적인 관습과 사고방식들, 특히 '여자는 초급대학이라도 나와야 한다. 그래야 웬만한 데 시집갈 수 있다.'라는 구시대의 사회적 인식들은 과감하게 깨어져야 하는 정말 존재 가치도 없는 것들이다.

병들어 가고 규격화되어 가는 인간들의 근시안적인 사고와 환경 속에 갇혀서 인간의 창조적인 사고가 방해되어서는 안 된다고 생각했다.

경미의 이러한 선택은, 그녀의 남은 인생에 자신도 예측하지 못한 엄청난 결과를 초래하게 된다.

1980년 5월 말, 경미가 이제 막 성년이 되기 직전인 18세 때였다. 경미는 친구 미란이와 함께 종로구 청진동에 위치한 공제식의 스튜디오를 찾았다. 종로 1가 뒷골목, 종로 카페 바로 뒤쪽에 위치한 5층 건물에 있었다. 그 건물 오른쪽에는 서울에서도 오랫동안 맛집으로 유명한 한일관이라는 음식점이 자리하고 있었다.

공제식의 스튜디오가 있는 건물 1층부터 4층까지는 해외인력개발공사가 입주해 있었다. 그리고 5층 전체를 공제식이 촬영 스튜디오로 사용하고 있었다. 오래전에 지어진 그 건물에는 위층으로 올라가는 계단 옆에 낡은 엘리베이터가 한 대 설치되어 있었는데, 경미와 미란이가 타고 올라갈 때 삐걱거리는 낡은 소음을 냈다.

공제식 사무실의 넓이는 대략 3,000스퀘어 피트 정도의 넓은 공간이었는데 몇 개의 방으로 나뉘어 있었다. 보조 촬영기사 2명이 공제식의 일을 도왔고 화장을 담당하는 여직원 1명, 그리고 스튜디오의 일반 업무를 담당하는 여직원 1명이 있었다.

오기 전에 미리 연락을 해 두었기 때문에 공제식은 경미와 미란이가 들어오자 반갑게 맞이했다.

"어서들 와라. 이렇게 와 줘서 고맙구나. 경미가 모델을 하겠다고 결정한 것은 정말 잘한 일이라고 생각한다. 우선 화장부터 하고 카메라 테스트를 해 보도록 하자."

경미는 공제식의 사무실에 들어오면서부터 이상하리만큼 마음이 편안해졌다. 하나도 어색한 느낌이 들지 않았다. 물론 이제 막 시작일 뿐인데도 이 모델 일을 잘 선택했다는 생각까지 들었다. 아마도 이미 결정한 일에 대해서는 끝을 보고 싶어 하는 경미의 열정과 도전적인 성격 탓도 있었겠지만 무엇보다도 자신의 타고난 미모에 대한 자신감이 있었기 때문이리라.

처음 몇 시간 동안에는 몇 차례 화장을 반복하면서 카메라 테스트를 했다. 그리고 이후 실제 제품을 들고 멘트를 하며 모델로서 실언을 해 보기도 했다.

경미는 하나의 흐트러짐 없이 정성과 열정을 다했다. 자신이 선택한 일이니 어떠한 일이 있더라도 성공적으로 해내고야 말겠다는 의지로 뚤뚤 뭉쳐 있는 것처럼 보였다. 테스트의 매 장면마다 최선의 작품을 만들겠다고 생각하며 촬영에 임했다.

"경미야, 정말 잘하는데? 모델로 태어난 사람 같아, 정말."

몇 번에 걸쳐서 테스트를 끝낸 뒤 공제식의 찬사가 이어졌다.

"오빠, 감사해요. 아직은 실감이 안 나요. 오빠가 많이 지도해 주세요."

"그래, 경미야. 지도라는 게 뭐 있겠니? 네가 갖춘 미모를 최대한으로 잘 활용해서 열심히 하면 되는 것이고 모델로서 반드시 성공해 보겠다는 변치 않는 의지만 있으면 돼."

"네. 최선을 다해 보도록 하겠습니다."

"그래, 경미야. 너는 충분히 해내고도 남을 미모와 자질이 있어. 반드시 성공할 것을 믿어 의심치 않는다."

옆에 있던 미란이도 공제식의 말을 거들었다.

"경미야, 정말 너는 모델로서 완벽해. 화장하고 촬영할 때 미모가 더 돋

보이는 것 같아. 내가 보기에도 넌 정말 아름다운 모델이야."

"잘 봐줘서 정말 고마워. 처음에 테스트 촬영할 때는 정말 두근거렸어. 그런데 몇 번 하니까 편안해지면서 모델도 이렇게 시작하면 되는구나 하는 생각이 들기도 하고."

"경미야, 너는 정말 다른 거 할 필요가 없을 것 같아. 네게 딱 맞는 직업이야. 봐, 대학을 나와도 전공한 분야에서 모두 성공한다는 보장도 없고, 상황도 언제나 변하는 거고."

"그래도 미란아, 모든 것은 시간이 지나면서 봐야 하지 않겠니? 또 어떤 상황이 내게 벌어질지도 모르고."

"그렇긴 해. 그래도 지금 보면 넌 정말 타고난 모델인 건 틀림없어. 제식 오빠가 만족하는 걸 보니, 정말 넌 충분한 자격을 갖췄어."

이튿날부터 2주일간 이어진 촬영 끝에 일이 마무리되었다. TV에는 하루에도 몇 번씩 경미의 청순한 용모와 신선한 미소가 새로 소개되는 화장품과 함께 등장하기 시작했다. 각종 신문과 잡지, 그리고 심지어 라디오에까지 경미의 모습이 인쇄되고 전파를 타기 시작했다. 그 광고를 접하는 사람들은 새롭게 등장한 청순한 미모에 매료되었고 젊은 여성들을 위한 화장품은 날개 돋친 듯이 팔려 나갔다.

물론 당시에는 흑백 TV가 대부분이었기 때문에 경미의 얼굴이 선명하게 부각되지 않았지만, 경미가 모델이 된 후 6개월도 되지 않아서 대부분 컬러 TV가 공급되면서 한결 선명한 모습이 부각되었다.

반짝이며 빛나는 아름다운 이미지 덕택에 그녀는 화장품뿐만 아니라 1980년대 당시 급속도로 발전하는 한국의 산업체들에서 생산되어 나오는 수많은 제품의 홍보팀에서 모델로 러브콜을 받고 있었다. 경미의 한창 피어오르는 청순하고 순결한 아름다운 이미지는 여러 기업으로부터 광고 제안을 받기에 충분했다.

예기치 않게 경미에게 운명적으로 다가온 모델 활동은 경미 인생의 봄을 화려하게 장식해 나가기 시작했다. 그것은 박제만과의 이별의 아픔을 잊어 가게 해 주었고 곧 다가오는 경미 인생의 여름을 풍요롭고 아름답게 꽃피워 나가는 계기를 만들어 주고 있었다.

"인생은 각자 자신의 운명을 손에 쥐고 있다. 완전히 자신의 작품이며 자신의 것인 생활을 창조하지 않으면 안 된다."
- 헤르만 헤세

이 세상을 살아가는 모든 사람에게는 인생의 봄날이 있기 마련이다. 자신에게 다가온 인생의 봄을 어떻게 꽃피워 나가느냐가 중요하다. 경미와 같은 예기치 않은 일로 화려한 모습으로 인생의 봄꽃을 피우는 사람들도 있겠지만 일반 사람들에게 그런 기회는 그렇게 쉽게 다가오지 않는다.

그렇다 하더라도 세상에 태어나서 각자의 삶을 살아가는 사람들은 모두 각자가 부여받은 개성과 재능을 가지고 스스로 아름다운 인생의 봄꽃을 피워 내야 한다.

아름다운 인생의 봄날을 위해 각자 나름대로 자신을 둘러싸고 있는 사건과 상황과 그리고 사람들을 인생의 꽃을 피우기 위한 디딤돌을 만들어야 하는 것이다. 그렇게 해서 아무리 풀꽃 같은 인생이라도 자신의 인생은 자기가 아름답게 만들어서 좀 '별나다'는 소리를 들을 정도로 특별할 필요가 있는 것이다. 건너야 할 강은 건너고 넘어야 할 산은 넘어야 한다. 각자의 운명은 자신에게 달려 있다.

공제식은 광고 촬영뿐이 아니라 경미의 광고 모델에 대한 매니저 일까지 맡고 있었다. 그래서 공제식은 모델 제안이 오는 기업들과 협상해서 경미의 그 기업 모델 여부를 결정했다. 그는 경미가 어떤 기업의 무슨 제품에 잘 어울릴 수 있는 모델인가를 잘 알고 있었다. 경미는 공제식의 결정에 따라서 여러 광고 모델로서의 일을 확장해 나갔다.

19세의 경미는 동화 속 공주처럼 화려했다. 비록 대학 교육은 받지 못했지만 그녀의 앞날은 창창 대로를 거침없이 달려 나가고 있었다. 경미의 집안에서도 경미의 모델 활동에 대해서 이제는 완전히 환영하는 분위기로 바뀌어 있었다. 초급대학이라도 나와서 좋은 곳에 시집가기를 원했던 엄마의 생각도 완전히 달라져 있었다. 언젠가 경미의 엄마는 아빠와 이야기하는 가운데 이런 말로 경미의 모델 일에 관해 긍정적으로 이야기했다.

"맘대로 할 수 없는 것이 자식들 일인가 봐요. 어쩌면 그 일을 하는 것이 경미의 팔자소관일지도 모르지요. 자식들 각자의 삶이란 부모가 이래라저래라 해서 되는 것도 아닌 것 같아요. 자신의 운명은 스스로 가지고 태어나는 것 같기도 해요. 이왕 시작했으니까 최선을 다하도록 응원하는 것이 부모의 일이 아닌가 하는 생각이 들어요."

아빠의 생각도 마찬가지였다.

"그래. 경미가 좋아하고 또 그 일이 경미의 적성에 맞는 일이라면 오히려 어설프게 학교에서 공부하는 것보다 훨씬 선택을 잘했다고 봐야 하겠지. 아무쪼록 바라기는 경미가 그 분야에서 성공했으면 해."

"그래요. 경미는 당찬 아이니 자기 맡은 일은 잘 해내리라 믿어요."

경미의 엄마와 아빠는 경미의 모델 활동에 대해서 이야기하는 기회가 많아지면서 염려하기보다는 격려하고 응원하는 마음을 가지기 시작했다.

부모님보다도 여동생들이 더욱더 경미의 모델 일을 반기고 기뻐했다.

"언니, 얼굴 참 예쁘게 나온다."

"언니는 정말 광고 모델에 너무 잘 어울리는 것 같아."

"광고 모델뿐만이 아니고 영화 배우나 TV 드라마에 나와도 아주 잘 맞을 것 같아. 그러다가 혹시 유명한 배우로 데뷔하는 거 아냐? 모델 활동을 하다가 배우나 탤런트로 나가는 사람들이 많잖아!"

경미에게는 동생이 네 명 있다. 여동생이 셋, 그리고 남동생 하나. 경미 바로 밑으로는 이제 고등학교 3학년인 17세 경실, 그 밑으로는 고등학교 1학년인 16세 경리, 경리 밑으로는 중학교 2학년인 14세 경아 등 3명의 여동생과 이제 초등학교 5학년이 된 11세 막내 남동생 경민이가 있다. 아들을 낳으려고 계속 딸만 4명을 낳다가 마지막으로 얻은 아들 경민이는 아빠나 엄마는 물론 누나들로부터 사랑을 독차지하는 귀염둥이다.

경미의 부모님들과 네 명의 동생들 모두가 집안에 대스타가 탄생했다며 축하하고 환영했다. 경미도 자신의 모델 활동에 가슴 뿌듯한 만족감을 가지고 있었고 커다란 자부심도 가지게 되었다. 그렇게 성공적으로 모델 활동을 하면서 가족들과 친구들에게는 환영을 받고 있었지만 경미가 꿈속에서도 잊지 못했던 박제만에게서는 아무런 연락도 받지 못하고 있었다. 박제만의 소식은 삼촌 오영호를 통해서 들려오는 것이 전부였다.

태양은 변함없이 자신의 궤도를 돌면서 누구에게나 빛을 비춰 준다. 하지만 박제만의 그늘진 영혼 앞에서 태양은 자신의 궤도를 벗어나 있는 것일까.

경미가 모델 활동을 하고 1년이 지난 1981년 5월의 어느 날이었다. 이제 경미는 20세가 넘어서고 있었다. 그때 경미는 공제식에게서 한번 만났으면 좋겠다는 연락을 받았다. 경미의 모델 일과 관련해 중요하게 할 이야기가 있다는 것이었다. 위치는 서울 소공동에 위치한 샤 로테 호텔 페닌슐라 라운지, 시간은 오전 10시.

호텔 1층에 위치한 그 라운지는 벽 한쪽을 가리고 있는 통유리를 통해서 시원한 폭포가 흐르도록 장식해 놓아서 마치 한 폭의 그림을 보는 것처럼 시원하게 느껴지는 곳이다. 경미가 약속 장소에 도착했을 때 공제식과 함께 어떤 낯선 중년 남자 하나가 자리하고 있었다.

"어서 와라, 경미야."

"네, 오빠. 미리 와 계셨네요."

"한 시간 전에 왔지. 이분하고 이야기도 나눌 겸 해서. 참, 경미야. 인사 드려라. 샤 로테 그룹 물산 영업부의 김영환 기획실장님이셔."

"네, 안녕하세요. 실장님. 처음 뵙겠습니다."

"이렇게 만나 뵙게 되어 반갑습니다. 경미 씨는 저를 처음 보시겠지만, 저는 경미 씨를 수없이 많이 봐 왔지요. 여러 기업의 광고 모델을 아주 잘 하시던데요. 아주 얼굴도 미인이시고."

"네, 잘 봐주셔서 감사합니다. 제식 오빠 덕분이에요."

서글서글하고 다정다감한 경미의 눈망울 속에 인자한 미소를 지은 김영환 실장은 친절하게 느껴졌다. 공제식은 김영환 실장에게 경미가 아직 나이가 어리니 말을 놓으라고 이야기했지만 이렇게 서로 존대하는 것이 좋다고 했다.

"경미야, 내가 오늘 특별히 너를 만나자고 한 것은 김 실장님께서 네게 특별히 제안할 것이 있다고 하셔서야. 널 샤 로테 그룹의 전속 모델로 채용하고 싶으시다고 연락을 주셨거든. 그래서 너와 상의하고 싶어서 나오라고 한 거다. 너도 알겠지만 이 그룹은 자회사만 60여 개를 가지고 있어. 그

베르테르의 연인

래서 모델로서의 활동 분야도 다른 기업들보다는 훨씬 넓고 많을 거야. 이 기업 저 기업에서 연락이 와서 바삐 옮겨 다니면서 활동하는 것보다는 안정되고 좋지 않을까 해. 그리고 잘은 모르지만 이 그룹에서 제공하는 연봉도 경미가 이곳저곳에서 광고 모델로 일하는 것보다 훨씬 많을 것 같고."

공제식은 경미의 연봉을 언급하면서 김영환 실장을 흘깃 넘겨보았다. 김영환 실장은 그 인자한 미소와 함께 "연봉이야 나중에 총무부에서 정해질 겁니다."라고 간단하게 이야기해 주었다. 김영환 실장이 말을 계속해 나갔다.

"경미 씨도 알다시피 우리 그룹의 모델들이 많이 있었습니다. 1972년도에 미스 샤 로테로 선발되어 모델 활동을 많이 해 온 서민경 씨부터 그 후에 여러 모델이 우리 회사를 거쳐 갔습니다. 3년 전 1978년에 두 번째 미스 샤 로테로 선발되어 활동하던 WMK 씨는 영화와 드라마 계통으로 나가게 되기도 했죠. 그리고 이후에 LMS, AMS, CSR, LMY 등이 미스 샤 로테로 활동하다가 모두 영화나 드라마에서 대스타들이 된 케이스입니다. 그 후에 그룹의 모델로 선발되어서 아직 활동하는 전속 모델들도 있기는 하지만, 그 가운데 일부는 은퇴할 때가 된 사람도 있습니다. 은퇴라는 말이 좀 이상하지만 더 이상 그룹을 대표할 만한 모델로서의 가치가 좀 빛바랜 거지요. 그래서 이제 새롭게 그룹을 대표하는 참신한 모델이 필요한 때가 되었습니다. 그런데 어느 날 그룹 총무부에서 기획실로 연락이 왔습니다. 지금 한참 모델로 활동하고 있는 오경미 씨를 만나서 그룹의 전속 모델 제안을 해 보라는 것이었죠. 그래서 경미 씨 매니저로 계시는 공제식 씨에게 연락을 해서 이런 시간을 가지게 되었습니다."

"네, 실장님 감사합니다. 실장님도 아시겠지만 제 모델 활동은 제식 오빠가 모두 관리하고 계세요. 좋은 제안을 주셨는데 그 일도 제식 오빠와 상의한 후에 결정하도록 해야 할 것 같습니다."

공제식이 이어서 이야기했다.

"실장님께서 말씀해 주셨으니, 경미도 충분히 이해했으리라 생각합니다. 저와 김 실장님이 미리 만나서 이야기 나눈 세부적인 내용도 있고 하니 경미하고 이야기를 더 나눈 후에 실장님께 말씀드리도록 하겠습니다."

"그렇게 하시지요. 두 분과의 좋은 대화 감사합니다."

김영환 실장과의 대화는 여기에서 끝이 났다. 김영환 실장이 자리를 뜨고 난 다음 경미와 공제식은 얼마 동안 자리에 앉아서 실장의 제안에 대해서 구체적으로 이야기를 나누었다.

"경미야, 네 생각은 어떠니? 내 경험으로 봐서 샤 로테 그룹의 전속 모델 제안은 네게 좋은 기회인 것 같은데. 우선 대기업에 속해 있으면 안정감이 있고 또 그룹 사정을 잘 알게 되면 어느 모델이 가장 네게 잘 어울리는지도 알게 될 테고. 너도 잘 알겠지만 샤 로테 그룹은 애초에 제과와 식품으로 시작해서 호텔, 유통, 식품, 정유, 화학, 그리고 금융 분야에 이르기까지 일본과 한국에 60여 개가 넘는 자회사를 가지고 있고 전 세계에서도 10번째 안에 드는 기업이잖니. 아마 앞으로는 더욱더 발전하면서 각 계열사마다 모델이 필요하게 될 거다. 경미가 각 계열사가 필요로 하는 모델로 활동하면 아마도 지금처럼 이 기업 저 기업에서 요청이 왔을 때 일하는 것보다 더욱 편하지 않을까 생각해."

"그래요, 오빠. 저도 그렇게 생각해요. 안정되게 그룹 모델로 일하는 것이 좋을 것 같아요. 더군다나 샤 로테 그룹 같은 대그룹에서는 선발 과정을 거쳐서 전속 모델을 뽑는 걸로 알고 있는데 그 과정도 거치지 않고 곧바로 전속 모델이 된다는 것도 쉽지 않고요. 그리고 내게 맞는 광고를 위해서 오빠가 각 회사 쫓아다니면서 섭외하는 것도 그렇게 쉽지 않은데. 샤 로테 그룹은 아마도 어떤 상품의 광고 모델이 필요하면 미리미리 준비를 할 테니, 시간적으로도 좀 여유가 생기지 않을까 싶고요."

"그래, 경미야. 잘 생각했다. 나도 그렇게 생각한다. 한번 열심히 해 보거라. 그리고 김영환 실장님을 아침에 만나서 대충 이야기했지만 네 연봉이 상당히 파격적인 것 같더라. 연봉은 나중에 샤 로테 그룹에서 일하면서 자연히 알게 될 거야. 경미야, 그러면 샤 로테 그룹에서 일하겠다고 결정했다고 김 실장님에게 연락할게."

"그래요, 오빠. 저 때문에 수고가 많으시네요."

"그런데 경미야. 너에게 꼭 할 이야기가 하나 있다. 샤 로테 그룹에서 일하게 되면 한 가지 조건이 있다고 해."

"네? 조건이요? 어떤 조건인데요?"

"샤 로테 그룹에는 아직도 그전에 계약한 모델들이 있다고 한다. 그래서 샤 로테 그룹 모델로 직접 일하기 전에 우선은 그룹의 총수 회장실에서 비서로 근무해야 한다는 조건이 있어. 얼마나 오랫동안 회장실 비서로 근무해야 하는지는 알 수 없지만 아마 그렇게 길지는 않은 모양이더라. 마침 또 회장실에서 일하던 비서가 퇴직하게 되었다더구나."

"오빠, 그런데 회장실 비서는 그룹 내의 어디선가 선발하든가 아니면 새로 채용하면 되는데 왜 하필 모델로 일하는 저를 비서로 채용하려는 거죠? 일정 기간이긴 하지만요."

"글쎄다. 그건 나도 잘 모르겠네. 아마 대기업을 운영하는 총수 비서실에는 너같이 예쁜 미녀가 있어야 하는 모양이지, 하하. 어쨌든 그런 조건임을 알고 네가 그래도 괜찮다면 결정하도록 해."

경미는 대그룹의 모델이라는 데 관심이 컸기 때문에 그룹 회장 비서실 근무도 별로 문제가 되지 않는다고 생각했다. 회장 비서실 일도 같은 그룹의 일이고 또 비서실에서 일을 하면서 그룹 사정에도 익숙해질 수 있기 때문에 나중에 전속 모델로 일할 때도 도움이 될 것이다. 그렇기 때문에 곧바로 그룹 전속 모델로 일하는 것보다 비서실에서 일반 업무를 익힌 다음에 모델로서 일하는 것도 나쁘지 않다고 생각되었다. 대기업 비서실에서 일을 함으로써 사회적인 경험도 함께 쌓을 수 있겠다는 생각도 들었다.

그러나 이 결정은 경미의 남은 인생 전체의 운명을 자신이 알지도 못한 방향으로 완전히 돌려놓고 있었다. 경미가 모델로서 사회생활을 시작한 것은 바로 그런 운명적인 전환이었을지도 모른다. 회장 비서로 첫발을 내디딘 이후 경미의 발걸음은 경미 자신이 예상하지 못한 길로 온전히 빠져들게 되었다. 그리고 일단 빠져든 그 발걸음을 되돌릴 여지는 전혀 없었다.

경미는 공제식에게 자신의 결정을 이야기했다.

"네, 알았어요. 그룹의 조건을 받아들여서 전속 모델로 일하기 전에 회장 비서로서의 일을 해 보도록 하겠습니다. 제겐 새로운 경험이지만 그런 경험을 해 보는 것도 좋다고 생각해요. 제 인생에 더 좋은 변화를 가져올 수도 있을지도 모르고요. 최선을 다해 한번 부딪쳐 보도록 하겠습니다."

"그래, 경미야. 김 실장님께 네 결정을 전해 주도록 하지. 그리고 언제부터 일을 시작할 수 있는지 함께 알아보도록 하자. 곧 너에게 연락해 줄게."

"네, 감사해요. 연락 주세요."

공제식이 자리를 떠나고 얼마 후에 미란이가 환하게 웃으면서 샤 로테 호텔 라운지로 들어왔다. 오늘 공제식과 만난 후에 미란이와 만나서 점심 식사를 하기로 약속이 되어 있었다. 명문 E대의 2학년생이 된 미란이가 대학생답게 왼쪽 팔에 커다란 대학 노트와 몇 권의 책을 안고 있었다.

"미란아, 넌 정말 갈수록 대학생티가 나는구나. 정말 부럽다."

"난 정말 네가 부럽다. 요즘 세상에 너같이 잘나가는 모델이 어디 있니? TV만 틀면 온통 니 얼굴만 보여. 짧은 시간에 너같이 모델로 성공하는 사례는 별로 많지 않아. 누구나 널 부러워할걸? 그건 그렇고 오늘 제식 오빠랑 만나서 나눈 이야기는 모두 잘되었니?"

경미는 오늘 공제식과 미팅이 있다는 것을 미리 미란이에게 이야기했었다.

"응, 샤 로테 그룹 전속 모델로 일해 달라는 제안을 받았어. 그리고 그렇게 하기로 했어."

"와, 그룹 전속 모델? 정말 잘됐다. 샤 로테 그룹 전속 모델이 되려면 일정한 선발 과정이 있는 줄로 알고 있는데. 경미, 너는 그 과정도 거치지 않고 곧바로 전속이 된 거야? 좋겠다! 더군다나 이 그룹은 계열사들이 많으니까 더 바빠지겠네."

"그런데 미란아, 조건이 하나 있었어. 모델 활동을 하기 전에 우선 회장 비서실에서 얼마 동안 근무하는 거야. 그런 다음 시간을 봐서 모델 일을 하라고 해."

"그래서 어떻게 하기로 했니?"

"처음엔 좀 망설였지. 너도 알다시피 모델 일은 그래도 상당히 활동적이고 자유스럽잖니. 바쁠 때는 몹시 바쁘기는 하지만. 그런데 비서실 일은 사무실 안에서 남들이 시키는 일들만 처리해야 하는 사무직이야. 그리고 윗사람들의 지시에 매달려 일하다 보면 좀 부자유스러울 수도 있어. 그래도 곧 마음을 바꿔서 조건을 받아들였어. 새로운 사회 경험도 될 수 있다고 생각했고."

"글쎄, 전속 모델로 채용되어서 비서실에서 일하는 건 좀 부자유스럽고 생소하겠지만 네게 좋은 경험이 될 수도 있겠지"

"그럴 수도 있겠지만 수십 개 계열사를 거느린 대기업 회장이 어떤 분인지 알 수도 없고 또 비서실에서 어떤 일을 하는 건지 모르니까 조금은 불안하기도 해."

"그렇지만 너는 원래 적극적이면서 자상한 성격이 있어. 어떤 일을 시작하면 반드시 끝내고 마는 열정도 대단하고 말이야. 아마도 샤 로테 그룹 같은 재벌 기업 회장 비서로서는 너 같은 성격을 가진 사람이 적격인지도 몰라. 샤 로테 그룹 회장님 성격도 어쩌면 너와 잘 맞는 면이 있을지도 모르지. 어쨌든 넌 어디에서 무슨 일을 해도, 어떤 사람들을 만나도 무엇이든지 무난하게 잘 감당해 낼 거야. 그리고 너는 무엇보다도 누구에게든지 호감을 주는 미인이고 말이야. 내 생각이긴 하지만 기왕에 하기로 한 건데 한 번 부딪쳐 보는 거야."

"맞아, 나도 그렇게 해 보려고 해."

"염려하지 마. 너는 잘 해낼 거야."

"어쨌든 기왕에 일하기로 했으니 최선을 다해 보는 수밖에. 그래 나의 일은 그렇고, 너 대학 생활은 어때? 재미있어? 벌써 2학년이네."

"재미라기보다는, 뭐, 중고등학생 때보다는 훨씬 자유롭지. 우선 구속되는 게 없으니까 성인으로서 해방감은 맛볼 수 있어. 너도 잘 알잖아. 강의 시간이 되면 강의실 찾아다니면서 강의 듣고, 친구들이랑 만나서 커피숍 가고 싶으면 가고, 술집에 가고 싶으면 가고…. 정말 자유로워. 지금은 좀 뜸해지기는 했지만 막 입학했을 때는 남자 신입생들과 얼마나 미팅이 많았니?"

"자유롭게 대학 생활을 즐길 수 있어서 좋았겠다. 그런데 너는 그때 미팅에서 좋은 남자 친구들 만나 봤니?"

"몇 번 나가 보기는 했어. 그렇지만 너도 알다시피 나 외모 콤플렉스가 있잖아. 정말 사춘기 지나면서 더 심해진 것 같아. 그런 열등감이 있어선가, 남자들을 만나도 그렇게 사귀고 싶다는 의욕이 별로 안 나더라. 외모

　　　　　　　　　　　　　베르테르의 연인

콤플렉스를 이겨 보려고 몇 번 미팅에 나가 봤는데 그렇게 관심 가는 사람이 없었어.”

“그래도 미란아, 이 세상에서 가장 아름다운 청춘이 대학생 시기 아니겠니? 다시 돌아올 수 없는 그 청춘의 시간 동안 열심히 삶을 즐겨 보는 것도 남은 인생 멋지게 살아가는 토양이 되지 않을까? 어느 사람들이든 각자 모두에게는 약점이 있게 마련이지. 용기를 가지고 한번 부딪쳐 보는 것도 젊은 날에 누릴 수 있는 특권이지. 용기를 잃지 마. 세상 별거 아니야. 용기를 가진 사람에게는 어떤 상황도 굴복하게 마련이야. 그래서 내가 생각하기에는 말이야, 아무리 어렵고 힘든 상황이 닥쳐오더라도 몸을 움츠리거나 뒤로 빼려고 하지 말고 앞으로 나아가서 힘차게 부딪쳐 보고, 또 일도 만들어 보고하는 것도 창조적인 삶을 살아가는 게 아닐까?”

“경미야, 너처럼 모든 걸 갖춘 사람이라면 정말 용기 내어 밀어붙여 볼 수도 있겠지. 특히 미팅을 통해서 느낀 건데 여자들에게는 미모가 정말 중요해. 너처럼 누가 봐도 아름다운 얼굴을 가지고 있다면야 못 할 게 없어.”

“그건 나도 인정해. 그러나 무슨 일이 있어도 기죽지 말고, 뒤로 물러나지 말고 배짱으로 부딪쳐 봐. 여자들도 배짱이 있어야 한다고.”

“경미다운 이야기, 정말 듣기 좋다. 그건 그렇고 좀 시간이 지나긴 했지만 너 아직도 제만 오빠와 연락 안 되니?”

“응, 미란아. 제만 오빠는 연락도 안 되고, 물론 만나지도 못했어. 오빠는 아직도 마음이 너무 혼란스러운 것 같아. 안정을 찾지 못하고 있나 봐. 자신의 아픔을 누구에게도 보이고 싶지 않은 것 같아. 아마도 계절이 몇 번 더 바뀌면 흐르는 세월과 함께 사라져 가겠지.”

경미는 잠시 말을 쉬었다가 다시 계속했다.

“정말 지지난해까지만 해도 자주 만나서 사관학교 축제일이 아닐 때도 오빠 학교에 가서 승마도 같이 하고 학교 정원도 거닐면서 함께 시간 보냈어. 그런데 너도 알다시피 10.26사태 이후 오빠는 완전히 딴사람이 되어 버렸어. 그 늠름하던 사관생도가 하루아침에 완전히 우울증 환자처럼 변해 버렸대. 하늘을 날아오르며 웅비하던 기상이 완전히 사라져 버리고만 것 같아서 안타까울 뿐이야. 나와의 대화는 완전히 두절되었어. 편지를 해도 아무런 연락도 없어. 삼촌을 통해서 소식을 간혹 접하기는 하지만 좋은 소식은 하나도 들을 수가 없어."

"경미야, 제만 오빠의 사정은 이해하지만 그래도 모든 게 지나간 일들이잖아. 남자답게 현실을 받아들이는 수밖에 없는데 그러기가 쉽지 않은 모양이지."

"시간이 흘러가면 나아지리라 믿어. 언젠가 오빠의 옛 마음이 되돌아오면 다시 만날 수 있는 기회가 오겠지. 살다 보면 언제나 낮과 밤이 교차하며 지나가는 거 아니겠니? 낮과 밤은 우리 삶의 일부라고 생각해. 깊은 밤이 지나면 아침에 비쳐 오는 태양은 더욱 밝은 거야. 제만 오빠에게도 혹독한 시련의 어두움이 지나고 나면 더욱 밝게 빛나는 내일이 반드시 오리라 생각해. 지금 오빠는 자신에게 닥쳐온 시련을 피할 수 없어서 감당해 보려고 안간힘을 쓰고 있을 거야. 곧 모든 시련을 이기고 더욱더 굳세게 자신을 일으켜 세울 수 있으리라 믿어."

경미는 박제만에 대한 기대 속에서 버릴 수 없는 미련을 계속 마음에 품고 있었다. 경미와 미란이는 그 외에도 여러 가지 많은 이야기를 나누고 점심을 함께 먹은 후에 시간이 있을 때 다시 나기로 하고 헤어졌다.

아름다운 미모와 남부럽지 않은 집안 환경을 가지고 이 땅에 삶을 시작한 경미에게 찾아온 인생의 봄은 꿈이었고 소망이었고 금방 피어오를 듯한 꽃망울이었다. 그러나 자신도 모르게 봄날에 다가왔다 떠나 버린 박제

베르테르의 연인

만을 향한 풋사랑의 아픔은 그녀의 화사한 인생의 봄을 얼룩지게 했다. 터질 것 같은 아름다운 꽃망울 위에 찬비가 내렸고 꽃샘추위의 거친 바람이 스치고 지나갔다.

그러나 그녀에게는 부풀어 오른 인생의 꽃망울을 더욱더 아름답게 피어나게 하는 기회가 찾아오고 있었다. 그것은 찬비를 맞고 거친 바람에 시달렸던 경미 인생의 봄 꽃망울을 더욱 화사하게 터트리기 위한 아름다운 인생 여름을 향한 발걸음이었다.

모델로서의 경력은 길지 않았지만 경미의 모델 활동은 대기업에 전속 모델로 스카우트되면서 경미에게 다가오고 있는 인생의 여름을 화려하게 꽃피우게 하려는 저항할 수 없는 운명의 한 계절로 바뀌어 가고 있었다. 경미 인생의 계절은 그렇게 밤과 낮이 반복되면서 순환하고 있었다.

봄 :

여
름 :

가 :
을 :

겨 :
울 :

"기뻐하라.
여름이 그 생명력으로 인생의 슬픔을 몰아내리니!
Rejoice.
As Summer Should Chase Away Sorrow By Living!"
– 멜리사 마(Melissa Marr)

●●○○

경미에게 다가온 인생의 여름은 한국 굴지의 재벌 회장을 만나면서 시작되었다. 모든 사람은 자신의 인생을 살아가면서 수많은 사람과 만나고 헤어진다. 삶은 만남과 헤어짐의 연장선상에 존재하는 것이며 각자의 운명이란 사람과의 관계에서 결정된다. 중요한 것은 어느 때 누구를 만나서 어떤 관계를 가지느냐다.

경미가 모델 일을 시작하면서 만난 사람 대부분은 업무적이고 사무적인 관계였지 특별히 인간적인 관계는 아니었다. 그러나 경미가 샤 로테 그룹 회장실 비서로 근무하게 되면 회장을 비롯해서 만나는 사람들과 어느 정도는 밀착된 인간관계를 가질 수밖에 없을 것이다. 비서실과 관계자들이 어떤 사람들인지 알 수 없지만 우선은 경미 자신이 직접 모시는 회장이 어떤 분인지 궁금했다.

싫든, 좋든 매일 비서실에서 마주쳐야 하는 사람이 바로 회장이다. 회장과의 관계 설정을 어떻게 해 나가느냐에 따라서 앞으로 경미의 전속 모델로서의 성공 여부가 결정될 것이다. 더구나 샤 로테 그룹 회장은 보통 회사의 CEO 정도가 아니다. 한국에서 몇 번째 가는 재벌 회장이다. 그는 불굴의 투지로 황무지 같은 맨땅에서 세계적인 기업을 일으켜 세웠다. 그리고 무엇보다도 한국 재벌의 대부분이 선대가 이룩한 업적을 물려받아 발전시킨 이들이었으나, 샤 로테 그룹 회장만은 한국의 1세대 재벌 총수 가운데 유일한 자수성가형이다.

그리고 그와 같은 성공적인 부를 일으켜 세운 사람이었으니 아마도 남들이 감히 흉내 낼 수 없는 독보적인 의욕과 열정과 자부심을 가지고 있는 사람일 것이다. 성격 자체도 아마도 남다르게 특별하리라. 경미는 생애 처음으로 시작하는 사회생활을 그와 같이 예사롭지 않은 특별한 사람과 시작하게 되었다고 생각했다. 피상적이기는 하지만 샤 로테 그룹 회장이 어떤 분인가를 알아볼 필요가 있었다.

샤 로테 그룹 회장. 1920년생. 60세. 경미가 1961년생이니까, 샤 로테 그룹 회장은 경미보다 거의 40년을 더 살았다. 회장은 보통학교 다닐 때 너무 가난해서 점심을 먹지 못해서 정상적인 사고가 불가능할 지경이었다고 했다. 그는 20세 때 결혼해서 딸 하나를 두었지만 지긋지긋한 가난에서 탈출해 보려고 1941년 대동아전쟁이 한창일 때 일본으로 건너갔다. 그는 자신이 처해 있는 현재의 비참한 환경을 비관하거나 좌절하지 않고 세계 제일의 부자가 되고 말겠다는 도전 정신으로 꿈을 안고 현해탄을 건넌 것이다.

밀항선을 타고 일본으로 건너가서 일본에서 돈을 벌어 보려고 안간힘을 썼다. 그는 조선인이라는 수모와 편견에 시달리면서도 일본에서 사업을 일구어서 성공하겠다는 의지로 뚤뚤 뭉쳐 있었다. 그가 처음 일본에서 시작했던 비누 공장, 휴지 공장 등 몇 개의 공장들이 미군의 폭격으로 모두 날아가 버리기도 했다. 그러나 그는 오뚝이처럼 다시 일어났다. 아무리 어려운 상황이 닥쳐오더라도 어렸을 때 장남으로서 뼈저리게 겪었던 가난을 벗어나고야 말겠다는 일념이 그를 지배했다. 그의 집념과 열정으로

1948년, 그의 나이 30이 되기 전에 일본에 샤 로테 그룹이라고 하는 회사를 설립했다.

온갖 박해와 열악한 환경 속에서 껌으로 시작한 그의 사업은 그 후에 제과, 호텔, 유통, 정유, 금융 등의 굵직한 사업을 일으키면서 20년 후, 1968년도에는 일본 내에서 10대 재벌의 반열에 올려놓았다. 한국전쟁으로 경제적 안정을 찾지 못하던 한국에는 1966년부터 진출해서 한국의 기간산업을 서서히 손에 넣었고, 점차 한국에서 흔들리지 않는 재벌의 입지를 확고하게 다져 나갔다. 1988년에는 전 세계의 부자 순위를 4위까지 올라간 정말 불세출의 영웅이다.

경미는 그의 입지전적 인생 스토리에 우선 감동부터 받았다. 이 세상을 살아가는 모든 사람은 젊은 청년의 시기에 꿈과 이상을 가지고 그것을 이루기 위해서 열정을 다해 보지만 자신들의 꿈을 이루는 사람은 많지 않다. 그러나 샤 로테 회장은 어려운 상황 속에서도 좌절하지 않고 젊은 날의 꿈을 이루어 낸 사람이다. 그의 도전 정신과 성공에의 열정은 감히 누구도 흉내 낼 수 없는 것이었다.

경미는 그와 같은 샤 로테 그룹 회장은 이 세상의 다른 어떤 사람과도 비교할 수 없는 어떤 특별한 인간적인 매력도 가지고 있을 것이라고 생각했다.

1980년 10월 1일. 경미가 샤 로테 그룹 회장 비서실에서 근무하는 첫날이었다. 경미가 1961년, 10월 29일생이니까 이제 곧 19세, 아직도 사춘기의 나이다.

경미는 우선 기획실에 출근하여 지난번 공제식과 함께 만났던 김영환 실장과 만나서 회장실에 근무할 때 지켜야 할 몇 가지 일반적인 사항들에 대해서 이야기를 나누었다. 그리고 그 후 일주일 동안은 회사 내 각 부처의 책임자들과 미팅을 하면서 샤 로테 그룹의 전반적인 모든 분야의 대체적인 윤곽과 흐름에 대해서 들을 기회가 주어졌다. 비록 회장실에서 그룹 내에서 제일 높은 분을 모시는 특별한 직책을 가진 사원이기는 했지만 그래도 신입사원으로서 회사 동향에 대한 오리엔테이션은 필요했기 때문이다.

그리고 그다음 주에는 회장 비서실에서 근무하던 전임 비서와 1주 동안 함께하면서 회장 비서로서의 실제적인 업무를 인계받았다. 경미가 몇 주에 걸쳐서 비서의 직무를 인계받는 동안 샤 로테 그룹 회장은 한국에 없었다. 회장은 일본 기업의 총괄적인 그룹 관리를 위해서 일본에 건너가 있었다. 회장은 한 달씩 한국과 일본을 오가면서 두 나라에 산재해 있는 모든 기업을 총괄하고 있었다.

경미가 비서실 발령을 받고 근무를 시작하면서 경미에게는 반드시 해야 할 두 가지 과제가 주어졌다. 하나는 일정한 기간 동안에 일본어를 반드시 익히는 것이었고 다른 하나는 컴퓨터를 능숙하게 마스터하는 것이었다. 이 두 가지는 회장 비서로 근무하면서 반드시 해야 하는 중요한 과제였다.

일본어는 한국 내에서도 공부하는 사람이 많았지만 컴퓨터는 당시만 해도 한국 내에서는 이제 막 소개된 수준에 불과했다. 그래서 각 그룹이나 기업체 내에서도 기획실이나 총무 부서에서 인사관리나 급여 관리 수준 정도로 사용했지만, 샤 로테 그룹에서는 수년 전부터 컴퓨터 전산망을 통해서 총체적인 그룹 관리를 시작하고 있었다.

경미의 일본어 교육을 위해서는 한국외대의 한 일본어과 교수가, 그리고 컴퓨터 교육을 위해서는 중앙대학교의 전산학과 교수가 교육 담당자들로 임명되었다. 두 과정 모두 6개월에서 1년간의 시한을 두고 모든 기초 과정을 마치도록 계획되었고 그 후에는 경미의 수준에 따라서 더 높은 과정을 이수할 수 있도록 했다. 중요한 것은 회장이 일본 출장을 가는 짝수 달에만 일본어와 컴퓨터 과정의 시간표가 짜여 있었다. 교육 과정은 오전에 잡혀 있었다. 그래서 오후에는 회장실에서 기획실에서 올라오는 보고사항들을 정리하고 회장과의 약속을 정한 다른 기업 회장들과 그리고 외국인 기업인들과의 일정을 기록해서 회장이 일본에서 돌아올 때 보고하도록 되어 있었다.

샤 로테 호텔 신관 35층 전체가 회장만을 위한 공간으로, 회장의 집무실 겸 숙소로 사용되며 이는 총 4,000스퀘어피트가 넘는다. 회장은 이곳 외에 서울 어디에도 자신의 개인 집을 가진 적이 없다. 35층 회장실을 가기 위해서는 회장만 사용하는 회장 전용 엘리베이터를 사용해야 한다. 통제실에서 수시로 회장용 VIP엘리베이터의 운행 상황을 점검하고 외부인의 사용은 엄격하게 통제된다. 경호요원이 상주하는 35층 출입구를 통과하면 복도를 사이에 두고 시무공간과 내실이 자리하고 있다.

회장은 이 35층 자신의 집무실에서 주요 사장단들로부터 관리 및 경영 현안들을 빠짐없이 보고받고 영업 방침들을 일일이 지시한다. 회장은 일요일을 제외하고 하루에 오전과 오후에 걸쳐서 계열사 한 곳씩 보고를 받았고 매일 8시간이 넘도록 꼼꼼하게 경영 현안들을 챙겼다.

35층의 공간을 좀 더 세부적으로 나누어 보면 복도를 중심으로 북쪽에는 사무공간인 부속실과 대회의실이 있고 별도로 사무실이 하나 구비되어 있다. 남쪽에는 비서실이 입구 쪽에 자리하고 있고 그 옆으로는 별도의 문을 통해서 들어갈 수 있는 회장 집무실이 있다. 집무실에서는 바로 거실과 욕실이 연결되고 거실을 지나 더 안쪽에는 회장의 침실이 있다.

회장의 침실 옆에는 별도로 마련된 두 개의 스위트룸이 있는데, 이는 일본에서 온 회장의 가족이나 친족들이 묵는 장소다. 재벌 왕국을 건설해서 한 세상을 호령하는 재벌 총수가 사용하는 집무실과 생활공간은 세상 사람들이 보기에는 빈약해 보였다. 그러나 그 작은 공간을 통해서 한 재벌 기업의 명운이 좌우되고 있었다.

경미가 첫 출근을 해서 2주 동안의 오리엔테이션을 마치고 일본어와 컴퓨터의 강의를 시작한 지 거의 한 달이 지나가고 있었다. 모델 일과는 사뭇 다른 경미가 시작한 새로운 인생 여정은 경미에게 새로운 관심과 흥미를 가져다주는 것이기는 했다.

1980년 11월 첫날. 샤 로테 그룹 회장이 월례 일본 방문을 마치고 한국 기업을 관리하기 위해 귀국했다. 경미가 그날 비서실에 출근했을 때 회장은 이미 집무실에 앉아 있었다. 얼마 후 그룹 회장과 함께 있던 일본인 비서 가와사키가 비서실에 출근해 있는 경미를 회장실로 불렀다. 첫 대면이었다.

"회장님, 오경미라고 합니다."

"그래, 만나서 반갑구나. 너에 대한 이야기는 기획실에서 보고받았다. 그리고 모델로 활동할 때의 네 얼굴과 사진도 이미 보았다. 비서실에 너와 함께 일할 수 있어서 정말 기쁘구나. 네가 비서실에서 무슨 일을 하는지, 그리고 맡은 일들은 어떻게 처리하는지 전임 비서가 잘 이야기해 주었으리라 믿는다. 너도 전임 비서가 하던 일을 그대로 계속하면 돼. 그리고 나에게 전달되는 모든 일들은 옆에 있는 가와사키와 우선 의논하도록 해라."

"네, 알겠습니다. 회장님."

"내가 너에게 다시 한번 말하고 싶은 것이 있다. 너를 비서실에 채용할 때부터 기획실에 부탁한 것이지만 일본어를 빠른 시일 내에 유창하게 할수 있도록 노력해라. 비서실에서 근무하는 이 사람은 일본인이다. 그와 소통하는 데 조금도 지장이 없도록 해야 한다."

"네, 회장님. 열심히 하겠습니다."

회장은 자신의 비서실에 항상 일본인 비서를 두었다. 그리고 한국 사람으로는 여비서인 경미 한 명. 그 두 사람이 회장을 가장 가까이에서 보좌한다. 물론 기획실과 총무부에서 회장의 비서실 관계는 총괄적으로 관리하고 있지만 35층 비서실에는 오직 가와사키와 경미, 두 사람만 회장 곁을 지키게 되었다.

경미가 비서실에 채용되면서 일본어와 컴퓨터를 마스터하도록 과제를 받은 이유를 이제야 분명하게 알 수 있었다. 샤 로테 그룹이 일본에서 시작된 기업이기 때문에 한국과 일본 두 나라 기업 간의 연계성을 위해서도 필요했겠지만 경미와 함께 회장을 보좌하는 사람이 일본인이었기 때문이었다.

회장과 일본인 비서 간에도 항상 일본어만 통용되었다. 그리고 나중에 안 사실이었지만 가와사키는 회장이 일본에서 첫 사업을 시작할 때부터 도왔던 친구 같은 최측근이었다. 무려 30여 년을 함께 동고동락한 가족과도 같은 친밀한 관계였다. 그런 이유로 회장의 일거수일투족을 낱낱이 살피고 회장의 마음속까지 읽어서 보좌할 사람은 가와사키밖에 없었다.

경미는 그렇게 해서 간단하게 회장과 처음으로 만났다. 그리고 그동안 기획실에서 올라온 몇 가지 보고 사항과 다른 기업 회장과의 만남의 일정 등을 보고하고 회장의 집무실에서 나와 자신의 방으로 돌아왔다.

첫 만남에서 경미는 회장에게 깊은 인상을 받았다. 우선 말씨가 분명했다. 성격이 화통했다. 무슨 이야기를 하든 망설이거나 주저하지 않았다. 그러면서 재벌 그룹의 최고 경영자로 수만 명의 사원들을 관리하는 재벌 왕국의 최고 정점에 있는 관리자였지만 경미의 눈에 그는 그 어떤 권위의식도 보이지 않았다.

대화는 부드러웠고 대화 도중에 간간이 보여 주는 그의 엷은 미소는 다정다감했다. 그리고 그는 이 세상 누구보다도 잘생겼다. 눈에는 쌍꺼풀이 뚜렷했고 긴 속 눈썹 밑으로 커다란 눈망울 가지고 있었다. 선이 오뚝한 콧날, 그리고 주름 하나 보이지 않는 아주 세련되고 젊어 보이는 용모. 60세의 나이였지만 10년 정도는 더 젊게 보이는 얼굴이었다.

경미의 아버지가 군인으로서의 위엄을 가졌다면, 회장은 비슷한 연배임에도 무척 자상한 느낌이 들었다. 그러나 회장의 그 눈빛만큼은 세상 누구보다도 날카로웠다. 회장을 만나기 전 느꼈던 불안이나 두려움은 이제 깨끗하게 사라져 버렸다. 화려하고 자유로워 보였으나 외롭게만 느껴져 왔던 모델 활동보다는 오히려 재벌 왕국을 거느린 회장 비서로서 일하는 것에 자부심을 느낄 수 있을 것 같았다.

재벌 회장의 일과는 정말 바빴다. 매일 계열사들의 현황 보고서, 재정 상황, 신제품 개발과 신규 투자 계획서 점검, 수주 보고, 경비 지출 검토에 이르기까지 총수의 일과는 아주 바쁘게 짜여 있었다. 외부 손님, 특히 다른 재벌 총수들과의 미팅, 전경련 관계자들과의 만남, 그리고 그들과의 회식 관계 등도 일과 중에 빠짐없이 들어 있었다.

중요한 국내외 바이어들과의 만남, 주거래 은행의 최고 책임자들의 방문 일정, 그리고 심지어 외국의 저명 학자나 저명인사의 경영 자문과 앞으로의 기업 전망에 대한 대담도 회장의 중요 일과였다. 수많은 계열사를 거느리고 그들로부터 벌어들이는 돈들도 천문학적인 액수였지만 그것을 전체적으로 관리하고 재투자해야 하는 회장의 일과는 그야말로 긴장과 스트레스의 연속이었다.

재벌 그룹이 되기까지의 과정도 피와 땀과 노고와 투쟁의 연속이다. 그러나 더욱 중요한 것은 그 그룹을 치열한 글로벌 생존 경쟁에서 지켜 내는 것이다. 그것을 위한 회장의 치열한 혈투는 감히 상상을 초월한다. 뼈를 깎는 사즉생의 각오는 일반인들의 생각이 미치지 못할 정도다. 회장은 자신이 일구어 온 기업을 지키기 위해서라면 언제든지 자신을 희생할 각오가 되어 있다. 자신의 기업을 지키기 위해서 생명을 거는 것이다. 기업을 위해서라면 피도 눈물도 없는 잔혹함을 보이기도 한다.

　경미는 회장의 일과를 지켜보면서 재벌 회장이야말로 이 세상에서 가장 고독한 영혼이라는 생각이 들었다. 막대한 돈은 가지고 있으면서도 그 돈을 제대로 사용할 줄도 모르고, 가고 싶은 곳에 여행 한번 가지 못하고, 세상 사람들이 당연하게 누리는 인생의 즐거움을 전혀 누리지 못하고 살아가는 가장 외롭고 서글픈 영혼처럼 느껴졌다.

　그런데 경미는 회장 비서실에서 일하면서 이상한 일을 목격하게 되었다. 1주일에 한 번, 어떨 때는 두 번 정도 회장실을 드나드는 젊은 소녀들의 모습이 보였던 것이다. 스무 살도 안 되어 보이는, 어떤 경우에는 그보다 더 어려 보이는 아주 앳된 소녀들이 회장실을 들락거렸다. 35층의 경호원으로부터 일본인 비서, 가와사키가 넘겨받은 소녀들은 회장의 침실이 아닌 왼쪽 입구의 스위트룸으로 안내되었다. 그곳에서 회장은 그 소녀와 두세 시간 정도 함께 보낸 다음에 35층을 빠져나갔다. 그때까지 만해도 경미는 그 소녀들이 무슨 이유로 회장과 만나는지 알 수 없었다. 경미가 그 이유를 알 만한 나이도 아니었고 알아야 할 필요도 없었다. 그러는 가운데 경미의 눈을 의심할 정도로 놀라운 일어나고 있었다.

　회장과 만나는 소녀들 가운데에는 제1회 미스 샤 로테에 선발되어서 그룹의 간판 모델이었던 서민경의 모습도 보였다. 그녀는 당당했다. 그녀가 회장을 만나러 오면 아무도 개의치 않고 일본인 남자 비서를 거치지도 않았다. 그녀 스스로 회장의 집무실을 찾았다. 그녀는 회장만 이용하는 35층 엘리베이터를 자기 마음대로 사용하면서 그 어떤 사람의 제재도 받지 않고 자유자재로 회장과 만났다. 서민경은 경미가 비서실에 근무하기 훨씬 전부터 회장과 만나 왔던 듯했다.

처음에는 경미는 샤 로테 그룹의 전속 모델로서 재벌 총수와 특별한 일을 상의하기 위해서 미팅을 하는 것이라고 생각했다. 그러나 시간이 흐르고 서민경의 방문이 잦아지면서 모델 일을 상의하기 위해서 만나는 깃만은 아닐 거라 생각했다. 서민경은 특히 두세 시간 머물렀다 가는 다른 소녀들과는 달리 어떨 때는 회장의 업무가 끝나는 시간까지 머물기도 했다. 그럴 때마다 경미는 회장과 서민경이 분명히 특별한 관계일 것이라 생각했다. 경미는 얼마 전 미란이가 들려주었던 말이 생각이 났다.

"경미야, 그 이야기 들었어?"

"무슨 이야기?"

"너, 서민경 알지? 유명한 샤 로테 그룹 껌 선전 모델 말이야. 서민경이 샤 로테 그룹 전속 모델이 되었다가 영화배우, 탤런트 그리고 가수까지 하면서 한때 진짜 잘 나갔잖아. 그 여자가 갑자기 모습을 감춘 그 이유가 일본으로 유학을 떠났기 때문이라는데, 어떤 유명한 재벌 회장이 스폰서를 서 줬대. 어느 회장인진 몰라도, 서민경이 연예계에 얼굴을 전혀 내보이지 않는 것을 보면 가짜 뉴스는 아닌 것 같아."

경미는 회장 비서실에 근무하는 동안 서민경과 회장의 만남이 계속되는 것을 보면서 미란이가 말했던 그 소문은 사실이라는 확신이 들기 시작했다. 그러나 경미와는 아무런 관계가 없는 일이었다. 게다가 그녀는 아직 남녀 관계에 대해서 아는 것이 없었다. 어린 소녀들이나 서민경이 회장과 만난다고 하더라도 어떠한 관계인지, 또 무엇을 하기 위해서 만나는지 알수 없었고, 조금도 신경 쓰고 싶지 않았다.

그러나 서민경의 방문이 계속되면서 경미와 서민경은 서로 언니, 동생하면서 자연스럽게 인사를 나누며 지내는 사이가 되었다. 서민경이 59년생이고 61년생인 경미보다 2살 많기 때문에 경미는 서민경이 나타나면 항상 언니라고 부르면서 아주 친근하게 대했다.

언젠가는 이런 대화를 나누기까지 했다.

"언니, 자주 뵙네요."

"응, 회장님께 볼일이 있어서."

서민경은 경미와 가끔 만날 때마다 반가운 척 대화를 나누지만 경미에게 이상하리만큼 경계심을 보이는 듯했다.

"경미야, 광고에서 네 얼굴을 많이 보기는 했는데, 실물이 더 예쁜 것같네. 그래, 회장님 비서 일은 모델 일보다 괜찮아?"

"네, 언니. 모델 일은 자유롭기는 해요. 그런데 언니도 해 보셔서 잘 아시겠지만 이곳저곳에서 의뢰가 많이 오면 촬영 때문에 바빠서 시간에 쫓길 때가 가끔 있잖아요. 회장님 비서 일은 처리해야 할 일만 처리하면 시간적인 여유가 있으니까 쫓기지 않고 편한 것 같아요. 물론 항상 긴장을 늦추지 않고 있어요. 회장님은 외부로 나타나는 모습과는 달리 일 처리하시는데는 정말 깐깐하시고 철두철미하시니까. 무엇 하나 잘못하면 서류를 집어던지시면서 화를 내세요. 물론 제게는 그러신 적이 없으세요. 가끔 계열사 사장님들 회의 자리에 참석해 보면 회장님은 절대로 쉽게 넘어가시지 않는 모습을 보이세요."

"경미가 회장님 성격을 잘 아니까, 잘 모시도록 해. 수십 개의 계열사를 총체적으로 관리하는 게 쉽지 않으시겠지. 스트레스가 보통이 아니실 테고. 회장님은 경미와 같이 성격이 싹싹하고 다정다감하고 붙임성이 있는 성격을 가진 사람을 좋아하실 거야. 게다가 경미는 회장님이 좋아하시는 타입의 미모니까. 회장님께 경미에 대해 물어보니, 참 좋아하시더라."

"그래요, 언니. 잘 모시도록 할게요."

서민경은 1970년대를 풍미하던 대한민국의 미녀 스타다. 그녀가 15세였던 1972년 미스 샤 로테로 선발되면서 샤 로테 그룹의 전속 모델이 되었다. 청순하고 아름다운 용모의 서민경은 그 후 영화배우로, 탤런트로, 그리고 가수와 MC로서까지 이름을 떨치면서 대한민국 젊은이들의 우상으로 한 시대를 풍미했다.

그러던 그녀가 1981년 모든 공식 활동에서 모습을 감추어 버렸다. 방송, 영화, 신문이나 잡지에서도 그녀의 모습은 찾아볼 수 없었다. 그러다가 그녀가 어떤 모 재벌의 스폰을 받고 일본에 유학 중이라는 이야기가 나돌았다. 그녀에 대한 세간의 소식은 그것이 전부였다.

그런 소문의 당사자인 그녀가 경미가 회장실에 근무할 때 계속해서 나타나기 시작한 것이다. 세상 사람들은 그녀가 회장의 집무실에 드나든다고 하는 소식이나 그녀에 대한 동정에 대해서는 조금도 알지를 못했다.

서민경의 회장실 방문이 잦아지면서 경미와 서민경과의 관계는 자매처럼 아주 가까운 사이로 발전해 갔다. 그러나 경미가 서민경을 자주 만나면서 그녀의 표정에서 느껴지는 것이 하나 있었다. 그녀의 얼굴은 모델로 활동할 때와는 달리 밝고 쾌활해 보이는 모습은 아니었다. 모델과 배우 시절의 아름답고 화사했던 모습은 서서히 그녀에게서 감추어져 가고 있었다.

그녀의 얼굴엔 태양빛이 가려진 듯한 그늘이 드리워져 있었고 깊은 사색에 빠진 듯해 보였다. 경미의 밝은 모습과 쾌활한 성격과는 계속 비교되고 있었다.

경미의 성격은 어떻게 보면 그녀의 미모와 함께 신이 내려 주신 아름다운 선물이었다. 경미는 언제나 긍정적이고 적극적이었으며 매사에 정성을 다했고 솔선수범하는 자세를 가지고 있었다. 한편으로는 자부심이 강하고 무엇을 해도 분명하게 처리하려고 하는 경미의 성격을 샤 로테 그룹 회장은 좋아했다. 회장은 언제부터인가 경미에게 항상 호감을 가지고 대했다. 경미는 샤 로테 그룹 회장의 그와 같은 호감과 선의는 특별한 감정이 아니고 자기를 가장 가까이에서 보필하고 있는 직원에 대한 일반적인 관심일 뿐이라고 생각했다.

경미가 샤 로테 그룹 회장 비서로 일한 지 어느덧 1년이 지나고 있었다. 그녀의 일본어 실력은 회장 집무실에서 함께 일하는 일본인 비서, 가와사키와 자유롭게 대화를 나눌 수 있는 정도가 되었다. 회장조차도 경미와 일본어로 대화하기를 좋아했고 업무 지시에도 대부분 일어를 사용했다. 컴퓨터 실력 또한 회장의 모든 보고 사항이나 비서 업무들을 컴퓨터로 처리할 수준까지 갖추게 되었다.

1981년 10월 29일은 경미의 20번째 생일이다. 경미의 생일 며칠 전에 일본인 비서 가와사키는 일본에서 경미에게 전화를 걸어서 소식을 전해왔다. 경미의 20번째 생일을 축하해서 회장님이 저녁 식사를 함께하자는 제안을 해 왔다는 것이었다. 짝수 달인 10월에 일본에서 근무하던 회장이 며칠 앞당겨 귀국해서 경미의 생일을 축하해 준다는 것이다. 경미가 회장 비서실에서 근무를 시작하고 처음 맞이하는 생일을 회장이 직접 축하해 주겠다고 하니 경미는 몹시 고무되어 있었다.

경미는 회장 비서실에서 근무하면서도 회장에게서의 특별한 배려를 받을 생각을 해 본 적이 없었지만 한편으로는 기대감도 컸다.

11월을 사흘 남겨 두고 회장은 일본에서 돌아왔다. 경미의 생일날, 10

월 29일. 회장 집무실 뒤에 있는 회의실에서 경미의 생일을 축하하는 자리가 열렸다. 일본인 요리사 3명이 요리들을 준비했다. 그들은 살아 있는 생선의 머리를 직접 자르고 회장과 경미가 보는 앞에서 생선회를 떴다. 곧이어 식탁은 경미가 처음 보는 일본 요리로 가득 찼다. 온갖 산해진미로 풍성했다. 그 요리사들은 경미의 생일잔치가 끝날 때까지 부속실에서 경호원 두 명과 대기하고 있었다.

저녁 식사가 시작되었을 때 일본인 비서가 와인 두 잔을 따라서 회장과 경미에게 건넸다.

"경미야, 너의 20번째 생일을 축하한다."

회장은 경미가 받은 와인잔에 자신의 잔을 가볍게 부딪치면서 경미의 생일을 축하해 주었다.

"네, 회장님. 너무 감사합니다. 회장님께서 저의 20번째 생일을 축하해 주시니 정말 감격스럽습니다."

"특별한 생일날이니, 가족들과의 약속도 있을 텐데 혹시 내가 시간을 뺏지 않았니?"

"아닙니다. 회장님. 가족들에게는 미리 이야기를 해 놓았습니다. 가족들과는 따로 시간 정해서 파티를 하기로 했어요. 돌아오는 일요일이 될 것 같아요. 회장님, 회장님께서 해 주시는 저의 생일 축하 정말 기뻐요."

경미는 자신의 생일을 축하해 주는 회장을 위해서 어느 때보다도 잘 차려입고 몸단장도 말끔하게 하고 있었다. 얼굴의 화장도 조금 진하고 선명하게 모델 일을 할 때의 모습으로 한껏 미모를 돋보이도록 했다. 경미는 1950년대 미국의 유명한 배우 그레이스 켈리와 같은 외모를 가지고 있었다. 순수하면서도 청순한 미모가 항상 돋보이는 모습이다. 한껏 자신의 미모를 자랑이라도 하듯이 만면에 가득한 미소를 띠고 정겨운 시선을 보내는 경미를 회장은 사랑스럽게 바라다보면서 이야기했다.

"그래, 경미야. 그렇다면 다행이구나. 이제 경미도 수줍은 사춘기 소녀 티를 완전히 벗어나는 20세구나. 그러고 보면 경미도 이제부터는 어른으로서 새로운 세상을 바라보고 나아가는 아주 좋은 인생의 시기가 되지 않았나 생각한다. 나는 내 나이 20세에 인생의 꿈을 이루기 위해서 일본으로 밀항을 했었지. 정말 그 나이 때는 젊음과 열정과 이상이 끓어오르고 있었어. 세상 그 어떤 어려운 환경조차도 모두 헤쳐 나갈 수 있다고 생각했지. 겁나고 무서울 게 아무것도 없었어. 경미도 이제 오늘부터는 완전한 성인이다. 모든 것을 스스로 판단하고 결정해서 스스로 네 인생의 계획을 이루어 나갈 수 있도록 최대한 노력해 보도록 해라."

"네, 회장님. 여러 가지 좋은 말씀 감사합니다. 그러나 저는 아직도 세상물정을 잘 알지도 못합니다. 회장님을 모시고 있는 동안 저를 잘 지도해 주시기를 바랍니다."

회장은 술을 마실 줄 모르는 경미에게 포도주를 비우도록 했다. 회장은 벌써 비서가 채워 주는 포도주를 몇 잔째 비우고 있었다. 그는 경미에게 말을 이어 나갔다.

"그래, 경미야. 경미가 나의 사무실에서 일한 지도 벌써 1년이 되어 가는데 모델 일을 하다가 비서실에서 일하는 게 마음에 드니?"

"네, 회장님. 모든 게 아주 만족스러워요. 처음에는 회장님이 어떠한 분이신지, 그리고 제가 잘 모실 수 있을지 걱정이 되기도 했습니다. 그리고 또 사회 경험이 전혀 없이 일을 시작하려고 하니까 불안하기도 했어요. 그러나 회장님을 모시고 일을 해 가면서 회장님이 어떠한 분이신지 알게 되었고요. 그리고 회장님께서 여러 가지 배려해 주셔서 아주 즐겁게 일을 하고 있습니다."

"그렇다면 디행이구나. 사실은 경미가 우리 회사에 오기 전에 내가 기획실에 우리 회사의 전속 모델이 되도록 알아보라고 지시했었다. 너도 알다시피 우리 회사에는 아직도 전속 모델들이 있다. 그렇지만 경미를 부른 것은 비서실에서 함께 일해 보고 싶었기 때문이란다."

경미는 회장실 비서가 된 것이 회장의 특별 지시였음을 처음으로 알게 되었다. 그러나 경미는 무슨 이유로 회장이 자신을 특별 채용했는지 알 수 없었다. 회장의 계획 속에서 자신의 운명이 결정되어 있었다는 것을 알지 못했다.

몇 잔의 포도주를 더 기울이던 회장이 경미에게 말을 이어 갔다.

"그래, 아버지는 무엇 하시는 분이시지?"

"직업군인이세요. 지금은 2스타 장군으로 육군 본부에서 일하고 계세요."

"응, 그래."

회장은 대답을 하면서 경미의 아버지가 2스타 장군이라는 데 짐짓 놀라는 듯했다. 사실 지난 1년 동안 회장은 경미의 사생활이나 가정에 대해서 아무것도 물어보지 않았다. 경미 또한 자신에 관한 것이나 가정에 대해서 회장에게 일체 이야기하지 않았고 이야기할 시간도 없었다.

"장군의 딸을 나의 곁에 두고 함께 일하는 것이 자랑스럽구나."

"저희 집안은 대대로 군인 집안이에요. 6.25전쟁 때 장군으로 일선 지휘관을 지내셨던 분도 계시고요. 지금 막냇삼촌 한 분도 막 육군사관학교를 졸업하시고 군인 생활을 시작하셨어요. 그 삼촌은 한때 한국의 최고 지도자였던 분의 아들인 박제만 오빠와 육군사관학교를 같이 다니셨어요. 삼촌과 박제만 오빠는 지금도 아주 친한 친구로 지내고 계세요."

"박제만? 혹시 한때 우리나라를 다스렸던 최고 통치자의 아들?"

"네, 맞아요. 회장님. 박제만 오빠요. 지지난해 불의의 사고로 돌아가신

Mr. P의 아들 말이에요."

"그래. 삼촌이 박제만과 동기라는 것도 있지만 경미의 집안이 군인 집안이니까 상통하는 것이 많이 있겠구나. 그래, 그건 그렇고 경미가 모델 활동을 그만두고 비서실에서 일하는 것에 대해서 부모님들이 반대하시지는 않던가?"

"처음에는 모델 일을 하는 것 자체도 별로 좋지 않게 생각하셨어요. 대학이라도 나와서 나이가 되면 좋은 남자를 만나 결혼하기를 원하셨어요. 그러나 제가 광고 모델 일을 해 보겠다고 했습니다. 그것이 이렇게 회장님을 만나는 계기가 되었고요. 그리고 지금은 회장님 모시고 일하는 것을 오히려 좋아하세요."

"그렇구나. 사람이 길을 가다가 옷깃만 스쳐도 전생에 천 겁의 인연이 있다고 하니, 경미와 매일 얼굴을 서로 대하면서 같이 일하게 된 데는 아마도 수천 겁의 인연이 있기 때문이겠지. 어떤 인연이 되었건 간에 이렇게 경미가 내 비서로 함께 일하게 된 것을 난 아주 기쁘게 생각한다. 열심히 일해 보도록 해라."

"네, 회장님. 최선을 다하겠습니다."

이 이야기를 마치자마자 회장은 일본인 비서에게 눈짓을 했다. 가와사키 비서는 즉시 일어나 조그마한 상자에 담긴 무엇인가를 가져다 회장에게 주었다. 회장은 상자 안에 든 예쁘게 포장된 직사각형의 작은 케이스를 열고 그 안에 있는 것을 조심스럽게 꺼내 들었다. 그런 뒤 바로 마주 보고 앉았던 경미에게 옆자리로 가까이 와서 앉으라고 했다. 회장이 작은 상자를 열고 꺼내 든 것은 다이아몬드가 박혀 있는 하트 모양의 목걸이였다. 그 목걸이는 12인치의 백금 줄로 연결되어 있었다.

경미의 가슴이 두근거리기 시작했다. 그녀의 전신에 심한 감동의 격랑이 일고 있었다. 회장이 특별하게 경미의 생일을 기억해서 축하해 주는 것도 예상하지 못한 일이었는데 목걸이 선물은 정말 생각하지도 않은 과한 선물이었다. 경미가 이제 막 20살이 된 어린 나이이긴 했지만 누구에게도 받아 보지 못한 정말 아름다운 선물이었다. 나중에 안 사실이지만 하트모양 뒤쪽에는 DGO라고 하는 회장 이름의 이니셜이 새겨져 있었다.

"회장님이 '요시코'에게 주는 특별한 선물이니 잘 간직하도록 해."

옆에 있던 일본인 비서가 빙그레 웃으면서 당황하고 있는 경미에게 말했다. 지금 회장의 선물이니 잘 간직하라면서 비서실장인 가와사기가 이야기한 '요시코'는 경미의 일본 이름이다.

분명하게 기억할 수는 없지만 아마도 3개월 전이었을 것이다. 가와사키가 어느 날 출근해서 일하고 있는 경미를 불렀다. 경미가 가와사키의 사무실에 들어갔을 때 회장이 경미를 이제부터 '요시코'라는 일본 이름으로 부르도록 하라고 했다고 한다. 회장은 경미의 이름조차도 일본 이름으로 바꾸어 놓았다.

"회장님이 경미에게 특별히 일본 이름을 하나 지어 주셨어. 앞으로 회장실에서 일을 할 때나 회장님께서 용무상 부르실 때 이 이름을 쓰게 될 거야. 회장실에서 사용되는 경미의 이름은 '요시코'로 하는 거야."

경미는 함께 일하는 가와사키 비서가 일본인이고 회장님 또한 일본인 여자와 결혼하면서 일본에서 오랫동안 생활하셨기 때문에 일본 이름으로 부르는 것이 훨씬 편해서 그럴 것이라고 생각만 했다. 그때부터 경미는 회장과 가와사키로부터 요시코로 불렸다.

"회장님, 정말 감사합니다. 생일잔치까지 열어 주시고 너무 귀한 선물까지 주셔서 몸 둘 바를 모르겠습니다. 정말 저의 일생에서 잊을 수 없는 좋은 선물입니다. 항상 회장님을 기억하면서 목에 걸고 다니도록 하겠습니다."

화려하게 생일잔치를 열어 주고 선물까지 준비해 준 회장에게 경미는 감동하고 있었지만 그녀의 운명은 이미 준비된 회장의 계획 속으로 한 발짝씩 빠져들고 있었다.

경미의 목에 목걸이를 걸어 준 회장은 옆에 있는 경미의 손을 잡아 일으켜 세웠다. 그리고 경미를 회의실의 넓은 공간으로 이끌고 갔다. 회장은 경미의 어깨에 오른손을 얹고 왼손은 경미의 오른손을 잡고 춤을 추기를 원했다.

"경미야 춤출 줄 아니?"

"네, 회장님. 잘은 못하고요. 조금은 해요. 학교 다닐 때 발레 선생님이 발레를 하는 데 도움이 된다면서 춤을 가르쳐 주었어요."

경미는 발레를 하면서 왈츠는 물론 기타 여러 가지 춤을 배웠기 때문에 춤에 관한 한 어느 정도 자신이 있었지만 회장 앞에서는 겸손했다. 회장은 경미를 붙잡고 그의 발을 앞뒤로, 좌우로 움직여 가면서 경미의 몸을 자기 페이스에 맞게 이끌면서 블루스를 추기 시작했다. 회장의 춤 실력은 상당히 세련되었다. 포도주를 몇 잔 마신 회장의 얼굴은 불그스레 상기되어 있었다. 경미 또한 몇 모금 마신 포도주로 얼굴에 홍조가 올라왔다.

"경미야, 춤을 곧잘 추는데 과거에 춤을 출 기회가 있었니?"

"회장님. 저는 중학교 때부터 발레를 했어요. 발레를 하면서 춤까지 어느 정도 배울 수 있었습니다."

"발레를?"

"네, 사실은 저는 중학교 때부터 발레를 했어요. 그러다가 생각지도 않은 사고가 나는 바람에 모든 꿈을 접을 수밖에 없었습니다."

"그렇구나. 어떤 사고였는지 나중에 이야기를 들을 수 있으면 좋겠고. 요시코가 발레를 해서 이렇게 몸이 날렵하고 날씬하구나. 요시코는 정말 예쁘고 귀여운 미모도 가졌지만 몸매 또한 정말 아름답다. 그래서 내가 너와 이렇게 춤추는 것이 마치 요정과 함께 춤추는 듯한 느낌이 드는구나."

회장은 경미의 몸을 가볍게 자기의 몸으로 가까이 끌어당기면서 말했다. 경미는 회장의 가슴에 자신의 작은 젖가슴이 맞닿을 때마다 짜릿해지는 자극을 느꼈다. 회장은 시간이 지나면서 더욱 열정적으로 음악의 리듬에 맞추어 전후좌우로 경미를 인도해 가고 있었다. 회장의 춤 솜씨는 대단해 보였다.

"요시코의 춤 솜씨가 보통이 아니구나. 앞으로 시간이 되면 가끔 요시코와 이런 시간을 갖고 싶구나."

그러면서 회장은 더욱더 경미의 몸을 자기 쪽으로 더욱 가까이 끌어당겼다. 경미를 완전하게 그의 품에 안을 듯이 회장은 자신의 가슴에 경미를 밀착시켰다. 그리고 회장의 입술은 경미의 입술과 맞닿을 정도까지 접근해 있었다. 경미는 한 번도 남자와 이렇게 밀착되는 경험이 없었다. 숨이 막혀 왔다.

무엇보다도 경미를 당혹하게 하는 것은 회장의 아랫부분이 경미의 그곳 가까이 접촉되면서 불거져 나온 회장의 그것이 심하게 요동치면서 경미를 자극해 오기 시작했다. 남자의 그것이 경미의 자극적인 한 부분에 이렇게 밀착되어 보기는 생전 처음이었다. 박제만과 축제 때 춤을 추었지만 이렇게 가까운 밀착은 없었다.

경미는 의식적으로 자신의 몸을 뒤쪽으로 움직여서 지나친 접촉에서 벗어나려 안간힘을 썼다. 그러나 회장은 이번에는 경미의 둔부를 오른손으로 끌어당기면서 더욱 가까운 밀착을 시도하고 있었다. 감당할 수 없는 경미의 당혹감이 온몸을 굳어 버리게 할 정도였다. 무슨 일이 일어날 것 같은 불안과 두려움이 엄습했다.

경미는 회장의 품에서 벗어나야 된다는 생각에 회장이 잡고 있던 오른손을 슬그머니 빼어 버리면서 회장과의 밀착에서 벗어나려고 했다. 회장도 경미의 뜻을 알았는지 오른손을 경미의 어깨에서 내리고 경미의 손을 잡고 테이블로 돌아왔다. 회장은 어느 정도 취기가 올라 있었다.

"요시코와 좋은 시간을 가졌구나. 생일을 다시 한번 축하한다."

"네, 회장님. 저도 정말 좋은 시간을 가졌습니다. 회장님께서 해 주신 생일 축하잔치 정말 평생 잊지 않고 간직하겠습니다. 그리고 저에게 생일 선물로 걸어 주신 이 목걸이 다시 한번 감사드립니다. 잘 간직하도록 하겠습니다."

"그래, 요시코. 내가 너에게 준 그 목걸이는 너의 20번째 생일을 나와 함께 보냈다고 하는 좋은 기념으로 남기를 나도 바라고 싶구나."

"네, 회장님."

회장은 일본인 비서 가와사키가 권해 주는 포도주 한 잔을 건네받으면서 경미에게 줄 것이 하나가 너 있다고 하면서 책 한 권을 내밀었다. 『젊은 베르테르의 슬픔』 책의 제목이었다.

"요시코, 이 책을 한번 읽어 보도록 해라. 이 책은 내가 젊었을 때 아주 감명 깊게 읽은 책이다. 아마도 수십 번은 읽은 기억이 난다. 그 책 속에는 사랑하는 두 사람의 슬픈 이야기가 담겨 있다. 결국 이룰 수 없는 사랑의 이야기가 읽는 사람의 마음을 아프게 하지. 그러나 이 책은 남녀 간의 참다운 사랑이, 감동적인 사랑이 어떤 것인가를 알게 해 준다. 그리고 무엇보다도 사랑하는 여인과 이룰 수 없는 사랑 때문에 목숨까지 버려야 했던 한 남자의 사랑, 그 열정이 무엇인가를 알게 해 주지. 정말 감동적인 사랑이 어떤 것인가를 보여 주는 책이다. 한번 잘 읽어 보도록 해라."

"네, 회장님. 좋은 책 감사합니다. 잘 읽어 보겠습니다."

"그래. 요시코가 그 책을 읽어 보면 알겠지만 그 책 속에 나오는 여자 주인공 이름이 샤 로테다. 내가 그 책을 여러 차례 읽고 얼마나 감동을 받았는지 모른다. 그래서 일본에서 기업을 일으키면서 시작하는 기업의 이름을 샤 로테라고 지었다. 그 책에 나오는 여주인공의 이름을 따서 지었지."

"회장님은 기업의 이름조차 그 책의 여주인공의 이름을 따서 붙일 정도라고 하시니 정말 그 책을 읽으시고 많은 감동을 받으신 것 같네요."

"요시코, 그 책 여자 주인공, 샤 로테의 사랑도 사랑이지만 그 여자를 향한 남자 주인공 베르테르의 열정적인 사랑이야말로 정말 아름다운 사랑의 극치라고 볼 수 있지. 여자들은 잘 모르겠지만 아마도 이 세상 대부분 남자들의 인생이란 그 책의 여주인공, 샤 로테와 같은 여성을 만나기 위한 사랑의 여정일 것이다. 한 번 왔다 가는 인생을 살면서 남자들은 목숨 걸고 사랑하는 여성을 만나길 원하지. 그래야 인생을 멋지게 살았다고 할 수 있지. 한 남자의 인생은 자신의 생명을 버릴 정도로 사랑할 수 있는 여성을 만나느냐 그렇지 않으냐에 성공 여부가 달려 있지. 가장 성공적인 남자의 인생은 죽을 각오로 사랑할 수 있는 여자를 만나는 것이라고 볼 수 있지."

회장은 말을 계속했다.

"요시코에게는 나의 개인적인 이야기를 하나 하지. 나는 19살에 철모르는 첫 결혼을 했어. 1년 후 부인은 딸 하나를 낳았어. 그 딸이 태어나기 전 내가 20살이 되었을 때 난 그 부인을 두고 일본으로 떠날 수밖에 없었지. 가난했던 가정을 반드시 일으켜 세우기 위해서. 일본에서 사업을 시작했지. 그때 일본 여자를 만나서 결혼했어. 지금의 동준과 동민이 두 아들이 그 결혼에서 얻은 아이들이지. 두 번의 결혼을 했지만 지금까지의 내 인생에서 아직도 내가 생명을 바쳐 사랑할 수 있는 샤 로테와 같은 여성을 찾지 못했어. 그렇기 때문에 나는 아직도 성공적인 인생을 살지 못했다고 봐야지."

　회장은 비서가 계속 건네주는 포도주에 어느 정도 취해 있었다. 경미는 아마도 회장이 술 취한 기분에 자기의 개인적인 이야기까지도 길게 늘어놓고 있다고 생각했다. 그러나 아직도 샤 로테와 같은 여자를 만나지 못했기 때문에 자신의 삶이 성공적이지 못하다는 회장의 그 말은 경미의 마음을 혼란스럽게 하기에 충분했다. 이미 세계적인 재벌 왕국을 건설했고, 결혼을 두 번씩이나 했으면서도 자신의 삶이 성공적이지 않다는 회장의 말은 경미의 이해에 혼란을 가져왔다.

　경미는 회장의 말 속에서 자신은 자신의 성공적인 인생을 위해서 어떠한 일이 있더라도 계속해서 자신이 목숨 바쳐 사랑할 샤 로테를 계속해서 찾겠다는 의지를 엿볼 수 있었다. 과연 남자들의 속성은 무엇이란 말인가?

　경미는 회장의 말을 통해서 욕망 속에 내던져진 발가벗은 인간의 모습을 보고 있었다. 부와 권력의 화려한 쇼윈도 뒤에는 회장이 가진 꺼지지 않는 욕망의 횃불이 활활 타오르고 있는 것 같았다. 화려함 뒤에 깊이 숨겨진, 어떻게 보면 탐욕스럽고 이기적인 인간의 모습이 내면 깊숙이 자리하고 있음을 느꼈다. 그리고 누구도 제어할 수 없이 질주하는 회장의 욕망의 전차는 샤 로테라고 하는 정거장이 나타날 때까지 계속해서 달려갈 것 같은 생각이 들었다.

　"사람은 욕망이 충족될수록 더 큰 욕망을 찾는 유일한 동물이며, 결코 만족할 줄 모르는 유일한 동물이다."
　– 헨리 조지

　경미는 회장의 이어지는 말 속에서 그가 욕망을 채우기 위해서 얼마나 방황하는 삶을 살고 있는가 하는 연민의 정이 들었다. 회장은 세상 사람들이 그렇게도 부러워하는 최고의 부의 왕국을 건설했다. 그리고 마음만 먹으면 무엇이라도 할 수 있는 막강한 파워를 양손에 쥐고 있다. 그러면서도 자기 인생의 한구석에 채워지지 않은 욕망을 위해서 또 다른 파랑새 샤 로테를 찾고 있는 회장의 모습이 무척이나 안타까워 보이기까지 했다. 그동안 보지 못했던 가장 형이하학적인, 정말 형언키 어려운 가장 인간적인 욕망의 실상을 보고 있었다.

경미는 회장의 말을 통해서 최고의 부와 권력 속에 묻혀 사는 사람들이 자신들의 그칠 줄 모르는 욕망 속에 얼마나 인간 본연의 모습을 상실하고 있는가를 생각했다.

여러 가지 생각 속에 혼란스러워하고 있는 경미 앞에서 회장은 말을 계속 이어 나갔다.

"나는 그동안 정말 많은 여성을 만나 왔다. 그러나 그들 가운데 샤 로테와 같은 여성은 전혀 찾을 수 없었지. 그래서 내가 온통 정성을 다해 사랑해 온 것은 나의 기업 샤 로테 그룹이다. 나는 그 샤 로테 그룹을 위해서 온 정성을 다 쏟았다. 가진 힘과 열정을 다해서 사랑했다. 내가 찾아 헤매는 샤 로테가 바로 그 기업이었다."

경미가 의아해하면서 회장에게 물었다.

"회장님, 그러면 회장님께서 샤 로테라고 생각하시는 그 기업 이외에 아직 찾지 못하신 샤 로테라고 하는 여인을 계속 찾고 계신 거예요?"

"나는 내가 찾지 못한 샤 로테를 나의 기업을 통해서 찾으려고 했다. 그러나 기업은 기업이고 사랑은 사랑이지. 비록 내 나이가 60이지만 나의 남은 인생을 통해서 나의 사랑하는 여인 샤 로테를 계속 찾아보려고 하는 마음은 변함없어. 세상 사람들은 나를 노욕 망상증 환자라고 손가락질하고 비난할지 모르지만. 그러나 요시코, 인생은 별것이 아니야. 자기가 찾으려고 하는 것, 이루고 싶어 하는 것을 향해서 하루하루를 사는 구도자의 삶이 세상 사람들이 추구하는 인생의 모습이지."

그러면서 회장은 놀라운 이야기로 말을 이어 갔다.

"비서실에 근무하면서 자주 얼굴을 보이는 서민경을 기억할 거다. 네가 언니라고 부르는 서민경 말이다. 너도 잘 알다시피 걔는 우리 그룹의 전속 모델이었다. 얼굴이 세련되고 예쁘고 마음씨 또한 처음에는 정말 아름다웠다. 나는 처음 서민경을 만났을 때 내가 이 세상에서 찾고 찾던 샤 로테를 찾아냈다고 생각했다. 곱고 청순하고 순수했다. 애초에 서민경이 나에게 보여 주었던 그 모습과 성격이라면 내가 일생을 찾고 찾아 헤매던 샤 로테라고 생각했던 거지. 그래서 나는 세상 사람이 무어라고 하든 수년 전부터 서민경을 나의 사람으로 만들었다. 세상 사람들에게는 일본에 유학하게 되었다는 핑계를 대고 내가 일본에 머물 때는 항상 서민경과 함께했다. 그때부터 나는 그녀의 모는 모습을 세상 사람들로부터 감쪽같이 감추어 버리기 시작했다. 광고뿐 아니라 영화, 방송은 물론 신문, 잡지나 일반 광고지에서까지 서민경의 모습을 지우도록 했지. 그리고 그녀의 어리고 귀여운 모습을 사랑하기 시작했어. 그러나 시간이 흐르면서 나는 서민경에게 실망하기 시작했다. 서민경은 내가 그렇게도 찾고 찾던 샤 로테는 아니었다. 1~2년 정도가 지나면서 서민경은 본래 모습을 보이기 시작했다. 서민경은 나처럼 가난한 가정에서 태어나서 자라났어. 예쁘고 아름답게 생긴 얼굴 하나로 돈을 벌어 가난한 가정을 일으켜 세우기를 원했지. 그녀는 그 소원을 이루기 위해서 내가 생각하지도 않던 것까지 나에게 요구하기 시작했다. 내가 예상하지 못한 그녀의 요구에 난 심기가 불편해졌지. 물론 나는 서민경에게 내가 저지른 일에 대해서 책임을 지겠다는 생각은 했지. 그래서 그녀가 원하고 바라는 이상으로 그녀가 놀랄 정도로 많은 것을 주었지."

회장은 남은 포도주로 목을 축이면서 말을 이어 갔다.

"나는 서민경이 원하는 모든 것을 채워 주었는데도 그녀는 나에게 또 한 가지를 더 요구했어. 그것은 자신이 내 자녀를 하나라도 갖고 싶다는 거였어. 물론 나는 거절했지. 너에게 네가 요구하는 재산은 얼마든지 더 줄 수가 있지만 자녀만은 안 된다고. 서민경은 울면서 나에게 만날 때마다 매달리면서 하소연을 했어. 나의 젊음과 청춘과 모든 꿈을 산산조각 내 버린 내게 책임을 지라는 거야. 자신은 이제 더 이상 다른 남자를 만나서 결혼도 할 수 없을 뿐만 아니라 그렇게 되면 여자로서 일생 동안 아이조차도 가질 수 없으니 꼭 하나만이라도 나의 아이를 갖게 해 달라고."

회장은 거기에서 잠깐 말을 멈추고 가와사키가 건네주는 술 한 잔을 다시 받아 마시고 조용히 한숨을 내쉬고 있었다. 동그란 눈을 굴리면서 회장을 응시하던 경미가 물었다.

"그래서 어떻게 하셨어요?"

회장은 다시 말을 이었다.

"내 아내와 상의했지. 내가 서민경과 관계를 시작할 때 이미 아내에게 이야기를 했기 때문에 이미 서민경과의 모든 관계를 알고 있었어. 부인은 나에게 이야기했어. 당신도 어떻게 보면 일말의 책임도 있으니 서민경의 소원을 들어주라고. 그렇지만 절대로 아들은 안 되고 딸아이여야만 한다고 했지. 나중에 기업의 상속 문제가 아이들 때문에 복잡해질 수도 있으니 절대로 남자아이는 안 되고 딸이어야만 된다고."

거의 자정 무렵에 회장은 경미의 생일 축하를 끝내고 비서를 시켜서 경미를 집까지 바래다주었다. 이제 갓 스무 살인 경미라도 그 긴 이야기를 들었으니 회장의 상황을 이해하지 못할 리가 없었다. 무엇보다도 그동안 경미가 의아하게 생각해 왔던 서민경에 대해서 자세하게 알 수 있는 계기가 되었다. 그러나 경미는 회장이 다른 사람도 아닌 여비서인 자신에게 그런 이야기를 상세하게 해 주었는지는 이해할 수 없었다.

그리고 회장이 샤 로테를 찾아내고야 말겠다는 의지를 아직도 가지고 있다는 것을 왜 경미에게 그렇게 소상하게 이야기했는지 아직도 남자의 세계를 알지 못하는 경미에게는 하나의 이해하지 못할 숙제로 남아 있었다. 회장은 자신의 이야기를 계속해서 하는 동안 커다란 그의 눈망울 동공 속에 경미를 온전히 가두어 놓고 있는 듯했다. 경미 또한 회장과 함께하는 시간 내내 자신의 마음 한쪽에 회장이 자리를 잡으려고 비집고 들어오는 듯한 느낌을 받고 있었다. 그러나 경미는 회장의 욕망의 전차가 샤 로테가 아닌 경미의 정거장에 정차하기 위해서 서서히 속도를 줄여 가고 있는 것을 알지 못하고 있었다.

경미는 근무하는 틈틈이 회장이 건네준 『젊은 베르테르의 슬픔』을 읽어 가기 시작했다. 한 글자, 한 문장도 놓치지 않기 위해 정독해 나갔다.

어떠한 사랑의 내용이 담겨 있는 것일까? 무엇이 그렇게도 회장의 마음에 감동을 안겨 주었을까? 그 소설의 주인공이 어떤 여인이었기에 회장이 사업을 시작하면서 기업의 이름까지 그 소설의 여주인공 샤 로테라는 이름을 붙여 놓았을까? 그리고 무엇보다도 그 여주인공의 사랑이 어떠했기에 회장은 아직도 그 주인공과 같은 사랑하는 여인을 애태우며 찾고 있는 걸까?

경미에게 궁금한 것이 한둘이 아니었다. 경미는 며칠이 안 되어 몇 번씩이나 그 책을 읽었다. 경미는 그 책의 내용을 계속 더욱 구체적으로 음미하고 싶어서 내용을 정리해 보았다.

　〈『젊은 베르테르의 슬픔』은 젊은 지식인 베르테르가 자기의 친구 빌헬름에게 편지를 쓰는 것으로 이야기가 시작된다. 당시에 젊고 감성이 아주 예민한 나이였던 베르테르는 직업 관계로 고향을 떠나 발하임이라는 곳으로 거처를 옮겨 갔다고 했다. 어느 날 젊은 베르테르는 그곳에서 열린 어느 무도회에서 어떤 여인과 만나 춤을 추게 된다.

　그 여인이 바로 샤 로테라는 여인이었다. 춤을 추면서 샤 로테와 베르테르는 서로 감성이 통했고, 베르테르는 그녀에게 반해 버린다. 날이 갈수록 샤 로테에 대한 사랑의 감정이 깊어진다. 그렇지만 샤 로테에게는 알베르트 라고 하는 약혼자가 있었다. 그리고 그녀는 자신의 약혼자, 알베르트를 베르테르에게 직접 소개해 주었다. 그런데도 베르테르는 샤 로테에 대한 연정을 끊어 버릴 수가 없었다. 한때는 마음을 고쳐먹고 그녀를 잊어 보려고 노력도 해 보았지만 샤 로테에 대한 사랑의 감정은 결코 쉽게 잊히지 않았다.

　베르테르는 샤 로테가 이미 약혼자와 결혼해서 유부녀가 되어 버린 뒤에도 샤 로테의 주위를 떠나지 못하고 맴돌면서 그녀와의 사랑을 이어 보려고 안간힘을 쓴다. 그러나 샤 로테는 자기의 남편을 위해서 베르테르와 더욱더 거리를 두게 된다. 그러던 어느 날 베르테르는 샤 로테에게 사랑을 고백하면서 키스를 시도했지만 당황한 샤 로테는 베르테르에게 절교를 선언해 버린다.

　샤 로테의 절교 선언으로 젊은 베르테르는 삶의 의미를 전부 상실한다. 결국 샤 로테와의 사랑을 이루지 못하고 온전히 삶의 가치를 잃어 버린 베르테르는 절망에 빠진 나머지 잘못된 결정을 한다. 자신의 극단적인 선택만이 샤 로테와의 사랑을 완성할 수 있는 길이라 생각한다. 베르테

르가 샤 로테의 남편에게 권총을 빌려 자신의 생을 마감하는 것으로 소설은 끝을 맺는다.〉

경미는 『젊은 베르테르의 슬픔』을 읽고 여자 주인공 샤 로테보다도 남자 주인공인 베르테르라는 청년에게 주목했다. 이룰 수 없는 사랑 때문에 끝내는 권총으로 인생을 마감해야 했던 남자 주인공 베르테르. 작가 괴테는 베르테르를 유복한 가정에서 태어났고 무엇 하나 부족함이 없는 청년으로 그렸다. 베르테르는 아버지로부터 막대한 유산까지 받은 당시에 보기 드문 행운의 젊은이기도 했다. 그와 같이 남부러울 것이 없는 꿈 많은 청년이 어떻게 해서 한 유부녀와의 이루지 못한 사랑을 비관해서 자살까지 했을까. 이해가 되지 않았다.

베르테르와 같이 모든 조건을 다 갖추고 있는 사람은 얼마든지 샤 로테라는 여자 말고도 사랑할 수 있는 수많은 여성을 만날 수도 있었을 텐데. 왜 샤 로테라는 여성에게만 집착을 가지고 있었을까? 경미의 마음속에는 베르테르와 샤 로테 그룹의 회장이 오버랩되고 있었다.

회장은 어렵고 힘든 상황 속에서도 일본과 한국, 두 나라에 걸쳐서 세계적인 기업 왕국을 건설했다. 또 정치적인 영향력뿐만이 아니라 무엇이든지 하고 싶으면 할 수 있는, 보기 드문 막강한 힘의 소유자이다.

회장의 젊은 날의 첫 결혼은 철모르는 결혼이었다고 해도 일본에서의 두 번째 결혼은 일본 명문가 출신 미녀 하마코와 했고 그 결혼을 통해서 장래의 샤 로테 그룹의 재벌 왕국을 이끌어 갈 두 아들까지 두지 않았나!

회장은 어떻게 보면 이 세상에서 더 이상 부러워할 것이 없는 성공한 기업과 가정을 가진 행운아다. 그리고 무엇보다도 자신보다 거의 40살 연하의 절세미녀 서민경을 연인으로 두고 있지 않은가! 그야말로 회장은 이 세상에서 더 이상 아무것도 바랄 것이 없는 완벽한 인생을 살고 있다. 마치 젊은 베르테르가 젊음과 지성과 모든 풍요를 갖추었던 것처럼 회장도 세상이 부러워하는 모든 것을 다 갖추고 있다. 그러면서도 자신이 평생 찾지 못한 샤 로테를 찾겠다는 집착을 버리지 못하고 방황하는 가엾은 영혼이 샤 로테 그룹 회장이라고 경미는 생각했다. 경미는 회장에 대한 동정심과 함께 연민의 정으로 마음과 생각이 온통 혼란스러워졌다.

과연 인간의 욕망은 끝이 없는 것인가? 회장은 지금까지 살면서 세상 사람들이 감히 상상할 수도 없을 만큼 삶의 영역을 확대해 왔다. 그런데 거기에서 얼마나 더 넓혀 나가야 만족하는 것인가!

인간은 과연 생활 속에서 기본적인 삶의 욕망이 충족되면 리비도(Libido)의 영역으로 자신의 인생을 확대하여 가기를 원하는 것인가? 사회적 윤리와 도덕에 엄청난 도전을 받을 수밖에 없는 리비도를 통제할 수 있는 수퍼이고(Superigo)의 양심은 인간에게는 존재하지 않는 것인가? 정말 회장은 자신의 또 다른 영역에서 만족하지 않으면, 성공적이고 참다운 인생을 살지 못한다고 하는 낭만주의자적인 사고방식에서 나오는 것인가?

젊은 베르테르는 자신의 삶에 필요한 모든 것을 갖춘 사람이었다. 돈 많고 유복한 사람이었다. 세상에 부러울 것이 없는 젊은 영혼이었다. 그러나 그의 비극은 현실의 모든 만족을 제쳐 놓고 제도와 윤리관을 뛰어넘는 또 다른 인생의 영토의 확장을 원했다. 자신이 가지고 있는 만족한 인생의 넓은 영토에서 넓혀 가야 하는 또 다른 영역이 있다고 생각했다.

젊은 베르테르는 자신이 확대하고자 하는 그 영토를 확보하지 못하면 자신의 삶에 참다운 가치를 부여할 수 없다고 여기는 젊고 낭만적인 영혼을 가진 사람이었다. 그 낭만적이고 자유로운 영혼이 미치도록 추구하는 무엇인가를 가질 수 없다는 상실의 절망감을 느끼면 결국 비극적인 선택을 하게 되는 것이다.

그에게는 현실의 만족스러운 삶의 뒤쪽에 엄청난 목마름으로 이루어 내지 않으면 안 되는 깊이 숨겨져 있는 무엇인가가 있었다. 어떻게 보면 그 숨겨져 있는 그것에 인생의 가장 큰 가치와 의미를 부여했고 그것에 대한 만족이 이루어지지 않을 때는 인생 전체의 방향감각이 상실되고 마는 것이다. 그래서 더 깊고 가치 있는 삶의 의미를 감성적인 이유로 포기하게 되는 것이다.

어떻게 보면 젊은 베르테르의 슬픔은 베르테르가 샤 로테라고 하는 한 여성에 대한 사랑에 치우쳐서 자신의 인생 전체를 그 블랙홀 속에 가두어 놓고 빠져나올 수 없게 만들어 버린 병적인 사랑이었고 슬픔이었다. 그것은 결국 인생 막장의 비극을 불러올 수밖에 없는 것이다.

거기에 젊은 베르테르의 비극적인 슬픔이 있는 것이다.

"사람은 누구나 스스로 의미를 부여한 주관적인 세계를 살아간다."
– 아들러

소설을 몇 번 반복해서 읽은 후, 경미는 회장이야말로 소설의 주인공인 젊은 베르테르와 거의 비슷한 감성의 사람이라고 생각했다. 회장은 세상 사람들이 일반적으로 생각하는 삶 속에서의 만족보다는 그 너머에 있는 또 다른 욕망의 충족으로 자신의 인생의 완벽한 성공을 이룰 수 있다고 생각했을 것이다.

경미는 회장이 건네준 『젊은 베르테르의 슬픔』을 읽고 회장의 영혼 속에 간직되어 있는 그의 슬픔이 무엇인가를 알게 되었다. 샤 로테 그룹 회장이야말로 200년 전 괴테의 소설 속에 나왔던 젊은 베르테르가 나이 든 모습으로 변해 있는 '늙은 베르테르'라고 생각했다. 회장은 정녕 '늙은 베르테르의 슬픔'을 간직한 가엾은 영혼이었다.

그러나 이상하게도 경미에게는 자신의 생일을 축하해 주고 자신의 인생에 대해서 모든 것을 알게 해 준 회장이 어떻게 보면 가장 솔직하고 순수한 개성을 가진 남자의 모습으로 각인되어 가고 있었다.

회장은 젊은 베르테르가 가지고 있는 나약한 슬픔의 인간상만 가지고 있는 것이 아니었다. 회장이야말로 이 세상에서 가장 야심 찬 용기와 배짱을 가진 남자다운 남자라는 생각이 들었다. 시시껄렁한 사회적인 노력이나 윤리 관념에 구애받지 아니하고 거칠 것 없이 인생의 성공을 위해 질주해 가는 그의 담대한 정신력은 이 세상 어떤 사람도 가지고 있지 않은 것이라고 생각했다. 아마도 앞으로 회장이 계획하는 인생의 영토는 끝도 없이 무한정으로 확장되어 가리라!

경미는 정복자 같은 회장의 남성미에 끌려가고 있는 자신을 발견했다. 경미는 회장이 어떤 사람인가를 알고부터 회장에 대한 동정심을 넘어서 그의 솔직하고 남자다운 인간미에 마음을 빼앗기기 시작했다. 회장에 대한 경계심이나 거리감이 온전히 사라지고 있었다. 회장을 대하기가 훨씬 부드러워졌고 스스럼이 없어졌다. 경미의 비서 생활에도 활기가 차오르기 시작했다.

그리고 그동안 대부분의 업무는 가와사키 비서를 통해서만 이루어져 왔지만 경미의 생일 파티 이후부터는 회장과의 직접적인 대화가 많아졌다. 회장이 직접 지시도 하고 보고를 받기도 했다. 업무 스트레스로 인해 웃음기 없던 회장의 얼굴에 경미를 볼 때마다 따뜻한 미소가 흘렀다. 회장과 경미와의 거리는 아주 가까워지고 있었다.

회장은 외국인 거래 손님들이 와서 파티를 열거나 전용 골프장에 갈 때도 특별한 경우가 아니면 경미를 대동했다. 전에는 참석하지 않았던 계열사 대표들과의 회의 때도 종종 경미를 참관케 해서 메모를 부탁하기도 했다.

그뿐만이 아니었다. 그동안에는 경미가 출근해서 회장에게 출근 인사를 했었다. 물론 그렇게 하는 것은 변함이 없었지만 어느 때부터인가 회장이 아침에 출근하는 경미를 반갑게 맞이하기도 했다. 그러나 경미를 가끔 당혹스럽게 하는 것이 있었다. 그것은 회장이 가끔 갑작스럽게 나타나서 경미를 뒤에서 갑자기 껴안는 경우가 잦아진 것이다. 그리고 그것은 반가운 사람들이 만났을 때의 인사로 하는 허그(Hug) 정도가 아니었다. 가끔 회장의 양손은 경미의 가냘픈 젖가슴 쪽을 향했다. 그리고 가끔 경미의 둔부 가까이 접근한 회장의 그것이 불끈거리면서 경미의 둔부에 단단하게 자극을 주기도 했다. 그럴 때마다 경미는 자신의 둔부를 앞으로 당기면서 회장으로부터 받는 자극을 피하려고 안간힘을 썼다. 경미가 회장실에서 일해 온 지난 1년 동안에 전혀 생각지도 못했던 회장의 돌발 행동들이 경미를 혼란스럽게 하기 시작한 깃이다.

경미는 태어나서 지금까지 한 번도 남자들에 대해서 생각해 본 적이 없었다. 특별히 남성의 그것에 대해서 알지를 못한다. 사춘기 때도 남성의 그 부분에 대해서는 아무런 관심도 갖고 있지 않았다.

박제만과 축제 때 함께 춤을 추면서도 어떠한 자극도 받은 적이 없다. 박제만은 경미와 친하게 지내기는 했지만 어떠한 성적인 표현을 해 보이지 않았다. 경미는 남성의 그것이 얼마나 큰지 작은지도 알지 못한다. 경미가 어린 남동생의 그것을 본 것밖에는 성인 남성의 그것에 대해서는 조금도 알지 못하는 순진한 처녀다.

그런데 가끔 경미의 둔부를 자극하는 회장의 그것에 정말 성인 남자들의 그것이 정말 그렇게 큰 것인가 놀랐다. 그러나 경미가 알든 모르든, 인식하든 인식하지 못하든 회장의 경미를 향한 샤 로테의 감정 이입은 진작부터 시작되고 있었다. 회장은 서서히 경미를 자신의 샤 로테로 만들어 가고 있었다.

11월 20일은 신 회장의 생일이다. 특별히 1981년 11월 20일은 신 회장의 60회 생일이다. 장남 동준이와 차남 동민이가 회장의 생일을 준비했다. 생일잔치는 35층 회장 집무실 옆의 대회의실에서 열렸다. 가족들만 모인 조촐한 생일잔치였다. 샤 로테 그룹 가족 전체가 회장의 생일은 알고 있었지만 회장은 자신의 생일잔치를 항상 가속늘과의 만남으로 제한했다.

일본인 부인과 두 아들 내외와 그 자녀들이 모였다. 경미는 회장 비서로서 특별하게 초대되었지만 서민경은 초대되지 않았다. 회장의 생일잔치에서는 어느 한 사람도 한국말을 사용하지 않았다. 경미 또한 일본말로 자신을 소개했다. 경미가 자신을 소개하고 있을 때 두 아들 부부도 그랬지만 특별히 회장의 부인, 하마코가 유심하게 경미를 주시하고 있었다. 경미는 회장의 생일잔치가 끝나기 전에 일찍 자리를 떠났다.

서민경조차도 초대되지 않았던 회장의 생일잔치에 경미가 특별히 초대되었던 것도 회장의 계획된 의도에서였다.

경미의 비서 생활에는 한층 더 탄력이 붙었다. 회장과의 대화는 업무적인 것 외에도 계속해서 많아졌고 일본인 비서 가와사키와도 어느 때보다도 가깝게 대화하고 있었다.

경미는 회장이 일본의 샤 로테 그룹을 둘러보기 위해 일본에 가는 짝수 달에는 일본어와 컴퓨터에 더욱 열정을 가지고 매달렸다. 경미는 중고등학교 때는 발레 때문에 학과 공부에는 많이 소홀했지만 비서실을 통해서 배우고 있는 컴퓨터와 일본어는 완전하게 마스터하고 말겠다는 일념으로 온갖 정성을 다했다. 그 결과 일본어는 이제 자유롭게 대화를 나눌 수 있는 수준에 이르렀고 회장실에 배달되는 일본어 신문이나 잡지도 거의 다 이해하게 되었다.

이듬해 1982년 4월이 되었다. 겨울을 밀어내고 뒤쫓아온 봄은 서서히 자신의 세계를 넓혀 가고 있었다. 온통 봄꽃 내음이 세상을 가득 채워 가기 시작했고 움츠렸던 사람들의 마음도, 발걸음도 따스한 봄 향기와 함께 어깨를 펴고 활기를 띠어 갔다.

경미의 삶 속에도 온통 봄의 물결이 휘감겨 왔다. 21살의 젊음은 더욱 부풀어 오르고 있었다. 이제 대학교 3학년이 되는 미란이가 가끔 들러서 함께 대화를 나누는 시간을 가지기도 했다.

그러던 4월 중순에 기획실로부터 연락이 왔다. 2박 3일의 일본 출장을 다녀오라는 통보였다. 그동안 일본과의 모든 업무 연락은 거의 모두 다 기획실에서 담당했기 때문에 경미의 일본 출장은 의외였다. 회장에게 서류를 전달하고 오라는 것이었다. 경미는 한 번도 외국에 홀로 나가 본 적이 없었다. 비록 일본은 한 시간 정도의 비행 거리였지만 경미에게는 생소할 수밖에 없는 출장이었다.

경미는 1982년 4월 20일 김포공항을 통해서 일본으로 출국했다. 경미의 일본 출장길에는 경미가 감히 생각하지도 못했던 또 다른 운명이 기다리고 있었다.

경미가 일본 하네다 공항에 도착했을 때 일본 샤 로테 그룹에서 보낸 2명의 비서가 경미를 맞이했다. 남자 비서 한 사람과 여자 비서 한 사람이었다. 경미가 입국장으로 나오자마자 그들은 즉각 경미를 알아보았다. 그들은 이미 사진을 통해서 경미의 모습을 알고 있었다.

"한국 샤 로테 그룹에서 오신 요시코 씨지요?"

그들은 경미의 일본 이름까지 이미 알고 있었다.

"네, 안녕하세요. 요시코라 합니다."

"반갑습니다. 이렇게 뵙게 되어서."

"네, 저도 반가워요. 이렇게 나와 주셔서 감사합니다."

두 비서는 공항에 대기하고 있던 검은 벤츠 승용차로 경미를 안내하고, 공항에서 20분 정도 거리에 있는 제국호텔로 경미를 데려다주었다. 경미가 안내받은 곳은 제국호텔 25층의 아주 전망이 좋은 귀빈실 방이었다. 안내했던 비서 가운데 남자 비서는 경미에게서 일본 샤 로테 그룹에 보내는 서류를 전해 받고 바로 호텔을 떠나고 일본인 여자 비서가 경미 곁에 남았다.

"회장님께서는 오후 6시에 요시코 비서와 저녁 식사를 함께하시기 위해서 오실 겁니다. 회장님이 오실 때까지 4시간 정도의 여유가 있으니 그때까지 제가 요시코 비서와 함께 시간을 갖도록 하겠습니다."

그러면서 그녀는 자신의 이름은 미야코라고 소개했다. 미야코와 경미는 곧바로 호텔 밖으로 나와서 거리를 함께 걸었다.

경미에겐 도쿄가 정말 깨끗하고 아름답게 보였다. 한국과는 먼 거리에 있지 않은 가장 가까운 나라였지만 경미는 한국에서 느껴 보지 못하던 이국의 색다른 정취를 이 도시에서 느끼고 있었다. 미야코는 경미를 호텔 주위의 가까운 이곳저곳으로 안내했다.

제국호텔이 들어서 있는 지요다구 지역은 일본 도쿄에서도 가장 중심부라고 했다. 도쿄의 가장 중심부인 이곳에 1980년에 지어졌다고 하는 이호텔은 한국에서는 볼 수 없는 규모와 위용을 자랑하고 있었다. 한국에서 회장의 집무실이 있는 샤 로테 호텔도 작은 규모는 아니지만 경미에게는 이 제국호텔이야말로 크기나 위치에 있어서 그 어떤 호텔과도 비교가 되지 않는다고 생각했다. 그리고 미야코 비서의 설명에 따르면 그 호텔의 주변 경관이 일본 전체를 대표하는 듯이 보였다.

　호텔에서 정면으로는 일본 천황의 궁전이 보였다. 바로 그 옆으로는 히비야 공원이 있고 호텔 왼쪽에 있는 제국 극장과 연결되는 긴자 거리에는 지구상에서 제일 유명한 명품들을 파는 쇼핑몰과 음식점들이 줄지어 들어서 있다. 일본 중심부답게 정부청사는 물론 국회, 언론사, 그리고 일본의 중요 기업체들이 호텔 주위에 즐비하게 들어서 있다. 일본에서는 '천황의 집에서 가까울수록 일본의 중심에 서 있다.'라는 이야기가 있듯이 천황의 집을 중심으로 도쿄의 가장 아름다운 도시 모습이 펼쳐져 있었다.

　경미는 미야코와 함께 히비야 공원과 화려한 긴자 거리를 호기심 가득 찬 눈으로 둘러보았다. 두어 시간은 금세 지나갔다. 회장과의 약속 시간이 1시간 정도 남아 있었기 때문에 경미와 미야코는 호텔 카페로 돌아와서 이야기를 나누었다.

　먼저 미야코가 자신을 소개했다. 미야코는 22살로 경미보다 한 살 위였다. 대학을 졸업하고 일본 샤 로테 그룹에 입사한 지 1년 되었다고 했다. 경미보다는 키가 약간 작아 보였지만 작은 얼굴에 코가 오뚝하고 동그란 눈에 쌍꺼풀이 선명한 귀여운 모습이었다. 몸매가 날씬하고 세련되어 보이고 지성미 넘치는 전형적인 일본의 젊은 미녀였다.

　미야코가 물었다.

　"일본은 처음이신가요?"

　"네, 처음입니다."

　"잠깐 둘러본 도쿄는 한국의 서울과 비교해서 어떤 느낌이 드시나요?"

　"제가 조금 전에 보았던 도쿄의 모습은 정말 아름답습니다. 그리고 무엇보다도 도시가 정말 질서 정연하고 깨끗합니다."

　"네, 좋게 보셨네요. 저도 한국에 두 번 다녀온 적이 있습니다. 일본 샤 로테 그룹에 입사하기 전입니다. 대학에 다닐 때 친구들과 함께 여행을 다녀왔습니다. 한국 서울도 명동을 중심으로 아주 잘 정돈되어 있고 도시가 아기자기하고 한국 사람들이 정말 친절했어요. 그리고 한국 음식들도 맛이 참 좋았습니다."

"네, 그러셨군요. 그러나 제가 보기에는 아직은 도쿄가 서울보다는 훨씬 더 화려하고 예쁘게 꾸며진 도시 같네요."

"네, 그렇게 느끼셨군요. 이제 요시코도 시간이 허락되면 자주 오도록 하세요. 먼 기리도 아니니까요. 도쿄 중심지 외에도 가 볼 만한 곳들이 많이 있답니다. 좋은 온천 지역도 있고요. 일본에 오시면 제가 시간을 내서 잘 안내하겠습니다."

"네, 감사합니다. 시간이 허락되면 그렇게 하겠습니다."

"무엇보다도 요시코와 저는 거의 동년배고 하니 좋은 친구가 되어서 잘 지냈으면 좋겠습니다."

"네, 그래요. 우리 좋은 친구로 지내기로 해요. 저도 일본에 미야코와 같은 친구가 있다고 생각하니 마음이 너무 기쁩니다."

경미와 미야코는 서로 가볍게 포옹하는 것으로 앞으로의 우정을 약속했다.

미야코는 회사 전화번호는 물론 자기의 개인 전화번호까지 적어 주면서 서로 연락을 하면서 좋은 친구로 지내자고 했다. 경미는 미야코와 일본어로 자유롭게 대화한 데 뿌듯함도 느꼈다.

저녁 6시, 경미와의 저녁 약속 시간이 되었을 때 회장은 경호원 3명과 가와사키 비서실장과 함께 경미를 찾아왔다. 그리고 제국호텔에서 특별한 손님을 위해서 예약해 두었던 호텔 식당의 별실로 저녁 식사를 위해서 자리를 옮겼다.

회장이 경미에게 물어 왔다.

"그래, 일본에 처음 와서 본 인상이 어떻든?"

"네, 아주 좋았어요. 옛날과 오늘이 잘 조화를 이루고 있는 도시 같아요. 그리고 도시가 아주 깨끗하고 정리가 잘 되었다는 인상을 받았어요."

"그래. 도쿄의 첫인상을 좋게 보았구나. 지금은 도쿄가 새롭게 건설되고 단장되어서 그렇지 내가 20세 때 한국에서 현해탄을 건너왔을 때만 해도 전쟁의 와중에 도시는 온통 파괴되었고 혼란의 연속이었지. 정말 지금은 세계적인 도시가 되었지."

"정말 회장님은 대단하세요. 그 폐허 속에서 오늘날 세계적인 기업을 일구어 내셨으니 감히 상상하기 힘들어요."

"일본의 전쟁 후의 시대 상황과 나의 운이 함께 작용한 게 아닐까 생각한다."

회장은 경미와의 저녁 식사 때는 포도주 대신 나폴레옹 꼬냑을 즐겨 마셨다. 경미에겐 미국 캘리포니아산 포도주가 주어졌다. 회장과의 4시간에 가까운 식사가 끝나자 어느새 밤 10시가 되어 있었다.

"오늘은 이곳에 오느라고 피곤할 테니 편히 쉬고 내일 다시 만나도록 하자. 내일은 오늘 만났던 미야코와 그 외의 몇 사람이 네게 일본의 샤 로테 그룹 본사와 그 외의 몇 곳을 안내할 것이다. 그리고 저녁 시간에 이곳에서 다시 만나서 식사를 같이 하도록 하자."

"네, 회장님. 감사합니다. 내일 뵙도록 하겠습니다."

"그래, 잘 쉬도록 해라."

첫날 일정은 회장과의 저녁 식사를 끝으로 마무리 지었다.

이튿날 경미는 미야코와 함께 나온 남자 비서 한 명과 함께 도쿄 신주쿠에 있는 일본 샤 로테 그룹 본사를 방문했다. 회장은 오늘 외국인 바이어와 함께 골프장에 가고 회장실은 비어 있었다. 경미는 일본 샤 로테 그룹

본부의 몇 개의 부서들을 둘러보고 난 뒤 어제 경미가 보지 않았던 도쿄 외곽 지역을 그들과 함께 둘러보았다. 도시의 순환 도로들을 돌아서 도쿄에서 가 볼 만한 이곳저곳을 그들과 함께 관광했다. 정말 크고 아름다운 도시라는 생각이 들었다. 경미는 미야코 일행과 음식점에서 점심 식사를 한 후에 오후 3시경에 호텔로 돌아왔다. 회장과 저녁 식사를 하기로 약속한 시간인 6시까지는 3시간 정도가 남아 있었다.

경미는 그 시간에 한국의 부모님, 그리고 동생들에게 전화를 해서 안부를 전하고 미란이에게도 전화를 해서 자신의 일본 출상에 대해서 이야기를 나누었다. 경미의 2박 3일 일본 출장 일정은 그렇게 끝나가고 있었다. 그러나 경미는 오늘 밤 자신에게 닥쳐올 엄청난 운명의 변화는 아예 예측하지 못하고 있었다.

회장과의 저녁 식사는 어제와 같은 호텔 식당의 특별 홀에서 가졌다. 무슨 이유인지 모르지만 오늘 저녁에는 회장의 얼굴은 유난히 밝고 유쾌하게 보였다. 무슨 기분 좋은 일이라도 있었던 걸까? 식사가 진행되면서도 회장의 얼굴에서 밝은 미소가 떠나지 않고 있었다.

회장 자신은 연거푸 온더락 위스키를 들면서 경미에게는 오래된 프랑스 포도주를 권했다. 저녁 식사 시간이 어느 정도 흐르면서 회장의 얼굴도 술기운 때문인지 약간은 상기되기 시작했다. 회장은 앞에 마주 보고 앉은 경미에게 살며시 말을 건넸다.

"경미야, 항상 느끼는 것이지만 네 얼굴은 볼수록 아름답다. 시간이 갈수록 너의 얼굴은 정말 피어나는 장미꽃 같구나. 너와 함께 일을 한다는 것이 정말 나로서는 큰 기쁨이다."

"감사합니다. 그러나 저는 갖추지 못한 것들이 너무 많습니다. 회장님께서 잘 돌봐주세요."

"너는 얼굴과 몸매만 예쁘게 갖춘 것이 아니라 일을 잘 처리하는 재능도 가졌어."

"과찬이세요, 회장님. 앞으로도 계속 회장님께서 잘 지도해 주세요."

술잔을 기울이며 한동안 경미를 응시하던 회장이 다시 말을 건넸다.

"경미야. 지나가는 말로 들어도 괜찮다. 그리고 대답하기 싫으면 대답 안 해도 된다. 혹시 예전에 사귀던 남자 친구라도 있었니? 아니면 지금 사귀는 사람이라도 있는 건 아니니?"

경미는 갑작스러운 질문에 당황하면서 포도주로 달아오른 입술을 지그시 물었다가 회장에게 대답했다.

"회장님, 옛날에도 없었고 지금도 사귀는 사람은 없습니다. 그러나 제가 고등학교 때 어떤 남자를 만난 일은 있었어요. 한때는 정말 그 오빠를 진지하게 사귀고 싶었던 마음을 가지고 있었어요. 그러나 그 오빠와의 관계는 일찍 끝나고 말았어요. 그 당시 오빠 가정에 감당할 수 없는 예상치 못했던 일이 생겼습니다. 그런 일로 해서 관계가 계속될 수 없었어요. 아무것도 알지 못하던 여고 시절, 저에게 꿈결처럼 나타났다 사라져 버린 사람이었어요."

"으음… 여고 시절이라…. 감성이 가장 예민할 때였구나."

"네, 회장님. 여고 1학년 때의 봄이었어요. 이성에 눈도 뜨지 않았던 철없을 때 만난 오빠였습니다."

"그래? 혹시 경미가 괜찮다면 어떤 만남이었는지 말해 줄 수 있겠니?"

경미는 지나간 그때의 순간을 회상하는 듯 잠시 마음을 가다듬고 이야기를 시작했다.

"회장님, 지난번에 잠깐 말씀드렸듯이 저의 삼촌이 육군사관학교에 다니셨어요. 지금은 이제 졸업하셔서 임관하시고 군에 계세요. 그 삼촌이 사

　　　　　　　　베르테르의 연인

관학교 다니실 때 사관학교에서 1년에 두 번, 봄과 가을에 축제가 열렸습니다. 그 축제 때 삼촌이 친구인 사관생도에게 저를 소개해 주었어요. 사관학교 축제 때는 사관생도들 각자에게 파트너가 필요했어요. 그때 삼촌이 소개한 사관생도가 당시 우리나라 최고 통치자였던 분의 외동아들 박제만 오빠였어요. 축제가 있을 때마다 박제만 오빠를 만나서 같이 춤도 추기도 하고 승마도 하면서 시간을 함께 보냈습니다. 그때는 제가 남녀 간의 사랑이 무엇인지 아무것도 몰랐기 때문에 이성 친구로 만난다 하는 생각은 조금도 없었어요. 그러나 시간이 흐르면서 그 오빠에 대한 많은 관심이 생기기 시작했어요. 그 오빠를 만나고 싶어 했고 보고 싶어 했어요. 사춘기 시절에 찾아온 애틋한 풋사랑의 감성이었나 봐요. 그러나 그 오빠에게 갑작스럽게 일어났던 충격적인 사건 때문에 서로 연락조차 하지 못하면서 세월이 흐르는 동안 서서히 잊혀 가고 말았습니다."

"그랬었구나. 그런데 지금도 계속 연락은 서로 하고 있는 거냐?"

"아니에요. 연락을 하지 않은 지 오래되었어요. 삼촌을 통해서 가끔은 소식을 듣고는 있습니다. 삼촌의 이야기로는 박제만 오빠가 10.26사태 이후 아직도 마음을 제대로 추스르지 못한다고 하세요."

"10.26사태…. 그래, 그 일은 정말 아무리 생각해도 정말 국가적으로 큰 재난이었어. 그리고 그 가족에게는 얼마나 큰 아픔이었겠나. 그렇구나. 그래도 요시코는 가장 높은 분의 아들과 데이트를 한 경험이 있었구나. 그래. 어쩌면 너는 당연히 그럴 자격이 있다고 생각한다. 남다른 미모를 가지고 있으니, 너를 싫어하는 남자는 없었을 거야. 그리고 요시코, 너의 마음씨는 너무 정답고 순수해…."

회장은 술잔을 기울여 목을 축인 다음에 말을 계속 이어 갔다.

"요시코, 너에게에만 말한다마는 나는 10.26사태로 돌아가신 그분으로부터 나의 일본 기업이 한국에 진출할 수 있도록 많은 도움을 받았지. 특히 샤 로테 호텔의 오늘이 있기까지 그분의 도움이 컸지."

회장은 자신의 샤 로테 그룹의 오늘을 만드는 데 많은 도움을 준 분의 아들과 한때 친구였다는 경미의 얼굴을 넌지시 바라보면서 잠깐 동안이나마 생각에 잠기는 듯했다.

경미와 회장의 저녁 식사가 끝이 났다. 회장의 곁을 지키던 경호원들은 회장과 가와사키 비서, 그리고 경미를 호텔 방으로 안내하기 위해서 엘리베이터로 향했다. 엘리베이터는 경미의 방이 있는 25층에서 서지 않고 5개 층을 더 올라가서 30층에서 섰다. 두 명의 경비원들은 30층 호텔 복도의 왼쪽에 있는 방으로 회장과 경미를 안내해 주고는 어디론가 사라졌다. 그 방에는 회장과 가와사키, 그리고 경미 셋만 남겨졌다.

방에 들어서자마자 회장은 경미를 호텔 거실 뒤쪽에 있는 회의실과 같은 꽤 넓은 방으로 데리고 갔다. 그는 웃옷을 벗어 가와사키에게 주고 경미에게 다가왔다.

경미는 짐짓 몸을 뒤쪽으로 빼는 듯했지만 회장은 갑자기 자기의 왼손으로 경미의 오른손을 잡고 오른손은 경미의 어깨에 걸쳤다. 그러고는 춤을 추기 시작했다.

지난해 경미의 생일날에 추었던 춤을 추기 시작한 회장은 얼마 지나지 않아 경미를 자기의 품 안으로 가까이 끌어들이기 시작했다. 경미의 젖가슴이 회장의 가슴에 닿을 때마다 경미가 묘한 자극을 느끼기 시작했다. 그리고 회장의 오른손은 경미의 어깨에서 뒷등을 거쳐 내려오더니 경미의 둔부를 자극하기 시작했다. 곧이어 회장의 입술이 경미의 이마를 자극했다. 그리고 그의 입술은 망설임 없이 경미의 입술을 압박하기 시작했다. 경미는 고개를 살짝 옆으로 돌려서 회장의 입술에서 벗어나려 했다.

그러나 회장의 혀는 어느 사이에 굳게 닫힌 경미의 양 입술에 압력을 가하면서 경미의 입을 벌리기를 강요하고 있었다. 경미는 소스라치게 놀라 고개를 옆으로 돌려 회장의 입술에서 벗어나려고 안간힘을 썼다. 그리고 회장의 가슴을 양손으로 밀어내면서 자신의 몸에서 떼어 내려고 안간힘을 썼다.

"회장님, 제발 이러지 말아 주세요. 저는 정말 아무것도 모릅니다. 회장님."

경미는 손으로 빌다시피 하면서 회장에게서 벗어나려고 안간힘을 썼다. 그러나 회장은 경미의 애원을 들은 체도 않고 자기가 시작한 일을 계속 밀어붙이고 있었다.

"회장님, 제발…."

경미는 계속 울부짖었지만 회장의 오른손은 어느 순간에 경미의 가슴을 풀어헤치고 있었다. 회장은 호흡이 점점 거칠어지면서 경미의 입술을 열어젖히고 자신의 혀를 경미의 입안으로 밀어 넣었다.

"으으우우으…."

경미는 외마디 소리를 지르면서 회장을 양손으로 힘껏 밀어젖혀 보았지만 가녀린 경미의 힘은 남자의 완력을 이겨 낼 수가 없었다. 양손으로 회장의 가슴을 쳐 보기도 하고 온몸을 비틀면서 저항해 보았지만 아무런 소용이 없었다. 입안을 헤매던 회장의 혀는 어느 사이에 벌써 경미의 가슴을 유린하면서 아직 아무도 접근해 보지 않은 양쪽 젖가슴을 번갈아 가면서 빨아대고 있었다. 경미로서는 도저히 어떻게 해 볼 도리가 없었다. 가와사키 비서실장을 불러 보았지만 그는 오히려 회장을 돕고 있었다. 경미의 온몸에는 태어나서 한 번도 느껴 보지 못했던 전율이 전신을 자극하면서 경련이 일기 시작했다. 이제껏 경험해 보지 못한 끈적한 물기가 경미의 아랫

도리에서부터 허벅지를 타고 밑으로 흘러내리기 시작했다.

무슨 일이 어떻게 일어날지도 모른다는 생각에 두려움과 공포가 경미의 전신을 감싸고 있을 때 회장은 경미를 양팔에 안고 침대로 가서 침대 위에 경미를 내던지듯이 내려놓았다. 회장은 가와사키에게 눈짓을 했다. 비서실장이 경미에게 다가와서 옷을 벗기려고 했지만 경미는 허리와 무릎을 잔뜩 구부리고 옷을 벗길 틈을 주지 않았다. 그 모습을 보고 있던 회장은 경미에게 다가와서 위에 입은 옷부터 하나하나 찢어 버리기 시작했다.

마지막 남은 팬티까지 벗겨지면서 경미는 순식간에 알몸이 되어 버렸다. 그러나 경미는 여전히 상체와 다리를 오므리고 자신을 방어하기 위해서 안간힘을 쓰고 있었다. 그러나 그것은 정말 아무런 소용이 없었다.

어느 사이에 알몸이 된 회장은 알몸으로 잔뜩 웅크리고 있는 경미에게 접근하여 경미를 바르게 누이는가 싶더니 자기의 온몸을 경미의 누워 있는 알몸에 포개기 시작했다. 경미의 양팔을 벌리게 하고 가슴을 밀착시키면서 경미의 다리를 벌리기 시작했다. 그와 동시에 회장의 혀는 계속해서 경미의 입을 벌리게 하고 경미에게 진한 키스를 하는가 싶더니 어느 사이에 경미의 젖가슴을 유린하고 곧바로 경미의 사타구니를 향해서 돌진해 갔다. 이미 온통 홍건하게 흘러내린 경미의 사타구니의 물은 회장의 혀가 닿자마자 미끄덩거렸다.

회장은 자신의 가슴을 경미의 가슴에 밀착시키면서 경미가 웅크리고 있는 양 다리를 양발로 힘껏 열어젖혔다. 그 순간 갑자기 회장의 엉덩이가 힘껏 경미의 사타구니로 움직여 오면서 회장의 그것이 경미의 몸 안으로 밀려 들어오기 시작했다. 경미는 반사적으로 자신의 엉덩이를 옆으로 살짝 움직여서 자신의 몸을 공략하는 침입자로부터 자신을 보호하기 위해서 마지막 안간힘을 써 보았다. 하지만 회장은 내친걸음을 멈추지 않았다.

회장은 경미를 제자리에 다시 눕히면서 그곳을 다시 공략했지만 처음에
는 제대로 진입할 수가 없었다. 그러나 몇 번의 시도 끝에 회장의 물건은
경미의 그곳을 파고 들어갔다.

"아아아아악ㄱㄱㄱ…."

경미는 외마디 비명과 함께 숨이 막혀 오는 것 같은 참아 낼 수 없는 고
통으로 전신을 뒤틀었다. 세상에 이런 아픔이 있을 수 있을까! 이렇게 찢어
지는 아픔의 고통이 어디에 있을 수 있다는 건가! 경미는 태어나서 한 번
도 경험하지 못한 통증을 온몸으로 느끼고 있었다.

그러나 회장은 잔인했다. 경미의 고통은 아랑곳하지 않았다. 회장은 자
신의 그것이 경미가 간직했던 태고의 신비를 벗겨 버림과 동시에 경미의
그곳을 탐험했다. 회장은 계속해서 고통에 몸부림치는 경미는 아예 신경
도 쓰지 않았다.

자신의 그것을 경미의 그곳에 잔뜩 밀착시키고 밀고 당기고 하는 것을
계속 반복함으로써 경미를 온통 더 큰 고통의 소용돌이로 몰아넣었다.

"회장님, 아파요 아파. 그만요. 그만, 그만하세요…."

경미는 입술이 타들어 갔다. 도대체 이것이 무엇 하는 짓이란 말인가!
이렇게 여자에게 고통을 주면서 남자들이 바라는 것이 무엇이란 말인가!
회장이 자기의 그것을 가지고 한참 동안 밀고 당기기를 계속하던 어느 순
간에 온몸을 부르르 떠는가 싶더니 깊은 신음소리와 같은 격정적인 소리
를 지르고는 경미의 그 안에 뜨거운 무엇인가를 쏟아 놓고 있었다. 경미는
그것이 무엇인지 도저히 알 수가 없었다. 오로지 전신에 가눌 수 없는 고통
만 느껴지고 있었다. 얼마 후 고통으로 몸부림치고 있던 경미의 몸 안에서
회장의 그것이 힘을 잃고 스스로 탈출하고 있었다.

순간 회장은 경미의 옆으로 누워서 팔베개를 하고 경미를 자신의 품에

안으면서 이마와 입술에 키스를 해댔다. 경미는 온통 자신의 몸을 회장의 품에 던져 놓고 회장의 가슴을 두드려대면서 울부짖고 있었다.

"회장님, 너무 고통스러워요. 정말 참지 못할 정도로 너무 아파요. 회장님은 왜 이렇게 저를 고통스럽게 하시는 거예요?"

"요시코, 우선 먼저 미안하다는 이야기부터 너에게 하고 싶구나. 나중에 시간이 가면서 너에게 모든 이야기를 다 해 주겠지만 이 시간에 내가 너에게 무슨 이야기를 한다고 해서 너에게 잘 들어오겠니?"

가늘게 흐느끼던 경미는 어느 사이엔가 회장의 가슴팍을 쥐어뜯고 있었다. 경미는 고통 속에 흐느끼면서 오직 한 가지, 머리를 망치로 내리치듯 깨닫게 된 것이 있었다.

'아, 이제 모든 것이 끝났구나.'

경미는 처녀로서 가장 소중하게 간직했던 순결이 찢겨 나감으로써 인생의 모든 것이 끝이 났다고 생각했다.

모든 것이 무너져 내리는 느낌이었다. 이제 경미 자신에게 남아 있는 것은 아무것도 없다는 생각이 들었다. 경미에게서 청춘도, 젊음도 그리고 간직해 왔던 꿈조차 산산조각이 나고 말았다. 경미는 순식간에 산산조각으로 쪼개져 버린 자신의 순결을 한 조각, 한 조각 주워 모아서 회장의 얼굴에 집어던지고 싶은 충동이 일기도 했다.

그때까지도 회장은 경미에게 어떠한 이야기도 하지 않고 있었다. 다만 경미를 자기의 품 안에 깊이 안고 경미의 얼굴을 손으로 쓰다듬어 주면서 마음으로 위로하고 있는 듯이 보였다.

얼마나 지났을까? 회장은 옆으로 누웠던 자신의 몸을 경미 쪽으로 향하더니 다시 경미의 입술 위에 자신의 입술을 포개기 시작했다. 한 손으로는 경미의 젖가슴을 애무하는가 싶더니 경미의 손을 잡아서 자기의 그것

베르테르의 연인

을 경미의 손에 쥐여 주었다.

　그의 그것은 꿈틀대는가 싶더니 이내 다시 크기를 확장해 나갔다. 경미는 회장의 키스도, 젖가슴의 애무도 자신에게 전해지는 것은 아무것도 없었다. 경미의 손에 잡혀 있는 회장의 그것에 대한 감각도 거의 경미에게 자극을 주지 못하고 있었다.

　오직 경미는 아직도 전신에 느껴지고 있는 통증이 정말 참기 힘들 뿐이었다. 조금 후 회장은 경미를 다시 바르게 눕힌 후에 경미의 아픔은 생각조차도 하지 않고 또다시 경미를 유린하기 시작했다.

　"아아 아악…. 회장님, 회장님 정말 못 견디겠어요. 제발, 제발 그만하세요…."

　경미는 고통 속에 몸부림치면서 강제로라도 회장을 밀쳐 내려고 안간힘을 쓰면서 회장에게 울부짖었다. 그러나 회장은 아랑곳하지 않았다. 회장은 계속해서 경미의 깊은 곳을 밀고 당기면서 자신의 일을 계속했다.

　정말 경미의 밑 부분이 산산조각이라도 나 버렸는지 아픈 통증을 참아 내지 못할 지경까지 이르고 있었다. 그러나 회장은 얼마 후 또다시 뜨거운 무엇인가를 쏟아 낸 후에야 경미에게서 미끄러져 나갔다.

　경미의 통증은 극에 달해 있었다. 침대 시트는 온통 피범벅이 되어 있었다. 얼마 동안 정신을 차리지 못하고 누워 있던 경미가 일어나서 비틀대는 걸음걸이로 화장실로 가서 밑을 닦았다. 그때 느껴지는 쓰라림과 아픔은 경미가 이 세상에 태어나서 생전 처음 느껴 보는 고통이었다.

　경미가 화장실에서 나왔을 때 의사 한 명과 간호사 한 명이 와서 경미를 다른 침대에 눕혀 놓고 밑의 상처를 모두 청소해 내고 무려 7바늘이나 꿰맸다. 그리고 의사는 경미에게 몇 가지 약을 건네주면서 적어도 1주일 정도는 계속 먹으라고 일러 주었다.

회장이 경미와 관계를 시작했을 때 경미에게 어떤 일이 일어날 것을 대비해서 가와사키 비서는 의사와 간호사를 미리 불러서 대기시켜 놓고 있었다. 얼마 후 회장은 침대에 누워 있는 경미의 이마와 입술에 짧은 키스를 한 후에 다음 달 서울에서 만나자는 말을 남기고 떠났다.

경미는 밤새도록 조금도 잠들지 못했다. 눈을 붙일 수가 없었다. 온갖 생각들이 경미의 마음을 뒤흔들어 놓고 있었다. 무엇보다도 경미가 앞으로 결혼할 배우자와의 관계에 있어서 제일 중요하다고 생각하는 순결이 회장에 의해서 산산조각으로 깨져 버리고 말았다.

경미는 저항할 수 없는 운명 앞에 무릎을 꿇어야 했다. 회장은 과연 앞으로 경미에게 어떻게 하려는 것인가. 회장은 세상을 알지 못하고 순수하게 자라 온 경미를 자신의 욕정만을 채우기 위한 희생양으로 삼은 것인가?

이튿날 오후 경미는 한국으로 돌아왔다. 그런 뒤 회장의 지시로 강남에 있는 C병원에 1주일 동안을 입원을 해서 치료를 받았다. 경미는 아버지, 어머니에게는 일본에 다녀오면서 감기 기운이 좀 있고 피곤해서 입원 치료를 한다고 이야기하고는 1주일 동안을 병원에 머물렀다. 1주일 정도가 지나면서 경미 밑 부분의 상처도 어느 정도 아물어 가고 있었고 기절할 듯 아팠던 고통도 어느 정도 회복되었다. 경미가 병원에 머무는 동안 회장은 가와사키 비서를 통해서 계속 안부를 물어 왔고 얼마 후 홀수 달이 되어서 한국에 돌아온 회장은 직접 경미에게 전화를 걸어 안부를 묻기도 했다.

병원에서 1주일을 보낸 경미는 1주일을 집에서 더 머무른 후 3주째에 비서실로 출근했다. 회사로 출근한 경미를 보자마자 회장은 경미를 오랫동안 안아 주면서 수없이 경미의 입술에 자신의 사랑을 확인하고 싶어 했다. 경미는 도쿄에서의 공포가 되살아나면서 의식적으로 회장의 애정 공

세를 피하기 위해서 회장의 품에서 벗어나고 싶어 했다. 또다시 자지러질
듯한 끔찍한 고통 속에 빠져들고 싶지 않았다.

그러나 이상하게도 이 순간 경미가 바라보는 회장의 얼굴은 도쿄에서
경미의 순결을 강제로 빼앗던 공포스러운 회장의 모습이 아니었다. 너무
나 다정하고 친근하게 느껴지는 모습이었다. 자기의 순결을 강제로 빼앗
아 가긴 했지만 한 몸이 되어 뒹굴던 사랑하는 사람으로 변모되어 있는 회
장이었다.

진근한 미소로 경미를 바라보는 회장의 품 속으로 경미는 자신도 모
르게 몸을 던졌다. 회장은 경미를 다시 자신의 집무실 옆에 있는 침실로
안내했다.

경미는 반항하지 않았다. 회장은 경미를 자신의 침대 위에 누인 뒤 그
녀의 입술에 그의 욕정을 표현하기 시작했다. 입술과 귓불과 목덜미 젖가
슴, 그리고 허리와 허벅지, 그리고 여성의 감수성이 제일 민감한 그 부분까
지 하나도 남김없이 그는 경미의 모든 것을 탐닉해 나가고 있었다. 경미는
유난히도 남들보다 그 부분의 숲이 많았다. 회장은 유독 경미의 그런 부분
을 좋아하는 듯 보였다.

경미는 회장의 입술이 자신의 온몸을 여행할 때 도쿄에서 느끼지 못했
던 짜릿함과 쾌감이 전신에 전해져 오고 있는 것을 느끼고 있었다. 밑에서
흐르는 물은 이미 흠뻑 침대를 적시고 있었다. 열심을 다해 충성스럽게 경
미의 부분, 부분을 자극하던 회장은 경미의 양다리를 벌렸다.

순간 경미는 다리를 움츠리며 허리를 구부렸다. 갑자기 도쿄에서의 통
증의 악몽이 되살아났다. 그러나 경미는 지난 도쿄에서처럼 반항하지 않
았다. 회장의 그것이 경미의 그곳을 다시 파고들기 시작했다. 경미는 무의
식적으로 양손으로 회장의 가슴을 밀고 있었지만 그녀는 이미 회장의 그

것을 용납하고 있었다. 회장이 엉덩이에 마지막으로 힘을 주며 그것을 밀어 넣었을 때 경미의 그곳에 자지러지는 듯한 통증이 느껴져 왔다.

"아아아악…."

경미는 외마디 소리로 아픔을 표현했지만 회장의 그것은 벌써 경미의 그곳에서 자리를 잡고 계속 반복 행동을 하고 있었다. 회장의 그것이 계속 움직일 때마다 경미는 숨을 할딱거리면서 회장의 거친 숨소리에 자신의 숨결을 같이하고 있었다. 그가 계속했지만 지난번 때보다는 훨씬 통증이 덜한 것 같았다.

회장은 반복 행동을 하면서도 계속해서 경미의 입술과 가슴을 자신의 혀로 자극하고 있었다. 회장은 얼마 후 거친 숨소리와 함께 온몸을 떨면서 자신의 일을 끝낸 다음 그의 몸을 옆으로 뉘었다. 지난번과 같은 아픔은 없었지만 그래도 여전히 그곳의 통증은 많이 남아 있었다. 회장은 경미에게 팔베게를 해 준 채 옆으로 누워서 경미의 볼을 손으로 쓰다듬어 주었다.

경미와 회장과의 성적인 사랑은 경미의 인생 전체를 송두리째 바꾸어 놓기 시작했다. 5월 한 달 동안 한국 샤 로테 그룹의 사업 총괄을 위해 한국에 머무르는 동안 회장은 일주일에 몇 번씩이라도 경미를 원했다. 처음 시작이 힘들었지만 한 번 시작한 회장과의 관계는 회장이 원하면 밤낮을 가리지 않았다. 경미도 회장과 함께하는 시간이 조금도 싫지 않았다. 회장은 무엇보다도 경미의 아름다운 미모를 좋아했다. 회장의 눈에는 경미의 미모가 이 세상에서 제일 원하고 바라던 예술 작품과도 같은 것이었다. 그리고 회장은 무엇보다도 경미의 순수하고 붙임성 있는 다정다감한 성격을 가장 좋아했다. 경미는 항상 따뜻했고 정겨웠고 항상 미소를 지었다. 회장과의 관계가 끝나면 경미는 회장의 발끝에서 머리끝까지 마사지해 주면서 그의 피로를 풀어 주었다.

그러면서 경미는 따스하고 친절하기 짝이 없는 말로 회장을 위로해 주었고 회장의 마음에 넘치는 용기를 심어 주었다. 시간이 흐를수록 경미는 회장에게 없어서는 안 될 분신으로 자리 잡아 가기 시작했다. 그럴수록 회장은 항상 경미를 가까이하기를 원했다. 회장은 외국이나 다른 지방으로 여행은 다니지 않았다. 그러나 사업에서 오는 스트레스를 풀기 위해서 가끔 강원도에 있는 ○○○ 호수가로 드라이브 가는 것을 좋아했다. 회장의 호수가 드라이브에는 항상 경미가 함께했다. 회장의 마이바흐 전용차에는 운전기사가 따로 없었고 오직 비서실장인 가와사키가 운전했다. 뒷좌석에는 회장과 경미가 함께 타고 스킨십을 즐겼고 달리는 차 안에서도 육체적 관계는 계속 이루어졌다. 이제 회장과의 관계가 반복될수록 통증도 거의 느끼지 못했고 경미도 회장과의 관계를 오히려 즐기고 있었다. 그렇게 시간이 흐르면서 경미는 서서히 회장의 여자로 길들여지고 있었다.

경미가 회장과 만나는 시간이 길어질수록 회장실을 드나들던 어린 여자아이들의 출입은 거의 볼 수가 없었다. 그리고 서민경의 출입도 눈에 띄게 줄어들고 있었다.

그동안 회장이 즐기던 유일한 낙은 어린 소녀들과의 관계를 통해서 막중한 업무의 스트레스를 푸는 것이었다. 그러나 경미와의 지속적인 관계는 회장에게 최대한의 육체적, 정신적인 만족을 안겨 주었다. 그리고 경미의 사랑스러운 마음씨와 정성을 다해 배려하는 성격은 회장에게 더할 나위 없는 심리적인 위로를 주기에 충분했다. 이제 회장에게는 경미 외에는 다른 이성은 눈에 들어오지 않았다.

샤 로테 그룹의 회장과 함께하는 3년 동안 경미에게는 많은 변화가 나타나고 있었다. 우선 경미의 아름다운 미모는 성숙한 여성으로서의 세련미를 더했고 날씬한 각선미와 몸매는 처녀의 앳된 모습에서 벗어나 더욱

관능적인 욕망의 화신으로 변해 갔다. 경미의 육체는 회장이 원하는 가장 아름다운 모습으로 변해 있었다. 경미의 영혼조차도 회장의 분신으로 접착되어 있었다.

경미에게 있어서 회장은 절대적 존재가 되었다. 자신의 모든 것이 회장에게 종속되어 갔다. 경미는 회장이 거의 매일 같이 자신에게 보내는 애정의 모든 신호에 호응했고 그에 따라 회장은 경미에게 더욱더 큰 사랑의 감정을 나타내 보였다.

경미가 20여 년 동안 간직해 온 정체성은 모두 회장이 가져갔다. 경미자신이 지키고 가꾸어 왔던 자기 자신의 본래 모습이 온전하게 사라지기시작한 것이다. 경미의 회장에 대한 사랑과 애정은 절대로 깨질 수도 없고, 깨져서도 안 되는 유리 망상증 환자의 경지로까지 변질되어 가고 있었다.

유리 망상증. 자신은 회장이 옆에서 지켜 주지 않으면 유리와 같이 깨지기 쉬운 나약한 존재라는 것. 누군가의 보호가 없으면 결국은 산산조각이 되어 버리는 유리와 같은 존재. 경미는 마치 1395년 프랑스를 다스렸던 샤를 6세 왕과 같은 유리 망상증 환자가 되어 있었다.

회장의 보호 없이는 자신의 모습과 인생 전체가 유리가 땅에 떨어졌을 때처럼 깨어지고 망가져 버릴 것 같은 망상 속에 자신을 가두어 가고 있었다. 그래서 자신의 존재 가치는 회장의 보호막 속에 가리어져서 세상에서 경미라는 삶은 서서히 고유한 모습을 잃어 갔다. 경미에게 회장은 자기 인생의 전부가 되었고 영원히 자신이 안주하고 의지해야 하는 신적인 존재가 되었다. 아무런 종교를 갖고 있지 않던 경미에게 회장은 그녀의 종교로 자리 잡아 갔다. 그래서 경미는 자기 자신이 가지고 있는 모든 것을 바쳐서 회장을 사랑하고 어떠한 상황 속에서도 회장을 위해 충성을 다하겠다는 다짐으로 하루하루를 열어 갔다. 그가 결혼을 몇 번을 했건, 얼마나 많은 여자들과 관계를 가졌든, 그리고 그가 나이가 얼마든 상관할 바가 아니었다.

사회적 윤리나 도덕, 관습 같은 것은 아예 귀를 기울이거나 신경을 쓸 아무런 이유가 없었다. 회장은 헤르만 헤세의 시 가운데 "그 누구의 삶도 자기 삶의 모범으로 삼지 말고 오직 자기 자신에게만 진실하라."라는 말을 좋아했는데 경미도 어느 사이에 회장의 그 말에 항상 동감하고 있었다. 어떻게 보면 세상의 주류 사회에서 이단아가 되어 버려서 변두리 인생을 살아가는 회장의 세계에 경미도 자신의 두 발을 들여놓았다. 철저한 이방인의 삶을 사는 회장의 세계 속에 자신을 귀화시켜 버린 셋이다. 회장의 삶과 경미의 삶은 온전하게 하나가 되어 갔다. 자기 인생의 정체성조차도 회장과 동일화되어서 경미라는 인간은 이 세상에 더 이상 존재하지 않게 되었다. 회장은 경미에게 어마어마한 블랙홀이 되어서 경미 인생의 모든 것들을 빨아들였다. 경미의 젊음과 이상과 자신이 추구하는 인생의 온전한 운명은 회장이 좌지우지하도록 내버려두었다.

경미에게 필요한 것은 오직 하나, 자신의 깨지기 쉬운 유리와 같은 인생을 깨지지 않게 지켜 줄 회장과 영원히 함께하는 것뿐이다. 그래서 경미가 해야 할 일은 종교가 되어 버린 회장에게 자기의 인생을 모두 바쳐서 헌신하고 사랑하는 것뿐이었다. 경미 자신에게 어떠한 희생이 따르더라도 감내할 자신과 확신이 서 있었다.

어느 날 경미는 몸이 좋지 않은 회장을 돌보기 위해서 회장의 침실에서 함께 이야기를 나누고 있었다. 회장은 일본에서 사업을 처음 시작했을 때 일본의 조직폭력배들과 구역 싸움을 벌인 적이 여러 차례 있었는데 회장은 그들로부터 칼을 맞아 죽음 직전까지 여러 차례 내몰렸다. 그때 겪었던 싸움의 후유증으로 회장은 가끔 강한 진통제를 복용한 후에 침대에서 휴식을 취할 때가 있었다. 그럴 때는 항상 경미가 회장의 시중을 들면서 옆에서 자리를 지켰다. 그럴 때마다 경미는 회장의 양발을 마사지해 주면서 대화를 나누곤 했다.

"회장님, 회장님의 이 거친 두발이 정말 대단한 일을 해내셨습니다. 이 두 발로 어린 나이에 일본으로 건너가셨고 이 두 발로 일본 전역을 돌아다니시면서 오늘날의 기업을 일으켜 세우기 위해서 뛰고 또 뛰셨겠네요. 그리고 이 두 발로 한국 땅을 밟으시고 한국에서 얼마나 많이 걸으시면서 오늘의 기업을 이루어 놓으시려고 안간힘을 쓰셨을까요. 얼마나 피곤한 발인가요. 정말 거칠고 작은 발이지만 이 두 발에 의해서 오늘날 회장님의 기업 왕국이 건설된 게 아닌가 생각됩니다. 회장님, 언젠가 교회에 다니는 미란이라는 친구가 이런 이야기를 한 적이 있습니다. '사람은 각자 자기가 가지고 있는 두 발을 얼마나 부지런히 움직이느냐에 따라서 인생의 성공 여부가 결정된다.' 그러면서 그 친구가 성경 구절 하나를 이야기했던 기억이 나요. '너희 발바닥으로 밟는 곳을 내가 다 너희에게 주겠노라.' 그 성경에 나오는 말씀처럼 회장님은 이 두 발로 밟으며 다니신 모든 곳을 회장님의 것으로 만드셨어요. 이 작은 발로 다니셨던 모든 지역에 회장님의 깃발을 꽂아 놓으신 겁니다."

경미는 주무르고 마사지하던 회장의 양발에 부드럽게 키스하고 애무해 주었다. 회장은 경미의 그 말에 생전에 그가 느끼지 못했던 감동을 받았다. 그리고 경미에게 이야기했다.

"요시코, 너는 정말 내가 생각하지도 않던 것을 이야기해 주는구나. 정말 감동스럽다. 네 말처럼 내가 딛고 다닌 곳마다 나의 왕국이 건설되었다. 그러나 한편으로는 나의 이 두 발을 움직이도록 한 것은 나의 끊임없는 집념이었어. 세계적인 재벌이 되겠다는 강하고 확고한 집념이 나의 이 두 발을 바쁘게 움직여 나가도록 했다고 보아야지. 그래서 이 세상을 살아

베르테르의 연인

가는 사람들에게는 흔들리지 않는 집념을 갖고 사는 게 무엇보다 중요하지. 나뭇잎에서 떨어지는 한 방울 한 방울의 물방울이 바위에 구멍을 내고 결국 그 바위를 쪼개 버리고 말지. 세계 역사를 움직인 모든 위인은 하나같이 강하고 끈질긴 집념으로 역사를 만든 거야. 요시코, 나는 경상도의 한 조그마한 시골 마을에서 태어났어. 부모님들은 가난해서 매일 얼마 안 되는 밭과 논을 일구며 일터에서 일을 해야만 했지. 비록 그분들은 나의 사랑하는 부모님들이었지만 그분들에게는 지긋지긋한 가난에서 탈출해 보겠다는 집념이 없었어. 더욱더 큰돈을 벌어 보겠다고 하는 십념보나는 그 농사일에 안주하며 그렇게 한 세상 살다 가셨고 나는 집념 하나로 이 왕국을 건설했고 말이야. 내가 일본에서 나의 기업 왕국을 일으켜 세우겠다는 집념 때문에 죽을 고비도 정말 많이 넘겼지. 내가 세운 기업이 초기 단계에서 잘나가고 있을 때 당시 일본의 조폭에게 엄청난 위협을 받고 있었어. 나는 그것을 지키기 위해 지역 조직 폭력단과의 목숨을 거는 싸움도 많이 했지. 그때 온몸에 칼을 맞아서 내장이 흘러나오고 그 가운데서 내 위장, 신장, 간, 소장은 물론 췌장과 대장의 일부까지 망가져서 많은 부분을 도려내는 수술을 했어. 그래서 요시코가 보듯이 내 배와 옆구리, 그리고 가슴팍에는 수십 군데의 수술 자국이 남아 있어. 내 뱃속에 있는 내장 기관들은 성한 것들이 많지 않아. 그때마다 나는 병원에 입원해서 수술도 하고 치료를 받아야 했어. 죽음을 각오한 그 집념이 나와 내 기업의 오늘날을 있게 한 거지. 아무리 이 세상의 상황, 상황들이 나를 망하게 하고 죽이려고 해도 나는 내가 가진 집념 하나면 반드시 계획은 이루어지고 만다는 확신으로 기업을 일으켜 세울 수가 있었지. 수십 군데의 상처는 집념에서 온 영광의 상처라고 할까…."

회장은 잠시 말을 멈추고 경미의 미소 지은 얼굴을 어느 때보다 더욱

더 사랑스러운 눈길로 바라다보았다. 그리고 경미의 입술에 살며시 키스
해 주면서 다시 말을 이었다.

"요시코. 내가 세상에서 가장 아름다운 너와 같은 모델을 나의 가장 사
랑하는 여자로 만든 것도 어떻게 보면 나의 끊임없는 집념의 결과라고 볼
수 있지. 요시코가 모델 활동을 할 때 TV 스크린에 나타난 얼굴을 보면서
너에 대한 집념은 시작되었지. 내가 세상에서 찾고 찾던 샤 로테가 혹시 요
시코, 너일 수도 있다는 생각에서 네게 끊임없는 집념을 가진 거야. 요시코
의 순결하고 청순한 모습을 수없이 바라보면서 너는 내가 인생에 걸쳐 그
렇게도 찾고 찾던 나의 특별한 여자, 샤 로테가 틀림없다는 확신이 내 마음
을 사로잡아 가고 있었지. 너는 나에게 '회장님은 TV 화면에 나타난 모습
만을 보고 어떻게 그런 확신을 갖게 되셨느냐.'고 물어볼지 모르지. 그러
나 나는 70년 가까이 살아오면서 수 없는 사람들을 만나 왔어. 수많은 여자
와도 상대하면서 그들의 모습 하나하나를 살펴보는 기회도 있었지."

그 말이 끝나고 회장은 다시 한번 경미에게 조금 더 진한 키스와 얼굴
에 가벼운 애무를 주고 말을 이어 갔다.

"그러나 지금 생각해 보면 이 지구상에서 태어나서 살다가 떠나가는
사람들은 모두 똑같아. 하나같이 이기적이고, 하나같이 탐욕에 찌들어 있
어. 하나같이 자기들이 만들어 놓은 인생관에 갇혀서 헤어나지 못하고 자
기만의 세계가 최고라고 우겨대면서 한세상을 살아간다. 그리고 뭐가 그
렇게도 잘났는지 목을 곧게 세우고 으스대고 뽐내면서 세상에 잘난 체는
혼자만 하고 다니는 사람들이 너무 많아. 소위 배웠다고 하는 인간들, 뭔가
가졌다고 자랑하는 조금 모자란 사람들, 그리고 가문이 좋다고 하면서 거
드름 피우는 사람들이 모두 다 그런 부류의 사람들이지.

특히 여성들은 돈 많은 사람을 만나서 호의호식하면서 인생의 목적

을 이루었다고 생각하는 사람들이 많아. 자신들이 가지고 있는 무한한 개척 정신을 팽개쳐 버리고 쉽게 살아가려는 여자들이 대부분이야. 무의미하게 살아가는 군상들이 지천으로 깔려 있다고 보아야지. 나는 바보처럼 그와 같이 이 지구상에 존재하는 군상들 속에서 내가 찾고자 했던 샤 로테를 찾으려고 안간힘을 써 왔다. 수많은 여인과 관계를 가지면서 언젠가는 그들 중에 하나는 분명히 내가 찾고 있는 가장 이상적인 여인, 샤 로테기 분명히 있으리라 생각했지. 서민경도 그중에 하나였지. 그러나 이 지구상에 살고 있는 사람들 가운데는 내가 찾고 찾는 샤 로테는 없었어. 그래서 나는 어느 순간부터 밤하늘에 반짝이는 수많은 별을 바라보면서 생각하기 시작했지. 아마도 저 별들 가운데서 가장 반짝이는 별 하나에서 나를 찾아 이 지구상으로 온 사람이 반드시 있을 거라고 믿기 시작했다. 그러는 어느 순간에 어느 화장품 선전 모델로 새롭게 홀연히 나타난 요시코, 너의 때 묻지 않은 모습을 보게 되었다. 화면에 나타난 너의 아름다운 모습은 화사하면서도 너무 청순했고 순수하게 보였다. 세상 속에서 일그러지고 구석진 모습을 찾아볼 수 없었다. 너의 화사한 미소는 나의 가슴을 파고들었고, 그리고 너의 정감 넘치는 말솜씨는 나의 밤잠을 설레게 하기에 충분했었다. 정말 너는 나의 운명처럼 느껴졌다. 나는 생각에 생각을 거듭하다가 기획실에 이야기해서 요시코에게 우리 기업 전속 모델 자리를 제안해 보라고 했지. 너는 왔고 나는 너를 비서실에 근무하게 하면서 1년여 동안 살펴보다가 너야말로 별에서 온 나의 샤 로테임을 확신하기에 이르렀지. 그래서 어떤 방법을 동원해서라도 요시코를 나의 샤 로테로 확실하게 만들어 놓기 위해서 출장이라는 명목으로 너를 일본으로 불렀지. 그리고 아직도 피어나지 않은 청순한 너의 꽃망울을 강제로 터트리지 않으면 안 되었어. 너는 아파했고 고통 속에 몸부림쳤지만 나의 샤 로테로 만들기 위해서 어쩔 수 없는 방법이었다. 그러고 난 후 지난 3년 동안을 함께하면서 지켜보아 왔지만 너는 아무런 욕심도 그리고 아무런 요구도 나에게 말하지 않았어. 오로지 네가 나에게 보여 준 것은 아름다운 사랑의 미소였고 자신을 희생하면서까지 나에게 보여 준 것은 너의 끊임없는 나에 대한 헌신이고 배려였다. 이 지구상에서 존재하는 사람들 가운데 요시코, 너 같은 사람은 존재하지 않아. 너는 이 지구가 아닌 다른 천체에서 온 것이 틀림없어. 너는 별에서 태어나서 나와의 사랑을 하고 오라는 조물주의 명령을 받고 이 지구로 온 여자임에 틀림없어. 요시코, 너야말로 내가 일생에 걸쳐 찾느고 헤매던 나의 샤 로테다. 나는 내 인생의 여정 마지막 순간까지 나의 샤 로테, 요시코와 함께할 것이다. 나는 오로지 너와의 사랑을 위해서 나의 가진 모든 것을 던질 것이다. 나는 오로지 요시코, 너만을 위해 이 세상에 존재하고 너는 나를 위해 별에서 왔다.”

경미는 샤 로테 그룹 회장이 평생을 통해서 찾고 찾던 가장 사랑하는 여인, 샤 로테가 되어 있었다. 그리고 별에서 온 여인 경미, 샤 로테는 회장과의 온전한 사랑에 의해서 인생의 여름꽃이 더욱더 화사하게 피어나고 있었다. 경미 인생의 여름은 회장과의 아름다운 사랑 속에서 짙고 푸르른 녹음으로 가득 채워져 가고 있었다.

회장의 가장 사랑하는 여인, 샤 로테가 되어서 인생의 가장 아름다운 시간을 보내고 있는 경미에게 어느 날 회장이 하나의 제안을 해 왔다. 유럽 여행을 함께 다녀오자는 것이다. 회장은 자신이 일생을 통해서 찾고 찾던 샤 로테를 찾았기 때문에 유럽을 방문해서『젊은 베르테르의 슬픔』을 저술한 작가 괴테의 고향과 그 책의 배경이 된 도시를 방문하는 여행을 함께 가자는 제안이었다.

경미가 회장의 비서실에 근무를 시작하고 회장을 모시면서 처음으로 느꼈던 것이 하나 있었다. 회장은 천문학적인 돈을 가지고 있는 사람이기는 했지만 정말 이 세상에서 가장 외로운 영혼이라는 느낌이었다. 아무리 돈을 많이 벌었다 하더라도 자기 자신을 위해서 제대로 한 번 사용해 보지도 못하고 아무리 돈을 많이 가지고 있어도 여행 한번 제대로 가 보지 못하는 이 세상에서 가장 외롭고 고독한 사람이 회장이라고 생각했었다.

그래서 회장의 유럽 여행 제안은 정말 경미가 마음속에서 바라던 것 중에 하나였다. 회장이 경미에게 그런 제안을 하지 않았다 하더라도 언젠가는 경미가 회장에게 권하고 싶었던 것이기도 했다.

유럽 여행은 그해 9월 말로 정해졌다. 그리고 여행 목적지는 독일 괴테의 고향뿐만이 아니고 이탈리아 로마와 프랑스 파리까지 포함되어 있다. 그리고 스페인 남단에 위치해 있는 지브롤터도 한번 둘러보고 오자고 했다. 지브롤터는 유럽의 전쟁사를 좋아하는 회장이 가 보고 싶은 곳이라고 했다.

[지브롤터는 스페인 반도의 남단에 위치한 인구 3만 명, 여의도 면적의 4분의 3정도 크기의 작은 반도로서 영국은 스페인과의 전쟁을 통해서 1713년부터 실질적인 지배를 시작했다. 그동안 스페인은 지브롤터의 반환을 영국에 수없이 요구했지만 영국은 지브롤터 주민들이 영국민으로 잔류를 원한다는 국민투표 대다수 찬성을 이유로 내세워서 스페인 반환을 계속 거부하고 있다. 스페인 영토 안에 있는 이 작은 도시는 전 세계에 산재해 있는 14개의 영국령 중에 유일하게 유럽 대륙 안에 존재한다.]

유럽 여행에는 전세 비행기를 동원하기로 했다. 여행 인원은 경미와 회장, 가와사키 비서실장, 경호원 3명과 요리사 2명, 그리고 강남의 C병원에서 지원받는 의사 한 명과 간호사 한 명으로 모두 10명이었다. 여행 중 대부분의 식사는 호텔이나 현지의 레스토랑에서 하기로 했지만 간혹 회장이 좋아하는 식사를 위해서 요리사 2명을 대동하기로 했다.

샤 로테 그룹 기획실에서 방문하는 유럽 도시들에 대한 모든 여행 일정이 정해진 다음 회장 일행은 제일 먼저 지브롤터를 방문했다.『젊은 베르테르의 슬픔』의 독일은 여행의 마지막 코스였다.

회장 일행의 전세기가 스페인 바르셀로나를 거쳐서 지브롤터에 도착했을 때의 시간은 정오 무렵이었다. 날씨가 덥지도 춥지도 않고 따뜻한 편이었다.

점심 식사를 인근 호텔이나 고급 레스토랑에서 할 수도 있었지만 경미의 주장에 의해서 시내 중심가에 있는 일반 음식점에서 하기로 했다. 기왕에 다른 나라에 왔으니 거리에서의 일반 음식을 즐겨 보는 것도 좋을 거라고 생각했다. 일행들 중 거의 모든 사람이 간단하게 먹을 수 있는 피시 앤 칩스를 선택했지만 회장은 조그만 스테이크에 으깬 감자와 브로콜리를 시켰다.

회장은 개인적으로 한 번도 해외여행을 해 본 적이 없다. 그리고 해외에 나가 본 적도 거의 없었다.

재계 지도자들이 모이는 국제 경제 포럼 참석차 영국과 미국을 한 차례씩 다녀온 것뿐이었다. 회장은 경미와의 개인적인 해외 첫 여행에 무척이나 고무되어 있었다. 모든 복잡한 업무들에서 벗어나서 평생 처음으로 자유를 만끽하는 모습이었다.

얼굴은 밝았고 세상을 품에 안은 듯 그의 마음은 창공을 날고 있었다. 70이 가까워 오는 나이에도 그의 발걸음은 젊음을 되찾은 듯 가벼웠다. 사랑하는 샤 로테, 경미와 함께하고 있다는 것이 그처럼 힘을 주었다. 그는 이 세상에서 더 이상 아무것도 바랄 것 없는 가장 행복한 사나이가 되어 있었다. 그가 성취한 사랑은 그의 인생에 그 어떤 것보다도 가치 있는 것이었다. 가장 위대한 사랑은 가장 위대한 인생을 만드는 것이다.

경미의 마음도 가벼운 깃털처럼 온 천지를 날아오르듯 회장과의 이번 여행에 최대한의 행복감에 젖어 있었다. 그녀의 입에서는 제니퍼 러쉬가 최초로 불렀던 노래 '사랑의 힘'이 저절로 흘러나왔다.

사랑의 힘.
아침을 맞는 속삭임이
곤히 잠든 연인들에게
천둥소리처럼 크게 울려와요
당신의 눈을 보고 있노라면
난 그대 품에 꼭 안겨
당신의 움직임 하나하나를 느껴요
당신의 음성은 따뜻하고 다정해요
우리의 사랑 결코 저버릴 수 없어요
난 당신의 여인이고
당신은 나의 남자니까요
당신이 원하는 일이라면
내가 할 수 있는 최선을 다해 드릴게요
가끔은 내가 멀리 떨어져 있는 것처럼
느껴지는 순간이 있을지라도
내가 어디에 있나 걱정하지 말아요
난 언제나 당신 곁에 있으니까요

난 당신의 여인이고

당신은 나의 남자니까요

당신이 원하는 일이라면

내가 할 수 있는 최선을 다해 드릴게요

우린 한 번도 가 본 적이 없는

그 어딘가를 향해 가고 있어요

때로는 두렵기도 하지만 난 배울 준비가 되어 있어요

사랑의 힘을

당신의 심장 뛰는 소리를 듣노라면

불현듯 내겐 확신이 서요

더는 할 수 없을 것만 같은 느낌은

몇 광년 밖으로 사라져요

난 당신의 여인이고

당신은 나의 남자니까요

당신이 원하시는 일이라면

내가 할 수 있는 최선을 다해 드릴게요

우린 한 번도 가 본 적이 없는

그 어딘가를 향해 가고 있어요

때로는 두렵기도 해요

그러나 난 배울 준비가 되어 있어요

사랑의 힘을

사랑의 힘을.

경미는 푸른 하늘로 양팔을 크게 벌리고 자신에게 다가온 가슴 벅찬 사

베르테르의 연인

랑을 노래하고 있었다. 오, 아름다운 사랑이여, 영원하라. 경미도 회장과의 사랑을 통해서 이 세상에서 가장 행복한 여인이 되어 있었다.

그녀는 이제 이 세상에서 더 바랄 것 없는 가장 아름다운 사랑의 여인, 신데렐라가 되어 있었다. 아니, 회장의 가장 사랑하는 여인, 샤 로테가 되어 있었다. 그녀 인생의 여름꽃은 활짝 피어나서 온 천지에 그 향기를 품어 내고 있었다. 회장도 옷차림을 캐주얼로 간편하게 차려입었다.

점심이 끝나고 일행은 버스나 전세 차량을 이용하지 않고 걸어서 지브롤터 바위산을 오르기로 했다. 헤라클레스의 기둥이라고 불리는 지브롤터 바위산의 높이는 400미터가 조금 넘는데 정상까지는 40분 정도가 소요되는 거리였다. 정상에 오르는 길은 몇 갈래가 있었지만 경미의 주장에 따라서 유럽 원숭이를 쉽게 볼 수 있는 길을 따라 오르기로 했다. 10여 분 정도 올랐는데 바바리 원숭이들의 모습이 보였다. 유럽에서는 오직 이곳에만 원숭이가 살고 있다고 한다.

그 원숭이들은 수천 년 전에 모로코에서 바다를 건너와서 이곳에 정착해서 산다고 했다. 그러나 그 원숭이들은 지브롤터 산에 야생의 먹을 것이 없으니까 생존을 위해서 관광객들을 약탈해서 그들의 생계를 유지한다고 한다. 그래서 그 바바리 원숭이들은 원숭이 조폭이라고 불리기까지 한다. 경미 일행이 나타나자 원숭이들이 기다렸다는 듯이 떼 지어 달려들었다. 관광객들이 건네주는 음식이나 과일에 익숙해져 있기 때문이었다.

경미는 처음 보는 야생 원숭이들의 재롱에 즐거워하면서 가지고 왔던 스낵을 던져 주기 위해서 가방을 여는 순간 덩치 큰 원숭이 한 마리가 경미의 가방을 송두리째 낚아채 가져갔다. 원숭이는 경미의 가방을 샅샅이 뒤져서 먹을 것을 찾아낸 다음 가방을 던져 버렸다. 경미 일행은 그러한 원숭이의 행동에 신기해하고 놀라워하면서도 실소를 지을 수밖에 없었다.

일행은 지브롤터 중간 지점에 있는 동굴과 스카이 워크를 지나서 정상에 올랐다. 산의 정상에 있는 카페테리아에서 각자 마시고 싶은 것들을 마신 후에 2차 세계대전 터널을 둘러본 뒤 케이블카로 하산했다. 회장은 스페인 영토 내에 지브롤터라고 하는 영국 땅이 버티고 있는 것에 대해서 언제나 힘센 나라가 역사를 지배할 수밖에 없음을 실감하고 있었다.

경미 일행은 지브롤터 산행을 마치고 여행 계획대로 다음 여행지인 로마로 향했다. 지브롤터에서 로마까지는 2시간 30분 정도의 거리였다. 경미 일행은 예약해 두었던 Rome Cavalieri, A Waldorf Astoria Hotel에 짐을 풀었다. 이 호텔은 로마 중심지로부터 거의 4킬로미터 정도 떨어진 위치에 있었지만 시끄럽고 복잡한 것을 싫어하는 회장의 요구에 의해서 한국에서 이미 예약해 두었다.

넓고 큰 대형 지중해 정원으로 둘러싸여 있는 이 호텔은 로마의 몬테 마리오 언덕 꼭대기에 위치해 있어서 대부분의 로마 역사 중심지와 바티칸 성전들을 전망할 수 있는 곳이었다. 경미와 회장 일행은 로마에서 3일 동안의 여행 일정을 잡고 있었다.

지브롤터에서 돌아온 그날은 호텔에서 쉬고 이튿날부터 로마 관광에 나서기로 했다. 저녁 식사 후 회장과 경미는 호텔 방 발코니에서 멀리 보이는 로마의 전경을 함께 바라보고 있었다.

"요시코, 보아라. 거의 2,000년 동안이나 한때 전 세계를 지배했던 로마의 모습이다. 가장 발전했던 로마의 전성 시기를 '팍스 로마나(Pax Romana)'라 해서 전 세계에 로마가 얼마나 강하고 위대했나 하는 것을 역사에 남겼다. 그때 당시 유명했던 말이 '모든 길은 로마로 통한다.'였다. 이 말은 로마가 얼마나 찬란한 역사와 문화를 자랑하고 있었는지를 알려주지. 로마가 세계의 역사를 만들었고 로마가 전 세계의 문화를 창조했다. 정치, 경제, 사회, 문화, 모든 것이 로마로 통할 수밖에 없었지. 그 중심이 지금 우리가 내려다보는 로마의 모습이다. 지금은 그 흔적만 남아 있으나, 그 흔적이 우리에게 주는 교훈은 단순해. '강자가 역사를 만들고 세계를 지배한다.'는 것이지."

"회장님, 정말 로마가 한때 대단했던 나라였네요. 그러니까 그 당시의 유적들이 아직 이렇게 많이 남아 있는 걸 보면 말이지요."

".그렇지, 그런데 이렇게 로마를 발전시킨 사람은 아우구스투스라고 하는 황제라고 해. 그는 로마제국에 200년 동안의 평화를 가져왔고 신으로까지 추앙되었던 인물이지. '벽돌의 로마'를 '대리석의 로마'로 만들어 놓았을 뿐만 아니라 전 세계가 로마로 향할 수 있도록 길을 닦아 놓은 장본인이지. 내일부터 우리는 로마 시내를 관광하게 되겠지만 그가 만들어 놓은 대리석 건물들이기 때문에 아직도 흔적들만이라도 건재하다고 할 수 있지."

경미는 회장의 로마제국에 대한 이야기를 들으면서 계속 경탄했다. 회장은 말을 이었다.

"요시코, 이 세상을 살아가는 사람들도 마찬가지야. 성공하지 못하고 실패한 인생을 살아가면서 무엇 때문에, 누구 때문에 라고 구차하게 변명하면서 살면 안 돼. 우선 강하고 담대해야 한다. 어떤 일이 있더라도 용기를 잃으면 안 된다. 세상에 절망은 없다. 그리고 포기하면 안 된다. 한 번왔다 가는 인생이다. 인생은 태어날 때 누구든지 성공의 가능성을 다 가지고 세상에 나오는 거야. 로마제국도 처음 출발은 늑대의 젖을 먹고 자라난 로물로 형제에 의해서 조그맣게 시작했어. 주위에 강력한 선진국 에투루리아와 그리스 대제국이 있었어. 처음에 로마는 그들의 지배를 받았지만 점점 힘을 키워서 이탈리아 반도 전역을 통일했고 그런 다음 바다로 눈을 돌려 카르타고를 꺾은 다음 지중해를 내해로 하는 방대한 대제국을 건설했지.

　사람의 인생이란 사실 모두 로물로 형제가 시작한 작은 로마처럼 조그맣게 시작할 수밖에 없지. 그러나 로마제국처럼 인생의 대제국을 건설해 보고 말겠다고 하는 집념과 배짱으로 해가 지지 않는 거대한 인생 제국을 한번 만들어 보겠다는 각오를 갖는 것이 중요해. 한세상 살면서 남들이 만들어 놓은 길로만 가려고 하지 말고 자기가 만든 길로 세상 사람들이 다닐 수 있도록 해야지. 세상의 모든 길이 자신에게로 통하도록 만들어야지."

　"회장님, 그러나 사람마다 태어날 때 각자 가지고 나오는 운명이란 게 있지 않을까요? 모두 다 성공하고 잘되면 좋겠지만, 타고난 운명이라는 틀에 갇혀서 어렵고 힘들게 사는 사람들이 너무 많지 않아요?"

　"타고난 운명은 없어. 운명은 스스로 만들어 가는 거야. 나는 경상도 한 시골에서 농사꾼의 운명으로 태어났어. 그러나 현해탄 건너 일본에서 나의 운명을 새롭게 만들었어. 농사꾼의 운명을 재벌의 운명으로 바꿔 버린 거야. 한세상 살면서 강하고 담대하게 자기 운명을 개척해서 최강의 인생으로 우뚝 서지 않으면 구차하고 지저분한 변명만 늘어놓다가 사라지고 마는 불행한 인간의 삶을 살다 갈 뿐이지. 그러니 자기 길을 만들어야 해. 옛날 로마제국으로 모든 길이 통했듯이 세상의 모든 길이 자기에게로 통하도록 하는 거지."

　"회장님처럼 말이지요! 세상의 많은 길들이 회장님께로 통하고 있으니까요."

　오랫동안 로마의 이야기에 심취해 있던 회장과 경미가 잠자리에 든 것은 자정이 훨씬 지난 후였다.

　로마의 포도주에 어느 정도 취기가 오른 회장은 경미와의 사랑에 흠뻑 취해서 로마에서의 첫날밤에 깊은 사랑의 흔적을 남기고 있었다. 농사꾼의 운명을 과감하게 차 버리고 재벌 왕국의 거인으로 우뚝 선 회장은 사랑의 길도 자기가 만든 길로 통하게 하고 있었다.

경미는 이 세상에서 가장 강한 남자, 온통 집념으로 가득 찬 사나이, 회장과 잊을 수 없는 야성의 밤을 보냈다.

이튿날 아침 리무진 두 대와 현지 관광 가이드가 일행의 관광을 담당했나. 회장과 경미, 그리고 가와사키 비서가 처음 리무진에, 그리고 경호원들과 요리사, 그리고 의료진이 두 번째 리무진에 탑승하여 로마의 관광을 시작했다.

우선 일행은 로마 포럼과 콜로세움과 세인트피에트로 성당, 판테온 신전을 먼저 살펴보았지만 로마 포럼에서 예상외로 시간이 걸려서 콜로세움에서는 거대한 경기장을 직접 살펴보는 가이드 투어는 하지 않고 콜로세움 외관만을 보는 데 만족해야 했다. 그리고 로마의 중앙을 흐르는 테베레 강 언덕의 카르텔 산탄젤로, 피아자 베네치아 등을 관람하면서 오전의 시간을 보냈다. 2,000여 년 전에 세워진 건축물들은 허물어지고 퇴락하여서 지금은 골격과 흔적들만 남아 있는 것이 많았다. 그러나 장엄하고 화려했던 옛 로마의 흔적들은 무너져 내린 건축물들의 골격 위에 아직도 살아서 숨 쉬는 듯한 인상을 받았다.

회장과 경미 일행은 로마 중심에 있는 트리토리아 식당에서 점심을 함께 하고 '트레비 분수'와 '진실의 입'을 찾아보았다. 경미와 회장은 '트레비 분수'에서 함께 동전을 던져 보기도 하고 '진실의 입'에서는 로마의 휴일에 나오는 그레고리 펙과 오드리 헵번의 흉내를 내 보면서 로마의 정취에 흠뻑 취해 보기도 했다.

경미와 회장 일행은 웅장한 바로크 양식의 건축물들이 즐비한 나보나

광장에서의 산책과 관광을 마치고 음식 문화로 유명한 테스타치오에서 함께 저녁 식사를 했다. 저녁 식사가 끝난 후 경미와 회장은 이곳에 있는 디스코에서 펑키 하우스 뮤직을 들으면서 신나게 춤을 추어 보기도 하면서 로마의 관광을 마음껏 즐겼다.

로마에서의 마지막 날은 바티칸 박물관과 성 베드로 성당을 찾아보는 것이었다. 바티칸 박물관은 다 빈치, 라파엘, 벨리니, 카라바조, 티치아노와 같은 거장들의 작품들을 소장하고 있는 50개 이상의 갤러리로 되어 있었다. 성 베드로 성당에는 위풍당당한 높은 돔이 있었고, 높이 솟은 기둥 위에 예수와 12사도들의 동상을 만들어 놓았다. 바로 옆의 시스티나 성당에는 아담의 창조를 비롯한 미켈란젤로의 가장 아름다운 16세기 때의 프레스코화가 그려져 있었다.

로마의 모든 관광을 끝내고 그 이튿날 경미 일행은 프랑스 파리로 관광 일정을 옮겼다. 고전적인 이미지가 강한 로마에 비해 파리는 현대와 고전의 예술 감각이 결합된 아름다운 감성의 도시였다. 로마가 좀 어두운 도시의 이미지가 있는 반면에 파리는 밝고 화사해 보였다. 패션과 예술의 도시답게 도시의 외관을 아름답고 예쁘게 단장해 놓은 파리의 모습은 관광객들의 마음을 흠뻑 사로잡기에 충분했다.

경미 일행은 첫날에 파리 도심을 흐르는 센강의 유람선을 타고 강 주변에 펼쳐져 있는 도시의 모습들을 둘러보았다. 센강 유람이 끝난 후에는 몽마르트르 언덕에 올라 사크레쾨르 대성당 앞으로 전개되는 파리의 전경을 감상하기도 했다. 저녁 시간이 되기 전에는 노트르담 대성당을 찾아보았다.

이튿날에는 에펠탑과 루브르 박물관, 그리고 오르세 미술관 등을 둘러보고 회장이 무엇보다도 가보고 싶어 했던 개선문을 찾았다. 파리의 개선

문에 이르러서는 회장은 직접 리무진에서 내려서 경미와 사진을 찍도록
한 다음에 비서 가와사키를 불러서 무엇인가를 지시했다. 개선문 옆의 공
간에 있는 흙을 한 줌 파 오라고 지시한 것이다. 비서가 파 온 흙의 냄새를
맡아 보기도 하던 회장이 경미에게 말했다.

"요시코, 이 개선문은 황제 나폴레옹이 전쟁에서 승리하고 돌아온 것을
기념하여 세운 문이다. 그리고 그 후에도 전쟁에서 승리하고 돌아올 때마
다 이 개선문을 동과하면서 전쟁 승리를 축하했었지."

"그런데 회장님은 왜 개선문 옆의 흙을 한 줌 파서 가지고 가려고 하세
요? 특별한 이유라도 있으신가요?"

"특별한 이유라기보다는 그래도 나폴레옹 황제는 가난한 가정에서 태
어나서 군인으로 성공해서 한때는 유럽 전체를 쥐고 흔들었던 불세출의
영웅이었지. 역사상의 인물들 가운데 그 누구도 황제 나폴레옹처럼 선이
굵은 인생을 살아간 삶들은 많지 않아. 그는 자기가 태어난 세상을 품에 안
고 끊임없는 정복자의 기상을 가지고 멋지게 한세상을 살다가 간 사람이
야. 그 영웅은 자기가 전쟁에서 승리하고 돌아오면 반드시 이 개선문을 지
나면서 자기 승리의 흔적을 이 개선문의 흙 속에 새겨 놓았지. 수천, 수만
의 승리한 군인들의 승리의 함성소리와 말 발굽 소리가 이 개선문과 그들
이 밟고 지나간 개선문 아래의 흙 속에 아주 진하게 새겨져 있지. 그 역사
적인 흙을 한 줌 가져가서 그 영웅의 정신과 함께하고 싶은 거다."

"회장님은 참으로 별난 취미를 갖고 계세요."

"각 사람이 가지고 있는 취미는 모두 다르지. 나는 나대로의 취미를 가
지고 있고. 요시코는 요시코 나름대로의 취미가 있고 말이지. 내가 그렇게
하는 것을 나의 취미 때문만이 아니야. 내가 나폴레옹 황제에 대해서 더욱
특별한 관심을 갖는 이유는 다른 데 있어."

"그게 뭔데요?"

"요시코, 내가 이 세상에 태어나서 가장 많이 자주 읽었던 책이 무엇인지 알지? 『젊은 베르테르의 슬픔』이야. 요시코에게도 읽어 보라고 했던 책이다. 그 책을 나폴레옹 황제도 너무 좋아해서 이집트에 원정을 갈 때도 그 책을 가지고 갔다지. 그 후에도 나폴레옹 황제가 제일 사랑하는 책이 되어서 모두 16번이나 읽었다고 해. 나도 아마 그 책을 그보다 더 많이 읽었을 거야. 이상하게도 내가 제일 좋아했던 책을 나폴레옹 황제도 제일 사랑했다고 하니 그 당시에 얼마나 유명했던 책이었나 하는 것을 알 수 있지. 그리고 놀라웠던 사실은 나폴레옹 황제가 1808년에 유럽 통일을 위해서 독일을 침공했을 때 그 전쟁의 와중에서도 저작자인 괴테를 직접 만나 봤다고까지 하니까."

"그러네요, 회장님. 아마 유명한 사람은 유명한 사람들끼리 통하는 무엇인가가 있는 모양이네요. 나폴레옹은 전쟁영웅으로 한 시대를 풍미했던 사람이고 회장님은 기업 활동을 통해서 한 시대의 거인으로 우뚝 선 분이니까 분야는 다르지만 두 분 모두 자신들이 살고 있는 시대를 위대하게 장식하신 분들이에요."

"나폴레옹과 나를 비교할 수야 없지만, 『젊은 베르테르의 슬픔』은 정말 유명한 책이야. 나폴레옹 황제뿐만이 아니고 당시 유럽의 모든 젊은이들이 가장 많이 즐겨서 읽었다지. 얼마나 유명했던지 책 속의 주인공 의상이 전 유럽을 휩쓸 정도로 유행할 정도였고 심지어 베르테르의 자살까지 모방하려는 사람들 때문에 '베르테르의 효과'라는 사회적 문제가 발생하기도 했다. 그만큼 세기적인 베스트 셀러였지."

"네, 회장님. 회장님이 주셨던 책을 저도 여러 번 읽어 보아서 자세한 내용을 알고 있어요. 회장님, 그러나 자신의 사랑이 이루어지지 않았다고 해서 목숨까지 버린다고 하는 것은 너무 자유분방한 낭만주의자가 아니었나 하는 생각을 해요."

"그런 생각을 해 볼 수도 있지만 인생에서 각자 자신들이 추구하는 최우선 가치가 무엇인가가 중요하지."

경미와 회장 일행의 파리 여행은 이렇게 끝을 맺고 있었다. 그런데 경미가 뜻밖의 제안을 하나 해왔다. 기왕에 프랑스에 왔으니까 파리에서 얼마 멀지 않은 모나코에 방문했으면 좋겠다는 것이었다. 경미는 언젠가 그곳에 한 번 가 보고 싶어 했다.

여의도 면적의 절반을 조금 넘고 독도 넓이의 10배 정도밖에 되지 않는 세계에서 두 번째로 작은 나라, 모나코를 경미가 특별히 방문하자고 제안한 이유가 있었다. 1950년대 미국의 유명했던 영화배우, 그레이스 켈리의 흔적을 모나코 왕국에서 조금이라도 찾아보고 싶어서였다.

그레이스 켈리는 1956년 모나코의 국왕이었던 레이니에 3세와 결혼하여 30년 가까이 모나코 왕비로 살았다. 그녀는 1982년 모나코 근교의 여름 별장에서 왕궁으로 돌아오던 중 교통사고로 53년의 짧은 생을 살다가가기는 했지만 그녀의 몸과 영혼은 그녀가 레이니에 3세 국왕과 결혼했던 성당에 묻혀 있다.

경미는 그레이스 켈리가 출연했던 영화 〈상류사회(High Society)〉를 본 후 그녀를 좋아하기 시작했다. 그 영화는 상류사회 사람들이 사랑하는 방식을 코믹하게 연출한 작품으로 감미롭고 경쾌한 재즈 선율을 삽입하여 전 세계 영화 감상자들에게 감동을 준 영화였다. 경미는 그 영화에 출연한 그레이스 켈리의 매력에 흠뻑 빠져 있었다. 훤칠한 키에 눈처럼 흰 피부색, 빛나는 금발의 머리, 빙하가 흘러서 만든 호숫물같이 파란 눈, 기품이 우러나오는 귀족적인 우아함, 그리고 그림 속에서 금방 빠져나온 듯한 신비로울 정도의 아름다운 그녀를 경미는 좋아했다. 경미의 모습이 그 여배우를 많이 닮아 있었기 때문에 경미가 그레이스 켈리를 더 좋아했는지도 모른다.

무엇보다도 그 영화 속에서 그레이스 켈리와 빙 크로스비가 'True Love 호'의 요트에서 영원한 사랑을 맹세하며 부르는 아름답고 달콤한 사랑의 주제가 'True Love'가 마음에 감동을 주었다. 그 노래는 진실되고 참된 사랑의 진정한 의미가 무엇인가를 생각하게 해 주는 노래였다.

True Love

Suntanned, Windblown
Honeymooners At Last Alone
Feeling Far Above Par
Oh, How Lucky We Are
While I Give To You
And You Give To Me
True Love, True Love
So On And On
It'll Always Be True Love, True Love
(With Grace Kelly)
For You And Have A Guardian Angel
On High With Nothing To Do
But To Give To You
And To Give To Me Love Forever True

But To Give To You
And To Give To Me Love Forever True
Love Forever True

햇볕에 그을리고 바람이 불고 나서야

단둘이 된 신혼부부

황홀한 기분에 젖어 늡니다.

오! 우린 정말 얼마나 행복한 사람들인가요?

나는 당신에게

당신은 나에게 참된 사랑을 드립니다.

그것은 영원히 변하지 않는 진실한 사랑입니다.

하늘의 천사도 나의 사랑을 당신에게,

당신의 사랑을 나에게

전하는 일 외에는

아무것도 할 일이 없어요.

내가 당신에게 드리는 것과

당신이 내게 보내 주시는 것은

변함 없는 진실한 사랑뿐입니다.

True Love 호의 요트에서 그레이스 켈리가 빙 크로스비의 무릎을 베고 누워서 둘이 함께 합창하는 True Love 노래는 경미의 가슴속에 아직도 사라지지 않는 잔잔한 감동으로 남아 있다.

파리에서 모나코까지는 비행기로 1시간 30분 정도의 거리였다. 모나코는 아름다운 프랑스 남부 바다 해안선을 따라서 언덕 위에 세워진 아주 작은 도시 국가였다.

경미 일행은 우선 그레이스 켈리와 레이니에 3세가 결혼했다고 하는 모나코 대성당(성 니콜라스 성당)을 찾았다. 이름은 대성당이지만 세계에서 두 번째로 작은 나라여서 그런지 성당의 규모가 작았다. 성당 안에 들어서자 사제 제단 주위 벽에는 입구에서부터 온통 그레이스 켈리의 결혼사진이 특별 제작된 영상 화면으로 장식되어 있었다. 성전을 한 바퀴 돌고 제단 가까이 갔을 때 그레이스 켈리의 무덤이 성당 제단 바로 왼쪽에 자리 잡고 있었다. 경미는 그녀의 무덤 앞에 잠시 서서 눈을 감고 고개를 숙였다. 인생의 영화가 덧없이 느껴지는 슬픔이 경미의 가슴 한쪽에 시리도록 스며들고 있었다.

경미 일행은 성당을 나와서 성당 주위의 좁은 골목으로 이루어진 건물들을 지나서 모나코 궁전(모나코 대공 궁)을 둘러보았다. 프랑스의 옛 궁전들에 비해서 보잘것없이 절벽 위에 세워진 작은 궁전이었지만 이곳에서 그레이스 켈리는 그녀 인생의 마지막 여정을 마무리 지었다. 화려하고 아름다운 삶을 살다 간 왕비, 그레이스 켈리였지만 인생의 영화가 덧없이 느껴져 옴은 어쩔 수 없었다.

경미 일행은 모나코 왕궁 주위를 둘러보는 것을 끝으로 서둘러서 최종 목적지인 괴테의 독일로 향했다. 우선 일행은 『젊은 베르테르의 슬픔』의 작가 괴테의 고향인 독일의 프랑크푸르트에 도착했다.

프랑크푸르트는 현대 독일 최대의 상업과 금융, 그리고 교통의 중심지다. 프랑크푸르트는 현대적인 높은 건물들과 중세의 건물들이 어우러져 있어서 세계의 도시들 가운데서도 아주 독특한 풍경을 연출하는 곳이다.

경미 일행은 우선 요한 볼프강 폰 괴테의 생가부터 찾았다. 4층짜리 괴테의 생가는 각 층마다 온갖 기념품들과 유명 화가들의 그림들과 수많은 책으로 장식되어 있었다. 마침 1층 안내원이 한국어를 어느 정도 구사하는 사람이라 간단한 한국말로 안내를 받으면서 괴테의 생가를 둘러볼 수가 있었다.

회장은 특별히 괴테가 『젊은 베르테르의 슬픔』을 쓴 방에 관심이 많았다. 방이 20개가 큰 저택에서 괴테가 태어난 방은 2층의 맨 끝 방이었지만 『젊은 베르테르의 슬픔』과 그의 또 하나의 역작인 『파우스트』를 집필한 방은 3층에 있는 마지막 방이었다고 한다. 회장은 괴테가 집필할 때 사용했다고 하는 책상을 직접 만져 보기까지 했다.

경미 일행은 괴테의 생가를 찾아본 후에 라인강 줄기인 마인강에서 유람선을 즐기는 것으로 독일 방문의 하루를 보냈다. 독일 방문 이틀째에는 『젊은 베르테르의 슬픔』의 배경이 된 도시 베츨라를 방문했다.

괴테는 대학에서 법학을 공부하고 신성로마제국 시절에 최고법원이 있던 베츨라에서 변호사로 일한 적이 있었다. 거기에서 괴테는 요한 케스트너라는 친구와 사귀게 되었다. 그 친구에게는 샤 로테라고 하는 약혼자가 있었다.

괴테는 샤 로테에게 약혼자가 있었지만 그녀를 보는 순간 첫눈에 반해서 짝사랑하게 된다. 그리고 괴테는 로테를 자신의 여인으로 만들기 위해서 그녀에게 수 없는 사랑의 대시를 해 보았지만 그녀는 괴테의 사랑을 받아들이지 않았다. 결코 사랑해선 안 될 여인이었다. 괴테는 샤 로테와는 결코 이루어질 수 없는 사랑이라는 것을 알고 슬픔을 안고 자신의 고향 프랑크푸르트로 되돌아온다. 베츨라는 인구 5만 명 정도의 작은 도시지만 괴테에게 잊지 못할 사랑의 상처를 깊이 남겼고, 그렇게 해서 그 도시는 소설 『젊은 베르테르의 슬픔』의 배경이 되었다.

프랑크푸르트에서 120킬로미터 정도 떨어진 베츨라에는 괴테를 기념

하는 거리와 샤 로테 거리, 그리고 기념관 등이 있다. 샤 로테 거리 8번지에 있는 로테의 집에는『젊은 베르테르의 슬픔』초판본과 세계 각국에서 출판된 번역본들이 전시되어 있었다.

회장은 그 모든 것들을 둘러보면서 괴테의 행적들 하나하나를 생각해 보는 시간을 가졌다. 그렇게도 괴테의 책과 그의 정신을 사랑했던 회장은 평생 한 번은 다녀가야 할 곳을 방문해서 괴테의 행적을 일일이 둘러보는 것에 대해서 엄청난 감회를 가지고 있었다. 무엇보다도 자신의 샤 로테가 되어 버린 경미와 함께하는 이번 여행은 경미에 대한 지극한 사랑을 다시 한번 확인시켜 주는 계기가 되기도 했다. 회장이 그렇게도 갖고 싶었던 괴테와의 만남은 비록 괴테의 생가와『젊은 베르테르의 슬픔』의 배경이 된 도시에서의 괴테의 정신과의 만남이었지만 회장의 인생에 잊을 수 없는 감동을 안겨 주었다. 그렇게 그들은 모든 여행 일정을 마무리했다.

그 후 계속해서 경미와 회장 사이에 이어지는 사랑은 화사하고 아름답게 피어나서 그들의 삶 속에 향기를 발하고 있었다. 회장과 경미의 아름다운 사랑은 여름의 우거진 녹음처럼 아름다운 경관을 이루어 자기들의 세상을 온통 풍미해 가고 있었다. 그들 사랑의 교향악은 삶 속에 은은하게 파고들어 축제와 행복으로 가득 찬 인생의 모든 순간에 울려 퍼지고 있었다. 경미 인생의 여름은 회장과의 사랑을 통해서 이 세상에서 가장 아름다운 꽃으로 피어나 있었다.

이 세상에 태어나서 살아가는 모든 사람은 어느 한순간 인생의 여름을 맞이하게 된다. 그것은 여자에게 있어서는 어느 순간 한 남자를 만나 '여자가 됨'으로써 남자들에게는 어느 순간 한 여자를 만나 '남자가 됨'으로써 다가오는 것이다.

경미가 맞이한 인생의 여름은 회장과의 관계를 통해서 경미가 '여자가 됨'으로써 활짝 피어난 것이다. 회장에 의해서 강제적으로 봄의 꽃봉오리가 터지면서 갑자기 닥쳐온 '여자 됨'이 경미의 여름이었지만 그러나 그것은 회장이 아니더라도 경미가 언젠가는 때가 되면 거쳐야 하는 피해 갈 수 없는 인생의 계절이었다.

이렇게 다가온 경미의 여름은 인생 여정에 더욱더 아름다운 꽃을 피우는 사랑 가득한 계절로 만들어 놓았다. 회장과 경미의 사랑의 교향악은 '사계'(안토니오 비발디가 작곡한 바이올린 협주곡)가 되어서 봄, 여름, 가을, 그리고 겨울의 공간들 속에 아름다운 운율들을 흘려보내고 있었다.

그러나 경미가 맞이한 꽃피고 녹음 드리운 화려한 여름은 그렇게 길지 않았다. 활짝 피어난 경미의 여름꽃들에게서 발산되는 그 아름다운 꽃들의 향기가 다 사라지기도 전에 경미에게 일찍이 다가온 경미 인생의 가을이 그녀에게 가까이에서 손짓하고 있었다.

봄 ·

여 ·
름 ·

가 :
을 :

겨 :·
울 :·

"왜 여름의 안개는 로맨틱하고
가을의 안개는 왜 그저 슬플까?
Why Is Summer Mist Is Romantic
And Autumn Mist Just Sad?"
- 도디 스미스(Dodie Smith),
⟨성 안에 갇힌 사랑(I Capture The Castle)⟩

●●●○

경미와 회장의 로맨스는 여름의 뜨거운 태양보다도 강렬했다. 경미는 회장과 그 어느 때보다도 가장 아름답고 열정적인 사랑의 계절을 보내고 있었다. 경미와 회장 사이에 계속되는 사랑의 교향악은 젊은 경미의 삶 속에 끊임없이 연주되고 있었다. 경미 인생의 여름은 진동하는 사랑 꽃의 향기로 가득 찬 신록의 계절이었다. 그리고 경미는 회장과의 사랑의 관계에 있어서 한참 물이 올라 있었다. 경미는 그것을 즐기고 있었다. 회장이 부르면 언제든지 달려가서 회장의 품속에 안겼다.

그러나 그와 같은 경미 인생의 여름은 열정 속에 타오르는 밝은 태양빛을 가리는 뭉게구름 속으로 조금씩 덮여 가고 있었다. 그리고 여름의 뭉게구름 저편에 가을의 안개가 조금씩 자신의 모습을 내비치면서 그 모습을 확대해 가기 시작했다.

경미가 회장 사무실에서 일한 지 4년째 되던 1985년 3월 어느 날이었다. 한 달 동안 일본 그룹을 둘러보고 막 돌아온 직후 회장은 경미를 회장실로 불렀다. 경미가 24살 되던 해였다. 갑작스럽게 부른 것이다. 경미가 회장과 일본에 가서 함께 시간을 보낸 것이 1주밖에 되지 않았다.

베르테르의 연인

회장은 업무적인 일은 대부분 비서실장인 가와사키를 통해서 경미에게 전달했다. 경미는 대부분 비서실장을 통해서 지시받은 일들을 처리했기 때문에 사적인 일 외에는 직접 회장의 업무 때문에 사무실로 부르는 경우가 그렇게 많지 않았다. 경미가 의아해하면서 회장의 집무실에 들어섰을 때 회장은 혼자가 아니었다. 60대 초반으로 보이는 중년 여인과 함께였다.

깔끔하게 차려입은 귀티 나는 중후한 부인이었다. 회장은 한국의 재벌 회장들과는 가끔 자리를 같이했지만 회장들이 아닌 일반인과, 그것도 나이가 들어 보이는 중년 여인과 자리를 같이하는 것은 드문 일이었다.

"경미야, 인사드려라. 내가 존경하고 오랫동안 잘 아는 분이시다."

"네, 안녕하세요. 오경미라고 합니다."

"아, 그래. 만나서 반가워요. 회장의 말씀대로 아주 미인이구나."

"감사합니다."

"경미에 대해서 회장님께서 많은 말씀을 해 주셨단다. 회장님 말씀은 들었지만 오늘은 직접 만나서 직접 얼굴을 보면서 이야기 좀 나눠 보려고 내가 일부러 회장님을 직접 찾아뵈었다."

경미는 부인이 어떤 분인지, 그리고 회장이 부인에게 했다는 이야기가 어떤 내용인지 알지 못해서 우선 부인의 말을 선뜻 이해하지 못했다. 직접 만나서 이야기를 해 보겠다니, 무슨 이야기인가.

회장이 입을 열었다.

"경미야, 너의 결혼 상대에 대해서 이 여사님과 대화를 몇 번 나눈 적이 있다. 오늘은 이 여사님이 너를 직접 만나 보고 너의 이야기도 듣고 싶다고 해서 일부러 모셨다."

경미는 생각지도 않았던 결혼 이야기가 너무나 놀랍기 짝이 없었다. 회장은 경미에게 한 번도 경미의 결혼 이야기를 꺼내 본 적이 없었다. 경미는 놀라운 마음을 어떻게 수습해야 할지 몰랐다. 가슴이 요동칠 정도로 경미의 마음이 흔들렸다.

결혼이라니. 그리고 자신의 결혼 문제를 상의하기 위해서 회장을 만나고 있는 이 여사라고 하는 이 부인은 도대체 어떠한 분이란 말인가! 그리고 회장님과는 얼마나 잘 알고 있는 사이인가! 그러나 회장을 직접 찾아와서 개인적인 이야기를 나눌 수 있는 사이라면 아마도 특별한 관계임에는 틀림이 없을 것이다. 그리고 이 부인이 직접 와서 이야기를 나눠 보겠다고 할 정도면 자신의 결혼에 대해서 한두 번 이야기를 나누지는 않았으리라는 생각이 들었다. 분명 여러 차례 이야기를 나누었으리라.

경미는 놀란 가슴을 가까스로 진정시키고 두 사람의 이야기를 듣는 수밖에 없었다. 그리고 무엇보다도 경미의 마음을 혼란스럽게 하는 것은 자신의 모든 인생을 회장에게 바치기로 결정되어 있는데 어떻게 다른 사람을 만나서 결혼할 수 있다는 것인가 하는 것이었다. 회장과의 깊은 관계 속에서 자신의 남은 인생 전체는 오직 회장과 영원히 동행하는 인생의 여정밖에 없다고 생각한 경미에게는 모든 것이 의아할 수밖에 없었다.

회장이 자기와 결혼을 하든 하지 않든 경미는 상관하지 않았다. 회장의 영원한 샤 로테로서 그저 자신의 인생 끝날 때까지 함께하는 것이 경미 자신에게 정해진 인생 여정이라고 생각하고 있었다. 그런데 결혼이라니. 경미는 의아해하면서 회장에게 물었다.

"회장님, 저의 결혼이요?"

이 질문은 어떻게 보면 경미의 불편한 속내를 드러내 보이는 것이기도 했다.

"그래, 너도 이제 결혼할 나이가 되었으니 결혼을 해야 하지 않겠냐?

그동안에 너에게는 결혼에 대해서 대화를 나누지 않았지만 마침 좋은 혼사 자리가 나와서 급하게 이분과 이야기를 나누었다. 이 여사께서는 그동안 여러 차례에 걸쳐서 나에게 아들의 혼처를 알아보아 달라고 말씀하셨어. 회장님께서 샤 로테 그룹 내에서 혹시 좋은 신붓감이 있으면 알아보시고 연락을 달라고 하셨지. 이곳저곳 알아보았지만 그래도 경미처럼 좋은 신붓감은 없는 것 같아서 이분께 말씀드렸다. 이 여사의 아들 되는 분의 결혼 상대자를 위해서 몇 번 대화를 나누는 가운데 경미에 대해서 이야기했고 경미를 한번 보고 싶다고 해서 오늘 특별히 함께 시간을 갖게 되었구나. 그러나 내가 일본에 있었고 여러 가지 일로 바빠서 경미에게는 특별히 이야기할 기회가 없었구나."

　일방적으로 결정하고 마치 통고하는 것과 같은 회장의 이야기에 경미를 몹시 당혹했다. 옆 좌석에 앉아 있는 이 여사도 회장이 경미와 이야기하지 않았다고 하니 조금은 놀라는 듯한 모습이었다. 경미는 다소곳이 고개를 숙이고 회장의 말을 공손하게 듣고 있었다. 이번에는 경미를 계속해서 찬찬히 바라보던 이 여사가 이야기를 꺼냈다.

　"내가 바쁘신 회장님께 내 아들의 신붓감 이야기를 하던 중에 혹시 기업 내에서 한번 살펴봐 주십사 말씀을 드렸지. 그런 부탁을 드린 얼마 후에 경미를 소개하시면서 자세한 이야기를 해 주셨고. 그래서 한번 직접 만나 보기를 바랐는데, 오늘 이렇게 시간을 낼 수가 있었구나. 대체적인 너의 가정 이야기며, 너의 경력 관계며 성품에 이르기까지 대부분 회장님을 통해서 들을 수가 있었지. 회장님은 몇 년 동안 경미와 함께하셨으니, 경미에 대해 누구보다도 잘 알고 계셔서 아주 소상하게 말씀해 주셨어. 나는 회장님의 말씀을 그대로 믿는 사람이기 때문에 그 소개 말씀에 아주 만족했다. 내가 지금 이렇게 직접 경미를 보고 있지만 회장님이 말씀해 주신 것이 하나도 틀린 게 없는 같아서 너무 마음이 흡족하구나."

경미는 이 여사의 이야기는 듣고 있었지만 회장이 그동안 자기에게는 말 한마디 하지 않았던 결혼 이야기를 어떻게 받아들여야 할지 당혹스러울 뿐이었다. 이 여사가 말을 계속했다.

"기왕 말이 나온 김에 내 아들이 어떤 사람인지 잠깐 이야기해야겠구나. 회장님께서 말씀하셨는지 모르지만 이 자리에서 내가 직접 아들 이야기를 하는 게 맞겠어. 나이는 27살. Y대를 나와서 군에도 다녀왔고 지금은 행정고시 2차 시험을 준비하고 있어. 1차 시험은 지난해 11월에 합격이 되었는데 다다음 달 5월에 2차 시험이 있어서, 그 시험에 합격하면 결혼을 시키려고 해."

회장이 말을 받았다.

"자제분이 실력이 좋은 모양이네요. 고시에 합격한다는 게 쉬운 일은 아닌데요."

회장은 아마 이 여사의 자제분이 행정고시를 준비하고 있다는 이야기를 듣지 못했던 것 같았다.

"그런대로 학교에서 말썽부리지 않고 열심히 공부했어요. 성격도 원만한 편이고요."

"아무튼 잘되었으면 좋겠습니다. 자제분도 아마 경미를 좋아했으면 좋겠고요."

"내가 이야기하면 좋아할 겁니다. "

"이 여사님, 언젠가도 전화로 말씀드렸습니다만, 경미는 대학은 졸업하지 못했습니다. 대학에 다니다가 모델이 되어서 학교를 마칠 시간이 없었습니다. 그러나 경미의 마음씨와 성격은 제가 보증할 만큼 아름답고 선합니다."

"회장님, 물론 학벌과 성격 다 갖추면 좋겠지만 요즘 학벌은 좋으면서 성격과 마음씨가 결혼 생활에 맞지 않는 경우가 많습니다. 그리고 얼굴이 예쁜 여자들 가운데는 얼굴값을 하려고 하는 사람들이 얼마나 많은지요. 그런 여자들보다는 가정을 잘 꾸리면서 남편 사랑하고 형제간 우애 좋고 자식 낳아 훌륭한 어머니 역할을 잘하면 최고지요."

"이 여사님, 그렇다면 다시 한번 경미를 추천하고 싶습니다."

"네, 회장님. 감사합니다. 다른 분도 아니고 회장님께서 특별히 소개하시고 추천해 주시니 제 마음이 더욱 든든합니다. 그리고 나이 차이도 적당해서 좋습니다."

"이 여사님께서 만족하시니 저도 마음이 홀가분하고 참 좋습니다. 이제는 경미의 부모님께 말씀드려야 하는데 그건 시간을 봐서 제가 소상하게 말씀드리죠. 그리고 좀 이른 이야기이긴 합니다만 혹시 경미의 부모님도 좋다고 하시면 언제쯤 결혼식을 하는 게 좋을까요? 물론 아드님과 경미도 서로 만나서 대화를 나누는 시간도 있어야 할 것 같고요. 그 외에도 결혼을 위해서 몇 가지 준비 과정도 필요하겠지요."

"네, 회장님. 결혼에 필요한 모든 과정이나 순서는 그때그때 잘 알아서 처리하면 될 것 같습니다. 모든 것은 결혼이 결정되면 잘 진행되리라 생각이 됩니다. 기왕에 말이 나왔으니 결혼은 올가을 9월이나 10월이 어떨까 합니다. 아들이 고시 2차에 합격하면 연수 기간이 있는데 그 연수를 받으러 가기 전에 결혼식은 올리는 게 좋을 것 같습니다."

"네, 잘 알겠습니다. 이 여사와 말씀 나눈 것을 제가 경미의 부모님과도 상의해 보도록 하겠습니다. 그리고 결혼에 대해서 혹시 더 나누실 말씀이 있거나 필요한 것이 있으면 계속해서 서로 이야기들 나누도록 하지요."

경미의 의사와는 상관없이 경미의 결혼은 이미 회장과 이 여사 두 사람이 결론을 내린 것처럼 보였다. 경미 인생의 모든 일은, 그것이 어떤 것이든 회장에 의해서 결정되고 있었다. 이 여사가 떠난 후에 경미와 회장은 얼굴을 맞대고 이야기를 나누었다.

"요시코, 갑작스러운 결혼 이야기에 당황했지?"

"회장님, 정말 어떻게 된 거예요? 정말 당혹스럽고 놀라운 이야기예요."

"요시코, 이제부터 설명해 주는 것을 잘 들어라. 내가 이 세상에 태어나서 요시코를 처음 만나는 때부터 요시코에게서 내가 생전에 그렇게도 찾고 찾던 샤 로테인 것을 직감했었다. 그래서 나는 너를 나의 사무실에서 비서로 근무하도록 했고 그러면서 너의 모든 하나하나의 모습들을 살펴보기 시작했다. 요시코가 처리하는 비서 업무들뿐만 아니고 행동, 성격 모든 부분에 이르기까지, 그리고 너의 말 한마디 한마디조차도 나는 놓치지 않고 지켜보았다. 너는 내가 바라고 원하던 샤 로테의 완벽한 모델이었어. 나는 어떠한 일이 있더라도 너를 절대로 놓치지 않겠다고 마음먹었다.

『젊은 베르테르의 슬픔』에 나오는 베르테르처럼 사랑하는 샤 로테와의 사랑을 이루지 못하고 극단적 선택으로 인생을 마감해 버리는 슬픔을 겪지 않기로 작정했지. 나의 인생에는 더 이상의 베르테르의 슬픔은 없다. 그래서 내가 일본에 있을 때 일본 출장이라는 이유로 너를 일본으로 불러냈고 강제로 너를 나의 샤 로테로 만들어 버렸지. 그러는 사이 몇 번의 사계절은 흘러갔고 요시코와 함께하는 동안 나의 삶은 온통 충만한 행복으로 가득 찼어. 내 인생 전체를 통틀어 이와 같이 의욕과 자신감이 넘쳐 본 적은 없다. 그러나 이제는 결혼이라는 이름을 빌려서 너와 내가 거리상으로 조금은 떨어져 있어야 할 때가 되었어. 언젠가는 요시코가 나의 뜻을 이해할 때가 있으리라고 믿는다. 설령 네가 결혼한다 하더라도 너와 나의 관계가 조금도 흔들리거나 잘못되지 않는다는 것만 알고 있어라. 요시코는 영원히 나의 샤 로테로 나의 인생과 함께 갈 것이다."

"회장님, 제가 결혼하게 되면 싫든 좋든 저는 다른 남자의 아내로 살아가야 합니다. 억지로라도 그를 사랑해야 하고 그의 품에 안겨야 하고 그의 자녀까지 낳아서 길러야 합니다. 저는 그동안 회장님과 함께하면서 회장님을 떠난다는 것은 정말 생각조차도 못했어요. 회장님이 저와 결혼하든 하지 않든 저에게는 상관없어요. 저는 회장님의 여자입니다. 회장님의 곁을 떠난다는 것은 감히 상상할 수가 없습니다. 저를 시집보내 놓고 회장님은 어떻게 하실 작정이세요? 그리고 제가 다른 남자를 만난다고 해도 정말 회장님이 아닌 사람과는 서로 사랑하면서 살 수가 있다고 생각하세요?"

"그래, 요시코. 안다. 너의 마음과 생각을 누구보다도 내가 너무나 잘 알고도 남지. 그러나 요시코, 나의 말을 잘 듣기를 바란다. 요시코가 설령 다른 사람과 결혼해서 산다고 해도 나의 목숨이 붙어있는 한 요시코와 나는 절대로 헤어지지 않는다는 것을 너에게 분명하게 이야기해 주고 싶다. 너도 알고 있지 않니? 네가 나의 샤 로테가 된 이후에 내가 얼마나 달라져 있는가를. 요시코, 지금 너는 나의 계획을 알지 못하지만 세월이 가면서 너는 차차 알게 될 것이다."

회장의 말을 듣고 의아해하는 경미에게 회장은 말을 계속했다.

"요시코, 너는 지금 내가 너에게 들려주는 이야기에 너는 놀랄지도 모른다. 그러나 이 이야기를 꼭 해야 할 것 같아서 이야기한다. 서민경이 나의 아기를 임신한 지 9개월이 되었고 다음 달에 출산한다. 물론 딸아이가 태어날 거다. 나의 아내 하마코도 알고 있어. 그러나 당장은 서민경의 딸은 나의 호적에는 입적되지 않을 것이다. 시간을 보아 가면서 결정할 것이다.

그동안 너도 알다시피 몇 개월 동안 네가 서민경이 사무실에 나타나지 않았던 것을 알고 있지 않니. 임신 후 계속해서 거의 일본에 머무르고 있었지. 일본에 머무르면서 일본어라도 배우라고 했지. 서민경의 딸은 시험관 아이로 태어나게 했어. 서민경이 그렇게도 갖고 싶어 하는 아이를 만들어 주겠다는 약속을 그렇게 해서라도 지켜 주고 싶었다. 그리고 그 약속을 끝으로 나와 서민경과의 관계는 끝이 났어. 내가 너에게 서민경 이야기를 하는 것은 요시코와 서민경은 완전히 다르다는 것을 다시 한번 말해 주고 싶어서다. 서민경과의 관계는 내가 약속을 지킨 것으로 끝을 내지만 요시코는 나의 샤 로테로서 나의 일생이 끝나는 그날까지 영원히 나와 함께 갈 것이다.”

“그러나 회장님, 저는 그동안 한 번도 결혼에 대해서 생각해 본 적이 없습니다. 그런데 갑자기 결혼을 해야 하는 이유라도 있는 건가요?”

“요시코, 너를 이 세상에서 누구보다도 사랑하기 때문이다. 우리는 그렇게 해서라도 서로 떨어져 지내지 않으면 안 될 것 같다. 아까도 이야기했지만 너는 지금 당장은 알지 못하지만 차차 그 이유를 알게 될 거다. 그리고 언젠가는 내가 너에게 직접 너의 결혼 이유를 말해 줄 때가 있을 것이다. 요시코가 결혼 생활을 하는 중에도 나와 만나면서 우리의 계획은 계속 진행될 것이다. 요시코가 결혼을 해야 나의 계획을 이루어 가기가 훨씬 쉬워지니 내 말대로 결혼을 준비하도록 하거라.”

경미는 회장의 말에 자신의 결혼에 대해서 더 이상의 이야기를 이어 갈 수가 없었다. 회장은 가만히 앉아서 눈물을 글썽이는 경미를 한참이나 안아 주면서 경미의 마음을 달래 주고 있었다. 그리고 회장은 경미에게 귓속말로 몇 마디를 더 이야기하고 있었다.

“여자로 태어나서 결혼 생활은 한번 해 보는 것도 좋은 거야. 그리고 지금이 경미에게 아주 좋은 기회가 될 거다. 그리고 다시 한번 말하지만 나는 이 세상에서 너를 제일 사랑한다. 네가 어디에 있든, 무얼 하든 일일이 너의 일상을 점검하면서 나는 너와 함께할 것이다. 너는 영원한 나의 샤 로테야."

그리고 회장은 경미에게 신랑이 될 집안과 어떤 관계로 알게 되었는지를 상세하게 설명해 주었다. 회장은 1967년 일본의 샤 로테 그룹이 한국에 진출해서 새로운 기업을 시작할 때부터 이 여사를 알고 있었다고 했다.

이 여사의 집안은 당시 한국에서 재벌급 못지않은 금융 재산을 가지고 있었다. 이 여사의 집안은 원래 이북 함경도 출신이었지만 6.25전쟁이 일어났을 때 월남했다. 그렇게 월남한 이후에 한국에 정착하기 위해서 충청남도 서천에서 염전을 시작했다. 6.25전쟁으로 폐허가 된 남한에서 소금은 구하기 힘든 재료 중의 하나였다. 다른 식품이나 반찬은 없어도 살아갈 수 있었지만 소금만은 없어서는 안 될 귀한 식재료였다. 밥이나 국수를 먹더라도 소금은 필요했다. 이 여사 집안이 시작한 염전 사업은 전쟁 특수를 통해서 대박을 터트렸고 대한민국의 누구보다도 많은 재산을 갖게 되었다.

한국에 진출해서 사업을 시작한 샤 로테 그룹 회장은 그 어느 때보다도 많은 사업 자금이 필요했다. 일본에서 가져온 자본금만으로는 충당하기 힘들었다. 지금의 샤 로테 호텔을 짓는 데에도 막대한 자금이 필요했다. 사업 자금을 알아보는 과정에서 이 여사를 알게 되었다. 이 여사의 금융 자본은 한국 샤 로테 그룹의 발전에 엄청난 힘이 되어 주었다. 회장은 돈이 필요할 때마다 이 여사에게 부탁했고 이 여사는 당시 신용이 좋고 사업 수완이 좋았던 회장에게 막대한 사업 자금을 대여해 주면서 함께 성장했다. 샤 로테 그룹이 발전하고 안정되면서 더 이상의 사업 자금이 필요 없고 자체적으로 자본을 충당할 때도 회장과 이 여사와의 친밀한 관계는 계속되었다.

서로 연락하면서 가정의 세부적인 일까지도 깊숙하게 대화를 나눌 정도로 친숙했다. 그러다가 이 여사 아들의 혼인 문제가 있을 때 이 여사는 회장에게 샤 로테 그룹에서 사원으로 일하는 여사원들 가운데 혹시 좋은 신붓감이 될 만한 사람이 있으면 알아봐 달라고 부탁했던 것이다.

아 여사의 가정에는 두 아들이 있었는데 이번에 혼사 이야기가 나온 아들은 둘째 아들 조경식이었다. 그 아들이 Y대 행정학과를 수석 졸업하고 행정고시 2차 시험을 앞두고 있었다. 회장은 이 여사의 부탁을 받고 그룹 내에서 마땅한 신붓감을 찾아보지 않았다. 한국에서 자신의 기업을 일으켜 세우는 데 가장 많은 재정적인 도움을 받은 가정에 경미를 소개하기로 한 것이다.

그러나 이것은 재정적 도움에 대한 보답 차원에서도 아니었고 또 몇 년 동안 함께해 온 경미가 싫증이 나서도 아니었다. 이렇게 경미를 결혼시켜서 자기와의 거리감을 갖겠다고 하는 회장의 생각은 기업과 사랑을 함께 지키려고 하는 회장의 계획에 의한 것이었다.

경미는 회장의 깊은 속내가 어떠한지 전혀 알지 못하지만 '늙은 베르테르'의 명령에 순종하기로 결정했다. 자신의 운명은 오직 회장의 마음에 달려 있다는 것을 확신하는 경미는 그의 말이라면 무엇이든지 순종하고 따를 준비가 되어 있었다. 회장은 이미 경미의 인생을 새롭게 창조한 절대 전능자로 자리 잡고 있었다.

경미는 회장의 결정에 따르기로 마음은 결정했지만 결혼 생활에 대한 두려움이 없는 것은 아니었다. 경미에게는 그렇게 길지 않았던 모델

생활과 회장 비서실에서의 4년여간 일한 게 전부였다. 아직 세상을 잘 알지 못했고 특별히 결혼 생활이 어떠한 것인지는 생각조차도 해 보지 않았기 때문이다.

무엇보다도 다른 남성에 대한 사랑에 대한 회의가 경미를 혼란스럽게 하고 있었다. 경미가 사랑하는 상대는 오직 회장 한 사람뿐이었다. 회장 특유의 육체적, 정신적 사랑만이 그동안 경미의 삶과 함께하여 왔다. 그 사랑 외에 또 다른 사랑이 존재할 수 있을 것인가? 그 사랑을 떠나서 다른 사람에게도 사랑의 감정이라는 것이 생겨날 수 있을 것인가?

경미는 회장에 대한 사랑 외에는 다른 사랑은 존재하지 않을 것 같은 생각이 들었다. 만약 다른 사랑이 있다 하더라도 아무런 의미가 없는 무색무취의 사랑일 것이다. 그러나 경미가 할 수 있는 일은 아무것도 없었다. 회장은 경미의 종교였고 그의 말은 경미의 인생을 새롭게 창조한 신의 말이었다.

경미는 사랑의 연금술사인 회장이 하고자 하는 일에 조금도 이의를 제기할 마음도 없었다. 경미는 마치 스톡홀름 신드롬에 빠진 환자처럼 오히려 가해자인 회장이 무엇을 해도 사랑과 애착을 가지고 그가 하고자 하는 모든 일에 동의해 가고 있었다. 회장의 보호막을 벗어나면 유리병 같은 자신의 인생은 천 길 낭떠러지로 떨어져서 산산조각이 나고야 말 것이라 믿는 유리 망상증 환자까지 되지 않았는가!

경미의 결혼은 그렇게 해서 결정되어 가고 있었다. 한 번도 만난 적 없고 대화 한 마디 나눠 보지 못한 한 남자와의 결혼은 회장의 주권에 의해서 결정되어 버린 것이다. 경미도 회장의 결정에 따르기로 하고 결혼을 결심했다.

회장의 사랑에 의해서 화려하고 아름답게 피어난 경미 인생의 여름꽃은 그렇게 해서 그 화사한 모습을 감추었다. 짙은 향기와 함께 경미가 걷던 여름날의 꽃길은 차가운 가을비에 떨어진 낙엽 쌓인 쓸쓸한 길로 방향을 돌려야 했다. 결혼은 생각하지도 못했던 경미 인생의 가을을 너무도 일찍 불러들이고 있었다.

경미는 경미 스스로 부모님께 자신의 결혼 소식에 대해서 직접 이야기하지 않았다. 물론 언젠가는 모든 것을 부모님께 말씀드려야 하지만 회장이 먼저 전화를 직접 하겠다고 했기 때문이었다. 부모님들과 회장은 경미가 회장의 비서실에 근무하면서 가끔 대화를 나눌 정도로 서로를 알고 있는 사이였다. 매년 돌아오는 경미의 생일에는 회장이 비서를 통해 경미 부모님께 전화해서 경미의 생일을 회장님과 함께한다는 것을 알려 주기도 했다. 회장은 경미의 부모님과 만난 적은 없지만 경미 가정이 군인 집안이라는 것에 대해서는 어떤 존경심을 갖고 있는 듯했다.

회장은 이 여사와 여러 차례 대화를 나누고 모든 것이 확실하게 된 2주 정도 후에 경미의 부모님께 직접 전화를 걸어서 결혼 문제를 말씀드렸다. 경미 부모님은 회장이 어떤 사람인지 잘 알고 있었기 때문에 회장이 하는 결혼 중매를 적극 환영했다. 경미의 어머니가 적극 반겼다.

항상 경미가 전문대라도 나와서 좋은 신랑감을 만나서 시집을 가야 한다는 철학을 가진 경미의 어머니였다. 그러나 경미의 결혼 상대가 국내에서도 첫째가는 일류 대학을 나와서 고시까지 합격할 정도의 실력을 갖춘 신랑감이라는 데 몹시 만족하고 있었다. 그뿐만이 아니라 재벌 못지않은 재산을 가진 풍족한 집안의 아들이라는 사윗감을 경미의 부모님 모두 좋게 받아들였다. 경미의 집안에 경사가 났다.

결혼 적령기에 이른 딸이 좋은 신랑감을 만나서 남부럽지 않게 사는 모습을 꿈꾸어 오던 경미의 가정에서는 감당하기 어려운 축복으로 받아들여졌다. 특히 맏딸이 결혼을 잘해야 동생들도 줄을 이어서 결혼을 잘할 것 같다는 믿음을 가진 경미의 집안에서는 집안의 경이적인 경사로 여겼다. 정말 경미의 결혼 상대자가 그렇게 좋은 대학을 나온 수재로서 고시까지 패스할 정도면 2세들을 위해서도 최상의 신랑감임에는 틀림이 없다고 생각했다.

경미의 동생들도 너무 기뻐하면서 형부가 될 사람이 과연 어떤 사람인가에 관심이 집중되었다. 그리고 언니를 만날 때마나 언니에게 결혼 축하한다고 외쳤다. 언니가 빼어난 미모로 모델 활동을 시작했을 때부터 언니에 대한 기대가 남달리 컸던 동생들이니, 언니의 결혼 상대자에 대한 관심도 무엇보다도 클 수밖에 없었다.

경미의 결혼은 빠르게 진행되고 있었다. 경미와 조경식의 결혼은 9월 말이나 10월 초로 하기로 잠정 결정되었다. 그리고 경미는 회장 비서로서의 일은 6월 말에 마무리하기로 했다. 경미의 4년여에 걸친 회장 비서로서의 일은 그렇게 마무리되어 가고 있었다.

경미 인생의 봄날은 즐겁게 왔다가 슬프게 갔다. 살며시 사춘기 소녀에게 다가왔던 봄날은 괴로움을 남기고 떠났다. 바닷가의 모래톱처럼 밀려온 파도에 부서지면서 흐르는 세월 속에 경미의 봄날은 그렇게 사그라져 갔다.

그러나 경미 인생의 봄날에 다가왔던 모델 활동은 화사하게 피어나는 경미 인생의 여름날을 열어 주었다. 경미는 회장이 만들어 준 인생의 여름날을 즐겼다. 그렇게도 사무실에 갇혀서 사업에만 심혈을 기울이던 회장도 샤 로테 경미와의 사랑은 회장으로 하여금 밖에서 펼쳐지는 세상의 아름다움에 취하게 했다.

햇빛 쏟아져 내리는 바닷가, 꽃내음이 가득 찬 들판, 녹음 우거진 나무, 숲 모두가 회장과 경미의 사랑 교향악이 울려 퍼지는 아름다운 세계였다. 경미에게 비치는 태양은 그렇게도 빛날 수가 없었다. 여름날 쏟아지는 소나기 속에 들려오는 우뢰 소리조차도 경미에겐 회장으로부터 들려오는 사랑의 속삭임이었다. 그 모든 것이 샤 로테 경미의 인생 여름을 축복해 주는 것들이었다. 그리고 회장과 함께하는 경이로운 해외로의 여행은 경미의 여름날을 온통 하늘의 뭉게구름 사이를 날아다니게 하고 있었다. 그러나 하늘 끝을 모르고 날아다니던 경미의 아름다운 인생의 여름은 예기치 않게 다가온 결혼으로 해서 경미 인생의 또 다른 여정, 인생의 가을을 시작하려는 순간에 와 있었다.

세상을 살아가는 모든 사람의 인생의 봄은 가냘프게 피어나는 봄의 아지랑이 같은 풋사랑으로 시작된다. 사춘기의 설레는 사랑의 감정이 느껴지면 인생의 봄은 이미 와 있는 것이다. 그리고 인생 모두의 여름날은 태어날 때부터 간직했던 순정의 꽃망울이 터지면서 시작된다. 그리고 인생 누구에게나 찾아오는 인생의 가을은 결혼과 함께 시작된다. 그러나 중요한 것은 인생의 계절마다 누구를 만나느냐 하는 것이다.

사람의 운명은 인생의 계절마다 만나는 사람들에 의해서 결정되기 때문이다. 경미는 인생 사계절의 여정 가운데 만나는 사람과의 인연이 얼마나 중요한 것인가를 생각해 보았다. 경미 인생의 봄날을 만들어 준 것은 박제만이라는 사관생도였다. 그리고 공제식을 통한 모델 활동은 경미 인생의 봄날 꽃망울을 키워 놓았다. 샤 로테 그룹의 회장은 경미가 간직해 온 꽃망울을 터뜨리며 경미 인생의 여름을 맞이하게 했고, 피어오른 꽃향기가 그 여름 한 계절을 풍미하게 했다.이제 예기치 않게 나타난 조경식이 경미 인생의 가을을 만들어 갈 것이다.

사람의 인생은 각 계절마다 아주 특별하게 만나는 사람에 의해서 장식되어 가는 것이다. 경미는 싫든 좋든 조경식이라는 사람과 인생의 가을을 만들어 가야 한다. 아니 어쩌면 인생 겨울의 눈길 위를 걸으며 두 사람의 발자국을 함께 남겨 놓아야 할 인생 여정일지도 모른다.

그러나 경미는 자신이 서지 않는다. 조경식이라는 사람이 어떤 사람인지 아직은 조금도 알 길이 없다. 그와 함께하는 인생의 가을이 어떠한 풍경이 될지 헤아려지지 않는다. 회장만이 경미 인생의 남은 모든 계절을 아름답게 수놓아 가리라 생각하며 살아왔다. 그것이 경미가 회장 이외의 어떤 사람을 만나더라도 자신의 남은 인생의 여정은 어떠한 풍경이 그려질지 불확실할 수밖에 없는 이유다.

어쨌든 경미의 인생은 앞으로 어떤 특별한 사람을 만나더라도 자기 인생의 여름을 만들어 준 회장의 영향에서 벗어날 수가 없다. 자신의 모든 것을 가져간 회장만이 경미의 남은 인생의 계절, 가을과 겨울을 만들어 갈 것이다. 경미로서는 회장과 함께하지 않는 남아 있는 인생의 계절을 생각할 수가 없었다.

경미는 회장에 의해서 자신의 결혼이 결정되기는 했지만 조경식이라는 사람이 어떤 사람인지가 궁금해졌다.

"회장님, 그분이 어떤 분인지 한번 보고 싶은데요."

"그래. 내가 이 여사님께 전화해서 이쪽으로 오라고 하지."

며칠 후에 조경식이 경미를 찾아왔다. 샤 로테 호텔의 1층에 있는 로테리아에서의 처음 만남이었다. 조경식. 180센티미터 정도의 큰 키에 얼굴은 둥그스레하면서 이목구비가 시원하게 잘생겼다. 눈에 쌍꺼풀이 졌고 웃는 모습이 해바라기 같다. 그 모습이 회장과 닮은 듯하다. 얼굴에 젊음이 가득하고 육체는 건장했다. 한마디로 젊고 싱싱하다. 귀티까지 나 보인

다. '늙은 베르테르' 회장과는 사뭇 비교되는 모습이다.

그러나 경미는 세상에 태어나서 남자는 회장만 한 사람이 없다고 생각했다. 나이가 들긴 했지만 회장도 정말 잘생긴 얼굴을 가졌다. 회장의 미소는 우아하고 눈빛은 세상을 녹이고도 남을 만큼 날카롭다. 성격은 박력이 있다. 지칠 줄 모르는 추진력이 있다. 집념은 이 세상에서 따라갈 사람이 없다. 한번 마음먹은 것은 어떠한 일이 있더라도 반드시 해내고 만다.

회장보다 젊고 싱싱한 조경식을 마주하고 있지만 그의 내면은 알 길이 없다. 잘생기고 호감이 가는 얼굴 뒷면에 어떤 성격이 숨겨져 있을까? 경미는 조경식이 싫지 않았다. 조경식도 경미를 처음 만나는 자리면서 벌써 호감의 눈길을 보내고 있었다.

"처음 뵙겠습니다. 만나서 정말 반갑습니다."

조경식의 첫 마디였다.

"네, 저도 반갑습니다. 회장님으로부터 말씀은 듣고 있었습니다. 얼마 전에는 어머니 되시는 분도 다녀가셨고요."

"저도 어머니로부터 이야기를 이미 들었습니다. 어머니가 말씀하신 대로 정말 미인이시네요."

"감사합니다. 경식 씨도 처음 뵙긴 하지만 어디선가 뵌 듯한 모습입니다. 이야기 듣고 있었습니다만 경식 씨는 고시 준비로 바쁘시다고 하시던데요."

"네 그래요. 5월 말에 행정고시 2차 시험 준비에 바쁘긴 합니다. 기왕 시작했으니 열심히 해서 좋은 성적으로 합격해야지요."

"잘되시겠지요. 실력이 있으시니까. 경식 씨는 고시에 합격하면 어디에서 일을 하실 계획을 갖고 계세요?"

"글쎄요. 행정부 쪽 어느 부서에서 일하지 않을까 생각합니다. 5월에

베르테르의 연인

합격하면 아마도 몇 달 동안의 연수 기간이 있을 겁니다. 그 연수 기간 동안에 아마 결정되지 않을까 생각합니다."

"네. 좋은 성적으로 합격하셔서 원하는 좋은 부서에서 일하셨으면 좋겠어요."

"저도 그랬으면 합니다. 응원해 주시기 바랍니다."

아주 일반적인 대화였지만 그 대화 속에서 조경식의 성격이 어느 정도 묻어났다. 조경식은 우선 착했다. 성격 자체도 모가 나지 않고 둥글었다. 말하는 것도 조리가 있고 아주 분명했다. 경미는 그동안 많은 남자들을 만나 본 적이 없긴 하지만 경미가 보기에는 정말 세상에서 나무랄 데 없는 신랑감인 것처럼 느껴졌다. 조경식은 자신이 어떤 대학을 나왔는지에 대해서 이야기하지 않았다. 행정고시 1차에 패스했다는 것에 대해서도 아무런 우월감을 보이지 않았다. 준재벌과 같은 엄청난 현금 자산과 빌딩을 가진 집안의 아들이었지만 그런 것 하나 입에 담지 않았다.

경미는 처음에 이런저런 이유로 해서 조경식에 대해서 약간의 경계심도 가졌었다. 특별히 거만하거나 자기의 주장이 너무 강하지 않을까 걱정이 되기도 했었다. 그러나 그는 포근했고 경미의 모든 상황을 잘 이해하고 받아들이는 포용력을 가진 듯했다. 그래서 마음이 놓였다.

물론 처음 조경식을 만나면서 회장과의 관계에 대해서 죄의식을 느끼기는 했다. 그러나 그 문제에 대해서 경미가 먼저 이야기를 꺼내지 않는 한 그것에 대해서 관심을 가질 사람같이 보이지 않았다. 그렇지만 경미는 조경식과의 결혼 생활 내내 그것에 대한 죄책감에서 결코 자유롭지 못했다.

조경식과 경미는 결혼과 관련해서 여러 가지 이야기를 나누고 점심식사를 같이 한 다음 헤어졌다. 조경식은 경미와 헤어지면서 고시가 끝날 때까지 서로 자주 만날 수는 없겠지만 전화로 자주 대화를 나누자고 했다.

이렇게 해서 경미의 화려했던 인생 여름은 사라지면서 빛이 바래기 시작했다. 그리고 경미가 건너야 할 강, 낙엽 떠내려가는 인생의 가을 강가로 서서히 발길이 옮겨지고 있었다.

조경식을 만나고 난 경미에게는 엄청난 마음의 혼란이 일고 있었다. 이렇게 착하고 아름다운 성품의 남자, 그리고 세상에서 가장 바람직한 신랑감을 소개한 회장의 마음속 깊은 뜻을 경미로서는 정말 헤아리기 힘들었다. 자신의 영원한 샤 로테로 만들어 놓고 새로운 남자를 만나서 결혼을 하라고 하는 이유를 알 수가 없었다.

경미에게는 회장의 문신이 뼛속까지 새겨져 있다. 경미의 육체, 경미의 영혼 속 깊이에는 회장의 모든 것이 살아서 숨 쉬고 있다. 경미의 세계는 회장의 세계다. 회장은 몇 년 전에 만나기는 했어도 그와의 관계는 언제나 오늘이다. 회장과의 관계에서 미래란 없다. 오로지 오늘만 있을 뿐이다.

아무리 조경식과 같은 나무랄 데 없는 사람을 만나서 결혼 생활을 한다 하더라도 뼛속까지 새겨진 회장의 문신을 어떻게 지울 수 있을 것인가? 결혼도 하기 전에 경미의 영혼은 회장과의 '오늘'을 붙들고 방황하고 있었다.

조경식은 6월 말에 치른 2차 시험에 좋은 성적으로 합격했다. 연수 교육을 받기까지는 3개월 정도의 여유가 있었다. 그래서 연수원에 들어가기 전에 결혼식을 올리기로 해서 결혼식은 9월에 하기로 했다. 경미도 6월까지 회장 비서실에서 근무하고 7월의 홀수 달에 일본에서 돌아오는 회장을 만나는 것을 마지막으로 비서실의 일을 마무리하기로 했다.

7월에 일본에서 돌아온 회장은 경미와 회장실에서 저녁을 같이 했다.

"요시코, 내가 요시코를 비서실에서 매일 만나는 것도 이제 마지막인 것 같구나. 그러나 너와 나의 관계는 이제 제1막이 끝났을 뿐이다. 이제부터 새로운 제2막의 장이 열릴 것이다. 네가 비록 결혼을 한다 하더라도 너와의 관계는 내가 가지고 있는 계획에 의해서 계속해서 이어져 나갈 것이다."

"네, 회장님. 회장님의 말씀대로 제가 비록 회장님의 곁은 떠나지만 저에게 남아 있는 모든 인생 여정은 모두 회장님께 달려 있습니다. 그러나 제가 결혼을 해서 가정을 갖게 되면 아무래도 회장님을 만나는 시간이 쉽지 않을 것 같습니다."

"그런 것은 조금도 염려하지 마라. 내가 알아서 할 것이다. 물론 네가 비서실에서 일할 때처럼 자주 만날 수는 없겠지만 시간이 허락되는 대로 너와 나의 만남은 계속될 것이다. 그리고 내가 총무부에 이미 이야기를 해서 너를 종신 샤 로테 그룹의 사외이사로 발령해 놓았다. 내가 가끔 너를 부를 것이다. 그럴 때마다 회사 일로 나를 만난다거나 일본 출장이 있다고 이야기해서 만날 수 있을 것이다. 나와 친분이 있는 이 여사와도 결혼 이야기가 나왔을 때 이미 그 이야기를 나눈 적이 있어. 그렇기 때문에 네가 결혼한다 하더라도 너와 나의 만남은 자연스럽게 이루어질 수가 있게 될 것이다."

"네, 회장님. 어디에서 무엇을 하든 회장님이 원하시는 대로 시간을 갖도록 하겠습니다. 회장님께서는 기업 때문에 항상 바쁘시겠지만 회장님의 샤 로테가 항상 회장님과 함께하고 있다고 생각하시고 회장님이 원하실 때는 기회가 될 때마다 불러 주시기 바랍니다. 언제든지 회장님과 함께하겠습니다. 저는 염려 마시고 회장님께서는 언제나 건강 관리 잘하시기를 바랍니다."

"그래, 요시코, 고맙다. 너도 알다시피 내가 너를 안 뒤부터 나는 이제

이 세상에서 더 바랄 것이 하나도 없다. 나의 건강도 지금 최상의 컨디션이다. 너를 위해서도 나는 항상 건강을 지켜 가도록 최선을 다하려고 한다. 그리고 요시코, 너에게 오직 한 가지 부탁을 하려 한다."

"네, 회장님. 무슨 부탁이라도 잘 듣겠습니다."

"부탁은 다른 게 아니다. 결혼하게 되면 남편과 잠자리를 같이 하게 될 것이다. 그것은 물론 당연한 일이다. 그것을 하지 않으려고 하거나 나 때문에 의식적으로 잠자리를 피하겠다고 하는 생각은 조금도 갖지 않도록 해라. 네 남편이 원하는 대로 언제든지 아주 자연스럽게 관계를 갖도록 해라. 그러다가 네가 임신이 될 것이다. 임신이 되면 즉각 나에게 알려라. 너는 강남의 C 병원에 입원을 하게 되고 C 병원 원장 CH 박사가 알아서 일을 처리해 줄 것이다. 너에게 미리 말해 주지만 임신을 하면 그 아이는 유전자 검사를 받게 될 것이다. 유전자 검사를 통해서 그 아이가 나의 아이가 아니고 너의 남편 아이인 것이 판명되면 너의 임신은 그것으로 끝날 것이다. 다시 말하면 너는 절대로 다른 사람의 아이는 가질 수 없다. 나의 아이만이 요시코의 배를 통해서 이 세상에 태어날 것이다. 요시코, 너는 내 것이다. 네가 설령 결혼한다 하더라도 너는 절대로 조경식의 것이 될 수 없다. 요시코가 내 것이기 때문에 너는 오직 나의 아이만 갖게 될 것이다. 알겠니? 요시코? 그리고 너에게 꼭 약속한다만 나는 반드시 너의 몸을 통해서 대를 이어 나갈 남자아이를 꼭 갖게 할 것이다. 다시 한번 말한다만 요시코, 너는 너의 결혼 생활을 마음껏 아주 자연스럽게 즐겨라. 그러나 요시코, 너는 지금 내가 너에게 말해 준 그것만은 어떤 일이 있어도 지켜야 한다. 알겠니? 요시코."

회장의 말은 단호했다. 그 말속에 회장의 성격이 그대로 실려 있다. 절대로 다른 남자의 씨는 받아서는 안 된다. 한 집안의 대를 끊어 버리겠다는 소름 끼치는 무서운 이야기다. 인류에 어긋나는 일이다. 사회적 윤리나 도덕에도 절대로 맞지 않는 이야기다.

무엇보다도 결혼한 남자의 아이를 가졌을 때 회장 자신의 아이가 아니면 그 핏덩이를 낙태해야 한다. 그렇다면 생명의 존엄성도 철저히 무시되는 것이다. 그러나 그것은 회장의 지상 명령이었다.

"네, 회장님. 말씀 잘 지키도록 하겠습니다."

경미는 앞뒤 가릴 것도 없었다. 경미는 신의 말에 순종하는 도리밖에 없었다.

그날 저녁 회장은 다른 모든 계획을 미루고 경미와 저녁을 같이 하면서 함께 시간을 보냈다. 경미의 육체는 오래전부터 회장에게 익숙해져 있었다.

경미의 육감적인 젊은 육체는 이미 회장에 의해서 구석구석 훈련되어 있었기 때문에 그 어느 때보다도 아름다운 밤의 시간을 함께 보낼 수가 있었다. 그날 밤 회장은 경미와의 관계를 가지면서 어느 때보다도 더 큰 열정을 보였다. 경미 육체의 전 부분, 머리끝서부터 발가락에 이르기까지 자신의 문신이라도 새겨 놓을 듯이 온통 경미의 젊은 육체를 유린했다.

"요시코. 내가 너를 사랑할 때 나의 몸을 휘감아 오는 네 육체의 율동, 그리고 너의 신음 소리 하나 하나가 나의 몸속 깊이 베어 들고 있다. 너는 나의 최상의 만족이고 너의 사랑은 정말 나의 뼛속까지 파고든다. 이와 같은 우리의 관계는 네가 결혼한다 하더라도 계속될 것이다."

경미의 결혼식은 1985년 9월 28일로 정해졌다. 결혼식 날짜가 정해지면서 경미는 바빠지기 시작했다.

세상에서 무엇 하나 모자랄 것이 없는 배우자였기 때문에 경미의 집에서는 경미의 결혼을 집안의 가장 큰 경사로 여기고 집안 전체가 동원되어 경미의 결혼을 준비했다. 결혼 예물부터 혼수와 결혼 살림살이에 이르기까지 부족한 것 하나 없이 준비해 나갔다. 특별히 신랑 집안이 워낙 잘사는 집안이었기 때문에 경미의 집에서도 그 집안이 만족할 정도로 무리를 하면서까지 혼수 준비에 바빴다.

그리고 신혼생활은 당분간 시어머니를 모시고 시댁에서 하기로 했다. 얼마든지 분가해서 나가서 살 수도 있었지만 시어머니 되는 이 여사가 시댁의 예의범절이나 생활 관습들을 익힌 다음에 아들과 며느리가 분가하기를 원했기 때문이었다.

결혼 날짜에 맞추어서 모든 준비가 끝나갈 무렵 경미는 준비할 것이 또 하나 있었다. 그것은 조경식과의 신혼 첫날밤을 위한 것들이었다.

회장과의 첫 관계는 경미가 무엇을 어떻게 해야 하는가를 전혀 알지 못하는 사이에 회장에 의해서 강압적으로 이루어졌다. 그러나 결혼하는 신랑과의 첫날밤의 첫 관계는 그래도 격식을 갖추어서 치러야 한다고 생각했다. 경미는 신혼의 첫날밤이 몹시 신경이 쓰였다. 무엇보다도 경미는 자신이 처녀가 아니라는 것을 신랑이 조금이라도 눈치채지 못하게 해야 했다.

그래서 경미는 신혼 첫날밤을 보내는 안내 책자부터 여러 권 준비했다. 책마다 거의 비슷한 내용들을 담고 있었다. 어떤 책에는 옛날 우리 부모들의 첫날밤을 보내는 것부터 시작해서, 요즘 한국과 외국의 예까지 첫날밤을 어떻게 보내는 것이 부부 사이에 가장 아름답고 경이로운 밤이 될 수 있는지에 대해 소개하고 있었다. 경미는 책들이 소개하고 있는 첫날밤의 내용들을 하나하나 점검하면서 결혼하는 조경식과의 첫 관계를 어떻게 해야 하는지 연구를 계속해 나갔다.

경미는 새로이 결혼하는 신랑, 신부들은 첫날밤을 보내는 방법과 순서와 그리고 정해진 과정이 있다고 생각했고 그것에 따라서 잘 진행되어야 한다는 아주 순진한 생각을 가지고 있었다. 그렇다고 신랑 조경식과 그런 문제에 대해서 상의한다는 것도 부끄럽게 여겨졌다.

그리고 아마도 신랑도 첫날밤의 첫 관계는 정해진 절차에 따라서 신부를 대할 것이라고 생각했다. 경미와 조경식은 결혼하기 전에 여러 차례 만났지만 손목 한 번 잡아 보지 않았다. 키스나 스킨십은 물론 성적인 관계는 한 번도 갖지 않았었다. 그뿐만 아니라 신랑 조경식은 결혼 전까지 어떤 여자와 관계를 갖지 않았다고 했다. 이 세상에서 가장 순수한 총각이었다.

그렇기 때문에 경미는 그와의 첫날밤의 행사가 무엇보다도 조심스러웠다. 경미에게는 조경식과의 첫날밤은 정말 조심스럽게 건너야 할 강이었다.

고급 향수는 물론 첫날밤에 입을 화려한 핑크색 잠옷까지 신랑 것과 함께 모두 구색을 갖추어서 준비했다. 그리고 안내 책자에 나온 대로 관계하기 전에 무엇을 준비해야 하는지, 그리고 신랑이 첫 성관계를 위해서 무엇인가를 요구할 때 어떻게 반응해 주어야 하는지까지 일일이 숙지해 나갔다. 경미는 모든 남녀가 결혼하게 되면 신혼 첫날밤은 정해진 격식에 따라서 관계를 진행해야 한다고 생각하고 만반의 준비를 했다.

그리고 경미는 자신의 육체적 관계는 회장과 이미 익숙해 있었기 때문에 조경식과의 첫 관계는 절대로 익숙한 모습을 보이면 안 된다고 생각했다. 반드시 격식에 따라서 치러져야만 회장과 함께했던 모든 성적인 경험을 숨길 수 있다고 생각했다. 다만 경미의 마음을 위로해 주는 것은 조경식에게 아직 한 번도 여자관계가 없었다는 것이었다. 숫총각은 아마도 결혼 첫날의 관계에 대해서 자세하게 알려고 하지 않을 것이라고 생각하면서 경미는 위안을 얻고 있었다.

경미가 결혼 첫날밤의 일들을 걱정하면서 이것저것을 대비는 하고 있었지만 경미에게는 조경식과의 결혼에 어떤 호기심도, 신선함도 그리고 기대감도 그렇게 크지 않았다. 회장과 함께하지 않는 일들에 대해서 경미로서는 그 어떤 의미나 가치를 부여할 수가 없었다. 회장 이외에는 경미에게 행복을 가져다줄 수 있는 사람은 아무도 없었다. 그러나 피할 수 없이 결혼식 날짜는 다가왔다.

경미의 결혼식 날 인산인해의 사람들이 모여서 경미의 결혼을 축하해 주었다. 군인 집안이었기 때문에 많은 군 장성들과 군인들, 샤 로테 그룹 기업의 임원들, 많은 친지, 그리고 신랑 쪽에서의 수많은 하객이 경미와 조경식의 결혼을 축하해 주었다. 신랑 조경식에게는 특별히 친한 8명의 친구가 있었는데 그 친구들이 결혼 축가를 불러 주었다.

회장은 경미의 결혼식에 참석하지 않았다. 회장이 이미 경미에게 자기는 결혼식에 참여하지 않을 것을 미리 이야기했었다. 그러나 결혼 전에 회장이 경미에게 준 샤 로테 그룹 한 계열사의 주식은 상상을 초월하는 것이었다. 회장은 대형 축하 화환을 보내 주었고 일본인 비서, 가와사키가 참석해서 경미의 결혼을 축하해 주었다.

물론 박제만의 얼굴도 보이지 않았다. 경미의 삼촌은 경미가 결혼한다는 소식을 박제만에게 알렸지만 끝내 그는 결혼식장에 자신의 얼굴을 보이지 않았다.

베르테르의 연인

경미는 결혼식의 모든 과정이 끝나고 제주도로 신혼여행을 떠났다. 원래 계획했던 신혼 여행지는 하와이였지만 10월 둘째 주부터 시작되는 남편 조경식의 연수 교육 일정 때문에 신혼여행 일정을 단축하기로 한 것이다.

경미는 제주행 비행기 안에서조차도 남편과의 첫날밤을 어떻게 보낼까 걱정하고 있었다. 회장에게 길든 자신의 육체가 조경식과의 첫 관계에서 어떻게 반응할 것인가 사뭇 불안했다. 제주에 있는 칼호텔에 도착한 시간은 오후 6시가 조금 넘어 있었다. 호텔에서 일하는 사람들이 여행용 가방을 객실 안에 들여놓고 밖으로 나갔을 때 경미는 필요한 짐을 정리해 놓은 다음 몸을 씻고 저녁 식사를 한 다음에 남편과의 첫날밤의 행사를 생각하고 있었다. 경미는 자신이 그동안 숙지해 놓은 첫날밤 교과서에 맞추어서 남편의 요구에 응할 생각이었다.

그러나 경미의 첫날밤 일정은 자신이 준비한 교본에는 하나도 나오지 않은 상태로 급격하게 진행되었다. 신랑 조경식은 제주행 비행기 안에서부터 신부의 손을 만지작거리고 허벅지와 허리에 손을 가져가면서 자기의 욕의 한 부분을 나타내고 있었다. 호텔의 안내원들이 여행용 가방을 호텔 방 캐비닛에 넣어두고 나가자마자 새신랑은 급하기 짝이 없었다. 일을 벌이기 시작했다. 경미가 옷을 벗고 준비할 틈도 주지 않았다. 경미가 숨을 돌릴 여유도 없었다. 조경식은 경미를 와락 껴안고 경미의 입술부터 찾아 자신의 입술을 포개기 시작했다. 금세 그의 혀는 경미의 입술을 열고 그의 혀를 경미의 입안으로 밀어 넣었다.

조경식은 숨조차 쉬기 힘들어하는 경미를 침대 위로 밀어서 눕힌 다음 경미의 투피스의 단추부터 풀어 헤침과 동시에 브래지어까지 벗겨 침대 밖으로 던져 버렸다. 경미가 결혼 전에 연구에 연구를 거듭하고 준비하고 숙지했던 첫날밤의 첫 관계를 어떻게 해야 하는가를 알게 해 준 교과서에는 내용조차 없는 사건이 벌어지고 있었다.

경미는 '이건 아닌데.' 하면서도 어떻게 해 볼 도리가 없었다. 침대 위에서 조경식의 체중의 무거움을 느끼면서 경미는 조그마한 소리로 이야기했다.

"아니, 잠깐만요. 몸을 좀 씻고 오겠어요. 결혼식장에서 흘린 땀도 좀 닦아 내야지요." 하는 경미의 말도 그의 귀에는 들리지 않고 있었다. "경미 씨, 괜찮아요. 조금 있다가 해도 돼요."라고 그는 거친 숨소리 속에서 응답하고 있었다.

침대 위에서 한동안 경미의 입안을 유린하던 조경식의 혀는 경미의 가슴으로 내려와 있었고 흥분으로 잔뜩 부풀어 오른 경미의 젖 봉우리를 마음껏 자극하고 있었다. 그의 그와 같은 자극은 경미의 밑 부분을 이미 온통 물기로 가득 차게 만들었고 몸을 움직일 때마다 질척거렸다. 경미의 모든 옷은 순식간에 벗겨져 내렸고 조경식도 어느 사이에 벌거숭이가 되어 있었다.

그의 그것은 자신의 위치를 찾기 위해 안간힘을 쓰면서 경미의 아래쪽 부분을 계속 압박하고 있었다. 경미는 회장과의 첫 관계를 할 때처럼 다리를 오므리고 엉덩이를 뒤쪽으로 내밀면서 무의식중에 조경식의 강렬한 물건을 피해 보려고 노력했다.

그러나 조경식은 경미의 손을 자신의 물건으로 가져가게 해서 느껴 보기를 원했다. 발기한 그의 것은 뜨거우면서도 그리고 부러질 정도로 단단했다. 회장의 것은 부드러운 발기였지만 조경식의 것은 돌처럼 단단한 발기였다. 회장의 그것보다는 훨씬 더 싱싱하고 크기도 컸다. 조경식은 자기의 가슴을 경미의 젖가슴에 밀착시킨 상태에서 단단한 엉덩이를 움직이면서 자기 물건을 진입시키기 위해서 오므린 경미의 다리를 더욱 벌려 보려고 노력하고 있었다. 경미는 회장과 첫 관계를 가질 때처럼 의식적으로 양손으로 그를 밀쳐 내려고 시도하고 있었다.

그러나 그녀의 노력은 아무런 의미가 없었다. 그의 성난 물건은 금세 그녀의 두 다리 사이로 진입해 밀고 들어왔다.

"아 아악…."

경미는 순간 비명을 질렀다. 회장과 수없이 관계를 가져 오긴 했지만 훨씬 크다고 느낀 그의 물건이 그녀에게 밀고 들어올 때 그녀는 통증을 느꼈다. 조경식이 가쁜 숨을 몰아쉬며 왕복 운동을 시작했다. 그가 그의 몸무게로 경미의 가슴을 압박하며 계속해서 찍어 누르듯이 왕복 운동을 하면서 그의 물건을 깊숙하게 그녀의 그곳에 찔러 넣기를 반복했다. 그러나 조경식의 거칠고 분주한 숨쉬기는 그렇게 오랜 시간이 걸리지 않았다. 이윽고 어떤 변화에 의해서 몸을 부르르 떨면서 그의 몸이 굳어지더니 이내 뜨거운 그의 힘을 경미의 깊은 곳에 쏟아 넣었다. 회장과는 비교가 되지 않을 정도의 많은 양의 뜨거움이 그녀를 깊숙한 곳을 파고들어 왔다.

조경식은 땀이 흥건한 그의 몸을 옆으로 굴려 침대에 눕히고 경미에게 한쪽 팔로 팔베개를 해 준 채 누웠다. 경미가 준비해 간 첫날밤을 위한 교과서는 무용지물이 되어 버렸다. 저녁 식사 후에 깨끗하게 이브닝드레스로 갈아입고 포도주로 입술을 축이면서 첫 관계에 대한 교감을 가진 다음 키스부터 자연스럽게 시작해야 한다는 교과서의 내용은 완전히 무시되어 버렸다.

아무런 준비가 되지 않은 상태에서 저돌적으로 덤벼드는 것은 회장의 방법과 똑같았다. 회장과는 결혼을 하지 않은 상태에서 생각하지도 못했던 갑작스러운 공격으로 어쩔 수 없이 이루어졌던 관계였지만 정식 결혼을 통한 첫 관계는 그래도 어떤 절차와 순서가 필요한 것이 아닐까! 경미의 교과서적인 셈법이 완전히 빗나가긴 했지만 그래도 어쨌든 이렇게 해서 신랑과의 첫 관계를 치러 냈다.

"경식 씨, 땀이 많이 났어요. 좀 씻으시어야 될 것 같아요."

"그래요, 경미 씨. 우리 같이 씻도록 해요."

"같이요?"

경미는 같이 씻는다는 그의 말에 짐짓 놀라워했다.

"예, 같이요. 왜 싫으세요?"

"좀 부끄러울 것 같아서요."

"괜찮아요. 우리는 이제 한 몸이 된 부부입니다. 함께해요."

조경식은 침대에 누워 있는 경미를 끌다시피 해서 함께 욕실로 갔다. 신랑과 첫 관계를 가지면서 두 사람이 하나가 되긴 했지만 아무것도 걸치지 않은 알몸으로 함께 샤워한다는 것은 어쩐지 서먹서먹하게 느껴졌고 좀 부끄럽기도 했다.

아직은 경미에게 조경식은 생소했고 친밀감이 형성되어 있지 않았기 때문이었다. 샤워실로 간 조경식은 경미의 발가벗은 육체를 머리부터 발끝까지 모두 하나도 남김없이 자기의 눈에 담고 있었다. 그것은 경미도 마찬가지였다. 그의 벌어진 가슴부터 근육질의 팔과 다리, 특별히 그의 탄탄한 허벅지는 회장의 그것들에 비할 바가 아니었다. 건강하게 잘 자란 부잣집 아들의 탄탄한 몸이었다. 경미는 조경식의 눈길이 자기의 온몸에 집중되는 것을 느낄 때 부끄러워하면서 양팔을 오므려 젖가슴을 감싸안았다. 경식은 물을 뿌려 가면서 경미의 몸을 씻겨 주기 시작했다.

조경식의 손이 경미의 몸에 닿으면서 이미 조경식의 물건은 또다시 부풀어 오르기 시작했다. 조경식은 비누를 수건에 묻혀서 경미의 온몸에 바른 다음에 샤워로 깨끗하게 씻어 낸 다음 부풀어 오른 경미의 젖가슴에 얼굴을 묻고 그녀의 젖꼭지를 흡입하기 시작했다. 그의 발기된 음경은 경미의 두 다리 사이를 다시 압박하고 있었다.

조금 전 첫 관계 때와는 달리 벌거벗은 몸들을 서로 씻겨 주면서 자극을 받은 경미도 그것을 받아들일 자세를 취하고 있었다. 조경식이 갑자기 경미를 샤워장 한쪽 벽에 뒤로 세워 놓고 단단하게 세워진 그의 그것을 경미를 둔부 쪽에 밀착시키면서 공격하기 시작했다. 순식간에 신랑의 그것은 경미의 그곳으로 밀고 들어왔다.

"아악…."

경미는 조경식의 것이 뒤로 들어오는 순간 깜짝 놀람과 동시에 약간의 쓰라린 통증을 느꼈다. 처음에 막무가내로 준비되지 않은 상태에서 첫 관계를 가질 때 아마도 경미의 그 부분의 앞쪽에 약간의 상처를 만들었는지 쓰라린 통증이 느껴져 왔다.

얼마 동안 왕복 운동에 몰두하여 있던 조경식이 처음과 똑같은 반응을 보이면서 자신의 힘을 경미에게 쏟아부었다. 두 사람이 샤워를 끝내고 다시 침대로 돌아와서 경미가 휴지 종이로 자신의 밑을 닦았을 때 종이에 적지 않은 혈흔이 묻어나와 있었다.

조경식은 빙그레 웃으면서 "경미 씨, 놀라지 말아요. 처음에는 모두 다 그런 거예요. 첫 관계에서는 출혈이 있게 마련입니다. 조금 시간이 지나면 아마 좋아질 겁니다."라고 말했다.

조경식은 경미의 혈흔이 처녀막의 상실에서 온 것이라고 생각했다. 그러나 경미의 처녀막은 회장과의 첫 관계에서 많은 피를 쏟으면서 이미 자신의 기능을 상실해 버린 지 오래되었다. 순진한 새신랑은 그 혈흔이 처녀막의 상실에서 오는 것이라며 마냥 기뻐하고 있었다. 아무것도 모르는 숫

총각 새신랑이 경미의 눈에는 귀여울 정도로 불쌍해 보였다.

조경식과의 첫 관계에서의 출혈은 아마도 단단한 그의 것이 경미의 그 부분을 너무 심하게 압박을 했기 때문에 상처가 생기면서 나타난 것 같았다.

조경식은 그런 경미가 더욱 사랑스럽게 보였다. 침대 위에서 조경식은 경미를 자기 품에 꼬옥 끌어안고 얼굴과 등을 계속해서 사랑스럽게 또닥거려 주면서 그녀와의 첫 관계에 아주 만족해하고 있었다.

"경미 씨, 이렇게 부부가 되어서 경미 씨를 바라보니 경미 씨가 더욱 아름다워 보입니다. 경미 씨 같은 사람을 내 아내로 맞이하게 된 것이 얼마나 기쁜지 모릅니다. 이제 우리가 하나가 되었으니 서로 아끼고 사랑하면서 우리의 여생을 함께 아름답게 가꾸어 가길 바랍니다."

경미는 조경식의 말에 어떻게 응답해야 할지를 알지 못했다. 조경식에게 대꾸해 주어야 할 대답이 어떤 것인지 선택이 되지 않았다. 나의 몸과 마음과 심지어 나의 영혼까지도 모든 것이 회장의 일부가 되어 있는데 어떻게 조경식을 사랑하며 서로 아끼면서 아름다운 인생을 함께 살아갈 수 있다는 말인가?

'왜 회장은 나를 조경식에게 떠밀다시피 하면서 나를 결혼시키지 않으면 안 되었을까?' 하는 의문이 신랑 조경식에 대한 대답을 미루게 하고 있었다. 경미는 지금 조경식과 결혼한 현실을 인정하면서도 이 사람에게 결혼시키지 않으면 안 되었던 회장의 의도가 도대체 무엇인지 몰라 혼란스러웠다.

경미는 지금 조경식의 품에 안겨 있는 새색시다. 새신랑을 사랑해야 하고 그의 사랑 안에서 행복을 느껴야 한다. 그리고 조경식의 말대로 남은 인생의 여정을 함께 잘 가꾸어 가야 한다. 그러나 경미는 지금 회장의 품을 더욱더 그리워하고 있다. 조경식의 품에 안겨 포근함을 느끼는 대신에 가습 시린 아픔에 전율하고 있다. 영혼까지 아프게 하는 슬픔이 감추어지지 않는다.

무엇보다도 회장의 품에 안겼을 때는 무척이나 따뜻하고 포근함이 있었다. 그러나 조경식의 품은 우람하고 젊기는 했지만 딱딱하고 생소할 뿐이었다.

"경식 씨, 고마워요. 좋게 봐 주셔서. 경식 씨에게 제 얼굴이 아름답게 보일지 모르지만 정말 저는 부족한 것이 많은 사람입니다. 경식 씨는 모든 것을 깃추신 분입니다. 부족함이 없는 분이에요. 경식 씨와 같은 분은 얼마든지 더 좋은 여자분을 만나서 결혼할 수 있습니다. 그런데 저같이 부족한 사람을 선택해 주시고 아내로 맞이해 주셔서 정말 감사할 뿐입니다. 부족하지만 경식 씨가 여러 가지로 많이 이해하시고 도와주시면서 함께할 수 있으면 좋겠습니다."

그것이 조경식에게 할 수 있는 경미의 최선의 대답이었다.

"서로 마음과 힘을 합하도록 해요. 세상에 어디 완벽한 사람이 누가 있습니까? 서로 돕고 밀어 주면서 한세상 모나지 않게 살아가는 겁니다. 그리고 결혼 생활에서 가장 중요한 것은 서로에 대한 믿음이라고 생각해요. 서로 간에 신뢰와 믿음이 깨지면 아마도 결혼 생활은 어려워지지 않을까 생각해요. 이것은 모든 인간관계나 사회생활에서도 마찬가지라고 생각해요. 서로 간의 믿음이 있으면 결혼 생활을 하는 동안에 혹시 있을지도 모르는 모든 어려움이나 난관은 모두 해결되리라 생각합니다. 굳건한 믿음 속에 우리의 인생 여정을 아름답게 개척해 나가기를 바라요."

"알겠습니다. 경식 씨. 최선을 다해 보도록 할게요."

경미의 과거도, 경미의 현실도 알지 못하는 가엾은 한 영혼, 조경식에게 경미의 대답은 그에 대한 예의였을 뿐이었다. 경미와 조경식의 4박 5일

동안의 제주 신혼여행은 몇 군데의 관광 코스를 둘러보는 것으로 끝내고 대부분 시간을 호텔 방에서 보내고 서울로 돌아왔다.

경미는 결혼 전에 시댁과 협의한 대로 신랑 집에서 신혼살림을 시작했다. 조경식의 아버지는 몇 년 전 돌아가시고 위로 형님이 한 분 계셨지만 직장 관계로 대전에서 살고 계셨다. 조경식이 결혼을 하면서 어머니를 모시기로 한 것이다.

신혼 생활을 시작하면서 시어머니 되시는 이 여사는 경미에게 두 가지를 직접 손수 하라고 했다. 하나는 신랑을 위해서는 언제나 손수 따뜻한 식사를 준비할 것, 그리고 또 다른 하나는 신랑의 양말과 팬티는 항상 신부가 손빨래를 해야 할 것, 그 두 가지다. 가족을 위한 식사나 다른 빨래는 가사 도우미가 했다. 그러나 신랑에게 끼니마다 따뜻하게 밥을 차려 주는 것과 남자의 속옷과 양말 빨래는 반드시 신부가 해야 하는 것이 이 가정의 전통이라고 했다. 이렇게 하는 것은 신랑에 대한 관심과 사랑을 지속적으로 갖게 하는 데 가장 기본 적이기 때문이라는 것이다.

이 여사의 이러한 부탁에 경미에게는 문제가 있었다. 경미는 태어나서 한 번도 식사를 직접 준비해 본 적도 없고 빨래도 해 본 적이 없었다. 가사 도우미와 엄마가 알아서 모든 것을 준비했다. 경미와 동생들은 그들이 해 주는 혜택을 누리며 살아왔을 뿐이었다. 모델로서 일을 할 때도, 신 회장의 비서로 일을 할 때도 전혀 그런 일에 대해서는 신경도 쓰지 않았다. 음식을 어떻게 맛을 내야 하는지 도무지 알 수 없었다. 경미는 솔직하게 이 여사에게 이 모든 것을 말씀해 드렸다.

남편의 양말과 팬티는 어떻게 해서라도 손빨래로 해 보겠지만 요리만은 전혀 할 수 없다고. 그러나 이 여사의 의지를 꺾을 수는 없었다. 우선 시작해 보라는 것이다. 그리고 시어머니 되시는 이 여사는 내일부터 당장 요

베르테르의 연인

리 학원에 등록해서 요리를 배우도록 했다. 시어머니의 요구대로 경미는 이튿날 수도 요리학원에 등록하고 요리 강습을 듣기 시작했다. 1년 후에 조리사 자격을 얻을 수 있는 과정이었다.

경미의 요리 학원 등록은 경미가 요리 강습 후에 회장을 만날 수 있는 기회를 만들어 주는 것이기도 했다. 회장은 경미가 결혼한 후에도 한국에 있을 때는 적어도 한 달에 두세 번씩은 경미를 보고 싶어 했다. 그리고 회장이 일본에 체류할 때도 가끔은 경미를 사외이사 활동이라는 핑계로 일본으로 불러들이기까지 했다.

경미가 회장을 만나는 장소는 주로 샤 로테 호텔 35층 회장의 집무실이었다. 그러나 경미가 시간이 있을 때는 가끔 회장이 좋아하는 강원도 ○○○ 저수지 쪽으로 드라이브를 같이 하기도 했다. 경미가 회장을 어디에서 만나든지 상관없이 둘이 만날 때는 언제나 그들의 긴밀한 관계는 계속해서 이어지고 있었다.

신랑에 대한 죄의식은 어느 정도 가지고 있었지만 경미에겐 일상화되어 버린 회장과의 관계가 더욱더 자연스럽게 느껴졌다. 이와 같은 경미의 이중생활은 경미의 인생 여정에서 도저히 피해 갈 수 없는 운명으로 자리 잡고 있었다.

인간으로 태어난 모든 생명체는 부모로부터 가지고 태어난 것은 자신들이 가진 신체적인 조건밖에 없다. 출생하면서 자신들이 가진 독특한 얼굴 모습, 몸매의 형태, 그리고 제한된 사고의 영역과 자신이 속해서 활동하는 환경 상황뿐이다. 신생아로 태어났을 때는 자신이 가지고 태어난 신체적인 모양 외에는 그 누구도 세상 속에 자신의 안팎이 온전한 모습으로 드러나지 않는다. 마치 아무것도 조각되어 있지 않은 하나의 돌덩이와 같은 존재가 인간이 태어날 때 가지고 온 본래의 모습이다. 미완의 존재로 세상에 태어나는 것이다. 그와 같은 원초적인 돌덩어리에 누가, 어떤 모양을 조각하느냐에 따라서 자신의 온전한 모습이 나타난다. 온전한 인간으로 이 세상을 살아갈 수 있도록 누군가에 의해서 완제품이 되도록 조각해야 하는 것이다.

다시 말하면 창조자인 신이 각자의 인생을 이 세상에 보낼 때 완제품으로 내보내지 않는다는 이야기다. 미완의 스케치로 세상에 보내진다. 생명과 부모를 닮은 형질과 그리고 생존본능을 위한 제한된 자아의식만 가진 미완의 모습일 뿐이다.

각자 세상을 살아갈 수 있는 인생의 완전한 모습은 '사랑'에 의해서 완성된다. 사랑으로 조각된 작품이 여생을 살아가는 완성품이 되는 것이다. 중요한 것은 각자의 인생에 있어서 사랑의 조각가가 누구냐 하는 것이다. 경미는 부모에 의해서 미완의 작품으로 태어났지만 회장이라는 사랑의 조각가에 의해서 완전한 모습의 작품으로 만들어졌다.

미완의 돌덩어리와 같았던 경미는 샤 로테 그룹 회장에 의해서 깎여지고 쪼아지고 다듬어져서 하나의 온전한 걸작품으로 완성되어 있었다. 미완성의 자아의식도 그에 의해서 완벽하게 갖추어졌다. 이제 더 이상 손볼 것이 없는 완제품으로 조각되어 버린 것이다. 더 이상 그 어떤 사람도 장인 조각가 회장이 만들어낸 경미라는 조각품에 손을 댈 수가 없다. 더 이상의 덧칠이 필요 없는 것이다.

회장에 의해서 완성된 조각품 경미는 조경식이라는 새로운 조각가를 만났다. 그러나 이미 경미는 샤 로테 그룹 회장에 의해서 쪼아지고 깎여지고 다듬어져서 완성된 완제품이다. 아무리 조경식의 손길이 닿는다 하더라도 경미에게서 또 다른 모습을 가진 조각품은 기대할 수 없다. 조경식은 이미 만들어진 작품 그대로를 바라보는 감상자에 불과할 뿐이다. 그는 완성된 작품 하나를 빌려서 자기 집에 놓아두고 사랑스럽게 바라보는 것으로 만족해야 한다. 그리고 판권이나 소유권에 대해서도 어떤 권리를 행사할 수 없다. 회장은 이미 경미를 결혼시키면서 언제든지 경미에 대한 그의 소유권 행사를 선언했었다.

경미는 회장의 요구한 대로 세상 사람들이 일반적으로 생각하는 상식선에서 조경식과의 결혼 생활을 영위해 나갔다. 거의 매일 밤 조경식은 경미를 요구했다. 젊은 사내의 성적인 욕구는 그칠 줄 몰랐다. 경미는 그가 원하는 대로 응해 주있고 그가 예뻐해 주는 대로 움직여 주었다.

조경식에게는 고등학교 다닐 때부터 8명의 아주 친한 친구가 있었다. 조경식은 결혼 후 자기 친구들을 불러서 한 달에 두 번 정도 자주 파티를 열었다. 경미는 그런 그의 생활에 조금도 싫증을 내거나 거부감을 느끼지 않았다. 그가 원하는 것은 무엇이든지 망설이지 않고 솔선수범했다. 경미의 그와 같은 아내의 역할은 결혼한 부부들이 공유하는 상식선에서의 결혼 생활이었지만 주위에서는 그들의 결혼 생활을 부러워했다. 잉꼬부부로도 소문나 있었다.

경미는 바다보다는 산들을 좋아했다. 회장과는 회장의 별장이 있는 안면도에 여러 차례 다녀오기도 했지만 뜨거운 모래사장보다는 시원하게 수목이 우거지고 계곡의 물이 흐르는 산들이 더 좋았다. 남편 조경식도 산을 좋아했기 때문에 남편의 휴가철에는 어김없이 전국의 산천을 찾아 나섰다.

전국의 산천 가운데 경미가 특별히 좋아하고 자주 찾은 곳은 송계 계곡이었다. 언젠가 경미 가족이 충청북도 수안보 온천장에 간 적이 있었다. 온천이 끝나고 서울로 돌아오는 길에 수안보 온천에서 서남쪽으로 20분 거리에 있는 월악산 국립공원에 들렀다가 월악산 자락에 있는 송계 계곡을 알게 되었다.

송계 계곡은 해발 1,100미터가 넘는 월악산에서 흘러 내려오는 물들이 모여서 흐르는 맑고 깨끗한 계곡이었다. 그 계곡물은 단양팔경으로부터 흘러내리는 계곡물과 충주호에서 합류되어 남한강으로 흘러들고 있었다. 그 송계 계곡 주위의 독특한 절경과 계곡 위쪽에 있는 용소 폭포에서 흘러내리는 맑은 물의 경관들은 경미의 마음을 빼앗기에 충분했다.

경미는 매년 시간이 날 때마다 송계 계곡을 찾았다. 봄에는 월악산을 온통 뒤덮는 진분홍빛 진달래 군락지의 꽃길을 걸었다. 녹음 우거진 여름에는 계곡물에 발 담그고 여기저기에서 들려오는 짝 찾는 뻐꾸기와 두견새 울음소리 듣기를 좋아했다.

단풍 물결을 이루는 가을에는 단풍 카펫이 깔린 계곡의 오솔길을 단풍 속에 새겨져 있는 세월의 우수와 함께 걸었다. 야생 국화에 찬 이슬 내리고 얼음 결 돋아난 시골의 가을 길을 맨발로 걸으면서 어쩔 수 없이 흘러가는 계절의 흐름을 감지해 보기도 했다.

겨울은 특별히 경미가 좋아하는 계절이다. 흰 눈으로 가득 덮인 산야와 계곡이 좋았다. 눈 덮인 세상은 온통 어둡고 슬픈 과거의 세월을 덮어버린다. 그리고 새로운 날에 대한 꿈과 소망을 아련히 떠오르게 한다. 경미는 겨울의 눈 내리는 눈길 걷기를 좋아했다. 그래서 그녀는 겨울에도 마다하지 않고 송계 계곡을 찾아 눈 내리는 계곡의 오솔길을 걸었다. 가끔 벙어리장갑으로 길가의 눈을 한 웅큼 뭉쳐서 얼어붙은 바위 사이로 흘러내리는 계곡 물속으로 던져 보기도 한다. 겨울잠을 자지 않고 물속에서 먹이를 찾던 겨울 개구리가 깜짝 놀라 도망가는 모습이 재밌다.

경미는 남편과 함께 산과 강과 계곡을 함께 다니기도 했지만 혼자 보내는 시간도 마다하지 않았다. 아무도 함께하지 않는 경미만의 발길이었지만 불행하고 지루한 결혼 생활에서 자유와 해방을 느낄 수 있는 시간이었다. 그리고 경미의 외로운 발길은 회장과의 어제의 사랑을 항상 오늘로 업데이트하는 명상의 시간이기도 했다.

경미에게 다가온 인생의 가을은 너무나도 빨리 끝낸 인생 여름에 대한 미련을 버리라는 듯 그 영역을 확대해 가면서 가 보지 못한 곳으로의 가을 여행을 재촉하고 있었다. 경미가 결혼한 후 1년 가까이 된 1986년 8월에 첫 임신이 되었다.

결혼 전에 회장이 요구했딘 대로 경미는 즉각 자신의 임신 소식을 회장에게 알렸다. 임신 4주가 되었을 때 회장의 요구대로 경미는 강남의 C 병원에 입원했다. 남편과 시모에게는 몸조리를 잘해야 한다는 핑계를 댔다.

C 병원장이 직접 경미의 담당 의사가 되어서 건강 상태를 점검했다. 경미가 입원했을 때 조경식은 자신의 일과가 끝나면 매일 경미의 입원실을 찾았다. 그리고 임신한 아이와 산모가 건강하기를 바랐고 자신의 자녀가, 아들이든 딸이든 상관없이 건강하게 태어나서 잘 자랐으면 좋겠다는 간절함을 항상 경미에게 말하곤 했다.

경미가 입원하고 몇 주일 후에 잠깐 마취를 했고, 마취에서 깨어났을 때 병원장 C 박사는 경미에게 태아가 유산되었다는 것을 알려 주었다. 자궁 외 임신이라는 이유였다. 조경식은 물론, 시어머니 이 여사뿐 아니라 경미의 친정어머니와 아버지의 실망도 몹시 컸다. 거의 1년이 되어서 모처럼 임신이 되었는데 유산할 수밖에 없었다는 병원장의 이야기는 자녀를 기대했던 모두에게 엄청난 실망감을 안겨 주기에 충분했다.

그러나 경미만은 유산의 이유를 알고 있었다. 회장은 경미가 입원해 있을 때 병원장 C 박사에게 임신한 태아의 DNA 검사를 하도록 했다. 태아가 만약 회장의 DNA와 일치하지 않으면 반드시 유산시키라고 하는 명령이

하달되어 있었다. 이것은 이미 회장이 경미를 조경식에게 시집을 보내면서 경미에게도 그렇게 하도록 지시해 놓은 것이기도 했다.

"절대로 다른 남자의 아이들은 가져서는 안 된다. 너는 나의 아이만 가져야 해."

회장은 경미에 대한 모든 소유권을 그렇게 행사했다. C 박사는 오래전서부터 샤 로테 그룹 회장의 주치의였다. 그는 3개월에 한 번씩 35층 회장 집무실을 방문해서 회장의 건강을 정기 점검했다. 경미가 강남의 C 병원에 입원해 있을 때 C 박사는 당연하게 경미의 담당 의사가 되었다. C 박사는 조경식이나 그 가족에 대해서 어떤 죄책감이나 책임감도 가지고 있지 않았다. 샤 로테 그룹 회장의 명령에 따라서 그의 임무만 묵묵히 수행했다.

경미는 유산의 후유증을 치료하기 위해서 1주일을 더 병원에 머문 다음에 퇴원했다. 6개월 후 경미는 두 번째 임신을 했다. 이번에도 똑같이 경미는 강남의 C 병원에 입원했고 C 박사의 유전자 검사를 통해서 조경식의 자식으로 판명되면서 처음 임신 때와 마찬가지로 유산시켜 버렸다. 아무것도 모르는 조경식과 그 가정에서는 야단법석이 났다.

그 가정에서는 경미의 몸이 허약하기 때문에 계속 유산이 된다고 하면서 몸에 좋다는 보약을 사들이기 시작했다. 체질이 약하면 유산이 될 확률이 높기 때문에 보약으로 허약 체질을 보강해서 더 이상의 유산이 되지 않도록 해야 한다는 이유였다. 그 염려는 후암동의 친정집에서도 마찬가지였다. 허약 체질에 좋다고 하는 보양식과 값비싼 한약들이 경미의 집에 계속해서 쌓여 가고 있었다. 물론 경미는 체력이 강한 편은 아니었다. 그렇다고 해서 계속해서 유산할 정도로 허약하지 않았다. 경미에게는 보양식과 명약들이 필요한 것이 아니었다. 회장만이 경미의 명약이고 보양식이었다.

경미와 회장과의 만남은 한 달에 한두 번씩은 꼭 이루어졌다. 회장을 만날 때 회장은 안면도에 있는 회장의 별장이나 강원도의 ○○○호수가에서 데이트를 즐겼다. 회장이 일본에 체류할 때도 경미는 일본에도 여러 차례 다녀왔다. 회장을 만날 때마다 회장은 탐욕스럽게도 경미의 몸을 요구했다. 경미는 회장의 포근하고 따스한 품이 좋았다. 조경식과의 와일드한 관계보다도 회장의 부드러움이 경미에겐 훨씬 더 익숙했다.

1988년 한국에서 하계올림픽이 시작되기 얼마 전 경미는 세 번째 임신을 했다. 조경식과 그 가족늘은 이번에는 유산되어서는 안 된다고 온갖 방법을 강구하기 시작했다. 병원장 C 박사와 그 병원의 산부인과 전문의들까지 만나서 대책을 이야기하기도 했다. 임신 5주가 되었을 때 경미는 다시 병원에 입원했다. 이번에도 예외는 없었다.

병원장 C 박사는 DNA 검사 후에 세 번째 아이조차도 유산시켜 버렸다. 잔인한 인명 살인이었다. 회장은 자신이 지키고자 하는 신념에 충실했다. 회장은 경미와의 사랑을 위해서는 피도 눈물도 없는 사람이었다. 인류이나 도덕, 그리고 사회적 관습들은 아주 저 멀리 팽개쳐 버렸다. 그리고 자신의 철학을 병원장 C 박사에게 철두철미하게 지키도록 명령했다. 병원장 C 박사조차도 인명 경시에 대한 죄의식이나 인류이나 생명 윤리조차도, 그리고 의사들이 지켜야 하는 기본 강령들도 아예 영혼에 남아 있지 않았다. 그는 샤 로테 재벌 왕국의 황제가 원하는 하나의 목적만을 수행하는 의사였을 뿐, 히포크라테스의 선서에 나오는 윤리, 희생, 봉사 그리고 장인의 정신은 이미 오래전에 포기한 사람이었다.

경미의 세 번째 유산은 조경식의 가정과 경미의 친정집에 전대미문의 대혼란을 가져왔다. 세 번에 걸쳐 일어난 태아의 유산도 문제였지만 이러다가 영원히 아이를 갖지 못하는 것이 아닌가 하는 것에 대한 염려가 더 커

졌다. 딸이든 아들이든 상관없이 자식을 갖고 싶어 하는 남편 조경식에게
더 큰 실망감을 안겨 주기에 충분했다.

　문제는 경미에게도 유산 후유증이 나타났다. 처음과 두 번째의 유산
후유증은 그런대로 견딜 만했지만 세 번째 유산의 후유증은 심각했다.
세 번째 유산이 있고 나서부터는 계속해서 며칠 동안 멈추지 않는 하혈
도 있었다. 입맛도 거의 잃어 가고 있었다. 육신도 몹시 지쳐 있었고 정신
적으로도 전에 없던 허탈감이 전신을 엄습했다. 베르테르 회장과의 지고
한 사랑을 위한 샤 로테, 경미의 희생은 그렇게 대가를 혹독하게 치러야
했다.

　그런데 경미가 세 번째 유산을 경험한 이후부터 경미의 마음에 미세한
변화가 오기 시작했다. 그동안 조경식과 그 가정에 아무렇지도 않게 느껴
졌던 경미의 마음에 죄책감이 들기 시작한 것이다. 자녀를 그렇게도 원하
는 남편과 그 가족에게 엄청난 실망감을 안겨 준 것에 대한 죄의식은 세 번
의 유산 이후에 심각하게 느껴져 왔다. 비록 유산시켜 버린 태아들이 온전
한 인간의 형태는 갖추지 않았다 하더라도 유산된 그 어린 핏덩이들도 신
이 허락하신 귀중한 생명들임은 틀림없었다. 회장과 함께 경미는 태아 살
인이라는 살인 공모자가 아닌가! 양심의 가책이 그녀의 영혼을 파고들어
왔다.

　경미는 회장과의 절대적인 사랑과 결혼이라는 현실 상황 사이에서 엄
청난 갈등 속에 빠져들고 있었다. 경미는 세 번째 유산 후유증과 하혈을 모
두 치료하고서도 2주일을 더 병원에 입원해 있다가 집으로 돌아왔다. 경미
는 그 후 조경식과 관계에서 오는 임신의 두려움에서 벗어나기 위해 계속
해서 피임약을 복용하기 시작했다. 임신을 감당할 수 있는 건강이 회복될
때까지라는 핑계였지만 경미는 조경식의 아이를 더 이상 갖고 싶지 않았

다. 경미는 자기 자신은 베르테르의 샤 로테의 위치를 벗어날 수 없다고 생각했다.

봄, 여름, 가을, 그리고 겨울 사계절의 시곗바늘은 지난날에 대한 아무런 미련도 없이 돌고 돌면서 열심히 자기의 갈 길을 갔다. 경미가 조경식과 결혼한 지도 벌써 10년이라는 세월이 지나가고 있었다. 그동안 경미는 조경식과의 성관계를 의식적으로 피하지는 않았지만 여러 가지 방법으로 임신하지 않으려고 노력했다. 10여 년의 결혼 생활 동안 아이를 갖지 않는 것에 대해서 남편, 조경식과 주위의 많은 사람이 의구심을 가졌지만 그럴 때마다 세 번에 걸친 유산은 경미에게 좋은 핑계가 되기도 했다. 물론 경미는 남편 조경식이 몹시도 자녀 갖기를 원하는 것을 모르지는 않았다. 가끔 경미는 그런 남편에게 언젠가 때가 되면 반드시 우리도 아이를 가질 것이라는 확신을 주면서 안심시켜 주곤 했다. 그러나 정작 경미는 언젠가 때가 되면 반드시 회장 자신의 아이를 갖게 하겠다는 결혼 전에 했던 그의 말에 더욱더 신경을 쓰고 있었다.

1995년 가을이었다. 경미는 하와이에서 휴가를 보내고 있던 회장으로부터 한 통의 전화를 받았다. 하와이에 다녀가라는 내용이었다. 회장은 당시 한국 나이로 75세를 넘기고 있었다. 때는 한국의 가을이 깊어져 가는 10월 중순경이었다. 경미는 조경식에게 핑계를 댔다.

"하와이에서 샤 로테 추계 임원 회의가 있어서 다녀와야 하겠어요."

조경식도 경미가 샤 로테 그룹의 사외이사로 등록되어 있을 뿐만 아니라 이사에게 지급되는 연봉도 계속 수령하고 있다는 것을 결혼 초부터 이미 알고 있었다. 경미는 가끔 임원 회의를 핑계로 조경식과 결혼생활을 하는 동안에도 몇 차례 일본에 다녀오기도 했었다.

"그래, 체류 기간이 얼마나 되지?"

"2주가 될 거예요. 1주 동안은 회사 일이지만 그다음 일주일은 하와이에 있는 친구와 모처럼 함께 시간을 보낼까 해서요."

물론 경미는 하와이에 친구가 있었다. 발레 친구 하나가 결혼과 동시에 하와이로 이민을 갔었다. 친구와의 만남의 시간도 가지겠지만 2주 동안 거의 모든 시간을 회장과 함께 별장에서 보낼 예정이었다.

"우리가 원래 결혼할 때 하와이로 신혼여행을 떠날 예정이었는데 그러지 못했는데 당신 혼자 하와이 여행을 다녀오게 생겼네."

"이번에는 회사 일이지만, 혼자 가게 되어 죄송해요. 나중에 당신이 휴가를 보내게 되면 그때는 우리 부부가 함께 하와이 여행을 다녀올 수가 있겠지요."

"그래요, 우리의 여행은 나중에 얼마든지 갈 수가 있을 거요. 2주 동안 좋은 시간을 갖고 건강하게 돌아오도록 하시오."

남편, 조경식은 경미의 하와이 여행을 흔쾌하게 허락해 주었다. 결혼한 지 10년이 지나고 있지만 사실 경미는 남편과 여행 한 번 제대로 가 보지 못했다. 여러 가지 이유가 있기는 했지만 경미의 임신과 유산이 반복되면서 여행할 수 있는 여건이 제대로 갖추어져 있지 못했기 때문이었다.

사실 경미는 세 번에 걸친 임신과 유산으로 심신이 지쳤고 우울증 증세까지 나타났다. 이와 같은 신체적, 정신적 스트레스로 즐겁게 여행을 다닐 만한 상황이 아니었다. 조경식은 언젠가는 경미에게 육체적, 정신적인 휴식의 시간이 필요하다고 생각하고 있었다. 조경식은 이번 기회가 경미에게 좋은 휴식 시간이 될 것이라고 생각하면서 선뜻 경미의 하와이 여행에 동의했다.

그러나 경미의 하와이 여행은 경미와 남편 조경식의 결혼 생활에 어두운 그림자를 드리우고 있었다. 경미가 하와이로 떠나는 10월 중순, 이미 여름은 저만큼 비켜 가고 있었고 서늘한 가을 바람이 지면에 이른 가을 낙엽들을 날리고 있었다. 경미는 그동안에 비행기로 한 시간 거리에 있는 일본에는 많이 다녀왔다. 그러나 하와이 같은 먼 거리의 여행은 이번이 처음이었다. 10월 18일, 경미가 탄 비행기는 10시간의 비행을 마치고 하와이 호놀룰루 공항에 도착했다. 아침 9시경이있다. 아열대 지역에 속해 있는 하와이는 날씨가 후덥지근했고 구름이 끼어 있었다.

  일본인 비서 두 명이 마중 나와 있었다. 공항에서 회장의 별장이 있는 카할라 지역까지는 20분 정도 소요된다고 했다.

  경미의 차가 공항을 조금 벗어났을 때 와이키키 해변과 접한 칼라카우아 거리에 들어섰다. 거리는 온통 야자수 나무가 줄을 지어 서 있었고 오른쪽 와이키키 해변을 따라서 수많은 관광호텔이 들어서 있었다. 수많은 관광객이 와이키키 해변의 모래 위에서 선탠을 하거나 바다에서의 수영이나 서핑을 즐기고 있었다.

  칼라카우아 거리를 지나서 다이아몬드헤드 분화구 쪽으로 조금 올라가면서 해변가 곳곳에는 바냔 나무들이 줄지어 서서 시원한 그늘을 만들어 놓고 있었다.

  그 바냔 나무들은 거의 모든 나뭇가지로부터 긴 수염 같은 뿌리를 내리고 있어 아열대 지방의 독특한 풍경을 보여 주었다. 야자수 나무와 바냔 나무 주위에는 온갖 종류의 꽃나무들이 빨간색, 오렌지색, 하얀색, 주황색과 같은 여러 가지 색깔의 꽃들을 피우고 있었다. 거리거리에는 반바지 차림과 짧은 바지 차림의 남자 관광객들과 브라와 소울만 걸치고 가슴을 온통 드러낸 반나체 비슷한 여성 관광객들이 물결처럼 출렁이고 있었다. 경미가 난생처음 접하는 이방 사람들의 생소한 모습이었다.

경미의 차가 와이키키 해변을 지나 다이아몬드 분화구를 좌측으로 끼고 해안선을 따라 10분쯤 지났을 때 미국뿐만이 아니고 전 세계 부호들이 몰려들어 별장을 갖고 사는 카할라 지역에 도착했다. 회장의 별장도 카할라 지역 바다를 접한 그곳에 있었다.

경미가 회장의 별장에 도착했을 때 신 회장은 현관에 나와서 경미를 맞이했다. 회장의 옆에는 항상 가와사키 비서실장이 지키고 있었다.

"요시코 잘 왔다. 너를 기다리고 있었다."

옆에 있던 비서실장도 다시 만나서 반갑다며 인사를 나누었다.

"네, 회장님, 먼 하와이에서 회장님을 뵙다니요, 정말 기뻐요."

"어디에 있든 우리는 항상 이렇게 만날 수 있으니 얼마나 다행이냐? 그동안 요시코가 많이 보고 싶었다."

"저도요. 정말 회장님 많이 보고 싶었어요."

회장은 직접 경미의 손을 잡고 비서실장, 가와사키의 안내를 받아 별장 안으로 들어갔다. 1층에는 시원한 바다를 바라볼 수 있는 넓은 부엌이 딸린 식당과 거실이 있었고 거실의 테이블 위에는 아침 식사를 위한 준비가 되어 있었다. 2명의 일본인 셰프가 바삐 움직이고 있었다.

"요시코 커피 하지?"

"네, 커피 주세요."

"요시코, 이 커피의 향을 맡아 봐라. 아주 독특한 향을 가진 커피다. 그리고 커피 맛을 보면 알겠지만 좀 순하고 연한 편이다. 바로 이 커피가 하와이에서만 생산되는 하와이 코나 커피다."

아침을 간단히 마치고 회장은 별장의 이곳저곳을 손수 안내했다. 회장의 별장은 3층 높이의 건물이었고 별장 주위의 넓은 정원과 그리고 앞으로는 끝없는 바다의 지평선을 접하고 있었다. 정원 한곳에는 프랭크 시나트라의 곡 '마이웨이'가 은은하게 파도를 타고 있었다.

> 이제 생의 끝이 가까이 있군.
> 그래, 나는 나의 생의 마지막 장 앞에 있어, 친구여
> 내 이건 분명히 말하지
> 나의 확고했던 인생관을 말해 주고 싶고 나는 충만한 삶을 살아왔어.
> 내 방식대로 삶을 살았지.
> 후회라? 조금은 있어.
> 난 그 모든 것과 맞서고 당당히 섰어
> 그리고 내 방식대로 그 길을 갔지
> 난 사랑했고 넌 웃기도 하고 울기도 했어
> 그리고 지금 눈물이 잦아들면서 난 그 모든 것이 참 재미가 있었다
> 는 것을 알게 되었네.

그 노래 속에서 자신의 방식대로 살면서 수많은 풍파를 헤치며 삶을 살아온 회장의 인생을 경미는 오버랩해서 보고 있었다. 그리고 그 노래의 가사처럼 경미는 회장이 이번 여행을 통해서 자신에게 분명히 무엇인가 말해 줄 것이 있으리라 생각했다. 회장의 나이가 그의 황혼 녘을 이야기해 주고 있었기 때문이었다. 회장과 비서실장이 안내하는 대로 경미는 별장을 둘러보았다.

1층에는 상들리에가 높이 달린 넓은 홀과 응접실, 부엌과 식당, 그리고 파티를 할 수 있는 거실이 있었고, 그 응접실 밖으로는 야외 수영장이 있었다. 2층에는 5개의 침실이 있었고 3층은 신 회장만의 특별한 생활공간으

로 넓은 침실 하나와 사무실, 응접실과 서재가 있었다. 회장의 별장은 3명의 셰프와 3명의 별장 관리인, 그리고 2명의 비서가 지키고 있었다. 모두 일본인들이었다.

별장 밖 정원은 정말 아름다웠다. 이웃 별장과 경계선을 이루는 담벼락을 따라서 야자수 나무들이 숲을 이루고 있었다. 그리고 정원 안쪽으로는 하와이주를 대표하는 히비스커스 꽃이 마치 한국의 무궁화처럼 넓은 꽃잎에 붉은색, 노란색의 아름다운 색깔들을 자랑하고 있었다.

그리고 부겐빌레아가 히비스커스 주변을 맴돌아 피어나서 그 아름다움을 더하고 있었다. 그리고 정원 이곳저곳에 피어 있는 플루메리아 꽃의 향긋하면서도 화려한 향기가 경미의 코를 강하게 자극하고 있었다. 이 꽃에서 나온 기름은 샤넬 향수의 원료로 사용되며, 이 꽃의 향은 해 뜨기 전과 해가 진 후에 더욱 진하고 강한 향기를 뿜어낸다고 회장이 설명했다. 그래서 회장은 이 꽃을 '여자의 꽃'이라고 부른다며 웃었다.

해 뜨기 전에, 그러니까 아침 일찍 일어나 사랑하는 사람을 위해서 아침 치장을 한 향기를 뿜고, 해가 진 후에 사랑하는 사람과 밤의 은밀한 시간을 함께하기 위해서 아름다운 자태를 뽐내면서 향내를 진동시키며 남자를 유혹하는 여인을 생각해서 아마 그렇게 말했으리라.

"요시코, 아무리 플루메리아 꽃과 그 꽃의 향기가 좋다고 해도 요시코, 너에게서 발산하는 향내는 정말 더욱 향기롭고 자극적이다. 맨 처음, 내가 처음으로 너를 안았을 때 너는 피어나지 않은 꽃봉오리에서 나는 젖 향이 나를 얼마나 자극했는지 모른다. 그러나 지금은 만개한 꽃에서 뿜어내는 아주 향긋하고 스윗한 향기와 같은 너의 내음이 플루메리아처럼 나를 자극해서 너를 보고 싶은 생각이 간절할 때가 많지. 마치 너의 향내를 쫓아 날아드는 벌처럼 말이다."

"회장님, 저에게서 나오는 향은 회장님의 사랑을 받아서 나오는 향기일 뿐입니다. 달이 태양 빛을 받아서 빛을 내듯이 회장님으로부터 받는 사랑이 향기가 되어 회장님께로 다시 전해지는 것뿐입니다. 회장님은 전에 제게 별에서 온 여자라고 말씀하셨잖아요. 별은 누군가가 빛을 비춰 주지 않으면 빛을 내지 못합니다. 태양의 빛을 받아야 별들은 빛을 내는 게 아닐까요? 회장님이 저에게 주시는 넘치는 사랑이 빛이 되고 향기가 되어서 회장님께로 향하는 것입니다."

"그래, 요시코. 이 세상 지구상에는 너와 같은 여자는 없다. 너는 정말 별에서 온 여자다."

회장은 경미의 허리를 왼손으로 휘감아 자기 곁으로 바짝 끌어들이고 순간 경미는 양손을 회장의 어깨에 얹었다. 회장의 입술은 경미의 입술과 포개졌다. 두 사람은 한참 동안 플루메리아 꽃향기 속에서 서로의 진한 사랑을 확인하고 있었다.

얼마 후 회장과 경미는 정원을 나와서 바닷가로 향했다. 별장에서 바다까지는 선착장으로 연결되어 있었고 그 끝에는 회장의 전용 요트가 정박해 있었다. 바다는 끝없는 지평선 너머로 연결되어 있었고 바다는 맑고 잔잔했다. 구름이 끼어 있어서 태양 빛을 가리고 있었지만 바람은 훈훈했다.

회장과 경미가 요트에 오르자 요트는 바람결이 없는 조용하고 맑은 바다로 미끄러져 들어갔다. 경미는 회장과 함께 요트 위에 앉아서 서서히 움직이는 배 위에서 끝없이 드넓은 태평양의 망망대해를 바라보면서 하와이의 아름다움을 만끽하고 있었다.

저 멀리 보이는 와이키키 해변 주위에는 수많은 인파가 모여들어서 따뜻한 바다를 즐기고 있었다. 하와이야말로 세상에서 가장 아름다운 휴양지라는 것을 보여 주는 듯했다.

"요시코, 하와이 바다의 공중 하늘에 보이지 않는 것이 있는 데 한번 찾아보아라."

회장은 느닷없이 경미에게 수수께끼 같은 질문을 던지고 있었다.

"회장님, 바다 위 공중에 보이지 않는 거라니요?"

경미는 의아해하면서 회장에게 되물었다.

"요시코, 너와 내가 안면도에 여러 차례 갔었지만 그곳에서 바다 위를 나는 갈매기들을 많이 보지 않았니? 그런데 하와이 바다에는 갈매기가 살지 않아. 네가 아무리 찾아보아도 갈매기는 찾지 못할 거다."

경미가 눈을 들어 바다 이곳저곳을 살펴보아도 정말 갈매기는 없었다.

"회장님, 신기하네요. 바다에 갈매기가 없다니요?"

"그래, 나도 처음에는 신기하게 생각했지. 그런데 하와이에 갈매기가 없는 이유가 있다고 한다. 갈매기는 원래 지구의 자기장을 감지해서 방향을 잡아 날아오른다고 한다. 그런데 적도 부근인 하와이에는 자기장이 없어서 갈매기들이 방향 감각을 상실해 버리기 때문에 방향을 잡고 날아오를 수가 없다고 해. 그래서 갈매기가 본능적으로 이곳을 위험 지역이라고 판단해서 아예 서식하지 않는다는 거지."

"정말 신기하네요. 갈매기 없는 바다가 있다는 것이요."

그렇게 말대답을 하면서도 자신의 모습을 생각했다. 경미는 자기가 회장의 자기장에 이끌려 살아가는 인생을 살고 있다는 생각이 들었다. 만약 경미의 인생에 회장이라는 자기장이 없으면 방향 감각을 상실한 채 방황하고 말 것이다. 회장은 경미의 인생 방향을 잡아 주어 날아오르게 만드는 자기장이라는 생각이 들었다. 잠시 생각에 잠겨 있는 경미에게 회장은 말을 이어 갔다.

"그건 그렇고 하와이에 없는 것이 또 하나 있지."

"뭔데요?"

"밤에 모기가 없어."

"네, 이 더운 지역에 모기가 없어요?"

"하와이 산간 지역에는 약간의 모기가 있다고는 해. 그런데 이 해변을 중심으로 해서 도시 일대에는 모기가 전혀 살지 않지."

"회장님, 그러면 모기들도 자기장이 없어서 날아오를 때 방향 김긱을 잡지 못해서 그런 걸까요?"

"그것은 자기장 때문이 아니라 해양성 바람 때문이라고 해. 하와이에는 해양성 바람이 심하게 불어서 모기들이 바닷가와 도시 주변에 살아갈 수 없는 환경이 되어서 그렇단다. 강한 해양성 바람 때문에 모기들이 생존하지 못하지. 그래서 외부 사람들이 하와이에 와서 관광하면서 모기가 없는 것에 신기해하는 것이다."

정오 때가 되었지만 하늘에 넓게 펼쳐져 있는 구름 떼들이 정오의 따가운 햇살을 계속해서 막아 주고 있었다. 하와이의 10월은 우기라서 비가 오는 날이 많지만 오늘은 구름만 끼어 있어서 아열대의 따가운 햇볕이 가려졌다.

요트 기사들은 펄하버(진주만)까지 운행했다가 다시 돌려 천천히 회장의 별장으로 다시 돌아왔다. 회장은 경미와 함께하는 시간을 너무나도 행복해했다.

"요시코, 지금 너는 결혼해서 살고 있지만 내가 너를 처음 보았을 때의 소녀다운 미소와 몸매가 여전하구나. 아마도 내가 눈을 감는 순간까지 나에게 인상 지어진 너의 그 아름답고 사랑스러운 모습은 영원히 사라지지 않을 것이다. 너와 함께하는 시간에는 정말 나는 천국을 여행하는 기분이다."

"회장님, 제가 결혼해서 살고는 있지만 저의 뇌리에 깊이 뿌리내린 회장님의 모든 영상은 절대로 지워지지 않을 거예요. 저의 결혼이라는 것도 어떻게 보면 회장님과의 변함없는 사랑의 연결선상에 있는걸요. 결혼도 제가 하고 싶어서 했던 것이 아니잖아요? 회장님은 제 인생의 전부입니다."

"요시코, 단테가 쓴 책 가운데 『신곡』이라는 책이 있다. 너도 읽었는지는 모르지만 단테가 35살 때 하나님의 세계를 여행한 기억을 기록해 놓은 책이지. 단테는 하나님이 만들어 놓은 연옥, 지옥 그리고 천국을 여행하면서 자신이 가지고 있는 신앙의 단계를 세상 사람들에게 설명하려고 했지. 우선 단테는 처음의 여행지인 지옥과 연옥의 여행은 자기가 평소에 존경하는 로마의 시인 베르길리 우스의 안내를 받으면서 했지. 그러나 마지막 여행지, 천국은 자기가 가장 사랑하는 여인, 베아트리체에 이끌려서 함께 여행했다고 기록하고 있어. 요시코, 하나님이 만들어 놓은 천국이 있다면 그곳은 자기가 가장 사랑하는 사람에 의해서 갈 수도 있다는 이야기야. 나는 내가 죽은 후의 천국이 있는지 없는지 알지 못해. 그러나 나는 지금 이 세상에서의 천국 여행을 지금 너와 함께하고 있어. 그리고 내가 죽어서도 천국이라는 곳이 있다면 나는 거기에서도 분명히 너와 함께 여행하면서 아름다운 시간을 보내게 될 것이다. 나는 언제나 반드시 너와 함께 여행할 준비가 되어 있어. 이생의 시간이든 사후의 시간이든, 어디에 있든 가장 사랑하는 사람과 함께 여행하는 삶이 천국이라고 생각한다."

"회장님 정말 기독교에서 이야기하는 그와 같은 파라다이스, 천국이라는 곳이 있을까요?"

"나는 잘 알지 못하지만 기독교인들의 성경 속에 지옥과 천국을 이야기하고 있으니 그것이 자기들만의 세계는 아니지 않겠니? 요시코, 어떻게 생각해 보면 내가 지금까지 나는 지옥 속 불길들을 운 좋게 헤치고 나오며 살아오지 않았나 생각한다. 일본에서 기업을 일으키는 모든 과정이 정말 힘들고 어려운 지옥의 불길과도 같았지. 그리고 어쩌면 보이지 않는 신이, 그리고 나를 지켜 주는 하나님의 섭리가 나를 오늘날까지 인도하지 않았나 하는 생각이 들기도 하고 말이다. 그러나 지금은 나의 가장 사랑하는 샤 로테와 함께 가장 아름답다고 하는 천국의 길을 여행하는 기분이다. 단테가 자기의 가장 사랑하는 사람을 통해서 천국에 갈 수 있었던 것처럼 나는 나의 가장 사랑하는 샤 로테, 요시코를 통해서 천국에 갈 수 있다고 생각해.”

“회장님, 저도 회장님과 같은 생각을 할 때가 많이 있어요. 회장님이 주선하셔서 결혼 생활은 하고 있지만 남편 경식 씨에게는 정말 여러 가지로 마음이 편치 않을 때가 많아요. 회장님에 대한 변치 않는 사랑을 생각하면 정말 저는 항상 회장님과 함께 천국에 사는 기분이에요. 그러나 함께 생활하는 남편을 바라볼 때마다 죄의식과 부도덕한 미안함이 나 자신을 지옥 속을 방황하는 방랑자로 만들어 놓곤 해요. 그래서 가끔 회장님과 함께하는 천국을 버리고 결혼이라는 지옥의 불길 속에 삶을 사는 기분이에요.”

“지금 요시코가 느끼는 마음의 아픔과 시린 감정은 내가 잘 안다. 그러나 언젠가는 천국의 길을 너와 내가 함께 반드시 여행할 때가 올 것이다. 너와의 아름다운 사랑은 영원할 것이다.”

“회장님, 사랑합니다. 저는 지금 이렇게 회장님과 함께하는 시간이 정말 천국인걸요.”

회장과 경미는 서로의 사랑을 다시 한번 확인하면서 입술을 오랫동안

포갰다. 회장과 경미가 요트에서 시간을 보내고 회장의 별장으로 돌아왔을 때는 정오가 넘은 시간이었다. 점심 식사는 1층 식당에서 가와사키 비서가 지켜보는 가운데 회장과 경미만의 시간을 보냈다. 2명의 일본인 셰프가 두 사람의 점심을 준비했고 식사가 끝날 때까지 옆에서 시중을 들어 주었다.

식사 후 바다의 전망이 있는 3층 발코니에서 그동안 밀려 있던 이야기들을 나누기 시작했다.

"요시코, 너의 결혼 생활에 많은 어려움이 있을 줄로 안다. 특별히 나와의 관계 때문에 여러 가지로 불편함이 많겠지."

"네, 회장님. 저의 결혼 생활은 완전히 공중에 붕 떠 있는 듯이 갈피를 잡지 못하는 이중생활이에요. 회장님이 말씀 주신 대로 상식선에서 결혼생활을 해 나가고 있습니다. 그런데 회장님, 그동안 마음에 담고 있으면서 회장님께 여쭈어보지 못한 것이 있습니다."

"요시코, 무엇을 알고 싶은 거지?"

"회장님, 회장님께서 저를 결혼시켜야만 했던 특별한 이유라도 있으셨나요?"

"그래, 요시코. 내가 결혼하라고 했을 때 너는 아무런 이야기도 하지 않았다. 그러나 이제 네가 궁금해하고 물어보니까 모든 것을 이야기할 때가되지 않았나 싶구나. 그리고 언젠가는 너를 결혼시켜야 했던 이유를 이야기할 시간이 있으리라고 생각했지."

회장은 잠시 경미의 얼굴을 바라보다가 말을 이어 갔다.

"요시코, 너는 이미 서민경과 나의 관계를 알고 있다. 처음에 서민경을 만났을 때 나는 서민경이야말로 내가 그동안 찾고 찾던 샤 로테이기를 바랐다. 그리고 그녀와 관계를 시작했을 때 나는 세상이 나와 서민경의 관계를 모르기를 바랐다. 그러나 세상은 알기 시작했고 말들이 많아지기 시작했다. 너도 알다시피 샤 로테 기업은 대기업이다. 그러니 회장과 관련된 스캔들 문제는 회사에 결정적인 악영향을 끼치게 되어 있어. 서민경과의 관계를 세상이 알기 시작하면서 회사 이미지가 좋지 않아졌지.”

회장은 말을 끊고 잠시 태평양 바다를 응시하면서 무엇인가 생각에 잠기는 듯했다. 그러다 잠시 후 말을 이어 갔다.

“나는 결국 서민경과 사실혼 관계라는 것을 세상에 알렸다. 그리고 서민경과 약속에 의해서 1983년에 낳은 딸 유리를 내 호적에 올리기로 결정했지. 더 이상 세상 사람들이 수군거리는 것을 그대로 두고 볼 수가 없었고 회사의 이미지를 그 스캔들 때문에 더 이상 깎고 싶지 않았어. 그 후로 세상 사람들은 세상의 대단한 의문이라도 풀린 것처럼 우리의 관계를 인정하고 잠잠해지기 시작했다. 그런데 만약에 요시코와 나의 관계가 세상에 다시 알려지기라도 한다면 또다시 나와 요시코의 스캔들에 대해서 더 큰 소란을 일으킬 거다. 회사의 이미지는 추락하는 날개처럼 끝없이 땅 위에 떨어지고 말았을 거다. 요시코, 나의 가장 사랑하는 샤 로테를 영원히 내 곁에 두고 싶은 마음이 왜 없었겠니. 그러나 더 이상 세상으로부터 손가락질받는 기업으로 만들고 싶지 않아서 너를 결혼시키기로 작정했다. 기업과 사랑을 지키기 위한 어쩔 수 없는 선택이었다. 요시코, 나는 네가 나의 모든 생각과 마음을 이해하리라고 생각한다.”

경미의 얼굴은 두 눈에서 흐르는 눈물로 반짝이고 있었다.

“회장님, 어린 마음에 회장님의 뜻을 이해하지 못했습니다. 회장님에 대한 오직 하나의 사랑만을 바라보고 있었기 때문에 다른 것들은 아예 생각하지도 못했습니다.”

“안다, 경미야. 너의 마음을 충분히 알고 있다. 다시 한번 말하지만 너에 대한 나의 사랑은 영원하게 별처럼 빛날 것이다."

경미는 회장의 품을 파고들었고 회장은 양손으로 경미의 얼굴을 올리고 자신의 입술을 경미의 입술에 깊게 포개어 오래도록 떨어질 줄 몰랐다.

회장과 함께하는 하와이에서의 시간은 한국에서의 시간의 흐름보다도 세 배는 더 빠르게 흘렀다. 결혼 이후 회장과의 이국에서의 만남은 경미에게 옛사랑의 아름다운 추억을 다시 한번 상기시켜 주기에 충분했다.

점심 식사 후에 경미는 회장과 함께 와이키키 비치 파크를 걸으면서 바닷가의 아름다운 정경과 카할라 지역의 경관을 돌아보면서 오후 시간을 보냈다. 와이키키 해변 주변의 바닷가 풍경은 정말 경이로웠다. 시원한 바람과 함께 파도가 밀려왔다가 밀려가기를 반복하면서 그 청록색들의 바다물이 바다 위에 반짝이는 뜨거운 태양 빛을 식혀 주고 있었다.

서울에 갇혀 있는 동안에 느껴 보지 못한 행복감이 경미의 가슴을 가득히 채워 주었다. 경미는 날아갈 듯한 사랑의 기쁨을 마음 가득히 안고 양팔을 넓게 벌려 하늘을 솟구쳐 오를 듯 날갯짓을 해 보기도 했다. 경미는 회장의 팔짱을 끼고 머리를 어깨에 기대면서 말했다.

"회장님, 회장님과 함께하는 시간이 얼마나 행복한지 모르겠어요. 저는 지금 단테의 베아트리체가 아닌 회장님의 베아트리체가 되어 함께 천국을 걷고 있는걸요. 저기 저 멀리 보이지 않는 수평선 너머까지 언제라도 함께 걷고 싶은 마음이에요."

"그렇지, 요시코. 나도 사업 때문에 정신없는 시간을 보내다가 너와 이렇게 함께하니, 정말 자유롭구나. 또 다른 세상을 경험하는 것 같다."

"그래요, 회장님. 제가 회장님과 함께할 때 수없이 느끼긴 했어요. 회장님은 정말 동굴 속에 갇혀서 사는 것 같았어요. 어디 여행 한 번 다니신 적도 없으시고 자신이 벌어 놓은 그 많은 재산을 제대로 써 보시지도 못하셨어요. 항상 벌려 놓으신 사업과 사람들과의 싸움의 연속이었어요. 그래서 지난번에 함께 다녀온 유럽 여행은 회장님을 모든 업무로부터 자유롭게 하는 아주 좋은 기회라고 생각했어요. 이번 하와이에서 회장님과 함께하는 시간도 너무 좋아요."

"그래, 네 말이 맞다. 요시코와 함께했던 유럽 여행, 그리고 이번에 함께하는 이 시간이 나에게도 정말 너무나 귀중한 순간들이지."

회장과 함께 걷던 경미가 갑자기 신고 있던 샌들을 벗어들고 맨발로 바닷가를 걸었다.

"아, 회장님. 조그만 모래알들이 발바닥을 간지럽혀요. 아마도 한국 바닷가를 거니는 갈매기들이 아마도 이 기분에 바닷가를 걸어 다닐 것 같아요."

얼마 동안을 함께 바닷가를 걷던 회장과 경미는 잠깐 지나가는 하와이 스콜 때문에 발길을 회장의 별장으로 돌렸다. 하와이 날씨는 좀 무덥다고 느끼면 잠깐 소낙비가 내려서 식혀 주는 독특한 날씨다.

이층 식당에는 코나 커피가 준비되어 있었다.

"회장님, 새로운 세상을 경험하고 돌아온 느낌이에요."

"그래, 나도 정말 오랜만에 바닷가 모래를 밟아 보았구나. 요시코가 있으니까 정말 젊어진 기분으로 바닷가를 산책할 수가 있었구나. 정말 기분이 상쾌하다."

"네, 회장님. 이런 모습으로 가끔 시간을 내서 여유를 즐기도록 하세요. 회장님은 오늘날까지 사업에만 몰두했던 시간을 외부 세상 여행도 많이 다니시면서 남은 인생을 즐기는 삶을 사는 것도 중요하지 않을까 생각해요. 저도 하와이에서 회장님과 시간을 보내면서 느낀 건데요. 일상생활의 무료함과 답답함을 떨쳐 내기 위해서 여유와 자유를 가지는 것이 너무 중요한 것 같아요."

"그래, 자유와 여유로운 시간이 정말 필요하지. 그러나 아직도 나에게는 이루지 못한 두 가지 일들이 있어. 그것을 완성하면 내 인생에 계획한 모든 목표는 달성되는 거야."

"회장님, 지금까지 이루어 놓으신 일들도 남들은 감히 상상하지도 못하는 엄청난 일이에요. 그러나 회장님이 이루고 싶어 하는 남은 두 가지 일이 무엇인지 알고 싶어요."

"하나는 내가 오래전부터 생각해 온 샤 로테 그룹의 100년 계획과 관련된 이야기이고 다른 하나는 너와 나에게 직접 관련된 일이다. 우선 회사와 관련된 일들에 대해서 먼저 이야기해 보지. 사실 나는 오래전부터 한국에서 제일 높은 빌딩을 세우겠다는 야망이 있었어. 이름하여 '베르테르 월드 타워'라고 할까? 모두 133층 높이로 지어서 한국의 대표적인 건물을 만들어 놓는 거지. 133층은 아마도 지상에서 공중으로 500미터가 넘는 높은 건물이 될 것이다. 특별히 133층의 건물을 지으려는 이유가 있다. 100층의 의미는 대한민국의 백의민족이라는 민족성을 나타내는 것이고 그 100층 위에 올려지는 33층은 1919년 기미독립선언서에 서명을 했던 민족 대표 33인을 나타내는 것이다. 뉴욕의 엠파이어 스테이트 빌딩은 102층이다. 102층의 의미는 영국에서 맨 처음 미국으로 건너온 102명의 청교도를 상징하는 것이다. 내가 지으려는 133층 건물은 한국의 독립을 위해 생명을 바친 애국선열들의 민족혼을 상징하는 건물로 대한민국 땅에 우뚝 솟아오를 것이다."

회장이 133층의 건물에 관해서 이야기할 때 그의 눈에는 젊은이 같은 각오와 열정이 불타오르고 있었다. 경미는 그동안 회장과 오랫동안 함께하는 시간을 가졌지만 133층에 대하여 회장의 계획을 듣는 것은 처음이었다. 그 계획을 말하면서 그는 한동안 바다 저편에 피어오르는 구름 속으로 얼굴을 내민 빛나는 태양을 바라보고 있었다. 그의 눈에는 어느 때보다도 강력한 집념과 의지가 불꽃처럼 솟아나고 있었다.

경미는 회장이 가지고 있다고 하는 또 하나의 계획이 어떤 것인지 궁금해졌다. 그 계획은 직접 경미 자신과 관련되어 있다고 하니 경미로서는 더욱더 관심이 갈 수밖에 없었다.

"회장님, 저와 관련되어 있다고 하는 두 번째 계획은 무엇인지 궁금합니다."

"그것은 다른 것이 아니다. 너의 배를 통해서 나와 너의 아이를 갖는 것이다. 내가 사랑하는 샤 로테의 아이를 가지는 계획이지. 이제 우리의 아이를 가질 시간이 되었다. 요시코를 하와이로 불러들인 이유가 바로 그것이다. 우리 둘만의 하와이 사랑을 통해서 요시코와 내 아이를 갖기로 하자. 하와이에서 함께하는 시간에 만드는 아이는 아들이든 딸이든 상관이 없다. 그 아이는 요시코와 나의 사랑의 결실로 나와 너의 사랑의 열매가 될 거다. 너와 나는 그 아이를 바라볼 때마다 우리의 아름다운 사랑의 모습을 생각나게 할 것이다. 사람들은 이야기한다. '꽃은 피어도 소리가 없고, 새는 울어도 눈물이 없고, 사랑은 불타올라도 연기가 없다.'고. 그러나 요시코. 우리 사랑의 꽃에는 웃음소리가 들려야 하고, 우리 사랑의 새가 울 때는 기쁨의 눈물이 있어야 한다. 그리고 불타오르는 우리 사랑의 불꽃은 진정한 사랑이 어떤 것인가를 보여 주는 세상을 밝히는 불꽃이 되어야 할 것이다."

회장은 그동안 자신이 하고 싶었던 모든 이야기를 다 한 듯 후련한 모습을 보이면서 경미를 자신의 품속으로 불러들였다.

그 후 회장은 밤낮을 가리지 않고 시간이 허락되는 대로 경미와의 사랑의 시간 갖기에 열중했다. 75세의 나이였지만 회장은 여전히 사라지지 않는 사랑의 열정을 가지고 있었다.

경미는 남편 조경식보다도 회장과의 사랑의 방법에 훨씬 익숙해져 있었다. 회장은 훨씬 다양한 방법으로 경미의 구석구석을 파고들었다. 조경식의 달려들기식 단순한 방법이 아니라 경미의 온몸을 자극하는 전방위적인 사랑의 방법이었다. 도저히 젊은 사랑꾼들이 모방할 수 없는 사랑의 기교를 회장은 알고 있었다. 그러면서 그는 '너에게서 가장 포근함을 느낄 수 있고 세상 그 누구에게서도 느낄 수 없는 사랑의 만족감을 가질 수 있다.'고 이야기하곤 했다. 그리고 경미를 품을 때마다 '이 세상을 다 가진 것 같다.'라고 말하기도 했다.

회장은 경미와의 사랑을 최대한으로 즐기고 맘껏 사랑의 불꽃을 타오르게 했다. 경미 또한 회장과 사랑할 때는 언제나 두 팔과 두 다리를 매끄럽게 그의 움직임에 반응하며 희열에 가득 찬 신음소리로 회장에게 더할 나위 없는 성적인 자극과 만족을 안겨 주었다. 시간이 지나면서 한결 완숙해진 경미의 젊고 현란한 육체는 온통 회장의 육체를 휘감아 회장에게 더 큰 성적인 쾌감을 주었고 경미에게 흠뻑 빠져들게 했다.

회장은 경미와의 육체적 관계에서만 만족하는 것이 아니었다. 경미를 대할 때마다 따스하고 다정하게 다가오는 한마디 한마디의 말들, 그리고 순수하면서도 순종적인 경미의 성품이 어머니에게서 느껴지는 포근함처럼 회장의 마음을 평안하게 해 주었다. 경미는 관계를 가질 때마다 회장에게 뼈라도 녹을 것 같은 기쁨과 희열을 안겨 주었다.

성경에 보면 태초에 하나님께서 이 땅을 창조하신 다음 하나님께서 흙으로 남자를 만들고 아담이라고 이름을 지어 주셨다. 남자였다. 그러나 하나님은 남자 혼자서 하나님께서 만드신 아름다운 세상을 할 일 없이 어슬렁거리면서 외롭게 사는 모습이 보기에 좋지 않으셨다. 그래서 하나님은 남자의 갈비뼈 하나를 뽑아내서 '이브'라고 하는 여자를 만들어 냈다. 이 세상에서 가장 아름다운 비너스와 같은 8등신의 미녀였다.

남자의 갈비뼈 하나를 뽑아서 여자를 만들었다고 하는 것은 여자를 남자에게 종속시키려고 하는 것이 아니었다. 남자가 여자와 결혼하여 배필자로서의 삶을 살게 되면 남자는 자신의 배필자인 여자를 자신의 갈비뼈처럼, 자신의 몸처럼 아껴 주고 사랑하라는 하나님의 뜻이 담겨 있는 것이다.

하나님은 그 이브를 아담의 배필자가 되게 하기 위해서 아담에게 데리고 갔다. 그날 밤 아담은 지체하지 않고 즉시 이브와 성관계를 갖는다. 그 인류 최초의 성관계를 가진 아담은 극도의 기쁨과 만족감을 이렇게 표현했다.

"당신은 내 뼈 중의 뼈요, 내 살 중의 살이구나."

남자라는 존재는 원래 태어날 때부터 자기가 가장 사랑하는 여성을 소유할 때 이 세상의 그 어떤 것을 소유하는 것보다도 제일 큰 행복함을 느끼게 된다. 그래서 남자 됨의 자존감은 자신들이 세상을 살아갈 때 자신의 '뼈와 살'이 되는 여자가 함께할 때 나타난다. 남자들은 원래 태어난 유아기 때부터 여성과 연결되어 있다. 세상에 태어나면서부터 아빠 남자가 아닌 엄마인 여자와의 처음 만나는 것이다.

태어난 남자아이가 제일 처음 안기는 품은 엄마의 품이다. 새로 태어난 아이가 어머니라는 여성에 대해서 갖게 되는 친밀한 감정은 아버지에 대해서 느끼는 감정보다 훨씬 강하다. 그렇기 때문에 항상 어머니에게 가까이 가려 하는 아버지는 어린 신생아에게 강력한 경쟁 상대가 된다.

그래서 심리학자들은 그러한 유아기 때부터 가진 배타적이고 원초적인 사랑의 감정을 '오이디푸스 콤플렉스(Oedipus Complex)'라는 말로 표현했다. 그런 감정은 사춘기가 되면서 모든 남자는 어머니를 대신한 자신의 '뼈와 살'이 되는 이성으로 바뀌어 버린다. 그렇기 때문에 어렸을 때 어머니와 관련된 유아기적 사랑의 감정이 시발점이 되어서 남성들은 죽을 때까지 사랑하는 여성을 찾기 위한 구도자의 삶을 살아가는 것이다. 그것이 모든 남성들이 어릴 때부터 '젊은 베르테르의 슬픔'을 가지고 태어나는 이유다. 이 세상을 살아가는 모든 남자는 자신의 일생을 통해서 가장 사랑하는 자신의 '샤 로테'를 찾는다. 어떻게 보면 이 세상에 존재하는 모든 남자의 삶은 안타깝게도 평생 자신이 가장 사랑하는 샤 로테를 찾기 위한 투쟁이다. 그것은 창세기 때부터 세상을 살아가는 모든 남자의 생존 이유가 되는 것이다.

그 생존의 목적을 달성하지 못하는 남자들은 대부분 세상 속에서 낙오자나 실패자의 삶을 살다가 갈 뿐이다. 반면에 그 목적을 달성하는 남자만이 이 세상을 지배할 수 있는 자격을 갖춘다. 남자들은 다른 어떤 성공보다도 사랑의 성공부터 이루어야 한다. 그 성공 없이는 다른 성공은 아예 꿈조차도 꾸지 말아야 한다. 그리고 그 목적을 달성하기 위해서 어떤 수단과 방법이든 동원되어야 한다. 동원하지 못하는 사람은 남자 되기를 포기한 사람이다. 이 세상에 존재할 가치와 의미를 상실한 사람이다. 세상의 모든 남자여! 자기가 가장 사랑하는 여자부터 찾아라! 그러면 다른 일들은 저절로 엄청난 성공과 함께 이루어진다.

이 세상에서 부의 왕국을 건설한 샤 로테 그룹 회장도 그의 말년은 그가 평생을 통해서 찾고자 하는 샤 로테를 찾는 데 집중했다. 그것을 이루지 못하면 회장의 인생은 반쪽의 성공으로 끝나고 마는 것이다. 회장은 경미를 찾음으로 평생의 꿈을 완벽하게 이루었다. 그의 인생은 경미라는 샤 로테와 함께함으로써 70세가 훨씬 넘은 나이에도 노익장의 모습을 가감

없이 보여 주었다. 하와이에서 회장과 경미의 사랑은 낮과 밤을 가리지 않고 사그라지지 않는 불꽃처럼 타오르고 있었다.

경미가 하와이를 떠나기 며칠 전에는 회장은 비서진들을 시켜서 경미가 오아후섬 전체를 관광할 수 있도록 해 주었다. 그리고 빅아일랜드의 활화산도 볼 수 있도록 하루 일정을 잡아 주었다. 발레 댄서였던 경미는 무엇보다도 하와이의 전통 민속춤인 훌라 춤에 관심이 많았다. 그녀는 하와이를 떠나기 하루 전날 밤에는 와이키키 해변가에서 훌라를 추는 사람들과 어울려 훌라 춤에 흠뻑 빠져 보기도 했다.

경미가 하와이에 머무는 동안 회장과 함께한 사랑의 열정으로 하와이를 떠날 때 경미의 태 속에 하나의 생명이 잉태되고 있었다. 2주 동안의 회장과의 사랑의 시간을 보내고 한국에 돌아온 경미가 할 수 있는 일은 오직 하나밖에 없었다.

남편 조경식을 안고 뒹굴면서 시간이 허락되는 대로 밤낮을 가리지 않고 사랑을 나누는 것이었다. 이미 자신의 몸속에 잉태된 아기의 아빠를 남편 조경식으로 만드는 작업이었다. 경미와 회장과의 관계를 전혀 알지 못하는 조경식은 하와이에서 돌아온 경미의 적극적인 사랑의 요구를 아무런 의심 없이 받아 주었다.

4주 정도가 되었을 때 입덧이 시작되면서 경미는 다시 강남의 C 병원에 입원했다. 임신 소식에 남편은 물론 경미의 친정집에도 경사가 난 것처럼 기뻐했다.

조경식은 경미가 하와이에 다녀온 후의 사랑의 열정이 임신에 이르도록 했다고 믿었다. 세 번의 유산 끝에 거의 10년 만의 임신이었다. 그 기쁨과 동시에 그들은 걱정도 들었다. 혹시라도 이번에 또 유산되는 것이 아닌가 하는 불길한 생각 때문이었다. 이미 경미가 세 번씩 유산을 경험한 트라

우마가 있었기 때문이었다.

그러면서 이번에는 유산이 되지 않게 하기 위해서 어떻게 하면 좋을 것
인가에 대해서 경미의 친정집을 포함해서 전 가족이 신경을 쓰기 시작했
다. 남편과 시어머니 그리고 친정어머니, 아버지조차도 경미가 입원해 있
는 병원을 찾아서 건강하게 아이를 출산하기 위한 방법을 논의했고 유명
하다고 하는 한의사를 찾아서 유산 방지를 위한 한약을 조제하기도 했다.

병원장 C 박사는 경미가 임신한 태아의 DNA 검사를 실시했다. 물론 회
장의 아이였다. 회장은 자신이 원하는 바를 얻게 되었다. 임신 12주가 되었
을 때의 성별 검사는 여자아이였다. 회장은 경미가 하와이에 있을 때 임신
이 되면 아들이나 딸이나 상관하지 말고 그 태어나는 아이를 통해서 사랑
의 모습을 계속 확인하자고 했었다. 그런데 회장의 그런 말과는 상관없이
경미에게는 한 가지 걱정이 있었다. 혹시라도 태어나는 아이가 지나치게
회장을 닮았을 때 남편 조경식은 과연 어떤 마음을 가질 것인가에 대한 걱
정이었다.

10개월 후, 1996년 8월 말에 건강한 딸아이가 태어났다. 1973년에 태
어난 서민경의 딸 서유리에 이어서 회장은 또 하나의 딸을 갖게 되었다.
태어난 딸의 이름은 아이가 태어나기 전에 회장이 지었다. 유정이라고 하
기로 했다. 조경식은 태어나는 딸을 위해 조미연이라는 이름을 이미 지
어 두었지만, 마음 착한 남편은 경미의 의견에 따랐다. 신 회장은 자신의
딸 이름을 유정이라 지을 것을 고집했다. 신 회장은 돌림자로 유 자를 쓴
것이다.

신유정. 그러나 조유정으로 불리며 그 어린 생명은 탁란된 가정에서 자
라기 시작했다. 그것은 분명 인간 뻐꾸기의 탁란이었다. 새들 가운데 유일
하게 탁란하는 새가 있다. 뻐꾸기라는 새다. 뻐꾸기는 다른 새의 둥지에 알

베르테르의 연인

을 낳고 자신의 새끼를 다른 새가 대신 키우게 한다.

뻐꾸기는 매년 봄 5월이 돌아오면 종달새나 딱새의 둥지에 자기 알 한두 개를 몰래 낳고 사라진다. 뻐꾸기의 알은 딱새나 종달새의 알보다 며칠 정도 먼저 부화한다. 동시에 부화되는 경우도 있지만 뻐꾸기 생존에는 아무런 문제가 없다. 이렇게 부화한 뻐꾸기 새끼는 다른 새의 알뿐만 아니라 그 후에 부화되어 나온 다른 새의 새끼들조차 모두 둥지 밖으로 밀어낸다. 그것은 뻐꾸기의 생존 본능이다. 혼자가 된 뻐꾸기 새끼는 아무런 죄의식도 느끼지 않는다. 20일 정도 다른 새의 어미가 물어다 주는 먹이를 독식하면서 성장한다. 날 때가 되면 둥지를 나와 며칠 동안은 둥지 주위에 머물면서 다른 새의 어미가 물어다 주는 먹이를 먹고 날아오를 준비 운동에만 열중한다. 그러다가 자신을 키워 준 다른 새 어미에게 고맙다는 인사 한마디 없이 훌쩍 떠나 버린다.

애초에 회장은 경미를 시집보내기로 생각했을 때부터 탁란할 계획이 있었다. 결혼하기 전 경미를 만나서 신신당부했던 것이 결혼을 하더라도 절대로 결혼한 남편의 아이는 갖지 말라는 것이었다. 오직 회장의 아이만 경미의 몸을 통해서 이 세상에 태어나야 한다는 것이 회장의 지상 명령이었다. 그 계획 속에는 언젠가 회장과 경미가 아이를 갖게 되면 반드시 경미가 결혼해서 살고 있는 집에서 키울 수밖에 없다는 것을 암시하고 있었다. 일종의 인간 탁란 계획이었다.

서민경이 1973년에 딸아이를 출산했을 때 회장은 즉각 자신의 호적에 입적시키지 않았다. 남의 가정에 3년간 탁란한 후에 자신의 호적에 정식으로 입적시켰다. 그것과 똑같은 방법이었다.

회장은 스무 살이 막 되었을 때 가난한 가정을 일으키고 말겠다는 비장한 각오를 하고 밀항선에 숨어들어 일본으로 건너갔다. 현해탄의 사납게 밀려왔다 밀려가는 파도를 바라보며 그의 머릿속에 그런 탁란의 생각이 싹텄는지도 모른다. 회장은 일본이라는 딱새의 둥지에 뻐꾸기알과 같은 자기 자신을 밀어 넣었다. 그 둥지에서 일본의 딱새가 물어다 주는 먹이를 먹으면서 뻐꾸기로서 성장해 가기 시작했다. 그리고 사업 성공이라는 자신의 목적에 방해되는 자기 주위의 모든 딱새의 알이나 새끼들을 밀어내기 시작했을 것이다. 낯선 일본이라는 둥지에서의 생존을 위해서는 어쩔 수 없는 방법이었다. 그러는 과정에서 그는 일본 조직 폭력배들을 둥지 밖으로 밀어내기 위해 영역싸움을 해야 했고 생사의 고비를 수없이 넘나들어야 했다. 그의 몸은 만신창이가 되었고 내장 조직의 순서조차도 뒤틀렸다. 그는 결국 탁란의 세상에서 승리자가 되어 자기가 건넜던 현해탄을 건너 개선장군이 되어 고국으로 되돌아왔다.

오늘날의 세상은 어차피 탁란의 세상이다. 인간은 어머니의 뱃속에서 태어나는 순간부터 탁란의 세상을 살아간다. 자기가 원하는 출세와 성공을 위해서는 자신에게 맞지 않는 상황이나 사람들을 밀어내기 시작한다. 경쟁자들을 용납하지 않는다. 그래서 자신만의 둥지에서 세상이 물어다 주는 먹이를 독식하면서 자신만의 생존본능만 만족시킨다.

빌 게이츠도 자신의 재벌 왕국을 위해서 자신과 함께 일을 시작한 파트너를 둥지에서 밀어냈다.

사람들은 어떻게 보면 뻐꾸기의 새끼들이나 마찬가지다. 그들은 자신들이 살아가는 세상을 딱새의 둥지라고 생각하고 자신들의 생존본능을 위해서 수단과 방법을 가리지 않고 딱새 둥지에 남아 있는 알들과 새끼들을 청소한다. 세상의 양식 있는 사람들이 가치 기준이라고 하는 도덕, 윤리, 그리고 인격이라는 단어는 뻐꾸기 같은 탁란 세상에는 거추장스러운 쓰레기들일 뿐이다.

베르테르의 연인

현대의 교육 자체가 학생들에게 탁란의 정신을 가르치고 있다. 실력 있고 힘 있는 뻐꾸기 새끼가 되지 않으면 세상의 딱새 둥지에서 밀려날 수밖에 없다는 투쟁 정신을 교육한다. 학력과 실력이 세상의 경쟁자들을 어느 때고 밀어내는 수단과 방법이 되기 때문이다. 회장도 언젠가 경미에게 이렇게 이야기한 적이 있었다.

"어떤 일이 있어도 밀리지 마라. 밀리면 살아남지 못한다. 세상을 살아가는 인간들이 내세우는 도덕, 윤리라는 사회직 관습에도 태연해라. 밀리면 죽는다는 생각을 가져라. 밀리지 말고 밀어내라. 밀리면 죽는다는 자연법칙은 세상 끝날 때까지 유효하다."

회장은 경미와의 사이에서 낳은 딸 유정이에 대한 사회적 눈총과 질타에 대해서 경미가 약해지지 않도록 미리 경고한 것이었다. 회장은 자신의 영원한 사랑을 위한다는 명목으로 인간 뻐꾸기가 되어서 딱새인 조경식의 둥지에 탁란 준비를 했었다. 딱새 조경식을 통해서 낳은 세 개의 알은 유산시켜서 밀어내어 버렸다.

조경식, 그 가엾고 불쌍한 인간 딱새는 열심히 그 뻐꾸기 새끼에게 먹이를 물어다 주고 사랑하면서 자신의 새끼로 키웠다. 심지어 그 뻐꾸기 새끼에게 이름조차도 붙여 주지 못했다. 신 회장은 유정이가 태어났을 때 당시 샤 로테 그룹의 전자 주식 5%를 경미를 통해서 전달했다.

[1970년대에 들어서면서 당시 재벌 기업들은 앞다투어 전자 산업에 뛰어들었다. 그러나 샤 로테 그룹 전자는 몇 년 가지 못해서 다른 재벌 기업들과의 경쟁에서 뒤처져 전자 제품들의 생산을 중단했다.]

경미는 많은 유산 끝에 태어난 유정이를 무척 사랑했다. 유정이는 특별히 이 세상에서 가장 사랑하는 샤 로테 그룹 회장과의 사이에서 사랑의 첫 결실로 태어났기 때문이다. 마치 회장이 항상 자신과 함께하는 것과 같은 기분으로 애정을 품으며 유정이를 양육했다.

경미는 유정이가 커 가면서 회장을 너무 닮지 않기를 바랐다. 남편의 둥그스레한 얼굴 모습을 닮지 않고 회장의 서구적인 외모를 빼닮게 되면 아무리 착한 남편이라도 분명히 의심을 피해 갈 수 없을 것 같다는 생각이 들었다. 그러나 다행히도 유정이는 자라면서 경미의 모습을 많이 닮아 갔다. 작은 얼굴과 코와 입술, 그리고 긴 목까지 빼닮았다. 특별히 쌍꺼풀진 새까맣고 동그란 눈은 엄마의 얼굴을 복사해 놓고 있었다.

남편 또한 결혼 후 10여 년 만에 얻은 유정이를 몹시 사랑했다. 경미가 시간이 없을 때는 혼자라도 유정이를 데리고 밖으로 나가서 함께 시간을 보냈다. 경미를 빼닮은 유정이에 대한 남편의 사랑이 지극할수록 남편에 대해서 느껴지는 형언하기 어려운 묘한 감정과 갈등이 경미를 몹시 혼란스럽게 하고 있었다. 무엇보다도 장래에 무슨 일이 일어날 것 같은 불안감이 몰려오기도 했다. 가끔은 얼굴을 들고 남편의 모습을 정면으로 바라보기가 힘들 때도 있었다.

경미의 마음속을 헤집고 파고들어 와서 깊이 새겨져 가는 양심의 가책은 건너기 힘든 강이었다. 그러나 경미의 또 다른 마음 한구석에는 회장과의 사랑의 결실에 대한 자부심과 희열이 가득했다. 죄의식과 비윤리성은 시간의 흐름과 함께 일상적이 되어 가고 있었다. 그럴 때일수록 경미는 회장의 말을 기억해 냈다.

"밀리지 마라. 밀리면 살아남지 못한다. 밀리면 죽는다는 자연법칙은 세상 끝날 때까지 유효하다. 사랑은 절대로 죄가 아니다."

유정이가 태어난 후에 경미는 철두철미하게 피임을 했다. 또다시 남편

베르테르의 연인

의 아이를 갖게 되면 유산해야 했다. 신체적 고통도 고통이지만 남편에게
더 이상 죄의식을 갖고 싶지 않았다. 회장은 세상의 눈총이나 사회적인 비
난을 신경 쓰지 말고 남편에 대한 죄의식을 갖지 말라고 했다. 하지만 남편
과 시댁 식구들에게 미안한 마음은 경미의 마음 한구석에 자리 잡고 떠나
지 않았다.

남편의 친구들도 유정이를 몹시 예뻐했다.

"엄마처럼 나중에 모델이나 배우가 되고도 님겠다."

"저 유정이 하는 짓 좀 봐라. 정말 어릴 때부터 끼가 충분해."

중앙 방송국에서 CF 광고 담당자로 일하고 있는 남편의 친구는 유정이
를 CF 광고에 등장시켜 선보이기도 했다. 유정이가 많은 사람에게 귀여움
을 받을수록 경미는 남편에 대한 죄의식을 더욱 크게 느꼈다. 조경식은 경
미의 나이가 젊을 때 아들이든 딸이든 둘만 더 낳기를 바랐다. 그러나 경미
는 커 가는 딸의 모습을 지켜보면서 나중에 생각해 보자는 말로 남편을 다
독거렸다.

경미는 남편과의 결혼 생활 중에도 회장과의 만남을 일상적으로 이어
갔다. 사외이사의 출장이라는 이유를 대고 회장이 일본에 머무를 때는 일
본으로, 한국에 있을 때는 회장의 집무실로 갔다. 친구를 만난다는 이유를
대기도 했다.

봄, 여름, 가을 그리고 겨울의 사계절이 꼬리에 꼬리를 물고 수없이 순
환되면서 세월의 역사를 써 내려갔다.

2000년 가을 일본에 머무르고 있던 회장이 갑자기 경미를 일본으로 불
렀다. 경미와 만난 회장은 경미에게 또 다른 제안을 했다. 자신이 가지고
있는 마지막 계획이라고 했다.

"요시코, 나의 말을 잘 듣기 바란다. 너도 알다시피 내 나이가 벌써 80 이다. 살아야 얼마나 더 살겠니? 나는 그동안 내가 이루고자 하는 모든 일들을 다 이루었다. 샤 로테 그룹도 이제 안정 기반 위에 탄탄히 자리 잡고 발전을 거듭하고 있다. 그리고 내가 짓고자 하는 한국 최고층 빌딩 133층 '베르테르 월드타워'도 미국인 건축설계사에 의해서 계속 검토하면서 진행되고 있다. 그 건물이 세워지기까지 많은 문제가 있기는 하지만 아마도 잘 해결되리라 믿는다. 그 빌딩의 건설이 샤 로테 그룹 차원에서는 내 최후의 작품이 될 것이다. 한국에서 제일 높은 빌딩으로 우뚝 설 그 '베르테르 월드타워'는 아마도 오랫동안 한국을 대표하는 빌딩이 될 것이다. 그것을 마지막으로 샤 로테 그룹에 대해 내가 이루고자 했던 모든 목표는 달성되는 것이다. 그러나 나에게는 아직도 너와 나 사이에 이루지 못한 개인적인 하나의 계획이 남아 있다."

회장은 잠시 말을 멈추고 사랑 가득한 눈으로 경미의 얼굴을 바라보았다. 경미는 궁금했다.

"그건 어떤 계획인데요?"

"그래, 이야기해 주지. 그 계획을 말해 주기 위해서 너를 일본으로 불렀다."

회장의 얼굴과 눈 주위에는 눈에 띄게 많은 잔주름이 잡혀 있었고 머리는 많은 흰색의 눈발이 쌓여 있었다.

"요시코, 이제 남은 마지막 나의 계획은 다른 것이 아니다. 너의 몸을 통해서 나의 아들을 만드는 것이다. 유정이는 일상에서 너와 나의 사랑을 확인하고자 하는 작품이었다. 그러나 이제는 나의 샤 로테를 통해서 이 세상을 쥐고 흔드는 사내아이가 필요해. 마치 로마를 발전시킨 아우구스투스 황제와 같은 아들 말이다. 나에게는 너도 알다시피 일본인 부인, 하마코와의 사이에 두 명의 아들이 있다. 장남은 일본의 샤 로테 그룹을, 그리고 차남은 한국의 샤 로테 그룹을 맡겨서 내가 세운 기업을 발전시켜 나갈 계획이다. 그러나 그 아들들이 나이 들어 자기들이 맡고 있는 기업에서 은퇴하면 나의 손자들이 그 기업을 이어받기를 바란다. 그래서 그 손자들은 성년이 되면서 그룹 승계를 위해서 훈련을 받을 것이다.

그러나 내겐 오래전부터 또 다른 계획이 하나 있었다. 그것은 우리나라가 통일이 되었을 때 이북에 나의 기업을 확장하는 것이다. 나의 예상으로는 앞으로 50년 이내에 반드시 한국은 통일이 될 것이다. 설령 완전한 통일이 되지 않더라도 남과 북이 서로 왕래하며 기업들이 자유롭게 투자할 수 있는 조건들이 만들어질 것이다. 나는 그때를 대비해서 요시코와 아들을 낳고자 하는 것이다. 그 아들이 현재의 기업과 연계를 이루어 가면서 통일된 이북에 한국에서 이루어 놓은 것과 같은 기업을 일으켜서 담당하게 하는 것이다. 그리고 그 기업은 아시아와 유럽은 물론 아메리카 대륙으로 연결되어서 세계 제일의 기업으로 우뚝 서게 될 것이다. 이북에서 일으켜 세울 기업을 위한 모든 재정은 이미 모두 준비되어 있다. 나와 너 사이에서 아들이 태어나면 내가 그때를 위해 준비해 둔 모든 재정은 별도의 기획팀들에 의해 운영되면서 너와 나의 아들이 성년이 되었을 때 그 아들을 위한 기업을 위해 쓰이게 될 것이다.”

회장은 어느 때보다 빛나는 눈동자로 단호하게 말했다. 그에게서 그동안 보지 못했던 열정이 힘차게 불타오르고 있었다. 회장은 경미를 품에 안고 말을 이었다.

“요시코, 너의 집안은 군인 집안이다. 요시코 가정에 계신 군인들의 용감한 군인 정신과 나의 불타오르는 열정과 의지, 그리고 집념이 합쳐진 작품을 만드는 거야. 그 아들이 통일된 이북에서 기업을 일으킬 뿐만 아니라 전 세계를 호령하는 영웅호걸이 되어서 나와 너의 사랑을 완벽하게 완성하게 될 거다."

경미는 회장의 가슴에 기대어 그의 말을 조심스럽게 듣고 있었다. 그러나 경미의 머리에는 조그마한 회의가 일고 있었다. 80세가 넘은 노인의 힘이 과연 건장한 남자아이를 가질 만큼 건강할 것인가! 만날 때마다 계속 관계를 맺기는 했지만 경미는 회장의 힘이 점점 약해져 가고 있다는 것을 감지하고 있었다.

우선 강도가 예전 같지 않았고 지속 시간도 많이 짧아져 있었다. 그러나 이미 육체와 영혼까지 회장의 일부가 되어 버린 경미는 회장의 계획을 거부하거나 받아들이지 못할 어떤 이유도 없었다.

회장은 다시 말을 계속했다.

"요시코, 네가 서울에 가거든 강남 병원의 C 박사를 찾아가라. 그가 모든 것을 알아서 처리해 줄 거다."

"네, 회장님."

경미는 회장의 말에 간단히 대답하는 것으로 그의 마지막 계획을 받아들이고 있었지만 조경식과의 관계를 의식한 말 한마디를 던졌다.

"회장님이 어떤 계획을 말씀하신다고 하셔도 저는 회장님의 의견을 따를 겁니다. 그러나 유정이가 태어난 후로 남편과의 결혼 생활을 하는 데 있어서 정말 고통스러울 때가 많아요. 유정이를 볼 때마다 회장님이 항상 저와 함께 호흡하고 계신다는 것에 위로를 받긴 해도 남편에 대한 죄의식과 양심의 가책은 정말 피해 갈 수 없는걸요. 그리고 혹시라도 나중이라도 유정이의 일을 남편이 알게 되면 어떡하나 하는 불안감이 엄습해 올 때가 많아요. 그리고 회장님의 계획대로 아들을 갖게 되면 죄책감이 더 커지지 않을까 생각돼요."

"그래, 요시코. 너의 마음을 모두 알고 있어. 언젠가도 이야기했지만 우리 운명은 이제 다시 돌이킬 수가 없다. 너는 나의 샤 로테로 정해진 너의 운명을 그대로 받아들여야 한다. 그리고 흔들림 없이 그 운명의 길로 가야 한다. 남들은 비난하겠지. 욕하고 손가락질하겠지. 그러나 세상에 흔들리지 마라. 다시 한번 이야기하지만 절대로 밀리지 마라. 밀리면 살아남지 못해. 그리고 사랑은 절대로 죄악이 아니다. 세상의 사람들은 그들의 길을 가고 우리는 우리의 길을 가는 거야. 요시코, 왜 너에게 고통이 없겠니? 하지만 사랑에서 오는 고통은 참고 견뎌야 한다. 너와 나의 인생이 끝난 먼 훗날 사람들은 분명히 이야기할 것이다. 요시코와 나의 사랑은 위대한 사랑이었다고. 이 세상 역사에서 가장 아름답고 지고한 사랑이었다고. 너는 나의 샤 로테. 나는 인생 끝날 때까지 너의 그 고통에 동참하면서 언제나 너와 함께할 것이다. 지구의 종말이 오는 날까지 나는 항상 네 곁에 있을 것이다."

경미가 서울에 돌아와서 강남병원의 C 박사를 찾아갔을 때 그는 이미 모든 것을 준비해 놓고 있었다. 회장은 이미 오래전에 그의 가장 왕성한 정자를 C 병원에 냉동 저장해 놓고 있었다. 회장의 정자와 경미의 난자를 수정시켜서 경미의 자궁에 안착시키기 위해 수 없는 시도가 계속되었다. 체외 수정을 통해서 경미의 몸속에서 태아가 자라나게 한다는 것이 그렇게 쉬운 일이 아니었다. 결국 다섯 번째의 시도 끝에 경미의 자궁 속에는 회장의 정자와 경미의 난자가 합쳐진 새로운 생명이 잉태되어 자라나기 시작했다.

그 후에 유전자 검사를 통해서 회장의 유전자임을 확인했고 12주 후의 성별 검사에서는 남자아이임이 확인되었다. 경미 나이가 40이 다 되어서 아들을 임신했다는 소식은 남편과 시댁 식구들, 그리고 친정 식구들에게 특별히 기쁜 일이었다.

2002년 2월 27일, 조경식의 가정에 건장한 사내아이가 출생했다. 경미가 조경식의 아내로 출산했으니 조경식의 아들이었다. 그러나 회장은 아들이 태어나기 전에 가와사키 비서를 통해서 일본의 유명한 역학자를 찾게 했다. 샤 로테 재벌의 황태자가 태어날 날짜와 시간을 알아보고 태어나는 아들의 이름을 짓기 위해서였다. 세상을 지배할 황태자를 위한 날짜와 시간을 위해서 제왕절개 수술이 필요했다.

정확하게 2월 27일 새벽 3시에 경미는 제왕절개 수술을 통해서 샤 로테 그룹의 미래 제왕을 품에 안았다. 사내아이가 태어나고 며칠 후 회장은 가와사키와 함께 경미가 산후조리를 하고 있는 병실을 찾아왔다. 경미는 갓난아이 아들을 회장의 품에 안겨 주었다.

"회장님의 아들입니다. 갓난아이지만 회장님을 너무 많이 닮은 것 같아요."

"그래, 어디 보자. 이 자식이 샤 로테 그룹의 세계화를 이루어 낼 놈이로구나. 정말 기쁘다. 건강하게 잘 키우도록 해라."

"네, 회장님."

회장은 유정이가 태어났을 때는 경미를 찾아오지 않았다. 그러나 사내아이가 태어나자 달려와서 늦둥이를 안고 마냥 기뻐했다. 그러고는 일본 역학자가 지어준 대로 자기 아들에게 '오준'이라는 이름을 붙여 주었다. 조경식의 집안에 태어났기 때문에 '조오준'이라는 이름으로 조경식의 호적에 올라 누나 뻐꾸기 유정이의 동생으로 살게 되었다.

2004년, 오준이가 세 살이 되고, 유정이가 결혼할 나이가 되었을 때 경미 가정은 목동에 있는 현대 하이페리온으로 이사했다. 25층 65평의 아파트에는 방이 5개, 화장실이 4개, 그리고 대형 거실이 있었다. 현대 백화점과 유플렉스로 연결되고 주위에는 공원과 지하철역이 있고 교육과 문

화시설을 골고루 갖추고 있는 곳이었다. 거실 두 면은 유리 벽이고 유리
벽을 통해서 멀리 잠실 쪽으로 한강과 양천강이 훤하게 내다보였다. 거
실 한쪽에는 회장이 경미에게 선물해 준 피카소의 추상화 한 점이 걸려
있었다.

　오준이는 커 가면서 유정이와는 다르게 점점 더 회장의 모습을 닮아 갔
다. 남편의 친구들이나 친정 식구들조차도 오준이가 아빠를 닮지 않고 누
구를 닮았는지 모르겠다는 이야기를 자주 했다. 짓궂은 친구들은 조경식
에게 유전자 검사를 해 보라는 농담을 하기도 했다.

　그럴수록 경미는 혹시라도 조경식이 유전자 검사라도 하면 어쩌나 불
안감을 감추지 못했다. 남편이 친구들과 함께 만날 때 일부러 자리를 피하
기까지 했다. 만약 오준이의 유전자가 조경식과 일치하지 않는다면 유정
이에 대해서도 알아보려고 할 것은 불을 보듯이 뻔한 일이었다. 조경식과
피 한 방울 섞이지 않은 유정이, 오준이와의 동거는 경미에게는 피 말리는
일상이었다.

　그러나 아무것도 알지 못하는 조경식은 유정이를 사랑한 것처럼 오준
이를 지극 정성으로 아껴 주고 사랑했다. 시간이 날 때마다 유정이와 오준
이를 데리고 아이들이 좋아하는 공원과 경기장, 그리고 음식점들을 다니
면서 아빠의 사랑을 보여 주기에 여념이 없었다.

　유정이는 나이가 들면서 오준이와 함께 조경식과 나들이하는 것을 별
로 좋아하지 않았다. 그러나 조경식은 오준이만이라도 데리고 다녔다. 아
이가 좋아하고 가고 싶어 하는 곳은 모든 시간이 허락하는 대로 데리고 다
녔다. 남편은 오준이가 자라 가면서 더욱 삶에 의욕을 느끼고 있었다. 그러
나 경미의 마음속에는 자신이 저지른 죄악이 언젠가는 반드시 알려질 때

가 올 것으로 생각하고 있었다.

그리고 그렇게 되면 그에 따르는 벌은 피할 수 없을 것이라는 불안에 사로잡히기도 했다. 경미는 언젠가 읽었던 러시아의 소설가 표도르 도스토엡스키의『죄와 벌』이라는 책의 내용을 생각했다.

그 작품의 주인공은 '라스콜니코스'라는 젊은 대학생이다. 그는 가진 돈이 없어서 대학도 휴학한 상태였고 하숙비도 밀리고 끼니조차 챙기기 어려운 상태였다. 그러다가 그는 돈 많은 전당포 노파를 살해하고 돈을 빼앗는다. 그는 그 죄로 인해서 형벌을 받고 시베리아의 차디찬 형무소에서 고통스럽게 죄의 값을 치르게 된다. 그는 자신이 누려야 하는 모든 자유를 박탈당하고 세상으로부터 단절되는 혹독한 벌을 받았다.

경미도 언젠가는 그와 같은 상황이 자신에게 닥쳐오지 않을까 하는 생각에 번뇌했다. 물론 차디찬 형무소에서 죄의 값을 치러야 하는 것과는 다르겠지만 창살 없는 감옥에서의 삶이 더 큰 고통을 가져다줄 것임이 틀림없었다.

『죄와 벌』의 주인공은 노파의 돈을 빼앗아 가난에서 벗어나고 싶었다. 그 돈이 가난으로부터 자신을 자유롭게 해 주리라고 생각했다. 그런 생각에서 죄를 저질렀다. 그러나 그가 저지른 죄는 그에게 자유와 해방을 가져다주지 않았다. 오히려 모든 자유를 빼앗기고 차디찬 시베리아 감옥에서 벌을 받고 비참한 삶을 살아갈 수밖에 없는 운명으로 전락시켰다. 어떻게해서라도 돈만 손에 쥐면 자신의 자유를 얻으리라고 생각했지만 오히려 자유를 잃게 되었다.

경미에게 회장과의 사랑은 삶을 자유롭게 해 주는 묘약과도 같은 것이었다. 그리고 결혼 전까지, 그리고 유정이와 오준이를 조경식의 가정에 들이기 전까지는 회장과의 사랑은 어느 정도 자유였다. 그러나 회장의 두 아이가 남편의 가정에서 성장해 가면서 경미의 자유는 제한되어 가기 시작했다. 세상에서 가장 착하고 멋진 남편에 대한 미안한 감정이 경미의 자유를 옥죄기 시작한 것이었다. 죄의식이 시베리아의 찬바람이 그녀의 뼛속까지 스며들어 오는 듯했다. 유정이와 오준이를 지극히도 사랑하는 남편에게 큰 죄책감이 몰려들기 시작하면서 낮과 밤을 반복하는 세월이 경미의 아픈 마음을 스치면서 무심하게 흘러가고 있었다.

오준이가 세상에 태어나고 다섯 번의 사계절이 지나가고 있었다. 그러던 어느 날 경미는 회장으로부터 긴급한 연락을 받았다. 중요한 이야기가 있으니 일본에 다녀가라는 것이었다. 경미가 일본에 가서 회장을 찾았을 때, 회장은 경미에게 하늘이 놀라고 땅이 변동을 일으킬 만한 이야기를 꺼내 놓았다.

"요시코, 내 이야기를 잘 들어라. 이제 때가 된 것 같다."

경미는 평소와는 달리 잔뜩 긴장된 마음으로 회장의 말에 귀를 기울였다.

"요시코, 이제 내 나이가 87이다. 곧 90이 된다. 내가 앞으로 얼마나 살지 알 수 없다. 그리고 건강도 예전 같지 않아. 살 만큼 살아왔으니, 인생에 미련이나 후회는 조금도 없다. 그래서 내가 더 늙기 전에 마무리할 것은 마무리해야 된다고 생각했다."

경미는 더욱 긴장한 마음을 풀지 못하고 걱정스럽게 회장의 말에 귀를 기울였다. 회장은 말을 이었다.

"내가 계획하는 베르테르 월드타워는 이제 모든 계획이 끝나고 내년부터 지어 올리기 시작할 것이다. 그러나 아직도 끝나지 않은 것이 하나 있다. 그것은 내 아들 오준이를 일본에서 교육하고 기업 경영 훈련을 시키는 일이다. 오준이가 더 성장하기 전에 내가 네 남편에게 모든 전말을 이야기하고 오준이를 데려오려고 한다."

경미는 회장의 청천벽력 같은 말에 긴장되었던 가슴이 더욱 얼어붙으면서 정신을 차리지 못하고 있었다. 경미의 심장은 포장되지 않은 돌길 위를 달리는 마차처럼 덜커덩거리는 소리를 냈다. 전신이 떨렸다. 경미는 눈을 크게 뜨고 외마디 소리를 했다.

"회장님, 오준이를 남편에게서 데려가신다고요? 그러면 저는 죽습니다."

회장은 경미가 혼신의 힘을 다한 외마디 소리에 잠깐 주춤하는가 싶더니 말을 이었다.

"요시코, 너에게 진즉 이야기는 하지 않았지만 그것은 원래 계획된 것이었어. 언제까지 내 아들을 남의 집에서 양육할 수도 없는 일이고. 오준이가 어릴 때부터 교육과 훈련을 받아야 해. 너에게는 충격적이고 당혹스럽고 불안한 일이겠지만, 어쩔 수 없이 때가 되었다. 아까도 이야기했지만 나도 이제 살 만큼 살았다. 내가 기력을 잃기 전에 오준이를 위한 기획실을 만들고 오준이의 장래를 위해서 훈련해야 해. 이제부터 너도 각오를 단단히 해야 한다."

회장은 이루 말할 수 없는 충격 속에서 온통 잿빛으로 변한 경미의 얼굴과 몸을 쓸어 주면서 경미를 진정시키려고 안간힘을 쓰고 있었다. 경미는 긴장과 고통으로 갑자기 회장의 품에 쓰러졌다. 두 눈은 온통 눈물범벅이 되어 있었다.

"회장님, 왜 제 생각은 하지 않으시고 회장님의 뜻대로만 하려고 하세요. 회장님이 오준이를 데려가면 저는 더 이상 그 집에 살지 못해요. 그리고 남편이나 그 가정, 그리고 남편의 친구들에게 두 번 다시 얼굴을 들 수가 없습니다. 그렇게 되면 저는 남편은 물론 그 가정과는 이제 영원히 끝을 내야 해요."

"그래, 요시코. 내가 네 걱정하는 마음과 심각한 고통을 안다. 그러나 어쩔 수 없는 일이지 않니. 애초에 너의 뱃속에 오준이가 잉태되었을 때 이미 나는 그리 계획해 두었다. 나는 네 남편 조경식에게 세상이 상상하지 못할 만큼 보상을 해 줄 것이다. 그리고 요시코, 나는 오준이를 데려오기 이전에 너를 위해서 일본이든 어디든 몸을 피할 수 있도록 분명한 대책을 세워 놓을 것이다."

경미는 회장의 가슴에 얼굴을 묻고 몸부림치면서 오열하고 있었다.

"회장님, 제가 어디에 있든 회장님이 오준이를 데려가는 순간 저는 조경식과 모든 것이 끝나고 말아요. 조경식을 아는 모든 사람으로부터 제 모습이 완전히 사라져야 합니다. 그리고 저 자신도 어떻게 될지 알 수 없습니다."

"그렇게 너무 극단적으로 생각하지 말아라. 너에 대한 대책을 세운 다음에 오준이를 데려가도록 할 것이다. 그리고 오준이를 데려오기 위해서 이것저것 준비하자면 시간이 걸리지 않을까 생각한다. 1년 정도 시간이 필요할 것이다. 지금 오준이가 5살이니까 6살 때쯤 오준이를 데려오면 되리라 생각한다. 내가 오준이를 데려오기 전에 너에 대한 대책도, 오준이를 언제 데려올 것인지도 이야기해 줄 것이다."

회장은 유정이에 대해서는 일언반구도 하지 않았다. 딸아이에 대해서는 관심조차도 보이지 않는 듯했다. 오직 오준이만을 데려가겠다고 했다.

경미는 회장으로부터 오준이를 데려갈 것이라는 이야기를 듣고 한국으로 돌아온 후 날마다 거의 뜬눈으로 밤을 지새웠다. 이제 올 것이 왔다고 생각했다. 경미의 고민이 깊어져 가기 시작했다. 아무리 회장이 경미에 대해서 대책을 세운다 하더라도 경미의 결혼 생활은 그 순간 끝나고 만다. 경미는 이제 조경식과의 20여 년간의 결혼 생활도 끝내야 하는 시점에 이르고 있었다.

회장을 통해서 경미에게 피어난 화려한 인생의 여름은 조경식과의 결혼을 통해서 너무 일찍 인생의 가을을 맞이하게 했었다. 그렇게 경미가 맞이한 가을은 화려한 단풍 색상으로 가을을 수놓기 전에 찬 서리에 빛을 잃은 계절로 변해 가고 있었다.

경미는 자신의 친정어머니나 아버지에게도 회장과의 관계를 한 번도 이야기해 본 적이 없었다. 더군다나 유정이와 오준이가 회장의 아이들이라는 사실은 입 밖에 내 보지도 못했다. 오직 세상에서 무엇 하나 부족함이 없는 조경식이라는 좋은 남편을 만나서 아들, 딸 낳고 결혼 생활을 잘하는 맏딸의 모습만 보여 주고 있었다.

오직 경미의 모든 상황을 알고 있는 사람은 경미의 고등학교 단짝 친구였던 미란이밖에 없었다. 미란이는 대학을 졸업하고 충주에 있는 어느 여자고등학교 영어 선생님으로 재직하다가 그 학교에 같이 근무하고 있던 남자 선생님과 결혼하여 호주로 이민을 가서 살고 있었다.

경미는 미란이에게만 자신의 모든 상황을 이야기했다. 경미는 가끔 유정이와 오준이 때문에 자신이 겪고 있는 죄의식과 불안에 대해서 이야기했었다. 특히 오준이가 자라가면서 회장의 모습과 너무 닮아 걱정하면서 미란에게 전화를 걸기도 했었다.

"미란아, 오준이가 커 갈수록 너무나도 회장님을 닮아 가고 있어. 모든 이목구비가 회장님의 판박이야. 남편의 친구들이 가끔 남편을 부추기고 있어. 유전자 검사를 반드시 받아 보라고. 혹시라도 남편이 유전자 검사라도 하겠다고 하면 도대체 어떻게 해야 할지 모르겠어."

그럴 때마다 미란이는 언제나 경미에게 위로의 말을 아끼지 않았다.

"경미야, 물론 걱정이 왜 안 되겠니? 남편을 바라볼 때마다 너의 마음을 조이는 불안과 죄책감은 물론 상상을 초월하고도 남으리라고 생각해. 그러나 어쩌겠니? 회장님과의 지고한 사랑의 결실이라고 생각하며 모든 것을 운명에 맡겨야지. 남편과의 사이에 어떠한 일이 일어나더라도 아마 회장님이 너의 앞날을 책임지실 거라고 믿어. 경미야, 네가 그동안 그 어려운 상황들을 참고 견디어 온 것만 해도 정말 대단해. 이제껏 참고 견디어 온 것처럼 계속해서 인내할 수 있도록 해 봐. 모두 어떻게 할 수 없이 이미 저질러신 것들이야. 그리고 무슨 일이 닥치면 상황에 따라서 회장님과 대처할 방법을 강구해 보고 말이야."

"그래, 미란아. 그렇기는 해. 그러나 그럴수록 불안하고 죄책감이 더 커져. 한 가정을 완전히 파멸로 이끌어 가고 있는 책임을 어떻게 감당해야 할지 모르겠어."

"경미야, 글쎄, 내가 보기에는 네 잘못은 하나도 없어. 모두 회장님의 잘못이지. 일이 잘못되더라도 모두 회장님이 알아서 하겠지. 너무 염려 말고 회장님께 모든 걸 맡겨 버려."

"회장님 혼자만의 책임이라고는 할 수 없어. 나도 회장님의 모든 의견에 동의하고 함께했으니 그 책임에서는 벗어날 수 없는 거지."

"뭐 특별한 일이 일어나겠어. 지켜봐. 아마도 마음이 착하고 이성적인 네 남편은 유전자 검사 같은 것은 하지 않으리라 생각해. 그리고 혹시 그와 같은 일이 있다 하더라도 그때 가서 대처하면 된다고 생각해. 너무 염려하지 마. 다 잘될 거라고 믿고 너무 신경 쓰지 않도록 해. 어머니 아버지는 모든 걸 알고 계시니?"

"부모님은 아무것도 모르셔. 회장님과의 관계는 아예 이야기하지도 않았어. 이야기할 수도 없었고. 내가 이 세상에서 제일 좋은 남자 만나서 아들, 딸 낳고 잘 살고 있는 것으로 알고 너무 만족해하시지."

"그래도 너를 잘 이해하실 분들은 너의 부모님인데 상황을 잘 말씀드리면 아무래도 딸의 모든 문제를 해결해 보려 하시지 않을까? 아무래도 네가 혼자서 고민하고 불안해하는 것보다는 낫지 않겠니?"

"아니야, 미란아. 부모님께는 절대 말씀 못 드리겠어. 나중, 나중에… 그때가 언제일지 모르지만 지금은 아니야."

"네 말은 잘 알겠지만 혹시 너무 염려하고 불안해하다가 우울증에 걸리고 몸이라도 상하면 어쩌려고 그래. 무슨 일이 있어도 모든 일들을 자신 있게 해결하던 너의 옛 모습이 그립다. 혹시 너 교회에 가서 하나님 믿을 생각은 없니? 인간의 힘은 약해. 인생의 길을 인도하시는 하나님께 맡겨 봐. 혹시 누가 아니? 하나님께서 영감을 주셔서 좋은 길로 인도해 주실지."

"미란아, 나에게 신은 없어. 오직 회장님만이 이 세상에서 가장 강한 나의 신적인 존재야. 그리도 오직 회장님의 사랑만이 온전히 나의 인생이야."

독실한 기독교 신자인 미란이는 그동안 경미에게 여러 차례 하나님에 대한 믿음을 가져 보기를 권했다. 그럴 때마다 경미의 대답은 한결같았다.

"미란아, 다시 한번 말하지만 나에게 신은 없어. 그리고 신이 있다 하더라도 나는 신의 모습조차도 바라볼 수 없는 죄 많은 여자야."

"경미야, 너만 죄가 있는 게 아니야. 죄 없는 사람이 없어. 이 세상을 살아가는 모든 사람은 작든, 크든 모두 죄를 짓고 살아. 그게 우리 인간들의 모습이야. 인간의 죄는 오직 하나님을 통해서만 용서받을 수 있어. 너는 지금 여러 가지 이유로 신앙을 갖기 힘들다고 하지만 어떻게 보면 하나님이 너에게 아픔을 주신 것도 하나님께 돌아오라는 신호일 수 있어. 난 이 기회에 내가 가장 사랑하는 친구 경미가 아름다운 하나님의 세계를 발견하는 놀라운 경험을 했으면 하는 바람이야. 어쨌든 내가 항상 너를 위해 기도하고 있다는 것을 잊지 마."

무슨 일이든 경미의 대화 상대는 미란이었다. 부모에게조차도 말하지 못하는 자신의 일을 상의할 수 있는 사람은 오직 미란이뿐이었다.

회장이 아들 오준이를 데려가겠다고 이야기하자 고민하던 경미는 자신의 급박한 상황을 미란이에게 다시 이야기했다.

"미란아, 이제 내게 올 것이 온 것 같다."

"무슨 이야기야?"

"회장님이 오준이를 남편으로부터 데려가시겠다는 거야. 이제 겨우 5살밖에 안 된 오준이를 데려다 회장님이 계획하는 사업을 위해서 훈련하고 교육하겠다고. 사실 난 그동안 남편과 결혼 생활을 하면서 살얼음판 위를 걸었어. 너도 알고 있잖아. 솔직하게 이야기해서 결혼 초에 남편의 아이를 셋이나 유산시켰을 때까지도 그렇게 많은 죄의식은 갖지 못했어. 그때만 해도 회장님의 말에 순종하는 것이 그분과의 사랑의 약속을 지키는 거로 생각했기 때문이야. 그러나 회장님의 아이들, 유정이와 오준이를 남편의 자식인 양 키우기 시작하면서 정말 남편에게 못 할 짓을 하고 있다는 자책감과 죄의식에 괴로웠어. 경식 씨는 정말 세상에서 가장 인성이 좋은, 하나도 나무랄 데 없는 남편이야. 그런 착한 남편을 계속 속이면서 살아가는 게 보통 힘들었던 게 아냐. 너도 다 알잖아."

경미는 잠시 말을 끊었다가 다시 말을 이었다.

"이제 회장님이 오준이를 남편의 집에서 데려가게 되면 모든 것이 끝이야. 남편과의 결혼 생활도 더 이상 계속할 수 없어. 내가 한국 땅에서 발을 붙이고 살아가는 것도 힘들어. 내가 어떻게 얼굴을 들고 살아가겠니? 어쩌면 내가 이 세상에 더 이상 존재하지 않을 수도 있어. 미란아, 나는 어떻게 하면 좋겠니?"

경미는 울먹이면서 미란이에게 모든 것을 털어놓았다.

"경미야. 그래도 정신을 차려야 해. 이 세상에 더 이상 존재하지 않을 수도 있다니? 그건 도대체 무슨 말이야? 그런 생각은 하지도 마. 하나님께서 고귀하게 주신 생명을 절대로 가볍게 생각해서는 안 돼. 경미야. 무슨 방법이 있겠지."

"생각을 해 봐. 내게 무슨 방법이 있겠니? 만약 회장님이 자기 아들을 데려간다고 남편에게 이야기했을 때 시댁 식구들은 물론 남편의 친구들, 그리고 우리를 아는 모든 사람이 도대체 나를 어떻게 생각하겠니? 정말 난 죽은 목숨이야."

"네게 닥쳐올 일은 절대 쉽지 않은 문제인 것은 틀림없어. 그런데 걱정하고 고민한다고 해서 해결될 문제는 아니잖니. 회장님은 어떻게 하신다든? 무슨 특별한 대책을 네게 이야기 안 하시든?"

"물론 오준이를 데려가기 전에 나에게 대책은 세워 주신다는 이야기는 하셨어. 오준이를 언제 데려가실지 그 시기도 말해 주신다고 하셨고. 남편에 대한 보상까지도 말씀은 해 주셨어. 그렇다고 해서 나의 입장은 조금도 정당화될 수가 없어."

"경미야, 너무 걱정하지 마. 회장님께서 너에게 이야기한 대로 모두 알아서 처리해 주시리라 믿자. 진행 상황을 잘 지켜봐. 혹시 모든 게 생각대로 되지 않으면 이쪽으로 와. 호주로 와서 우리 같이 살자."

"미란아, 고맙긴 하지만 이런 상황에선 내가 어디에 가서 사는 게 중요한 게 아니야. 내가 어디에 있든 상관없어. 나에 대한 비난이 쏟아질 거고 아마도 나를 찾아서 몰매라도 치려고 할지도 몰라."

인생 46년여를 살아오면서, 그리고 20여 년 동안의 결혼 생활을 하면서 경미에게 최대의 위기가 닥쳐왔다. 그동안 경미는 남편 조경식이 오준이의 유전자를 검사하면 어떡할까 하는 걱정과 불안감도 적지 않았다. 그러나 이제는 회장이 오준이를 직접 데려가 버린 후 조경식의 파멸된 인생을 어떻게 바라볼 수가 있을까?

사랑하는 아들이라고 그렇게도 아끼며 사랑을 쏟으면서 키워 왔던 오준이가 회장의 자식으로 판명이 나고 이제 '내 자식이니 데려간다.'고 하면 아마 남편은 분명히 미쳐 버리고 말 것이다. 남편을 아는 모든 사람은 경미에게 세상에서 제일 정신 나간 여사라고 욕하고 손가락질할 것이다. 그동안 세상의 도덕적인 잣대를 무시하고 살아오기는 했지만 이제부터는 무시했던 그 도덕, 윤리적 기준들이 부메랑이 되어서 자기에게 되돌아올 것이다.

회장과의 사랑에만 모든 것을 의지하며 '모든 것이 잘되겠지.' 하던 안일한 마음이 다급해지기 시작했다. 더더구나 조경식과 20여 년의 모든 관계를 갑작스럽게 정리해야 하는 절박한 상황이 찾아오니 경미는 무엇을 어떻게 해야 할지 마음을 가누지 못했다.

경미가 느끼는 절박한 위험 수위는 한계 상황을 완전히 초월하고 있었다. 정말 신은 존재하는 것일까? 인간들이 자신들의 문제를 가지고 신 앞에 나아가면 정말 해결함을 받을 수 있는 것일까? 연약한 인간들이 자신들의 문제를 해결하기 위해서 만들어 놓은 신이라면 연약한 인간에 의해 만들어진 신이 무슨 힘이 있어서 인간의 문제를 해결할 수 있다는 것인가!

회장은 경미에게 오준이를 데려가기 전에 대책을 세워 주겠다고 했다. 그러나 회장이 어떤 대책을 세운다 하더라도 경미는 세상으로부터 쏟아지는 거칠고 혹독한 비난의 화살에서 벗어날 수 없다는 것을 너무나 잘 알고 있었다. 경미에게 닥쳐온 시련은 이제는 더 이상 경미가 감당할 수 있는 위험 수위를 넘어서고 있었다. 이제 경미는 스스로 무엇인가 결정하지 않으면 안 된다고 생각했다. 회장의 대책이 세워지기 전에 일을 저질러야 한다.

경미는 이제 자신이 선택할 수 있는 방법은 오직 하나밖에 없다고 생각했다. 그것은 일찍 인생의 겨울을 맞이하는 것이다.

1961년에 태어나서 경미의 오늘이 있기까지 46번의 사계절이 지나갔다. 그러나 경미는 이제 자신의 앞날에는 더 이상 인생의 계절은 존재하지 않을 것을 생각했다. 자신의 인생을 일찍 마감하는 겨울을 스스로 불러들이기로 했다.

새벽하늘에 반짝이며 찬란한 빛을 내는 별에서 온 여자, 경미는 오로지 사랑 하나만을 위하여 이 파란 별로 내려왔다. 별처럼 아름다운 용모와 별빛처럼 초롱초롱한 눈망울을 가지고 별같이 빛나는 사랑을 위해 지구까지의 먼 거리를 여행하여 온 것이다.

그러나 경미의 사랑은 일찍 낙엽 지는 가을을 맞이했고, 경미가 맞이한 가을은 나뭇잎에 단풍도 들기 전에 이른 겨울의 찬바람이 경미의 옷깃에 스며들기 시작했다. 이제 경미는 자신이 내려왔던 별나라로 다시 돌아가야 함을 느끼고 있었다.

극단적 선택을 통해서 일찍 인생의 겨울을 맞이하고 아름다운 사랑의 계절들을 보내 온 이 파란 별나라를 떠나는 것이다.

> 한때는 그렇게도 찬란한 빛이었건만
> 이제는 속절없이 사라져
> 다시는 돌아올 수 없는
> 초원의 빛이여, 꽃의 영광이여
> 우리는 슬퍼하지 않으리
> 차라리, 뒤에 남은 것에서 힘을 찾으리

베르테르의 연인

인간의 고통 속에서 솟아 나오는
마음을 달래 주는 생각과
사색을 가져오는 세월 속에서.
– 윌리엄 워즈워스

봄 :

여 :
름 :

가 :
을 :

겨 :
울 :

"겨울에는 위대한 태양도 외면한다.
땅은 슬픔의 계곡으로 들어가고 단식하고 통곡한다.
그리고 자신의 결혼식 화환이 썩도록 내버려둔다."

- 찰스 킹즐리

••••

2008년 5월 초 뉴욕 케네디 국제공항. 40대 중반으로 보이는 미모의 동양인 여성 한 명이 6살 정도 되어 보이는 사내아이의 손을 잡고 케네디 공항 출국장을 빠져나오고 있었다. 가벼운 여행용 가방 한 개가 그녀의 오른손에 잡혀 있었다. 옷차림은 그녀의 미모에 어울리지 않게 수수했다. 아름답고 가냘픈 얼굴은 왠지 모를 어두움으로 그늘이 져 있었다.

중년 여인은 경미였고 여인의 손을 잡고 함께 나오는 사내아이는 경미의 아들 오준이었다. 경미의 손을 잡고 나오는 어린 사내아이는 한국과는 사뭇 다른 이국 풍경에 의아해하면서 엄마에게 묻고 있었다.

"엄마, 여기가 어디야? 우리가 어디를 온 거야?"

"응, 오준아 여기가 미국 뉴욕이란다."

"뉴욕?"

오준이는 계속해서 어리둥절한 모습으로 사방을 두리번거리면서 한국과 전혀 다른 익숙지 못한 공항 대합실 이곳저곳을 바라보고 있었다. 경미는 출국장에 나오기 전 이미 비행기 안에서 여자 승무원에게 뉴욕 시내로 들어갈 수 있는 택시를 불러 주었으면 좋겠다고 부탁해 놓았다. 마침

베르테르의 연인

KAL 여자 승무원은 한국 승객들을 위해서 뉴욕에 있는 한국인들이 경영하는 택시 회사들의 주소록을 알고 있었기 때문에 경미를 위해서 택시를 호출해 주었다.

출국 대합실에 앉아서 택시를 기다리는 동안 오준이는 대합실 여기저기를 오가며 한국과 다른 환경에 신기해하고 있었다. 오준이를 더욱 놀라게 한 것은 공항을 오가는 사람들의 대화였다. 오준이가 한 번도 들어보지 못한 말들이 오가고 있었나. ㄱ 어린 소년 오준이에는 모든 것이 신기할 뿐이었다.

30분 정도 기다렸을 때 출국장 대합실의 자동문이 열리고 중년의 동양인 한 사람이 들어왔다. 그는 하얀 종이 위에 '조오준'이라는 이름이 씌어져 있는 팻말을 손에 들고 "조오준 씨, 택시 왔습니다."를 반복하면서 대합실 안에서 승객을 찾고 있었다. 경미와 오준이는 밖으로 나와서 그 택시에 올랐다. 기사가 물었다.

"어디로 모시면 될까요?"

"뉴욕이요, 뉴욕."

경미는 뉴욕이라는 말만 반복하고 있었다. 경미는 한국에서 혼란하고 복잡한 마음으로 오직 한 가지 목적만 가지고 한 번도 와 보지 않은 뉴욕으로 오준이와 함께 무작정 출발했었다. 경미는 비행기를 탈 때부터 뉴욕에 도착할 때까지도 착잡한 마음을 가라앉힐 수가 없었다.

이 지구상에 수많은 나라와 도시들이 있었지만 그래도 세계에서 가장 크고 잘 알려진 미국 뉴욕을 자신의 인생을 마감해 버릴 장소로 선택했다. 경미는 비행기가 뉴욕 케네디 공항에 도착할 때까지 한숨도 자지 못하고 자신에게 엄습해 오는 수많은 생각들과 씨름하고 있었다.

"뉴욕이라니요? 지금 여기가 뉴욕입니다. 케네디 공항을 빠져나와서 뉴욕 시내로 들어가는 중입니다. 시내 어디로 가시는지 말씀해 주셔야지요."

경미는 맨해튼의 어느 호텔로 가기로 작정하고 택시를 탔지만 맨해튼이라는 단어를 완전히 잃어버리고 있었다.

"뉴욕에 있는 어느 호텔인데 지금 그 호텔 이름이 전혀 기억이 안 나네요."

경미는 얼버무리며 말을 잇지 못했다. 경미는 한국에서 출발할 때부터 아무에게도 알리지 않았다. 물론 남편 조경식에게도 어디에 다녀오겠다는 말 한마디 하지 않았다. 남편은 이미 경미의 마음에서 멀리 떠나 있었다. 샤 로테 그룹 회장에게도 자기의 동선을 알리지 않았다.

친정 식구들에게조차 아무런 말도 하지 않고 혼자 결정하고 오준이만 데리고 도망치듯 한국을 떠나왔다. 회장이 오준이를 데려간다고 한 후부터 이제 경미에게 오직 한 가지 선택만 남아 있었다. 그것은 경미가 떠나왔던 별나라로 다시 돌아가기 위해 극단적 선택을 하는 것이다. 택시 기사는 재차 재촉하며 물었다.

"행선지가 어디인지 말씀해 주셔야지 모셔다드리지요."

"정말, 죄송해요. 기사 아저씨. 기억이 잘 나지 않아요."

경미는 마치 기억 상실증에 걸리기라도 한 듯, 무엇인가를 생각할 마음의 여유가 남아 있지 않았다. 선뜻 대답하지 못하는 경미에게 기사는 말을 이었다.

"네, 그러시다면 한인 동포들이 많이 살고 있는 플러싱으로 일단 모시도록 하겠습니다. 제가 그곳에 잘 아는 민박집으로 모실 테니까 며칠 동안 그곳에 계시면서 생각해 보세요. 그리고 혹시 가시고자 계획했던 호텔이나 장소가 생각나시면 그때 저에게 연락하시면 그곳으로 다시 모시도록 하지요."

"예, 기사님. 그렇게 해 주시겠어요? 감사합니다. 제가 가고자 하는 곳이 생각나면 그때 연락드리도록 하지요."

택시 기사는 경미와 오준이를 민박집이라고 하는 어느 한 개인 주택에 내려주었다. 그리고 그 기사는 민박집 아주머니에게 손님을 모셔 왔다고 하면서 안내해 주고 경미에게 자기 명함 한 장을 주고 사라졌다.

집주인 아주머니는 경미와 오준이를 2층으로 안내했다. 조촐한 집이었다. 방이 두 개, 거실과 화장실이 각각 하나씩이고 그 외에 다른 방은 없었다. 한국에서 근래에 지어지고 있는 가정집들에 비해서는 허술한 집이었다. 경미가 생각하는 마천루가 즐비한 맨해튼의 화려한 모습은 주위에 아무 곳에도 보이지 않았다.

"여기 얼마나 계시는지 모르겠습니다만 한 달 동안 계실 계획이면 민박료는 3,000불입니다. 아침 식사는 간단하게 제공되지만 점심과 저녁은 손수 해결하셔야 합니다."

민박집 아주머니는 경미에게서 3,000불을 받고 영수증을 주고서는 이내 아래층으로 내려갔다. 경미에게 몸을 가눌 수 없을 정도의 피곤함이 몰려왔다. 시차도 있었지만 한국에서 정신없이 도망치듯이 뛰쳐나와 비행기에 오르고 난 후 한잠도 자지 못하고 여러 가지 생각에 시달려서 몸이 지칠 대로 지쳐 있었다. 그리고 무엇이 어떻게 돌아가고 있는지 정신 차리기가 힘들었다.

"오준아, 엄마랑 함께 좀 누웠다가 일어나지 않을래?"

"응, 엄마 마음대로 해."

아들과 함께 자리에 누웠지만 통제할 수 없는 잡다한 생각들이 머리를 가득 채웠다. 경미가 미국에 온 이유는 오직 하나였다. 극단적 선택으로 생을 마감하는 것. 경미는 일찍 인생의 겨울을 초대해 놓고 있었다.

경미는 벌써 오래전 회장이 오준이를 데려가겠다고 한 이후로 자신의 생을 마감하기로 결심하고 있었다. 한국이 아닌 다른 나라에서라면 남들의 눈에 띄지 않고 가볍게 사라질 수 있으리라 생각했다.

경미가 회장의 새장 안에 갇혀 있을 때는 아무것도 알지 못했다. 회장이 만들어 놓은 거대한 왕국 안에서의 삶은 경미가 도무지 다른 어떠한 생각을 할 수 있는 공간이 아니었다. '늙은 베르테르' 회장에게서 모든 슬픔을 거두어 가게 한 샤 로테 경미의 사랑은 이 세상에 존재하는 그 어떤 다른 공간을 바라볼 수 있는 여지를 주지 않았다. 경미가 결혼한 삶의 세계도 회장이 확장해 놓은 또 다른 삶의 공간에 불과했다.

그 공간 안에 회장은 결혼을 핑계로 뱁새의 둥지를 소개해 주고 경미가 외롭지 않도록 젊고 잘생긴 조경식이라는 남자를 붙여 주었다. 그러나 조경식은 뱁새에 불과했다.

그 뱁새는 그 둥지가 자신의 둥지라고 생각하고 3개의 알을 낳았지만 회장의 뻐꾸기알에 의해서 모두 둥지 밖으로 밀려났다. 뱁새는 지극 정성으로 먹이를 물어다 주면서 부화한 뻐꾸기 새끼를 양육했다.

경미는 처음에는 그러한 것들이 조금도 잘못되었다고 생각하지 않았다. 자기 인생의 전부인 회장이 씌워 준 여왕의 왕관이 자신의 머리 위에 찬란한 빛을 내면서 자리 잡고 있었기 때문이었다. 그러나 시간이 지날수록 조경식의 마음을 아프게 하는 모든 일들이 인간으로서는 해서는 안 될 일이라는 것을 깨닫기 시작했다.

조경식은 세상에 보기 드문 아름다운 사람이었다. 그는 경미의 가짜 남편으로 살아가기에는 정말 아까운 사람이었다. 조경식은 봉황처럼 아름다운 화관과 날개를 가진 새였지만 회장은 그를 뱁새로 만들어 놓고 있었다. 부족한 점이라고는 전혀 없는 남편이었다. 능력이 좋을 뿐 아니라 이 세상의 그 누구보다도 합리적이고 이성적인 사고와 감성을 가진 사람이었으며 남들에 대한 배타적 사랑과 사회적 윤리 감각도 뚜렷하고 투철한 사람이었다. 착하고 아름다운 성품의 소유자였다. 그는 경미의 모든 것을 사랑했고 경미를 이해했다. 조경식은 그만큼 아름다운 성품과 인격을 지녔기에 유정이와 오준이를 감히 회장과의 관계에서 태어난 자녀들이라고는 생각하지도 않았다.

조경식과의 결혼 생활이 20년이 넘게 흐르면서 조경식의 삶의 모습들이 그녀의 가슴에 인식되기 시작했다. 소경식의 흠 잡을 네 없는 인간의 모습을 인지하기 시작하면서 매일 그를 대하는 것이 어려워졌다. 일상생활을 하면서도 얼굴을 들고 그를 바라보기가 쉽지 않았다.

경미는 어느 순간 자신의 모든 죄악이 용서받을 수 없다는 생각에까지 이르게 되었다. 회장과의 관계를 통해서 유정이와 오준이가 태어났을 때 조경식이 기뻐하는 모습은 지금도 너무나 선명하게 머릿속에 남아 있다. 그리고 남편은 아이들을 지극정성으로 돌보며 사랑했다. 남편의 그러한 모습을 바라볼 때마다 가슴속에 드는 죄의식은 아픔을 넘어선 고통이었다. 남편 조경식과의 그와 같은 결혼 생활이 행복할 리가 없었다.

그러다가 오준이가 6살이 되고 자기의 자식을 찾아가겠다는 회장의 선언이 있었을 때 경미는 자신의 결혼 생활이 이제 끝장났다고 생각했다. 결혼 생활뿐 아니라 자신의 삶에 더 이상의 의미를 부여할 수가 없었다. 결단을 내려야 했다.

경미는 20여 년간의 모든 결혼 생활을 청산하고 동시에 회장의 샤 로테로서의 삶도 끝을 낼 때가 되었다고 생각했다. 경미 자신이 이 세상에서 모습을 감추어 버리는 것이었다. 극단적인 선택을 통해서 회장과 조경식을 완전하게 떠나는 것이다. 그것이 회장의 사랑에도 흠집을 내지 않는 것이며 조경식에 대한 무거운 죄의 짐도 조금은 가벼워질 수 있는 길이라 생

각했다. 이제 경미는 철모를 때 다가왔던 회장과의 사랑과 조경식과 함께
했던 불안했던 사랑을 끝내야 한다.

모든 여성은 세상에 오기 전 누군가를 생명을 바쳐 사랑하고 오라는 목
소리를 듣고 태어난다. 경미도 사랑 하나를 위해서 별나라를 떠나서 이 지
구상에 왔다. 그리고 그녀는 생명 바쳐 사랑할 사람을 만나서 마음껏 사랑
을 했다. 그러나 그 사랑은 갈림길 사랑이었다. 죄악을 잉태할 수밖에 없
는 시리고 아픈 사랑이기도 했다. 그것은 경미에게 견디기 힘든 혼란과 갈
등을 가져왔다. 그것이 경미 인생에 겨울을 일찍 불러왔고 경미는 그것을
피해 가고 싶지 않았다. 자신이 왔던 별나라로 떠나야 하는 마지막 순간이
다가온 것이다. 그것을 위해서 경미는 누구에게도 알리지 않고 미국행을
결심했다.

그러나 민박집에 들어오고 보니 이곳은 극단적 선택을 할 만한 은밀한
장소가 되지 못했다. 민박집이 있는 플러싱 지역은 오래전부터 한인들이
많이 거주하는 한인 타운이었다. 한국에서 오는 여행객들이 수시로 밀려
왔다가 밀려가는 열린 공간이었다. 민박집에서 일주일을 보낸 경미는 다
른 장소를 찾아야 한다고 생각했다.

경미는 오준이와 함께 점심과 저녁 식사를 플러싱 거리에 있는 한인 음
식점에서 해결했다. 그 음식점에는 한인 교포들이 발행하는 한인들을 위
한 신문이나 광고지들이 많이 비치되어 있었다. 어느 날 경미는 한인 신문
광고란에서 개인 집 이층 방에 세를 놓는다는 조그마한 광고를 보았다. 경
미가 조심스럽게 전화를 했을 때 집주인 아주머니가 전화를 받았다.

"네, 안녕하세요. 누구시죠?"

"안녕하세요. 집을 세놓으신다는 광고를 보고 전화드립니다. 혹시 집
을 볼 수가 있을까 해서요."

"네, 오늘 중으로 언제든지 와서 보세요."

경미는 즉시 지난번 택시 기사에게 전화했다. 택시 기사와 함께 플러싱에서 남동쪽으로 50여 블록 떨어져 있는 베이 사이드 202가에 있는 그 집으로 갔다. 정확한 주소는 202-28번지 45번지, 베이 사이드. 그 집은 2대의 차량이 가까스로 왕복할 수 있는 넓지 않은 도로변에 위치해 있었다.

그 도로의 남쪽에는 플러싱과 베이 사이드 지역을 구분하고 있는 프랜시스 루이스 거리가 남, 북을 가로지르고 있었는데 가로수들은 모두 참수리 나무들로 일정한 거리를 두고 줄지어 서 있었다. 거리는 깨끗했고 아름다웠다. 뉴욕시의 변두리에 위치해 있어서 복잡하지 않고 아주 조용했다.

경미가 찾아간 집은 아담한 이층집이었다. 집 외부 벽을 하얀 색깔의 바이닐 외장재로 입혀 놓아서 깨끗하게 보였다. 1층에는 집주인이 살고 2층을 세를 놓겠다고 했다.

경미가 주인아주머니의 안내로 2층 방들을 둘러보았다. 방이 두 개에 응접실이 하나였다. 그리고 부엌과 화장실이 각 하나씩이고 3층으로 연결된 층계를 올라가면 방이 하나 더 있었다. 3층에 있는 방은 좀 넓고 큰 편이었는데 뾰족한 지붕이 북쪽 한 면을 잘라낸 다락방 형태였다. 그 3층 방은 여러 개의 유리창과 스카이 라이트가 설치되어 있어서 밝은 편이었다. 그리고 유리창들과 스카이 라이트는 모두 커튼과 가림막으로 가려져 있어서 아늑하게 보였다.

주인아주머니는 밤에 잘 때 스카이 라이트의 가림막을 열어 놓으면 하늘에 반짝이는 수많은 별을 볼 수 있다고 했다.

경미는 이 3층 방이 맘에 들었다. 2층 계단을 올라와서 3층 문을 잠그면 정말 3층에 들어온 사람 외에 아무도 모르는 공간이기도 했다. 비밀스러운 공간이었다. 경미는 이곳이야말로 자신의 마지막을 위해 준비된 가장 적합한 공간이라는 생각이 들었다. 경미는 즉각 그 집을 계약하고 이사했다. 이 집의 뒤뜰은 집의 크기에 비해서 아주 넓었는데 오른쪽의 잔디밭을 제외하고는 온갖 꽃나무들로 가득 차 있었다.

이웃집과 경계를 이루고 있는 담장 둘레에는 장미꽃들이 5월에 꽃을 피우기 위해서 잎새들이 파릇하게 돋아나고 그 주위로 매화나무, 벚꽃나무, 복숭아꽃나무들은 대부분 활짝 피어나 있었다. 꽃나무 주위로는 수선화들과 튤립, 그리고 아질리아 등 봄꽃들이 뭉게뭉게 무더기를 이루면서 새봄을 알리고 있었다. 경미가 작은 여행용 가방을 옷장 안에 넣어 놓고 부엌의 베란다에 앉아서 정원을 바라보고 있을 때 집주인 아주머니가 올라왔다.

"만나서 반가워요. 내 미국 이름은 다이애나인데 부르기가 생소할지도 몰라요. 그냥 아주머니라고 불러 줘요."

"네, 아주머니. 반갑습니다. 저는 오경미고요, 저 아이는 제 아들 오준이라고 합니다. 한국에서 온 지 일주일이 되었습니다. 미국이 처음이라서 참 생소합니다. 여러 가지로 잘 인도해 주세요."

경미는 오준이에게 아주머니에게 인사하게 시켰다.

"안녕하세요."

"그래, 오준아. 엄마도 대단한 미인이신데 오준이도 참 잘생겼구나. 함께 있는 동안 잘 지내 보도록 하자."

"네, 감사합니다."

오준이의 손을 잡고 한 손으로 오준이의 이마를 쓰다듬던 아주머니가 경미에게 물었다.

"미국에는 어떤 목적으로 오신 건가요?"

경미는 아주머니의 질문에 선뜻 대답하지 못하다가 얼버무리듯이 말했다.

"네, 아주머니. 미국 관광을 좀 해 보려고 해요."

"관광하려고 이렇게 집까지 빌린 것을 보니 오래 여행하실 계획인가 봐요. 하기야 미국의 동부와 서부, 캐나다와 남미까지 여행하실 생각이면 시간은 많이 필요하겠네요."

"네, 아마도 오랜 여행이 될 것 같은 생각이 들어요."

"그런데 어린 아들하고 오랫동안 여행하는 게 쉽지는 않을 텐데요."

"네, 쉬엄쉬엄 시간을 봐 가면서 할 계획입니다."

"그러하군요. 남편분은 이번 여행에 같이 오지 않으셨나 봅니다."

"네, 일이 바빠서 저와 아들만 여행을 해 보려고요."

"아무쪼록 계획대로 좋은 여행을 다니시기를 바라요."

"네, 감사합니다. 그런데 아주머니는 혼자 사세요?"

"아니에요. 아저씨가 계시는데 항상 좀 늦게 들어오시지요."

"사업을 하시는 모양이죠?"

"사업은 미국에 오셨을 때 하셨는데 지금은 다른 일을 좀 하고 계세요. 차차 무얼 하시는지 아시게 될 겁니다."

경미는 집주인 아저씨가 무엇을 하는 사람인지 궁금하기는 했지만 딱히 그게 중요한 정보는 아니었다. 아주머니가 모든 일을 끝내고 1층으로 내려간 다음에 경미는 3층으로 이어진 계단을 통해서 다시 한번 3층 지붕 밑 다락방으로 올라가 보았다. 스카이 라이트를 막고 있는 가림막을 열어 놓으니 방이 무척 밝아 보였다.

이 방이 제일 안성맞춤이라고 다시 한번 생각했다. 2층에서 3층 다락방으로 올라오는 문만 잠그면 1층이나 2층에서조차도 3층 다락방에서 어떤 일이 일어나는지 아는 사람이 없을 것 같았다. 경미는 인생의 마지막을 맞이할 만한 아주 괜찮은 집으로 잘 이사했다고 생각했다.

경미는 아무도 모르는 생소한 이역만리 미국 땅, 그리고 뉴욕의 한 변두리 이층집 3층 다락방에서 자신의 인생을 마감할 준비가 다 되었다고 생각했다. 오직 남은 것은 언제 결단하느냐 하는 것이었다. 그렇게 최종적인 환경 조성이 끝났다고 생각했다.

미국에 올 때 경미의 여행 가방 안에는 옷도 한 벌 들어 있지 않았다. 한국에서 입고 온 옷 한 벌이면 충분했다. 화장품들도 가지고 오지 않았다. 여행용 가방 안주머니에는 한국에 있을 때 여러 곳에서 사서 모은 100알이 넘는 수면제만 들어 있었다. 이만하면 충분하고도 남는 약이었다. 한 잔의 술과 100알의 수면제는 경미의 고향, 별나라로 되돌아가기에 충분했다.

한 번 왔다 가는 인생들. 많은 사람이 천수를 다해서 살다가 간다. 그러나 어떤 사람들은 병들어 자신의 걷던 인생의 여정이 중도에서 끝나고 만다. 어떤 사람은 예기치 않은 불의의 사고로, 또 어떤 사람은 타인의 폭력으로 인생의 여정이 안타깝게 멈추고 만다. 그러나 경미는 자기 생명을 스스로 끊으려 하고 있다. 아름다운 미모, 남부럽지 않은 삶을 살아온 경미에게 더 이상의 미련은 없다. 남의 인생을 파멸시킨 죄에 대한 대가는 그렇게 해서라도 치러야 한다고 생각했다. 자신의 삶을 포기하는 것만이 남에게 준 고통에 대한 용서를 구하는 것이라고 생각했다.

그러나 인생의 출발이 자기 자신이 원했기 때문에 시작된 것이 아니듯이 인생의 종말 또한 자신의 결정에 의해서 마음대로 찾아오는 것은 아니었다. 미국행은 경미를 또 다른 제3의 운명의 길로 인도하고 있었다.

회장과 함께했던 제1의 여정과 조경식과 함께했던 제2의 여정과는 완전하게 다른 제3의 여정이 문을 열고 경미를 기다리고 있었다.

그날 저녁 시간이 되었을 때 부인에게서 자기 집에 세입자가 들어왔다는 이야기를 듣고 집주인 아저씨가 2층으로 올라왔다. 넥타이를 매고 정장을 입은 50세가 훨씬 넘어 보이는 중후한 인상의 잘생긴 용모를 가진 분이었다.

"안녕하세요. 오늘 우리 집에 이사 오셨다는 이야기를 듣고 인사차 올라왔습니다."

"네, 안녕하세요. 만나 뵈어 반갑습니다. 오준이 엄마라고 해요. 옆의 아이는 제 아들 오준이고요."

경미는 집주인 아주머니에게 했던 말을 반복했다.

"오준이가 나이가 몇 살이지요? 참 잘 생겼네요."

"감사합니다. 이제 6살입니다."

"네, 그렇군요. 얼마나 계실지 모르지만 계시는 동안 편안하게 계시고 불편한 점이 있으시면 무엇이든지 말씀해 주세요."

"네, 감사합니다. 그렇게 하도록 하겠습니다."

집주인 아저씨가 아래층으로 내려가려다가 잠시 걸음을 멈추고 경미를 돌아보면서 말했다.

"실례일지 모르겠지만, 오준 엄마의 얼굴이 누굴 많이 닮은 것 같습니다. 미국의 유명한 배우 그레이스 켈리 같군요. 미국에서 1950년대를 풍미한 배운데. 혹시 한국에서 배우나 모델 같은 일을 하셨습니까?"

경미는 약간 당황스러웠다. 그러나 자신의 지난 일들에 대해서 이야기하고 싶지 않아서 경미는 주저하면서 그런 경험은 없었다고 이야기했다.

"아닙니다. 그런 경험은 없었습니다. 그래도 좋게 봐주셔서 감사합니다."

경미는 짧은 1년여 동안의 모델 일에 대해 이야기하고 싶지 않았다.

"네, 그래요. 그러나 우리 집에 미남, 미녀 세입자가 들어와 너무 좋습니다. 혹시 제 말이 실례되었다면 이해해 주시기 바랍니다."

"아닙니다. 괜찮습니다."

경미는 오전에 만났던 집주인 아주머니보다는 아저씨가 훨씬 교양이 있고 사람을 대하는 매너도 좋아 보였다. 그리고 그의 말씨에 포근함과 평안함을 느꼈다. 그러나 경미에게 그런 것들은 이제 모두 의미가 없었다.

경미는 이곳으로 이사한 후 언제, 어떻게 생을 끝낼지 조심스럽게 저울질하고 있었다. 그러나 자기가 생명을 끊은 후 오준이를 어떤 방법으로 회장에게 돌려보낼지 생각하느라 시간이 늦어지고 있었다. 2주가 순식간에 흘렀고, 벌써 5월이 지나서 6월을 향해서 달려가고 있었다. 우주는 자신의 시간을 아주 정확하게 운행해 가면서 때가 되면 와 있어야 할 계절들을 제자리에 불러 놓았다.

여행을 할 예정이라고 이야기했었기에 경미가 여행도 가지 않고 집에서 소일하고 있는 것을 이상하게 여길 수도 있었으리라. 그러나 경미는 다른 사람들이 자신에 대해서 무슨 생각을 하든 자신과는 아무런 상관이 없다고 여겼다.

경미는 시간이 걸리더라도 복잡하게 관련되어 있는 일들을 하나하나 정리해야 했고 관련된 사람들에게 남겨 놓아야 하는 유언장이나 유언을 작성하는 데 시간을 소비했다. 그동안 경미는 식재료를 살 때 외에는 일체 외부 출입을 하지 않았다. 한인 마트는 걸어가도 될 만큼 가까운 곳에 있었다.

경미는 집주인 아주머니, 아저씨와 대화를 나누는 시간도 많지 않았다. 그러나 오준이는 무료한 시간을 달래 보려고 했는지 집주인 아저씨와 친해져서 자주 이야기를 나누었다. 미국 생활에서 사뭇 신기한 게 많았는지 여러 주제의 대화를 하는 듯했다. 오준이는 집주인 아저씨를 몹시 따르고 좋아했다. 집주인 아저씨가 마치 학교 선생님처럼 느껴졌는지도 모른다.

그러던 어느 날 갑자기 집주인 아저씨가 2층으로 올라와 한 가지 제안을 했다.

"오준 엄마, 오준이를 여기 공립초등학교에 입학시키는 건 어떨까요? 그냥 집에서 놀게 하는 것보다는 학교에 입학시켜서 영어라도 배우게 하는 게 좋을 것 같습니다. 한국에서도 많은 부모가 영어도 가르칠 겸 해서 자녀를 미국에 조기유학 보낸다는 이야기를 들었습니다. 물론 공립학교보다 사교육 기관에 입학시키는 분들이 많다고는 하는데, 거긴 교육비가 많이 들죠. 게다가 미국 공립학교는 출신 국가를 가리지 않고 나이만 되면 입학이 가능합니다. 교육비도 선혀 들시 않고요. 오준이가 학교에 다니면 오준 엄마 혼자서도 여행을 다녀올 수 있을 거고요. 오준이와의 여행은 오준이가 방학을 할 때 얼마든지 같이 다니실 수도 있습니다. 오준이는 엄마가 안 계실 동안에는 언제든지 우리가 오준이를 돌봐 드릴 수도 있습니다."

경미는 갑작스러운 집주인 아저씨의 제안에 당황해할 수밖에 없었다. 경미는 이곳에 와서 오준이를 학교에 보내겠다는 생각은 추호도 해 본 적이 없었다. 그래서 아저씨의 제안에 대답하지 못하고 망설이면서 머뭇거리고 있었다.

그러자 집주인 아저씨는 경미의 대답을 기다리지 않고 오준이에 대한 모든 인적 사항 서류를 가지고 온 것이 있으면 달라고 서둘렀다. 오준이의 모든 인적 사항과 관련 서류들은 경미가 극단적 선택을 한 이후를 대비해서 미국에 올 때 준비해서 가지고 왔었다.

자신이 사라진 뒤 다른 사람을 통해 오준이를 회장에게 보내 주기 위해서는 오준이의 인적 사항이 필요했기 때문이다. 오준이의 인적 사항 외에도 신체검사 서류에 이르기까지 모든 것을 준비해 두었다.

경미는 집주인 아저씨의 제안에 내키지 않는 마음으로 여행용 가방 안쪽 주머니에 넣어 둔 오준이에 대한 모든 관계 서류를 건네주었다. 어쨌건 그 서류들은 경미가 인생을 끝냈을 때 집주인 아저씨가 반드시 확인해야 하는 서류들이기도 했다.

경미는 유서를 작성하면서 자신의 극단적 선택 이후에 오준이를 회장에게 보내는 일을 집주인 아저씨에게 맡겨 놓고 있었다.

오준이의 미국 초등학교 입학은 순조롭게 진행되었고 등록한 이튿날부터 학교에 나갈 수 있었다. 학교에 입학한 오준이는 몹시 기뻐했다. 하는 일도 없이 무료하게 집에 있는 것보다는 생소하기는 하지만 미국 친구들과 만나고 공부를 할 수 있다는 것에 몹시 만족했다. 그러나 오준이에게는 커다란 문제가 있었다. 오준이는 알파벳조차도 몰랐다. 이름조차도 영어로 쓸 줄 몰랐다. 집주인 아저씨는 오준이의 가정교사가 되었다. 학교에서 내주는 숙제부터 가정통신문에 이르기까지 집주인 아저씨가 모두 담당해 주었다.

처음에 오준이는 공부를 따라가지 못하고 언제나 뒤처져 있었고 과연 학교를 계속 다닐 수 있을까 걱정되었다. 그러나 이상하게도 오준이는 학교에 가기를 좋아했다. 친구들이 생기기 시작하면서, 그리고 조금씩 영어에 말문이 터지면서 학교에 가는 것이 무엇보다도 즐거웠다. 그리고 학교와 관계된 모든 일을 가정교사처럼 알려 주는 아저씨를 아빠처럼 따르고 좋아했다. 심지어 경미에게 "엄마가 없어도 돼, 난 아저씨하고 살 거야."라고 할 정도로 가까워져 있었다. 집주인 아저씨는 매일 오후 일과가 끝나고 난 다음 두어 시간씩 2층 응접실이나 부엌 옆 베란다에서 항상 오준이의 학교 공부를 도와주었다.

그럴 때는 언제나 경미가 커피나 차, 또는 과일들을 집주인 아저씨에게 대접했다. 집주인 아저씨는 오준이뿐만 아니라 경미와도 오랫동안 대화했다. 그렇게 대화를 자주 하면서 경미와 그의 사이도 가까워지기 시작

베르테르의 연인

했다. 자연스러워졌고 스스럼이 없어져 가고 있었다. 생소한 나라에 와서 누구에게도 마음을 열지 못하고 있었던 경미는 집주인 아저씨에게는 마음을 터놓고 이야기하게 되었다. 경미의 얼굴도 미국에 막 도착했을 때보다는 많이 밝아져 있었다.

그러던 어느 날 경미가 집주인 아저씨에게 물었다. 경미는 이곳으로 이사를 온 후에 항상 알고 싶은 게 하나 있었다.

"혹시 괜찮으시면 선생님께 하나 여쭈어도 될까요?"

경미는 언제부터 집주인 아저씨를 선생님이라고 부르기 시작했다. 그가 오준이의 훌륭한 가정교사가 되어 주었기 때문에 선생님이라고 부르는 것이 훨씬 자연스럽다고 생각했는지도 모른다. 집주인 아저씨를 선생님이라고 부르기 시작하면서 집주인 아주머니에 대한 호칭도 자연스럽게 사모님으로 바뀌어 있었다.

"무엇이든지 알고 싶으신 게 있으면 물어보세요."

"선생님과 사모님 두 분께서 이른 아침 새벽에는 항상 집을 나가서 어디론가 가시는데 특별히 새벽 일찍이 하시는 사업이라도 있으신가요? 물론 제가 알아야 할 필요는 없습니다. 그러나 아침 일찍이 두 분이 항상 같은 시간에 나가시는 것이 좀 궁금해서요."

그때까지 경미는 그가 무엇을 하는 사람인지 알지 못했고 또 구태여 알아볼 필요도 없다고 생각했다.

"네, 미리 이야기하지는 않았습니다만 새벽에 하는 일이 있습니다. 기왕 물어보셨으니까 제가 오준 엄마에게 제안하고 싶은 게 하나 있습니다. 혹시 내일 아침 새벽 5시에 일찍 일어나실 수 있으면 우리들과 함께 새벽에 나가 보지 않으시겠어요? 그러면 제가 하는 일을 분명하게 아시게 될 겁니다. 5시에 나갔다가 6시 조금 넘어서 들어오니까, 그 시간에 와서 오준이 등교 준비를 하셔도 늦지 않으실 겁니다."

집주인 내외에 대해 궁금해하던 경미는 쉽게 대답했다.

"네, 선생님, 제가 가 봐도 괜찮은 곳이라면 함께 가 보도록 하겠습니다."

집주인 내외가 무엇을 하는지 호기심에 가득 차 있던 경미는 새벽 시간에 시간을 내서 함께 나가 보겠다고 선뜻 그의 제안을 받아들였다.

이튿날 새벽 시간에 경미가 집주인 내외와 함께 도착한 곳은 다른 곳이 아닌 교회였다. 그들은 새벽 예배에 참여하고 있었다. 경미에게는 생소했다. 친구 미란이를 통해서 교회와 기독교에 대해서는 좀 들은 것들은 있었지만 난생처음으로 교회라는 곳에 발을 들여놓은 것이다. 경미는 교회에 발을 들여놓는 순간 친구 미란이의 말이 생각이 났다.

"교회에 나가서 하나님에 대한 신앙을 가져 보지 않을래?"

"하나님께 기도하면서 문제를 해결할 수 있도록 해 봐."

미란이가 그렇게 권했던 교회에 경미 자신도 모르게 발길을 들여놓게 된 것이다. 경미는 한국도 아닌 이역만리 미국 땅에서 전혀 생각지도 못한 이유로 교회에 방문하게 되었다.

새벽 예배에는 많은 교인들이 참여하지 않았지만 교회의 규모는 작지 않았다. 수백 명을 수용할 수 있는 크기의 예배실이었다. 경미가 집주인 사모님의 안내를 받아 예배실의 앞쪽에 자리를 잡았다. 강대상 앞에 걸려 있는 불을 밝힌 커다란 십자가가 경미의 마음을 압도했다. 목회자가 새벽 예배의 말씀을 전하기 전에 찬양을 인도하는 찬양 인도자가 교회의 피아노 반주에 따라서 몇 곡의 찬송가를 불렀다. 찬송가 몇 곡이 끝나고 아침 예배를 위한 성경 말씀을 전하기 위해서 앞자리에 앉아 있던 사람이 벌떡 일어나 강단 위로 올라갔다. 강단 위로 올라간 사람은 집주인 선생님이었다. 그는 교회 목회자로 하나님 말씀을 전하는 성직자였다.

몇 주 동안 경미가 궁금해하며 알고 싶어 했던 집주인 선생님의 정체를 알게 되었다. 새벽마다 거의 같은 시간에 집을 비우는 이유가 교회의 새벽 예배를 인도하기 위한 것이었다. 경미는 새벽 설교를 위해서 일어선 그에게 온통 마음을 집중했다. 항상 오준이의 숙제를 자상하게 가르쳐 주고 지도하는 그에게서 어떠한 말씀이 시작될 것인가에 대해서 모든 신경이 집중되어 있었다.

　　그는 먼저 성경에 나오는 말씀부터 읽었다.

　　"수고하고 무거운 짐 진 자들아, 다 내게로 오라 내가 너희를 쉬게 하리라"
　　- 마태복음 11장 28절

　　성경 말씀을 읽고 난 후 그는 설교를 시작했다.

　　"오늘날을 많은 사람이 가볍든, 무겁든 짐을 지고 살아갑니다. 그 짐 때문에 힘들어하고 어려워합니다. 내려놓지 못하고 안타까워하고 답답해합니다. 짐을 대신 져 주는 사람이 있으면 좋겠지만 이 세상에 남의 짐을 대신 져 주려고 하는 사람은 아무도 없습니다. 오히려 세상 사람들은 남들에게 더욱 무거운 짐들을 지워서 그들의 삶의 짐을 더욱 무겁게 하고 자신들의 짐은 가볍게 하려고 안간힘을 씁니다. 그래서 세상에 나쁜 사람들이 많이 있습니다. 그래서 세상 살기가 더욱 어렵다고들 이야기합니다.

　　그렇다면 오늘 당신들을 힘들게 하고 한숨짓게 만드는 무거운 짐은 무엇입니까? 물론 육신의 질병이 짐이 될 수 있습니다. 자녀의 문제가 짐이 될 수 있습니다. 부모나 다른 사람들과 좋지 못한 관계가 무거운 짐이 될 수가 있습니다. 그리고 경제적인 문제 또한 크고 무거운 짐이 될 수가 있습니다. 그러나 오늘날 모든 사람에게 가장 무거운 짐은 다른 것이 아닙니다. 죄책감이라든가 양심의 가책, 그리고 남들을 잘못되게 해서 그들의 마음을 아프게 하고 고통을 주는 것이 정말 무거운 짐들입니다. 자신의 짐을 가볍게 하려고 남에게 짐을 지우는 잘못된 마음입니다. 이와 같은 죄악들은 자신들의 영혼을 짓눌러서 꼼짝 못 하게 하는 가장 무거운 죄악의 짐들입니다. 이러한 짐을 지고서는 마음에 안정을 찾지 못합니다. 자유롭지 못합니다. 해방된 자아를 찾지 못합니다. 인생 사는 동안 안식을 얻지 못하는 것입니다. 그렇다면 어떻게 인생의 무거운 짐을 벗고 안식을 얻을 수 있겠습니까?

아무리 힘쓰고 애쓴다고 해서 나의 노력으로 무거운 짐을 내려놓지 못합니다. 마치 밭을 가는 소가 일이 다 끝나고 나서 멍에를 벗어야 할 때 소 자신이 멍에를 벗지 못하는 것과 마찬가지입니다. 주인이 벗겨 주어야 합니다. 출세와 성공과 물질이 무거운 짐을 벗기지는 못합니다. 아름다운 사랑이 벗기지 못합니다. 분명히 무거운 짐을 벗겨 주는 분이 있어야 한다는 것입니다. 그래서 오늘 성경에서 예수님은 말씀하십니다. '수고하고 무거운 짐 진 자들아, 다 내게로 오라. 내가 너희를 쉬게 하리라.' 예수님께서는 우리의 무거운 짐들을 벗겨 주시고 쉬게 해 주신다고 말씀합니다. 우리의 무거운 짐, 멍에를 벗겨 주실 분은 오직 예수 그리스도 한 분밖에 없습니다. 그렇기 때문에 수고하고 무거운 짐을 지고 살아가는 우리는 모두 예수님께 나아와야 합니다.

예수님만이 우리의 무거운 짐들 모두 벗겨 주시고 우리를 쉬게 하십니다. 안식을 주십니다. 자유와 해방을 주십니다. 성경에 보면 무거운 죄 짐을 지고 인생을 어렵고 힘들게 살아가는 사람들이 예수님께 나아와서 무거운 짐을 벗고 자유를 얻었습니다. 안식과 쉼을 얻었다고 했습니다. 38년

된 중풍 환자가 그랬습니다. 앞을 보지 못하는 맹인이 그랬습니다. 미쳤던 사람이 그랬습니다. 문둥병자들이 그랬습니다. 자신들이 지은 죄악들 때문에 죄책감에 짓눌려 괴로워하고 힘들어하던 죄인들이 예수님께 나아왔을 때 영혼의 자유를 얻었습니다. 예수님이 무거운 짐을 벗겨주신 것입니다.

성경은 또 말씀합니다. '너희 죄가 주홍 같을지라도 눈과 같이 하얘질 것이요 진홍같이 붉을지라도 양털같이 되리라.' 다시 한번 강조해서 말씀드립니다. 예수님께 온전히 나아오십시오. 우리의 모든 죄책감과 같은 붉은 죄악들은 눈같이, 양털같이 하얗게 해 주십니다. 그분은 우리의 무거운 짐을 내려 주시고 안식으로 인도하십니다. 이제 이 순간부터 자신이 지고 가는 무거운 짐 때문에 힘들어하실 필요가 없습니다. 예수님이 계십니다. 예수 그리스도는 우리의 수고와 무거운 짐을 벗겨 주시기 위해서 우리 마음의 문을 두드리고 계십니다. 문을 열어 영접하십시오. 이 세상의 그 어떤 것으로도 우리의 무거운 짐을 벗지 못합니다. 그분만이 하십니다. 예수 그리스도를 온전히 영접하시고 평생 평안한 안식의 삶을 살아가는 여러분들이 되시기를 바랍니다.'

집주인 선생님의 설교는 간단했다. 그리고 무엇보다도 이해하기 쉬웠다. 지루하지 않았고 설교를 처음 듣는 경미에게도 마음에 와닿는 말씀이었다. 그 새벽 설교는 경미에게 잔잔한 감동으로 다가왔다. 경미는 자신이 그동안 짊어지고 아파했던 무거운 짐이 무엇인가 금방 깨닫게 하는 설교라는 생각이 들었다.

경미의 가장 가까웠던 친구 미란이가 한국에서 만날 때마다 교회에 나가서 성경 말씀을 들으면서 말씀에 비추어서 자신이 누구인가를 잘 살펴볼 필요가 있다고 이야기하곤 했었다. 그러나 한 번도 교회라는 곳에 가 본 적도 없고 말씀을 들어 본 적도 없었다.

경미에게는 사실상 교회가 필요 없었다. 자신이 속해 있던 회장과의 사랑의 세계가 천국이었고 낙원이었다. 교회에서 이야기하는 하나님의 세계가 회장의 세계를 대신할 수 없었다. 회장이 가지고 있는 재벌의 왕국이 어떠한 상황에서도 경미를 굳건하게 지켜 주리라 확신했고 경미는 그렇게 설계된 자신의 인생은 더 이상 고칠 것이 없다고 생각하고 있었다. 그는 이 세상에서 가장 돈 많은 사람이었으며 그녀가 가장 사랑하는 남자이자 그녀의 전부였다.

길지 않은 인생을 사는 동안 그녀가 추구했던 인생 최고의 가치는 사랑이었다. 경미는 그 사랑에 인생의 모든 것을 걸었다. 회장과의 사랑만이 경미의 모든 것이었고 인생 최고의 가치였고 의미였다. 사랑만이 경미의 인생에 최고의 보물이었다. 그 보물은 경미의 인생에 찬란한 빛을 주었지만, 남들에게는 그 태양의 뒤쪽에 드리워진 그림자이기도 했다. 회장은 꽃길만을 걷는 경미의 인생을 설계했다. 그러나 꽃길 뒤에 나타날 수 있는 그림자인 죄책감은 생각하지 않고 설계를 했었다. 회장의 설계도에 따라서 경미는 지금까지의 인생의 계절을 살아왔다. 그래서 꽃길만 걷던 경미에게 죄악의 그림자가 드리워졌고, 결국 인생의 겨울을 일찍 불러들이고 있었다.

경미는 새벽 예배를 통해 생전 처음 듣는 말씀에 마음이 뜨거워졌고, 강대상 앞 십자가에서 비쳐 나오는 강하고 밝은 빛에 눈이 부셨다. 그 빛은 경미가 가지고 있는 사랑의 보물에서 나오는 빛보다 더욱 강력하게 경미의 마음속을 파고들었다. 그 빛 속에서 경미는 진실한 자아의 모습이 나타나는 것을 느꼈다. 회장의 설계도에 따라서 살아온 인생이 무엇이 잘못된 것인지 보이기 시작했다. 경미가 저질러 온 모든 죄악의 모습이 그림자처럼 나타났다. 회장이 설계한 인생 설계도에는 꽃길만 가득했다. 그 뒤에 숨겨져 있는 어두운 그림자는 빠져 있었다. 생전 알지 못했던 새로운 변화가 그녀에게 서서히 일어나고 있었다.

철모르는 어린 나이에 회장의 샤 로테가 되어서 회장의 가장 사랑하는 여인이 된 것은 그녀가 세상에 나와서 처음 겪었던 변화였다. 그것은 남녀 간의 성을 알지 못하다가 알게 됨으로써 인생의 봄이 인생의 여름으로 바뀌는 변화였다. 회장과의 화려하게 피어나는 인생의 여름을 보내는 동안 회장이 설계한 모두 비도덕적이고 비윤리석인 것들을 도무지 죄악이라고 생각해 본 적이 없었다. 회장이 설계한 설계도에 따른 길만이 경미가 가야 하는 인생 여정이었다. 다른 길은 없었다.

그러나 그 길의 방향은 조경식과의 결혼을 통해서 무엇인가 잘못 설계되어 있다는 것이 발견되기 시작했다. 경미가 걷던 인생의 화려한 꽃길은 조경식과의 결혼을 통해서 인생의 가을을 맞이하면서 회장이 그린 설계도와는 다른 길임을 알게 되었다. 어쩌면 가지 말아야 할 길을 걷고 있었다는 것을 깨달은 것이다. 그것이 경미가 자신의 인생에서 경험하는 두 번째 변화였다.

그렇게 결혼을 통해서 급격하게 다가왔던 인생의 가을에, 그녀는 보지 못하던 다른 세상을 보게 되었다. 그리고 회장과 함께 밀어냈던 도덕적이고 윤리적인 기준들이 죄악으로 느껴지는 변화를 겪었다. 그 모든 것들이 경미에게 양심의 가책으로 느껴졌다. 급기야 회장이 자신의 아들 오준이를 데려간다고 했을 때 이제 경미는 회장이 설계한 길을 벗어나야만 한다고 생각했다. 결국 경미는 회장의 세계와 조경식의 세계를 탈출하기로 했었다.

그렇게 해서 경미는 극단적 선택을 하기 위해서 미국행을 택했고, 그 선택은 한번 가면 영원히 돌아올 수 없는 인생의 마지막, 겨울의 여정이었다. 그러나 그녀가 탈출해서 도착한 이방인의 땅, 미국에는 전혀 생각하지 못했던 제3의 세계가 경미에게 세 번째의 변화를 강요하고 있었다. 경미의 지나간 두 개의 삶 속에서 경험하지 못한 또 하나의 변화가 기다리고 있었다. 똑같은 인간들이 살아가고 있었지만 이곳은 회장이나 조경식이 지배하는 세상과는 전혀 다른 신성한 세계처럼 느껴졌다.

경미는 자신도 모르게 그 신의 세계로 이끌려 온 것이다. 성직자와 교회는 경미가 경험하지 못한 또 다른 신비의 세계였다. 경미의 번뇌가 시작되었다. 하나님의 세계는 과연 어떠한 세계인가? 예수는 과연 어떤 분인가? 어떻게 인생의 모든 죄악의 무거운 짐들을 벗겨 주신다는 말인가? 경미가 안겼던 회장의 품은 경미에게 사랑의 안식을 주기에 충분했지만, 그 안에서 죄책감의 무거운 짐을 지고 괴로워하게 되리라고는 생각하지 못했다.

경미가 인생 살면서 접하지 못했던 신의 세계에서 인간들이 심각하게 고민하는 문제는 과연 어떠한 시각으로 비추어질 것인가? 혹시라도 경미가 제3의 세계를 설교하는 집주인 선생님, 성직자에게 자신의 문제를 상담하게 되면 어떤 이야기를 해 줄 것인가? 분명히 목사는 아마도 세상의 사람들과는 달리 경미의 고통스럽고 아팠던 무거운 짐의 문제에 대해서 전혀 다른 시각에서 말해 주지 않을까?

갈등을 거듭하던 경미는 자신의 모든 문제를 성직자인 집주인 목사님께 가지고 나가기로 결정했다. 경미는 어느 날 오준이의 가정교사 일이 끝났을 때 목사와 함께하는 시간을 가졌다. 그리고 경미는 자신의 지나온 모든 인생의 여정을 고백했다.

가정 배경에서부터 모델 활동, 재벌 회장을 만나서 사랑하게 된 모든 과정, 그리고 조경식과의 결혼 생활과 유정이와 오준이 두 자녀에 대해서 하나하나 모두 이야기했다. 그리고 오준이와 함께 미국에 와야 했던 이유까지 모두 털어놓았다. 경미는 그동안 아무에게도 시원하게 이야기하지 못했던 것들을 목사에게 모두 쏟아 놓으면서 참아 왔던 눈물을 보였다.

"목사님, 저는 이 세상의 누구보다 잘났다고 하는 얼굴 하나로 나만 최고라고 하는 자만심과 우월감을 가지고 살아왔습니다. 그러다가 우연한 기회에 모델 활동을 시작했습니다. 당시만 해도 가장 인기 있는 모델 중의 하나였습니다. 모델 활동을 시작하고 1년 정도 지났을 때 한국에서 제일가는 재벌 기업의 하나인 샤 로테 그룹 회장의 비서로 발탁되어 회장님을 모시게 되었습니다.

그 회장님을 만나면서 제 인생은 완전히 바뀌기 시작했습니다. 그 회장님은 저를 사랑했습니다. 그때 당시 회장님은 60세였고 저는 고작 20세였지만 나이와 관계없이 저도 회장님을 사랑하게 되었습니다. 회장님과의 사랑은 저를 세상의 그 어떤 사람도 경험할 수 없는 환상의 세계로 이끌어 갔습니다. 저는 현실에 발을 붙여 살아가면서도 천국의 세상을 살아가는 사람이었습니다. 특별히 한국에서 제일가는 재벌 회장과의 사랑은 제게 부러울 것이 없는 아름답고 화려한 인생의 계절들을 약속했습니다. 그것이 저를 우물 안 개구리로 만들었습니다. 회장이 만들어 놓은 새장 안에 갇혀서 또 다른 세계를 날아 보지 못하는, 회장 한 사람의 애완용 새가 되어 버리고 말았습니다. 회장의 세계만이 제가 날아다닐 수 있는 영역이었고 회장은 제 인생의 전부였습니다. 그러나 회장님과의 사랑과 함께 시작되었던 제 인생의 화려한 여름날은 그렇게 길지 않았습니다. 제 인생 아름다운 여름날의 꽃향기는 조금씩 그 향기를 잃어가기 시작했습니다. "

경미는 지난날의 추억을 회상이라도 하는 듯 잠시 말을 끊었다가 조금 후에 다시 입을 열었다.

"그러다가 저에게 예상하지 못했던 일이 일어난 것입니다. 회장님은 어느 날 갑자기 한 남자를 저에게 소개하면서 결혼하기를 원했습니다. 전혀 생각지도 못했던 결혼이었지만 저는 회장님의 요청을 받아들이고 결혼하게 되었습니다. 저는 결혼을 하면서 갇혀 있던 회장의 새장에서 좀 더 넓은 세상으로 날아갔습니다. 그러나 그것은 자신의 새장을 조금 더 넓게 확장해 놓은 것에 불과했습니다. 거기도 회장님이 직접 관할하는 영역이었습니다. 제가 날아다닐 수 있는 공간도 회장님이 한정해 놓고 있었습니다.

회장님은 절대로 남편과의 사이에 아이들을 갖지 못하게 했습니다. 저는 남편과의 결혼 생활에서 세 번의 임신을 했습니다. 그러나 회장은 자신의 지정병원 의사를 시켜서 모두 낙태시키도록 했습니다. 회장은 오직 자신의 자녀만 태어날 수 있도록 했습니다. 그래서 회장과의 사이에 딸 유정이와 아들 오준이를 낳았습니다. 그리고 두 아이를 마치 남편의 친자녀인 양 키우도록 했습니다. 여기에 함께 온 오준이도 회장의 아들입니다. 저는 처음에는 그것들이 인간의 가장 나쁜 죄악이라는 것을 알지도, 깨닫지도 못했습니다. 남편에 대한 죄의식도 느끼지 못했습니다. 회장님은 항상 저에게 이야기했습니다. '너는 이 세상에서 평생을 통해서 찾고 찾던 여자다. 너야말로 나의 샤 로테야. 인생 끝날 때까지 너는 나의 사랑으로 남아 있어야 한다.' 결혼 후에도 회장님과의 사랑만이 저의 인생 전체를 지배했습니다.

그러나 회장님과 제 관계를 알지 못하는 남편은 모든 정성을 다해서 저를 사랑해 주었습니다. 자기의 자식도 아닌 유정이와 오준이를 온갖 사랑을 다해서 키워 주었습니다. 제게는 정말 자상한 남편이었습니다. 그런 남편의 모습을 보면서 어느 순간부터 제가 얼마나 못 할 짓을 하고 살아가고 있나 하는 죄책감이 스며들기 시작했습니다. 해가 거듭될수록 남편에 대한 죄의식은 더욱 커져 갔습니다. 그러다가 오준가 다섯 살이 되었을 때 회장님은 오준이를 남편에게서 찾아가겠다는 청천벽력 같은 선언을 하셨습니다. 당신 아들이니 당신 호적에 입적시켜서 어릴 때부터 경영 수업을 받도록 해야 한다는 겁니다. 회장님의 그 선언은 곧 제 결혼 생활의 종말을 의미하는 것이었죠. 게다가 제 인생의 종말도요. 남편을 떠나야 했고, 한국도 떠나야 했습니다. 그래서 아무도 몰래 한국이 아닌 이역만리 타국에서 생을 마감하기로 했습니다.

아무에게도 알리지 않고 무삭성 미국으로 왔습니다. 그리고 우연히 찾아온 목사님의 집 3층은 아무도 모르게 극단적 선택을 할 수 있는 최적의 장소라 생각했습니다. 저는 이미 모든 준비가 다 되어 있었습니다. 제가 죽은 후 아들 오준이를 어떻게 해야 하는가를 유서들 속에 함께 작성해 두었습니다. 오준이와 관계되는 일은 목사님의 처리해 주시는 것으로 남겨 놓았습니다. 옷장에 있는 여행용 가방에는 옷 한 벌도 들어있지 않습니다. 유언장과 수면제 100알만이 저의 결단의 날을 기다리고 있을 뿐입니다."

경미의 긴 인생 여정의 이야기를 주의 깊게 듣고 있던 목사는 경미에게 말했다.

"오준 엄마의 긴 이야기 잘 들었습니다. 정말 저도 오준 엄마의 지나온 삶의 모습 속에서 한 사람의 인생의 여정에 대해서 느끼는 게 많이 있습니다. 남들이 부러워하는 가정에서 태어나서 남들이 부러워하는 미모를 가졌다는 것은 어떻게 보면 하나님께서 오준 엄마에게 준 커다란 축복입니다. 재벌 회장에게 오준 엄마가 세상에서 전심을 다 해서 찾고 찾던 여인인 샤 로테로 비추어졌기 때문에 회장이 오준 엄마를 사랑했구요. 아마도 오준 엄마에 대한 그분의 사랑은 진심이었으리라 생각합니다. 그렇기 때문에 오준 엄마도 그분을 사랑했을 겁니다. 두 분의 사랑에는 잘못이 없습니다. 그 후에 일어난 모든 일들은 오준 에마가 회장님을 너무 사랑한 나머지 앞뒤 재 보지 않고 그분의 말에 따랐기 때문에 일어난 일입니다. 결혼 생활하면서 회장의 딸과 아들을 출산하고 그 아이들이 남편의 아이인 것처럼 키우도록 한 것도 오준 엄마의 잘못은 아니었습니다. 사랑이라는 이름으로 행해진 모든 일에는 잘못이 없습니다. 사랑은 죄악이 절대로 아닙니다. 다만 그와 같은 일을 시작할 때는 선행 조건이 있어야 했습니다.

그 일이 발생하기 전에 모든 상황을 남편에게 잘 설명하고 헤어져야 했다는 겁니다. 남편분께서 오준 엄마의 상황을 이해하든 하지 않든 상관없이 부부관계를 완전히 끝낸 다음에 회장의 딸과 아들을 출산했어야 했습니다. 남편과 같이 살면서 남편의 자식이 아닌 아이들을 낳아서 남편을 속인 것은 죄입니다. 남을 속이는 죄는 중죄입니다. 남편이 자신의 자녀들인 것처럼 키우게 한 것도 정말 잘못입니다. 남편이 자신의 자식들에게 가졌던 기쁨과 기대를 실망과 분노로, 그리고 고통으로 바꾸어 놓은 것은 하나의 인생을 파멸에 이르게 한 것이니, 커다란 잘못을 저지른 것입니다. 물론 그와 같은 상황에서 오준 엄마가 느낄 죄의식과 그것에 수반되는 고통은 정말 감당하기 힘들었을 것입니다. 그리고 속죄를 하기 위해서 극단적 선택을 하겠다는 생각도 이해할 만합니다.

그러나 오준 엄마가 그런 선택을 한다고 해서 모든 문제가 해결되는 게 아닙니다. 하나님께서 주신 귀중한 생명을 스스로 끝내겠다니요. 이것은 정말 하나님 보시기에 더 큰 죄를 짓는 것입니다. 오준 엄마뿐만이 아니라 이 세상을 살아가는 모든 사람은 절대로 극단적 선택을 해서는 안 됩니다. 사람의 죄와 잘못은 극단적 선택으로는 절대로 끝나지 않습니다. 하나님께서 용서해 주심으로 해서 완벽하게 끝이 나는 것입니다.

하나님께서 오준 엄마를 미국 땅에 인도하셨습니다. 오준 엄마가 가지

베르테르의 연인

고 있는 선하고 착한 마음을 아신 하나님께서 오준 엄마의 모든 죄악들을 용서해 주시기 위해서 이 미국으로 부르신 것입니다. 그리고 나와 같은 목사의 가정으로 인도하셔서 오준 엄마가 새롭게 변화된 삶을 살 수 있도록 하신 것은 하나님의 뜻입니다. 더 이상 과거의 죄에 매달려 있으면 안 됩니다. 온전히 하나님 앞에 나와서 회개하세요. 하나님은 오준 엄마의 모든 잘못을 용서하시고 죄악을 깨끗하게 씻어 주실 것입니다. 하나님은 이미 오준 엄마를 불쌍하게 보시고 죄 많은 인간의 세상에서 죄를 용서해 주시는 주님의 나라로 옮겨 주셨습니다.

그리고 미국 뉴욕에 존재하는 수많은 가정 가운데 성직자인 제 가정으로 인도하셨습니다. 다시 한번 말씀드립니다만, 하나님께서는 오준 엄마의 마음을 정말 귀하고 아름답게 보셨습니다. 이제 인간 세상에서 오준 엄마의 삶은 깨끗하게 끝났습니다. 오준 엄마가 경험했던 회장님의 세계, 남편의 세계는 이제 하나님의 세계로 옮겨졌습니다. 이제부터는 열심히 신앙생활을 하시면서 하나님께 모든 죄를 자백하시고 새로운 삶을 살도록 하셔야 합니다. 오늘 하나님은 오준 엄마의 눈물의 고백을 받으시고 이미 모든 죄를 용서하셨습니다. 오준 엄마는 이제 모든 죄에서 자유함을 받았습니다. 앞으로 모든 일들은 오준 엄마 개인의 생각이나 인간적인 방법으로 해결하려 하지 마시고 모든 것을 하나님께 맡기시기 바랍니다. 하나님은 반드시 좋은 길을 준비해 놓으시고 오준 엄마를 그 길로 인도하실 것입니다."

이 말을 마치고 목사는 얼마 동안 오준 엄마를 위해 기도하는 시간을 가졌다. 기도가 끝나고 목사는 경미에게 오른손을 내밀었다.

"오준 엄마가 가지고 있는 수면제와 유언장, 그리고 유언서들을 모두 제게 주시기를 바랍니다. 이제 그런 것들은 오준 엄마에게 더 이상 필요하지 않습니다. 모두 하나님을 알지 못하는 사람들에게나 필요한 것들입니다. 이미 하나님께서 오준 엄마의 모든 죄악을 용서하셨습니다. 오준 엄마가 살아온 이전의 모든 인간적인 세계는 이제 온전히 길이요 진리요 생명되시는 하나님이 주관하시는 세계로 옮겨 오셨습니다. 이제 오준 엄마가 가지고 계시는 모든 죄책감은 하나님이 모두 받으셨습니다. 모든 짐은 하나님이 벗겨 주셨습니다. 이제 마음껏 자유로우십시오. 양팔을 크게 벌리고 마음껏 하늘을 우러러보면서 하나님을 찬양하십시오. 하나님의 사랑이 함께하십니다."

경미는 망설이면서 일어나서 여행용 가방 속에 있는 모든 유언 서류와 수면제 병을 목사에게 가져다주었다. 목사는 그것들을 받아들고 경미와 함께 베란다의 뒷문을 열고 철재 계단을 통해서 정원으로 내려갔다. 그리고 정원의 구석에 불을 피워 유언장과 수면제 병을 태웠다.

"이제 오준 엄마의 과거는 이 불 속에서 모두 타 버렸습니다. 하나도 남지 않고 다 사라졌습니다. 회장의 세계도, 조경식과의 세계도 더 이상 존재하지 않습니다. 오직 하나님의 사랑의 세계만이 오준 엄마의 앞날에 존재할 뿐입니다."

경미는 타오르는 불꽃 속에 재와 먼지로 변해 가는 과거를 바라보며 끊임없는 눈물을 쏟아 내고 있었다. 경미가 눈물을 흘리고 있을 때 목사는 경미의 등에 손을 얹고 위로해 주었다. 경미의 과거를 모두 태워 버린 모닥불이 꺼지고 5월 말의 싱그러운 밤하늘에는 초롱초롱한 수많은 별이 어두운 밤하늘을 비춰 주고 있었다.

경미의 등에 손을 얹고 밤하늘의 별들을 함께 바라보던 목사는 미국의 유명한 건축가이자 시인이었던 버크민스터의 명언 한 구절을 읊조렸다.

"이미 존재하는 현실과 싸운다고 변화를 일으킬 수는 없다. 무언가를

베르테르의 연인

변화시키기 위해서는 기존의 모델을 구식으로 만들 수 있는 새로운 모델을 만들어야 한다.”

경미의 젊은 날은 아름다운 광고 모델이었다. 그러다가 샤 로테 그룹 회장의 모델이었다. 그러나 이제 경미는 하나님의 가장 아름다운 모델로 다시 태어났다.

이야기하면서 경미의 등에 손을 얹고 있는 목사의 모습을 창문을 통해 계속해서 바라보는 눈길이 있었다. 목사의 부인 다이애나였다. 그녀는 1층 창문을 통해서 의심에 가득 찬 눈초리로 한참 동안 그들의 모습을 바라보다가 살며시 창문의 커튼을 닫아 버렸다. 커튼이 닫히면 밖의 세계를 가리듯이 목사의 사모, 다이애나는 남편 목사와의 관계가 서서히 닫힌 커튼처럼 가려져 가고 있는 것을 짐작하고 있었을까!

이렇게 해서 경미의 심층 깊이에 자리 잡고 그녀의 영혼을 꼼짝 못 하게 짓누르던 먹구름들이 사라졌다. 먹구름이 물러간 자리에는 아침 동녘에 비친 새로운 밝은 세상이 시원스럽게 보이기 시작했다. 하늘은 더욱더 높아 보였고 매일 아침 떠오르는 태양 빛은 더욱 눈 부셨다. 극단적 선택을 통해서 인생의 여정을 멈추고 싶어 했던 생각은 모두 사라져 버렸다.

경미는 언젠가 목사가 자기에게 이야기해 준 ‘론다 번’이라는 사람이 쓴 『비밀』이라는 책의 맨 마지막 페이지 있는 내용을 생각하고는 새로운 미래에 대한 희망이 다시 한번 솟아오르고 있는 것을 느꼈다.

The earth turns on its orbit for you

The oceans ebb and flow for you

The birds sings for you.

The sun rises and it sets for you.

The stars come out for you.

Every beautiful things you see, every wonderousthing you experience is all there for you

Take a look around.

None of it can exist, without you.

No matter who you thought you were, now you know the truth of who you really are.

You are the master of universe

You are the heir to the kingdom.

You are the perfection of life.

태양이 궤도를 도는 것은 당신을 위한 것입니다.

바다의 밀물과 썰물도 당신을 위한 것입니다.

새가 노래하는 것도 당신을 위한 것이고

태양이 뜨고 지는 것도 당신을 위한 것입니다.

밤하늘에 반짝이는 별들도 당신을 위한 것입니다.

당신이 바라보고 있는 이 세상의 모든 아름답고 경이로운 것 모두는 당신을 위한 것입니다.

당신의 주위를 한번 살펴보세요

당신 없이는 이 세상에 아무것도 존재하지 않습니다.

당신이 과거에 어떻게 살아왔든 지금의 당신이 누구인가를 분명히 알 수 있습니다.

(당신은 이제 과거의 당신이 아닙니다)

당신은 우주가 만들어 낸 명품입니다.

당신은 왕국을 물려받은 상속자입니다.

당신은 완벽한 인생입니다.

경미의 마음속에 이제 새로운 태양이 떠오르고 있었다. 경미는 오준이가 아침에 등교하고 난 다음에는 부엌과 함께 붙어 있는 베란다에 앉아서 커피를 마시면서 정원의 아름다움을 자주 감상했다. 그리고 가끔 특히 햇볕이 좋은 날에는 2층 베란다를 통해서 정원과 연결된 층계를 내려가서 이제 막 초어름이 되어 물이 올라 푸르러지기 시작한 잔디에 누워 부풀어 오르고 있는 대지의 싱그러움을 마음껏 즐겨 보았다.

6월이 되면서 수선화나 목련, 튤립 같은 봄꽃들은 모두 사라지고 장미가 몽우리를 터트리기 위해서 잔뜩 부풀어 있었다. 목사는 항상 교회 일로 바빴지만 오준이의 과제물과 가정 통신문을 일일이 살펴 주었다. 그리고 목사는 교회 목회와 관련된 일뿐만이 아니라 '월드 쉐어링 파운데이션(World Sharing Foundation: 세계 나눔 재단)'이라는 자선 복지 단체를 만들어서 운영하고 있었다. 그 일은 목회 사역 이외에 목사가 해야 하는 또 다른 일이었다.

그 자선 단체는 여러 가지로 도움이 필요한 사람들에게 하나님의 사랑의 손길을 펴서 재활과 복지를 돕는 기관이었다. 노숙자나 고아들, 미혼모들, 노약자들, 불법 이민자들과 같은 도움이 필요한 사람들에게 재정이나 쉼터를 지원해 주고, 정부 기관의 여러 혜택을 받을 수 있도록 도와주었다. 그러나 목사는 그런 바쁜 일정 속에서도 여전히 오준이의 숙제와 학교 일들을 도와준 다음에 시간을 할애하여 경미와 대화하는 것을 좋아했다.

어느 날 경미가 목사에게 물었다.

"목사님, 이 아름다운 정원을 누가 심고 가꾸셨나요? 작지만 정말 예쁜 정원이에요."

"제가 틈틈이 시간을 내서 시간이 있을 때마다 조금씩 가꾸다 보니 조그마한 정원의 모습을 갖춘 것 같습니다. 원래 저는 한국의 두메산골에서 태어나서 자랐습니다. 어릴 때는 앞산과 뒷산을 넘나들면서 시골 산천의 아름다운 자연에 취해 살았죠. 시골의 산과 들에 피어나는 이름조차 알 수 없는 수많은 꽃의 아름다움을 항상 잊지 못합니다. 이 뒤뜰에도 시골의 아름다운 풍경을 작게나마 만들어 보고 싶었습니다."

"그렇군요, 목사님. 변두리이기는 하지만 뉴욕시에 이런 정원이 있다니 대단해요. 이렇게 도시에서 정원을 가꾸는 사람들이 많지 않은 것 같은데 말이에요. 동네 여기저기를 다녀 보았지만 이렇게 꽃들이 많고 아름다운 정원은 찾아보기 힘들어요. 그런데 목사님, 개인적인 질문이긴 합니다만 시골에서 태어나고 자라셨다고 하셨는데 고향은 어디세요?"

"혹시 월악산이라는 산 이름을 들어 본 적이 있으신가요? 설악산이 아닙니다. 월악산. 충청북도 충주에서 수안보 온천 쪽으로 들어가다 보면 그 온천에서 동남쪽으로 해발 1,100미터의 높은 산이 있는데, 그곳이 월악산 이죠. 지금은 국립공원이 되어서 전국에서 많은 관광객들이 찾는다고 하는데 제가 태어나서 자랄 때는 정말 세상 사람들이 거의 알지 못하는 첩첩 산중이었습니다. 그 산중 깊숙이 숨겨진 시골 동리를 아는 사람은 거의 없었습니다. 그리고 그 월악산 기슭으로는 아주 깨끗한 물이 흐르는 송계 계곡이 있습니다. 제가 그곳에서 자랄 때는 그 계곡물이 너무 맑아서 물고기가 살지 않을 정도였습니다."

"어머, 어머…!"

경미는 월악산과 송계 계곡 이야기를 듣자마자 몹시 놀란 표정이었다.

"왜 그리 놀라시죠?"

"목사님 고향이 월악산 밑 송계 계곡의 시골이라니 참으로 놀라워요. 그곳은 우리 가족의 휴양지였어요. 1년에 두 번 정도 자주 가던 곳이었습니다. 정말 아름다운 곳에서 태어나셨네요. 여름의 계곡물은 정말 맑고 깨끗하고요, 가을의 단풍은 정말 곱고 아름다워요."

"그러셨군요. 제 고향이긴 하지만 정말 아름다운 곳입니다. 어릴 때 월악산과 송계 계곡을 사슴처럼 뛰어 돌아다닐 때 고향의 숲과 야생에 넘치도록 피어난 꽃들은 저의 친구였습니다. 그래서 그 고향의 모습을 작게나마 재현해 보고 싶어서 나의 정원에 나무와 꽃을 심고 가꾸었던 겁니다."

"아름다운 자연과 꽃을 좋아하고 사랑하는 사람들의 마음은 자연처럼, 꽃처럼 아름답다고 해요. 목사님은 정말 자연처럼 순결하고 꽃처럼 청순하신 것 같아요."

"과찬입니다. 다행히 오준 엄마처럼 저의 정원을 사랑해 주시고 아름다움을 감상해 주시는 분이 있어서 참 좋습니다. 무엇보다도 오준 엄마의 아름다운 미모가 이 정원과 같은 아름다움과 잘 어울리는 것 같습니다. 항상 이 정원에서 좋은 시간을 보냈으면 합니다."

"네, 목사님. 마음껏 즐기도록 하겠습니다. 저는 이러한 정원이 있는 목사님 댁으로 이사하게 된 것을 참으로 기쁘게 생각해요. 무엇보다도 목사님께서 저에게 주신 모든 조언과 좋은 말씀으로 저는 또 다른 세상을 보게 되었습니다. 정말 목사님은 제가 살아온 세상과는 완전히 다른 특별한 세상에 살고 계신 것 같아요. 그리고 아무런 믿음도 없는 제게 하나님에 대한 믿음을 갖게 해 주시기도 했지요. 목사님, 정말 감사합니다. 그리고 존경합니다."

"아닙니다, 모든 감사, 모든 영광, 예수님께 드리시길 바랍니다."

경미는 시간이 지나갈수록 목사에 대한 존경심을 넘어 무엇인가 목사가 가지고 있는 다른 매력에 끌리기 시작했다. 우선 그가 너무 순수했다. 세상에 때가 묻지 않은 가장 고상한 향취를 풍기고 있었다. 맨 처음 만났을 때 받았던 첫인상이 항상 마음속에 남아 있었다.

경미는 이 세상에서 남부러울 것이 없는 투 스타 장군의 가정에서 태어났다. 아름다운 미모를 자랑하는 모델계에서 활동했다. 그러다가 이 세상에서 가장 돈 많은 재벌 회장에게 스카우트되어서 사랑을 받았고 학벌 좋고 부유한 남편을 만나서 20여 년의 결혼 생활을 하면서 세상 사람들이 부러워하는 화려한 삶을 살아왔다. 경미에게는 그러한 삶이 인생 최고의 삶이라고 생각했고 그렇게 살지 못하는 삶에 대해서는 생각조차 해 본 적이 없었다.

그러나 경미는 목사를 만나고부터는 그의 세계가 자신이 살아온 세계와는 너무 비교되는 별난 세계라는 것을 느끼기 시작했다. 비록 돈이 넘쳐나는 재벌의 세계도 아니고 명예 있는 세상의 호화로운 세계도 아니었다. 주님을 믿는 신앙의 세계, 하나님을 믿는 믿음의 나라는 그렇게도 구별되는 세계인 것인가! 경미에게 목사와 그의 신앙 세계는 충격으로 다가왔다. 그리고 무엇보다도 목사를 만나면 마음이 포근해졌다. 목사는 기대고 싶을 만큼 정말 경미에게 평안함을 주고 있었다.

경미의 지나온 삶은 호화로워 보이지만 긴장과 불안의 연속이었다. 아픔이 있었고 고통이 있었다. 회장과 조경식 사이에서 갈등하며 빚어진 사랑과 죄책감과 혼란 속에서 곡예사의 줄타기 같은 곤혹스러운 나날들을 보냈다. 항상 지치고 피곤했다. 조경식에 대한 죄의식은 경미가 피해 갈 수 없는 거친 풍랑과도 같았다.

하지만 목사를 만나고 신앙의 세계를 접하고서부터는 경미에게 평안이 찾아왔다. 경미는 목사와의 대화가 계속될수록 피곤한 여정의 발걸음을 멈추고 온전히 하나님의 세계에 의지하고 있는 자신을 발견하곤 했다. 목사는 언젠가 경미에게 세상을 살아가는 인간들의 근시안적인 모습을 이야기해 준 적이 있었다.

"오준 엄마, 사람의 세계는 한정된 영역입니다. 사람들은 그 좁은 세상을 살다가 갑니다. 오준 엄마는 어떻게 보면 두 세계를 경험했습니다. 회장님과의 사랑의 세계, 그리고 조경식과의 결혼 생활을 하면서 경험했던 또 하나의 세계죠. 모두 인간과의 관계에서 경험한 한정된 세계였습니다. 넓은 세상이 아니었습니다. 오준 엄마는 회장님과의 세계가 이 세상에서 가장 넓은 세계라고 생각하면서 살았습니다. 그러나 오준 엄마는 결혼 생활을 통해서 그와는 다른 세계를 경험했습니다. 그 세계는 도덕적인 기준이 있는 또 다른 세계였습니다. 그 세계에서 도덕적인 잣대를 대 보니까 오준 엄마는 회장님과의 관계에서 일어났던 많은 일들에 죄의식과 양심의 가책을 느꼈던 것입니다. 오준 엄마는 그 죄책감의 무게를 견디지 못하고 결국은 극단적 선택을 결정했습니다.

그러나 오준 엄마가 찾아온 이 미국 땅은 광활한 하나님의 나라입니다. 하나님께서는 무거운 죄 짐을 지고 삶까지 포기해 버리려고 하는 오준 엄마를 불쌍히 보시고 하나님의 세계로 인도하신 것입니다. 이곳은 온통 예수 그리스도의 사랑으로 가득 찬 낙원입니다. 회장과의 인간적인 사랑의 새장에 갇혀서 살아가는 제한된 세계가 아닙니다. 지은 죄를 아파하며 죄책감 속에 살아가는 조경식과의 세계가 아닙니다. 하나님의 나라는 아무리 큰 죄를 지었다 하더라도 용서받고 자유로울 수 있는 넓고 높고 깊은 무한한 세계입니다. 인간적인 사랑이나 죄악에 묶여서 살아가는 한정된 세계가 아닙니다.

오준 엄마는 이제 하나님의 나라에 입국한 성스러운 백성이 되었습니다. 그리고 오준 엄마가 자백한 모든 죄악은 이미 주님으로부터 용서함을 받았습니다. 모든 죄악은 모두 사라졌습니다. 마음껏 자유로워지기 바랍니다. 그동안 접혀 있던 날개를 펴십시오. 그리고 광활한 하나님의 나라를 힘껏 날아오르십시오. 이전 것은 모두 지나갔습니다. 오준 엄마에게는 이제 새 하늘과 새 땅이 끝도 없이 펼쳐져 있습니다."

목사와의 대화는 경미 인생의 새로운 이정표를 만들어 주었다. 경미는 점점 목사와의 대화를 원했고 신앙의 세계에 깊이 빠져들었다. 목사와 만나는 시간이 많아지면서 그에 대한 존경 이상의 색다른 감정에 휘말려가기 시작했다. 하지만 목사는 결혼을 해서 가정을 가지고 있었다. 그렇지만 경미가 목사에 대한 생각이 깊어져 가면서 같은 길을 가는 발걸음이 되었으면 하는 바람이 그녀의 마음 한구석에 자리 잡아 가고 있었다.

그것은 인간적인 사랑이라기보다는 영혼과 정신의 동반자가 되기를 원하는 마음이었다. 그러나 경미는 혹시라도 그것이 인간적인 사랑으로 발전하게 될까 두려웠다. 두 번에 걸친 사랑이 자신에게 얼마나 많은 아픔을 경험하게 해 주었는가. 게다가 목사를 향한 존경심이 다른 방향으로 흘러가지 않기를 바랐다. 두 번 다시 사랑은 하지 않으리. 그러나 인간의 의식을 지배하는 사랑의 감정은 원초적인 본능의 세계에서 태어난다. 정신과 영혼의 세계보다도 본능의 세계가 앞서고 있음을 경미는 깨닫지 못하고 있었다.

오준이의 학교생활을 뒷바라지해 주면서 경미와 대화하는 시간이 많아지면서 목사의 부인, 다이애나가 갖는 의구심은 레드 라인을 넘어서기 시작했다.

"오준이의 학교 공부를 봐주는 것은 좋지만 오준이 엄마와의 무슨 이야기를 그렇게 많이 하세요. 당신은 목사님이세요. 남들의 눈을 생각하셔야 합니다.”

“별일은 없으니 아무런 염려 마세요.”

“당신은 오준 엄마와 당신 사이에 아무런 일은 없다고 하시지만, 교인들의 눈총들이 여간 심한 게 아니에요. 항상 당신의 일거수일투족을 감시하다시피 하고 있어요. 목회자로서 조금도 남들에게 의심받을 일은 안 했으면 좋겠어요.”

“그런 것은 조금도 신경 쓰지 않아도 됩니다. 목회지로서 잘 알아서 할 테니까 걱정하지 마세요.”

목사는 부인 다이애나에게 오준 엄마와는 어떤 일도 없는 관계인 데다 아무런 일도 일어나지 않을 테니 염려하지 말라고 당부했다. 그러나 다이애나가 남편과 경미의 관계를 더욱더 의심하게 되는 사건이 일어났다. 목사와 경미가 오페라 관람을 다녀온 후였다.

목사는 맨해튼 메트로폴리탄 오페라 하우스에서 〈라 트라비아타〉를 경미와 함께 감상하고 온 적이 있었다. 그 오페라 감상은 예기치 않게 이루어진 것이었다. 호주에 살고 있던 경미의 친구 미란이 부부가 뉴욕 관광을 온 적이 있었다. 그 부부는 뉴욕 관광 중에 빼놓을 수 없는 브로드웨이 극장가에서 무엇인가 관람할 것을 찾던 중에 마침 메트로폴리탄 오페라 하우스에서 〈라 트라비아타〉 관람을 하기 위해서 표 두 장을 예매해 두었다.

그들이 마침 워싱턴 디씨에 관광을 다녀오다가 그곳에 있는 친척 집을 방문하게 되었는데 거기서 방문 시간이 뜻하지 않게 길어졌다. 자신들이 예약해 놓은 오페라를 관람할 수 없게 되자 경미에게 혹시라도 함께 갈 수 있는 사람이 있으면 같이 가라고 부탁했었다. 경미는 목사에게 그 사정을 이야기했고 그렇게 해서 두 사람이 함께 오페라 관람을 간 것이었다.

목사는 원래 오페라를 좋아했다. 목사는 오래전 독일 프랑크푸르트대학에서 잠깐 정치학을 공부하면서 2년여 동안의 유학한 적이 있었다. 그때 그는 많은 오페라를 관람했었다. 언젠가 경미와 대화하며 그 이야기를 한 적 있는데, 경미가 그것을 기억하고 같이 갈 수 있느냐고 물어 왔던 것이다. 물론 가기 전에 목사는 부인 다이애나에게 이야기했다. 그리고 다이애나는 마지못해 허락했었다.

〈라 트라비아타〉는 이탈리아의 작곡가 '주세페 베르디'가 뒤마의 소설 『춘희』를 소재로 해서 만든 3막의 오페라다. 내용은 이랬다. 빼어난 미모를 가진 파리 사교계의 고급 매춘부인 비올레타는 어느 날 그녀의 호화 아파트에서 열린 파티에서 귀족 출신의 알프레도를 만나서 진정한 사랑에 빠져서 동거하게 된다. 그 둘은 몇 가지 이유로 사랑의 갈등을 겪으면서 헤어지고 다시 만나는 사랑의 숨바꼭질을 한다. 그중에서 특별히 알프레도의 아버지, 제르몽이 두 사람의 사랑을 극구 반대했다. 그러다가 결국은 비올레타가 폐병이 악화되어 죽게 됨으로써 두 사람의 사랑은 종말을 맞이한다. 비올레타는 죽기 전에 알프레도를 향해서 '지난날이여, 안녕'이라는 아리아를 구슬프게 부른다.

이 오페라의 압권은 1막 마지막 부분에서 비올레타를 만난 알프레도가 부른 '축제의 노래(Libiamo: 자 우리 건배합시다)'였다.

마셔요, 즐거운 잔 속에.
마셔요, 따뜻한 입술로 즐겨 보세요
꽃들도 피고 나면 다시는 피지 않아요. 자 즐겨 봐요.

현대판으로 각색한 이 오페라는 원작과는 좀 다르기는 해도 원작의 내

베르테르의 연인

용을 거의 그대로 수용하고 있었다. 경미는 비올레타가 사랑을 이루지 못하고 죽음으로 인생을 마감할 때 고개를 옆으로 돌려 눈물을 훔치고 있었다.

3막을 마지막으로 오페라가 끝났을 때는 새벽 12시 30분이 훨씬 지난 뒤였다. 경미와 목사가 집에 도착했을 때는 시곗바늘은 새벽 1시 30분을 가리키고 있었다. 다이애나에게 맡겨졌던 오준이는 2층 자기 방에서 이미 깊은 잠에 빠져 있었다. 다이애나는 그 일로 자기 남편과 경미의 관계를 더욱 의심하기 시작했고, 남편에 대한 불신이 커졌다.

"오페라가 예상보다 늦게 끝났습니다. 이제 앞으로는 그런 일은 더 이상 없을 겁니다."

목사는 다이애나에게 사정을 이야기하고 더 이상 그런 일은 없을 것이라고 이야기했지만 다이애나의 의구심은 더욱더 깊어져 가고 있었다.

오준이가 7살이 되고 초등학교에서 거의 1년의 학교 과정이 끝나 갈 무렵 경미는 한국에서 온 놀라운 소식을 들었다.

경미는 마음이 안정되고 극단적 선택을 하지 않기로 결정한 후부터 회장과 보모들에게는 연락을 하면서 지내고 있었다. 그런데 얼마 전 한국의 부모님으로부터 전해 온 소식은 정말 경미의 마음에 엄청난 충격을 주기에 충분했다.

남편 조경식이 샤 로테 그룹 재벌 회장 비서실장으로부터 일본에 한번 다녀가라는 연락을 받았다고 했다. 당시 일본에 머무르고 있던 샤 로테 그룹 회장이 아들 오준이에 대해서 상의할 일이 있다고 했다는 것이다.

조경식은 지금 자신은 부인 오경미와 아들 오준이가 어디론가 떠나 버린 상태인데 무슨 일인가 싶어서 서둘러 일본으로 향했고 제국호텔에서 샤 로테 그룹 회장과 만났다고 했다. 만나는 자리에서 회장은 오준이의 출생증명서와 유전자 검사지 등 오준이의 인적 사항에 관련된 모든 서류를 조경식에게 보여 주면서 자신의 아들이니 이제부터는 오준이를 자신의 호적에 입적시키는 법적 절차를 밟겠다고 이야기했다고 한다.

자신의 친아들로 생각하고 온통 모든 사랑을 다해서 길러 온 오준이가 회장의 아들이라는 이야기는 조경식에게는 조금도 이해할 수 없는 청천벽력이었다. 그러나 회장은 경미에게 '이제 시간이 되었으니 오준이를 데려가겠다.'고 이야기했던 것을 마침내 실행하겠다는 의지를 조경식을 불러 놓고 이야기한 것이다. 회장이 때가 되면 자신의 아들 오준이를 데려가겠다고 경미에게 이야기한 후 거의 1년이 지나서의 일이었다.

회장의 말은 조경식의 인생 전체를 뒤흔들어 놓기에 충분했다. 6년 동안 자신의 친아들로 이 세상에서 어떤 아빠보다도 더 지극한 사랑을 쏟으면서 오준이를 양육했는데 지금 와서 자기 자식이 아니라니. 청천벽력이었다. 조경식은 언젠가는 자신도 경미와 오준이가 있는 미국에 가서 함께 살아갈 것을 계획하고 있던 터였다. 회장이 내민 오준이의 인적 사항과 병원장의 DNA 확인서에는 변호사의 공증이 되어 있었다.

조경식의 입술은 금세 타들어 갔다. 그는 머릿속이 새하얗게 텅 빈 것만 같았다. 조경식은 피를 토하는 심정으로 회장 앞에서 미친 듯이 대들면서 절규했다

"이건 있을 수 없는 일입니다. 오준이는 내 아들입니다. 어떻게 이렇게 될 수가 있습니까? 이 서류, 다 조작된 거 아닙니까? 오준이가 어떻게 당신 아들입니까!"

조경식은 분노와 함께 오열하고 있었지만 회장에 대한 증오와 적개심을 나타내는 것 외에는 도무지 어찌할 도리가 없었다. 90이 넘은 회장에게 혹시라도 무슨 일이 있지 않을까 걱정했던 비서실장은 회장을 지키기 위

해서 이미 신체 건장한 5명의 청년을 불러 놓고 있었다.

거의 정신착란을 일으킬 것 같은 조경식은 도무지 어떻게 그런 상황이 벌어졌는지 알 수가 없었다. 아내 경미는 그런 흔적도 보이지 않았다. 결혼한 이후 항상 자신과 함께했던 아내, 경미는 자신과의 결혼 생활에 어떤 문제도 보이지 않았다. 자신에게 더없이 상냥했고 아름다운 아내였으며 집안일 하나 허투루 하는 법이 없었다. 특별한 일이 있을 때만 자기에게 허락을 받고 외출하던 아내 경미였다.

무슨 일이 있으면 모두 다 조경식에게 이야기했다. 밤일조차도 조경식에게 만족을 주었다. 그런 아내가 자신도 모르게 회장과 바람을 피워서 오준이를 만들어 자신의 집에서 버젓이 키웠다고 하니 정말 상상도 못 할 일이었다. 정말 어떻게 이런 일이 일어날 수 있다는 말인가!

아름다운 미모의 가면을 쓰고 오경미는 그토록 무시무시한 일을 저지를 수가 있었던 여자였던가. 만약 그렇다면 정말 어떻게 용서할 수 있다는 말인가! 어떻게 세상에 이런 일이 용납이 될 수 있는 일인가? 정말 부도덕하고 비인륜적이고 비인간적인 이런 일이 도대체 어떻게 일어날 수 있는가. 그렇다면 결혼 후에 유산으로 처리된 3명의 아까운 생명들은 회장이 자신의 아이들이 아니라는 이유로 희생을 시킨 것이 아닌가!

조경식은 치를 떨었다. 인간의 비열함에 정신을 차리지 못했다. 만약 그것이 사실이라면 아내 경미보다도 한국 최고의 재벌 그룹 회장이 더 나쁜 악마다. 자신이 데리고 있던 옛 여비서를 꼬드겨서 육체적 관계를 맺고 아기까지 출산하게 했다.

그런 관계가 있었으면 자기에게 알려서 경미와 이혼을 하게 만들어 놓고 떳떳하게 자신이 양육할 것이지, 그랬다면 이와 같은 분노와 배신감은 지금처럼 크지 않았을 것이다. 경미와 불륜을 저질러 놓고 아들을 낳아서 버젓이 남의 집에 자기의 아들을 키우도록 맡겨 놓았다.

그리고 아내는 그런 불륜을 저지르고 낳은 남의 자식을 데려와 함께 결혼해서 살고 있는 남편의 친자식인 것처럼 속이고 농락했다. 동물의 세계에서나 하는 비인간적인 짓이다. 이런 일이 회장 자신에게 일어났다면 아마도 그는 그 당사자를 죽였을 것이다. 회장과 경미는 조경식의 인생과 가정을 철두철미 파괴했다. 그런 수모와 능욕을 당한 조경식은 자신이 세상에 존재해야 하는 의미를 완전히 잃어버렸다.

'더러운 것들….'

조경식은 한국으로 돌아와서 식음을 전폐했다. 직장에도 출근하지 않았다. 며칠 후 조경식은 의식불명 상태로 가정부에 의해서 발견되었다. 이 모든 상황을 한국의 어머니가 알려 왔다. 경미 어머니는 목소리가 떨려 말을 제대로 이어 가지 못할 지경이었다. 경미는 그동안 친정 부모님께 유정이와 오준이의 비밀을 이야기한 적이 없었다.

친정 부모님도 이번 사태가 일어나고서야 모든 상황을 알게 되었기 때문에 어머니가 받는 충격은 감히 상상을 뛰어넘고도 남았다. 경미를 아는 모든 사람은 이 믿기지 않는 상황을 어떻게 이해해야 할지를 몰라 온통 혼란 속에 빠져 있었다. 경미가 아무에게도 알리지 않고 급하게 미국으로 떠날 수밖에 없었던 이유를 이제야 모든 사람이 알았을 것이다.

경미는 조경식이 혼수상태로 병원에서 깨어나지 못하고 있다는 소식을 듣고, 남편에 대한 죄책감과 양심의 가책에 마음을 무겁게 짓눌리는 듯했다. 회장이 때가 되면 자신의 아들을 찾겠다고 했을 때 경미는 이미 언젠가는 이런 일이 벌어지리라 예상했지만 막상 정말 일이 벌어지고 심각한 조경식의 상태가 전해지니 어떻게 처신해야 할지 몰랐다. 경미에게 이 모든 상황을 상의할 사람은 목사밖에 없었다.

"목사님, 너무 충격이 커서 도무지 어떻게 해야 할지 모르겠어요. 어린 오준이에게는 이야기할 수도 없습니다."

"오준 엄마가 느끼는 충격은 잘 이해합니다. 그러나 우선은 마음을 안정시켜야 합니다. 상황은 심각하지만 오준 엄마가 지금 막상 어떻게 할 수 있는 일은 없습니다. 어린 오준이에게 이야기해서도 안 됩니다. 좀 자랐을 때 자세하게 이야기해 주는 게 좋겠습니다."

"목사님, 언젠가 말씀드렸듯이 제 부모님께도 아이들의 비밀을 이야기하지 않았어요. 그러니 그분들도 충격이 얼마나 크셨겠어요. 부모님은 이런 말까지 하셨어요. 우리가 진즉 그런 비밀들을 알았더라면 네 남편에게 이혼이라도 종용해 보았을 걸 그랬다고요. 부모님은 부모님이지만 무엇보다도 남편과 그 가족들은 제게 얼마나 큰 배신감을 느끼고 저주하겠습니까? 목사님, 정말 제가 죄를 너무 많이 지었습니다."

"오준 엄마의 죄는 큽니다. 그러나 그것은 오준 엄마만의 죄가 아닙니다. 이전에도 이야기했지만 오준 엄마가 세상과 삶을 잘 알지 못하던 어린 시절에 무의식적으로 빠질 수밖에 없던 죄였습니다. 그 죄의 결과가 이렇게 크리라고는 생각지도 못했을 거고요. 그러나 지금 늦게나마 자신의 잘못과 죄를 깨닫고 하나님께 이미 속죄하셨습니다. 하나님은 오준 엄마의 죄를 이미 용서하셨습니다. 이제 지나간 죄들을 아파하면서 거기에 더 이상 머물러 있으면 안 됩니다. 죄가 생각날 때마다 계속 회개하시고 남편 되시는 분이 빨리 회복하고 일어날 수 있도록 기도하시기 바랍니다."

조경식은 일주일이 넘도록 혼수상태를 벗어나지 못하고 사경을 헤매고 있었다. 그리고 몇 주가 지난 후에 샤 로테 그룹 회장으로부터 전달된 커다란 봉투 하나가 경미에게 도착했다. 회장이 보낸 편지와 함께 알 수 없는 문서 봉투가 별도로 들어 있었다. 일본어로 된 편지를 경미는 조심스럽게 읽어 나갔다.

사랑하는 요시코, 나의 영원한 샤 로테.

요시코가 한국에 있을 때 이야기했듯이 나의 아들 오준이를 찾는
것을 더 이상 지체할 수가 없었다. 너도 알다시피 나의 건강은 하루
가 다르게 나빠지고 있고 그동안에도 몇 번씩 병원에 입원해 있을
정도로 건강 상태가 많이 좋지 않았어. 그래서 더 늦기 전에 오준이
를 데려올 계획이었다. 요시코가 한국에 있을 때 이미 나는 그 계획
을 이야기했지. 그때 네가 불안해하고 몹시 초조해하면서 '그러면
나는 죽습니다.'라는 말까지 했던 것을 나는 지금도 잊지 않고 있
다. 그리고 얼마 후 갑자기 요시코는 나에게 이야기 한마디 없이 한
국을 떠나 어디론가 가 버렸지. 나는 요시코의 마음을 충분히 이해
했어.

그 후에 나는 오준이가 내 아들이라는 사실을 조경식에게 이야기
할 기회를 찾다가 그를 일본으로 불러서 모든 이야기를 했다. 일본
으로 온 조경식에게 오준이의 모든 출생 기록과 유전자 감식 결과
지를 증거로 보이면서 오준이가 내 아들이라는 것을 증명해 주었
지. 처음에 그는 도무지 이해하거나 믿으려고 하지 않았어. 도대체
이런 일이 어떻게 일어날 수 있느냐는 거지. 조경식은 거의 발악에
가까운 미치광이가 되어서 나에게 욕을 하고 저주했어. 세상에서
가장 돈 많다고 하는 재벌 회장이 어떻게 유부녀를 꼬드겨 그런 일
을 할 수 있느냐, 그리고 어머니가 부탁해서 일부러 중매까지 해 주
신 회장이라는 사람이 세상이 도무지 인정할 수 없는 그런 사악한
일을 저질러 놓았느냐… 자신과 자신의 가정을 완전히 파멸시켜

버린 잔혹한 이기주의자라면서 온통 소란을 피웠다.

심지어 조경식은 나에게 당신은 인간도 아니고 이 세상에 인간이라는 얼굴을 가지고 살아갈 수 있는 사람도 아니라는 말까지 했다. 자기 목숨이 붙어 있는 날까지 날 저주한다고 했다. 나는 지금도 조경식의 정신 나간 모습을 생생하게 기억할 수 있다. 또 한편으로는 그의 광기에 가까운 발악을 충분하게 이해는 할 수 있다. 거의 나를 죽일 듯이 대들기까지 했지. 물론 나는 그런 사태에 대비해서 경호원을 대기시켜 놓았기 때문에 아무런 일은 일어나지 않았다.

요시코, 나는 결국에 조경식에게 정식으로 사과해야 했어. 조경식은 내가 어렵고 힘들 때 나를 도와주었던 이 여사의 아들이다. 이 여사의 부탁으로 너를 그에게 소개해 주었다. 그렇게까지 했으니, 조경식에게 저지른 나의 과오는 정말 용서받을 수 있는 일이 아니라는 걸 나도 잘 안다. 내가 아무리 요시코를 사랑해서 한 일이라고는 하지만 백 배 사과해야 하는 일이었어. 그러나 조경식은 계속해서 나를 저주하는 소리를 지르고 미친 사람처럼 뛰쳐나가 버리고 말았지. 물론 그 후에 나는 조경식에게 세상 사람들이 상상하지 못하는 액수의 돈을 전해 주었어. 그러나 나중에 들려온 이야기에 나도 마음이 아프구나. 너의 남편이 극단적 선택을 시도해서 장기간 혼수상태에 빠져 있다니. 정말 나의 가슴을 찢는 슬픈 이야기였다.

요시코, 너와 나의 사랑이 이런 결과를 가져오고 말았다. 다른 사람의 마음을 아프게 했고 한 가정을 파멸로 이끌었다. 이 결과는 세상의 수많은 사람에게 비난을 받고 손가락질을 받기에 충분하다. 그것은 정말 씻을 수 없는 죄악의 흔적으로 내 인생이 끝나는 날까지 남아 있을 것이다. 그것은 정말 잘못된 것이었다. 그러나 오직 하나 내가 내 인생 끝날 때까지 요시코, 너만을 사랑했다는 데 대해서는 조금도 후회 없다.

요시코, 너에게 하나의 부탁을 하고 싶다. 나는 너보다 훨씬 먼저 이 세상을 떠날 것이다. 요시코, 내가 떠나고 난 후 너의 인생을 사는 동안 네 인생의 사계절이 얼마나 남아 있는지 나는 알지 못한다. 그러나 너도 네 인생의 겨울이 와서 네 육신의 생명이 다하면 이 세상을 떠나게 될 테지. 그때가 되어서 네가 죽으면 너는 너의 시신을 땅에 묻지 마라. 화장을 해서 내 자는 무덤에 꼭 뿌려 주기를 바란다. 그러면 일생 무엇인가 이루기 위해서 안간힘을 쓰면서 방황해 왔던 나의 영혼은 나를 찾아온 너의 영혼과 함께 평안하게 쉴 것 같구나. 그것 하나만을 꼭 부탁하고 싶구나.

이 편지 외에도 여러 장의 편지가 있었다. 편지의 내용은 대체로 회사에 대한 이야기와 공사가 계속되고 있는 133층의 '베르테르 월드타워'에 대한 이야기들이었다. 건축은 이제 거의 마무리 단계에 들어갔으며 자신이 죽기 전에 완공을 보기를 원한다는 내용이었다. 회사는 두 아들 동민이와 동준이 사이의 경영권 문제 때문에 좀 시끄럽지만 결국 일본의 샤 로테 그룹은 큰아들에게 그리고 한국의 샤 로테 그룹은 작은아들 동민에게 주는 것으로 해서 일단락지었다고 했다.

경미는 큰 봉투 속에 또 다른 두툼한 봉투를 열어 보았다. 그 속에는 편지와 함께 경미와 오준이가 미국에서 살아갈 수 있는 집을 샀다고 하는 내용과 집문서가 복사본으로 들어 있었다.

나는 요시코가 나에게 아무런 이야기도 하지 않고 오준이와 어디론

베르테르의 연인

가 떠나 버린 후에 비서진들을 통해서 요시코가 미국 뉴욕의 한 가정집에 살고 있다는 것을 확인했다. 오준이가 미국 공립학교에 입학해서 공부하고 있다는 것도 모두 알고 있었다. 오준이가 학교에 다니면서 영어를 익히고 다른 나라의 문화를 배우도록 한 것은 정말 잘한 일이다.

오준이를 갑작스럽게 일본에 데려가면 생소한 환경에 적응하는 데 시간이 걸리고 또 요시코도 없는 가정에서 혼자 지내기 어려울 것이다. 오준이가 기왕에 미국에서 학교생활을 시작했으니 어느 정도 영어에 익숙해지도록 하는 것이 좋을 것 같다. 내가 계획한 때가 이를 때까지 미국에 계속해서 거주하면서 공부할 수 있도록 해라. 어떤 사람들은 일부러 어렸을 때부터 미국 유학을 한다고 한다. 샤 로테 그룹이 전 세계적인 기업으로 우뚝 서기 위해서는 영어는 필수가 될 것이다. 그리고 오준이는 통일된 후의 이북 땅과 전 세계에서 글로벌 기업을 이루기 위해서도 영어는 반드시 익혀야 할 언어다.

내가 계속해서 오준이를 한국이 아닌 이북과 다른 나라에 심어 놓고 싶은 이유 중 하나는 너도 알다시피 동민이와 동준이 사이의 기업 승계 갈등에서 피하도록 하고 싶기 때문이기도 했다. 더 이상 자식들 간에 기업의 경영 다툼은 없어야 한다. 어쨌든 오준이를 위해서 그룹 내에서 또 하나의 기획팀이 움직이기 시작했으니 내가 죽더라도 그들이 오준이의 앞날을 위해서 총동원될 거다.

그동안 요시코와 오준이가 미국에서 불편 없이 생활할 수 있도록 집을 하나 준비해 놓았다. 그리로 이사해서 오준이를 교육하면서 살도록 해라. 준비한 집은 뉴욕에 있는 것이 아니고 뉴욕의 허드슨 강 건너편 뉴저지에 있다. 그 집을 매입한 후에 대대적인 수리가 필

요해서 아마도 아직도 수리 중인 걸로 안다. 새롭게 단장하는 데 6
개월 정도는 소요된다고 하니 그 집의 단장이 끝난 후에 언제든지
이사해서 살도록 해라. 그 집에는 오준이와 요시코의 미국 생활을
돕는 특별한 비서팀을 만들어 놓았으니 그들이 항상 요시코와 오준
이의 뒤를 돌봐줄 것이다. 집문서를 동봉해서 보낸다.

지금 내 나이가 90이다. 얼마나 더 살지 모른다. 그러나 나는 혹시라
도 나의 건강이 허락되면 사랑하는 요시코와 아들을 보기 위해서
미국을 방문할 계획이 있다. 내가 방문하게 되면 그동안 오준이와
요시코를 돌봐 준 목사님도 함께 만났으면 한다.

회장이 새로 준비한 집은 뉴저지의 알파인 지역에 있었다. 그 장문의
편지와 함께 집문서가 도착하기 몇 주 전에 한국의 어머니로부터 연락이
왔었다. 조경식이 병원에 입원한 지 10일 후에 혼수상태에서 깨어나서 계
속해서 병원에서 치료를 받고 있다는 소식이었다. 경미는 그 소식만으로
도 마음의 부담이 한결 가벼워져 있었고 하루빨리 회복해서 본래의 생활
모습으로 돌아오기를 간절히 기원했었다.

오준이가 초등학교 2학년으로 진학한 초여름에 경미와 오준이는 회장
이 마련해 준 뉴저지 집으로 이사했다. 목사는 오준이가 이사 간 집에서 가
까운 특수학교에 입학하는 것을 돕기 위해서 경미의 뉴저지 집에 방문했다.

뉴저지 알파인 지역은 미국의 부자들이 모여서 사는 이름난 부촌이다.
월가의 억만장자는 물론 유명한 의사들과 법률가들, 그리고 부유한 영화
배우들이 알파인 지역에 모여들어 살고 있었다. 경미의 바로 옆집은 영화
배우 부부인 안젤리나 졸리와 브래드 피트가 가끔 와서 지내다 가는 별장
이었다.

베르테르의 연인

경미와 오준이가 사는 집은 침실만 8개였고, 층마다 넓은 거실이 있었으며, 심지어 실내 수영장까지 있었다. 1톤이 넘어 보이는 현관 샹들리에는 30피트 높이에 매달려 있었다. 말끔하게 꾸며진 지하실은 여러 개의 방으로 나뉘어 있었는데, 그중 지하 구석에 있는 크고 넓은 방은 금고라고 했다. 이 집에 설치되어 있는 승강기는 지하실에서 2층으로 연결되어 있었다.

15에이커가 넘는 집 밖 정원에는 넓은 잔디밭을 제외하고 오크 나무들이 울창한 숲을 이루고 있었으며 집 뒷길을 따라 정원 끝까지 만들어 놓은 꽃밭은 장미는 물론 회장이 좋아하는 칼라릴리 꽃들과 이름 모를 수많은 꽃으로 가득해 아름다웠다. 정원 공터 한곳에는 헬리포트까지 갖추고 있었다. 3명의 집사와 2명의 요리사, 그리고 3명의 비서가 게스트 하우스에 살면서 경미와 오준이를 돕기 위해 항상 준비하고 있었다. 모두 일본인들이었다.

게스트 하우스와 연결된 커다란 주차장에는 한 대의 마이바흐와 롤스로이스 외에 두 대의 미국산 자동차들이 주차되어 있었는데 모두 경미와 오준이의 움직임에 대비하기 위한 차들이었다. 집안의 모든 것을 다 둘러본 후에 경미와 목사는 실내 수영장이 내려다보이는 2층 라운지에서 커피와 간단한 다과를 나누면서 대화를 나누었다.

실내에는 안토니오 비발디가 작곡한 바이올린 협주곡 '사계'가 은은히 흘러나오고 있었다. '사계'는 경미가 특별히 좋아해서 목사의 집 2층에 살 때도 항상 즐겨 들었었다.

"목사님, 이제 모든 것이 안정되어 가고 있는 것 같아요. 엄청난 혼란과 어려움이 있었지만 남편과 오준이 문제도 잘 해결된 것 같고요. 특별히 염려하고 있었던 남편이 이제 거의 다 회복되어서 곧 일상생활을 하고 있다고 하니 너무 마음이 홀가분해요. 무엇보다도 아직 이르기는 하지만 오준이가 이제 미국 생활에 어느 정도 적응해서 학교 공부를 잘 따라가고 있으니 정말 다행이고요. 모든 게 목사님의 덕분입니다. 다시 한번 감사드립니다."

"감사를 받을 만큼 제가 한 일은 많지 않습니다. 모두 하나님께서 함께 하신 겁니다. 특별히 오준이는 아주 영특하고 지혜로운 아이입니다. 아직 어리기는 하지만 스스로 무엇을 해야 할지 잘 알고 처리하는 아이입니다. 앞으로 오준이는 걱정하지 않아도 될 것 같습니다. 혹시라도 오준이에게 필요한 것이 있어서 제 도움이 필요하면 언제든지 연락을 주셨으면 합니다."

"아마 오준이는 목사님의 도움이 많이 필요할 겁니다. 그럴 때는 언제든지 제가 목사님께 연락드리도록 하겠습니다."

"네, 언제라도 좋습니다. 항상 오준이와 오준 엄마를 위해서 기도하면서 소식을 기다리겠습니다. 오준이에 대한 것뿐만 아니라 오준 엄마에 대한 좋은 소식이나 나쁜 소식이나 전해 들을 수 있으면 좋겠습니다."

"네, 그렇게 하도록 하겠습니다. 항상 바쁘신 분이라서 목사님의 시간을 뺏기가 좀 죄송스럽기는 합니다만 무슨 일이든 연락드리기로 하겠습니다. 그러나 목사님, 한 가지 제가 조심해야 할 일이 있는 것 같습니다."

"그게 뭔데요?"

"지금 말씀드리지만 제가 목사님 댁에 있을 때 항상 신경 쓰는 게 하나 있었습니다. 사모님이 목사님과 저의 관계를 의심하고 있는 것 같았어요. 오래전 일이기는 합니다만 목사님과 제가 맨해튼에서 오페라 관람을 하고 늦게 들어온 날부터 사모님께서 항상 저와 목사님의 관계를 더욱 경계하시는 것 같았습니다."

"사실 저도 똑같이 느끼고 있었습니다. 그리고 아내는 벌써 제게 경고의 메시지를 몇 번 전달하기도 했습니다. 그럴 때마다 항상 아내에게 저는 성직자이며 하나님의 말씀을 전하는 주의 종이니 그런 것에는 조금도 염려하지 말라고 했습니다. 그런데도 아직 오준 엄마와 제 관계에 의심의 눈길을 보내고 있는 것은 사실입니다."

"사실 사모님께서 그런 마음을 느끼는 것은 이해합니다. 교회 성도들과 복지 재단 관계자들의 눈총을 많이 의식하셨을 겁니다. 사모님은 그런 의구심에 많은 신경을 쓰지 않을 수가 없습니다. 그러나 목사님은 좋은 분이세요. 존경스럽기도 하고요. 조심스럽게 말씀드립니다만 사실 저도 목사님께 향하는 친밀한 감정을 숨길 수 없는 것이 문제입니다."

이 말을 하면서 경미가 목사와 눈을 마주치더니 고개를 아래로 숙였다. 목사도 경미에게서 나오는 사랑의 감정을 느끼고 있었다. 경미와 목사 사이에 오가는 사랑의 감정은 두 사람이 각자 처해 있는 상황을 넘어서 강하게 오가고 있었다.

한 달 정도가 지났을 때 다시 경미는 다시 목사에게 연락을 했다. 학교에서 오준이에게 과학 숙제를 내주었는데, 스스로 할 수 없어서 목사의 도움이 필요하다는 것이었다. 어느 토요일 오전에 경미는 운전기사와 차를 보내서 목사를 뉴저지 집으로 초대했다. 집에 도착했을 때 오준이가 뛰어나오면서 경미와 함께 목사를 반갑게 맞이해 주었다.

"목사님, 보고 싶었어요. 목사님이 안 계시면 저는 정말 심심해요. 그리고 학교에서 어려운 숙제를 내주면 목사님이 제일 먼저 생각이 나고요."

"그래. 오준아. 나도 항상 너를 보고 싶지. 그렇지만 이제 멀리 떨어져 있으니 매일 올 수도 없고 항상 마음으로만 생각을 하면서 기도하고 있단다."

목사가 오준이 손을 잡고 오준이 방으로 들어갈 때 경미도 함께였다.

"목사님, 수고스럽게 해서 죄송해요. 오준이가 해야 할 숙제도 있지만 오준이가 목사님을 몹시 보고 싶어 해요. 저도 목사님이 보고 싶기도 하고요."

경미는 서슴지 않고 목사에 대한 자신의 감정을 말했다. 목사는 고개를 들어 경미에게 다정한 미소로 답하면서 오준이의 과학 숙제를 도와주기 시작했다. 과학 숙제는 다른 것이 아니었다. 길게 나뉜 두 개의 구리철사 라인 한쪽 끝을 커다란 배터리의 플러스와 마이너스 선에 나누어 연결해서 장애물 너머에 있는 작은 못들을 자석처럼 끌어당기게 하는 것이었다. 배터리에 두 라인을 연결해서 못이 끌려오게 하는 것은 그리 어려운 문제는 아니었는데 아직도 오준이가 문제를 풀기 위한 영어 독해력이 좋지 않았기 때문에 도움을 요청했던 것이다.

"와, 목사님은 너무 쉽게 하신다. 제겐 어려운 문제였는데…. 감사합니다."

"오준이에게도 어려운 문제는 아니야. 아직도 문제 해결을 위한 영어 해석을 잘 못해서 그렇지. 이제 조금만 있으면 오준이는 나보다 훨씬 쉽게 이해하고 문제를 풀어나갈 수 있을 거야."

"목사님, 빨리 그랬으면 좋겠어요."

"염려하지 마라. 오준이는 영리해. 조금만 있으면 오준이는 학교에서 어느 학생들보다도 우수한 학생이 될 거다."

사실 오준이의 숙제는 그 집에 함께하고 있는 비서진과 함께 얼마든지 해결할 수 있는 일이었지만 경미는 오준이를 통해서 목사를 특별히 불러들였다.

오준이의 숙제를 끝내고 목사는 오준이에게 물었다.

"오준아, 너는 나중에 자라서 무엇을 하고 싶으니?"

"저요? 목사님 저는 자동차를 몹시 좋아해요. 나중에 어른이 되면 자동차 회사의 사장이 되고 싶어요."

"그래? 대단한 꿈이구나. 목사님도 오준이가 커서 앞으로 사회에서 큰일을 하는 사람이 될 것을 믿고 있단다. 오준이는 충분히 무엇이든지 할 수 있어. 미국에서 훌륭한 일을 한 사람들도 오준이처럼 어릴 때부터 큰 꿈을 가지고 열심히 공부하고 노력했던 사람들이지. 카네기, 록펠러, J. P. 모건 그리고 토머스 에디슨 같은 사람들 말이다."

"네, 목사님. 열심히 하겠습니다."

목사는 오준이에게 '미국을 건설한 사람들'이라는 CD 한 개와 미국의 39대 대통령 지미 카터가 쓴 『힘의 원천(The Source of Strength)』이라는 책을 건네주었다. 그 CD에는 각 산업 분야별로 미국을 발전시킨 선구자들의 이야기가 담겨 있었다. 그리고 지미 카터 대통령의 책에는 세상을 살아가는 힘이 하나님에게서 나온다는 카터의 신앙관이 담겨 있었다.

경미와 목사는 점심 식사를 함께 한 후에 여름이 비껴가는 초가을의 따스한 햇볕을 받으며 오크 나무 숲을 함께 걷기 시작했다.

"목사님, 얼마 전 한국의 어머니께 연락이 왔어요. 남편이 병원에 입원해 있을 때 어머니가 남편 병문안을 간 적이 있었답니다. 그래도 한때 이 세상에서 가장 귀하고 자랑스러운 사위였고 그렇게도 저를 사랑해 주었던 사위를 잊지 못하고 찾아갔었다고 해요. 어머니가 남편을 만났을 때 저에 대한 분노와 배신감은 많이 진정되어 있었지만, 그때 남편이 저와의 이혼 문제를 어머니께 이야기했다고 해요. 이제 더 이상 부부로서의 삶은 계속하고 싶지 않다고 했답니다."

"그러하군요. 그분의 마음도 충분히 이해할 수 있을 것 같습니다."

"목사님, 저도 그렇게 생각해요. 이제 남편을 떠나야 할 때가 되었다고 생각해요. 더 이상 얼굴을 마주하기는 어렵게 되었습니다. 남편의 말대로 결혼 생활을 정리해야 될 때가 되었네요. 남편의 나이가 이제 50세를 넘었으니, 더 나이가 들기 전에 새롭게 결혼해서 좋은 가정을 꾸렸으면 하는 생각도 들고요."

"오준 엄마의 개인적인 생활 문제에 대해서 내가 관여할 바는 아닙니다. 하지만 제 생각으로도 그렇게 하는 것이 좋을 것 같습니다. 남편 되시는 분도 아마 여러 가지 상황을 생각해서 내린 결정인 것 같습니다. 그런데 이혼하신 후에 오준 엄마는 오준 엄마대로 또 남은 인생을 어떻게 살아갈 것인가를 심사숙고해야 할 것 같고요."

"글쎄요, 목사님. 저의 앞날은 회장님이 살아 계시는 한 그분께 모두 의지해야 할 것 같아요. 그분이 연세는 많으시지만 지금까지 제 일생을 함께해 주신 분이에요. 회장님은 결혼을 몇 번 하셨던 분이셔요. 그런데 그분은 저를 만나신 그 후로는 저만을 사랑해 주셨습니다. 『젊은 베르테르의 슬픔』에 나오는 샤 로테와 같은 여인을 찾고 계시다가 저를 당신의 샤 로테로 만들어 주시고 당신의 사랑을 저에게 주셨습니다. 지금도 그분은 저를 사랑하고 계시고 저도 그분을 사랑합니다."

"오준 엄마의 마음을 충분히 알고 있습니다. 그분에 대한 영원한 사랑은 끝내서는 안 됩니다. 정말 그분은 오준 엄마에 대한 사랑의 화신입니다."

"네, 목사님. 회장님은 정말 저에게 이루 말할 수 없을 만큼 지극한 사랑을 주셨습니다. 저의 생명이 끝나는 날까지 그분의 지극하고 정성 어린 사랑을 저는 영원히 잊지 못할 겁니다. 회장님이 소개한 남자와 결혼 생활을 하면서도 그분의 사랑은 항상 저를 떠나지 않았습니다. 결혼해서 다른 남자와 살고 있었는데도 회장님은 저를 통해서 유정이와 오준이를 낳았습니다. 사회적 비난을 받아 마땅한 일이었지만 그처럼 저를 사랑해 주셨습니다.

그러나 목사님의 사랑도 잊을 수 없습니다. 회장님의 사랑은 인간적인 사랑이었습니다. 그러나 목사님에 대한 사랑은 정신적인 것입니다. 저는 미국에 죽으러 왔다가 죽지 않고 살았습니다. 목사님이 저의 생명을 살려 주셨습니다. 그동안 목사님과 수많은 대화를 나누면서 목사님에 대한 존경심을 넘어서 사랑의 감정이 생겨나기 시작했습니다.

저도 제 마음을 알 수가 없어요. 목사님이 저의 시야에서 사라지면 정말 다시 보고 싶은 생각이 너무 간절해요. 회장님과의 사랑은 제가 철모를 때부터 시작된 사랑이어서 그렇지만 목사님에 대한 사랑의 감정은 어떻게 시작되어 왔는지 어떨 때는 저도 의아해질 때가 많이 있어요. 사랑해서는 안 될 사람임을 알면서도 말이에요. 죄송해요, 목사님. 저의 당돌함을 이해해 주셨으면 해요."

경미는 그동안 목사에게 가지고 있었던 사랑의 감정을 숨김없이 토해내고 있었다. 목사는 경미의 사랑을 진작부터 느끼고 있었다. 그러나 이렇게 갑작스레 고백할 줄 몰라 당혹스러웠다. 목사는 경미에게 차분하게 응답해 주었다.

"오준 엄마, 그 마음을 충분히 이해합니다. 그렇다고 죄송한 마음 가지시면 안 됩니다. 저도 오준 엄마에 대한 사랑의 감정 때문에 갈등을 느끼고 있었음을 고백하지 않을 수 없습니다. 그동안 수많은 대화를 나누면서 오준 엄마는 정말 천사 같은 마음씨를 가지고 있다고 느꼈습니다. 정말 아름다운 마음을 가진 분입니다. 저는 오준 엄마의 그 아름다운 영혼을 사랑합니다.

그러나 저는 성직자입니다. 하나님이 성직자로 부르신 그 소명을 감당해야 합니다. 다만 오준 엄마와 저의 친근한 감정은 다른 방법으로 승화할 수 있도록 노력하는 게 어떨까 하는 생각을 합니다. 그리고 우리는 좋은 친구가 되어서 주님 안에서 좋은 교제를 나누는 것도 좋을 것 같습니다."

"네, 그래요. 목사님, 목사님 말씀대로 목사님과 저, 우선은 서로를 마음에 품고 사랑하는 좋은 친구로 지내도록 하는 게 좋을 것 같네요. 그리고 우리 둘 사이의 친밀한 감정은 계속 함께 가지면서 좋은 방향으로 승화되기를 바랍니다."

경미와 목사는 서로를 사랑 넘치는 눈망울을 마주치면서 가볍게 포옹했다. 오크 나뭇길을 걷던 경미가 목사에게 얼굴을 향하면서 한 가지 제안을 해왔다.

"목사님, 이제부터는 저를 오준 엄마라고 부르지 마시고 경미라고 불러주시면 안 될까요?"

"오준 엄마라고 부르는 것이 듣기 좋지 않으신가요?"

"듣기 거북하지는 않습니다. 저와 목사님의 나이 차이가 10년 넘게 나서 제게는 목사님이 집안의 큰오빠 같아요. 그리고 경미라고 이름을 불러주시면 목사님께 더욱 큰 친밀감을 가질 것도 같고요. 그뿐만 아니고 성직자로서의 거리감도 없어질 것 같아서요."

"그렇게 하도록 하지요."

"존댓말도 빼 주세요."

"알았어. 이제부터는 경미. 그리고 존댓말은 없어. 하하."

경미는 그 순간 갑자기 목사님의 손을 잡고 깍지를 끼고 걷기 시작했다. 목사는 잠시 멈칫했지만 경미의 따스한 손과 다정한 말씨가 정겹게 느껴지면서 자신도 모르게 그녀에게 가깝게 다가갔다.

한참을 걷던 경미가 어느 커다란 오크 나무에 등을 기대고 목사를 찬찬히 바라보면서 이야기했다.

"목사님을 만났을 때부터 느껴 왔지만 목사님을 보면 정말 편안함을 느껴요. 정말 언제든지 목사님의 어깨에 기대고 싶은 마음이 간절해요. 그리고 이 세상 어느 곳이든 함께 가고 싶어요. 제가 이런 마음을 가졌다고 나쁜 여자라고 생각하지 말아 주세요. 아마 목사님이 성직자라서 그런 것도 있겠지만 목사님의 성품 자체가 언제나 따뜻하고 자상해요."

"좋게 봐줘서 고맙군. 경미는 아름답기도 하지만 정말 마음이 부드럽고 다정해. 회장도 아름다운 경미의 미모뿐 아니라 순수한 성품도 너무 사랑했으리라 믿어. 남자들이 피곤한 일상에서 항상 가까이하고 싶은 것은 여자들의 다정하고 순수한 마음이거든."

"목사님의 말씀이 맞는 것 같아요. 그분은 언제나 긴장되고 피곤한 일상에서도 저만 보면 마음의 위로를 받는다고 말씀하시곤 했어요."

"나도 경미를 만나면 그렇게 느끼는데 회장님은 아마 더 하셨을 것 같아. 그래서 경미를 두고 회장님이 평생 찾고 찾던 샤 로테를 찾았다고 하셨겠지."

"그래요. 그분은 정말 저를 사랑하셨어요. 그분은 나를 만날 때마다 제가 기업을 이끌어 가는 모든 힘은 저를 통해서 나온다고 말씀하실 정도였으니까요."

"아마 그렇게 하시고도 남았을 것 같아. 정말 경미는 몸과 마음, 그리고 영혼까지도 모두 아름다운 모습이야."

"목사님, 그러나 그분의 인생도 이제 겨울을 맞이했어요. 그렇게 세상을 쥐고 흔드시던 분이 이제는 정말 하늘을 날던 날개를 접으실 때가 온 것 같아요. 회장님은 이제 다시 돌아올 봄날을 기약할 수 없는 깊은 겨울을 살아가는 것 같아요. 다시는 돌아오지 못할 눈 덮인 겨울 산행을 혼자서 외롭게 하고 계시다는 생각이 들어요."

"경미, 이 세상을 살아가는 모든 인생은 누구나 할 것 없이 그러한 삶의 여정을 똑같이 반복할 수밖에 없어. 세월이 가면서 그렇게 인생의 사계절을 순환하는 거지. 태어나서 꽃봉오리 자라나는 봄과, 꽃봉오리 터트리는 여름과, 사라진 꽃봉오리 속에 결실을 맺는 가을과, 꽃봉오리의 결실조차도 사라져 가는 겨울, 그 사계절이 우리 모든 인생이 똑같이 거쳐 가야 하는 하나의 순환 여정이지. 사랑이라는 모습도 똑같다고 생각해. 사랑의 사계절도 인생의 사계와 비슷한 것 같아."

"사랑의 사계절…. 목사님은 참으로 재미있게 표현하세요. 목사님, 그러면 저, 경미는 사랑의 어떤 계절을 보내고 있는 걸까요?"

"글쎄, 경미의 사랑 여정이 어디까지 왔을까…. 모든 이야기를 종합해 보면 가을의 끝이 아닐까? 내가 잘못 판단하고 있는지는 몰라도 회장과의 용광로 같은 사랑도, 결혼 생활을 하던 조경식이라는 분과의 사랑도 모두 끝내야 하는 계절로 접어든 게 아닐까 해서."

"목사님 말씀이 맞는 것 같아요. 제 모든 아름다운 사랑의 계절들은 이제 지나가고 있는 것 같아요. 가을 낙엽이 떨어지듯이요. 모두 끝나 버린 사랑들인걸요. 그런데 목사님, 혹시라도 제가 목사님을 사랑해서 다시 사랑을 시작한다면 제 사랑의 계절이 다시 봄과 여름으로 돌아가지 않을까요?"

"글쎄, 경미. 우리가 서로 사랑을 시작한다 해도 우리에게서 사랑의 봄과 여름의 계절은 다시 오지는 않을 거야. 다만 계절 없는 사랑이 되겠지."

"계절 없는 사랑…. 왜 그렇게 생각하세요?"

"경미, 생각을 해 봐. 경미가 거쳐 온 모든 사랑의 계절은 꽃피고 새가 우는 아름다운 사랑의 계절들이었어. 그러나 가끔은 사랑의 계절 따라 많은 아픔이 있었고 괴로움이 있었어. 찬비 오고 거친 바람 불고 가끔은 해일이 덮쳐 와서 아름다운 사랑의 계절을 방해하고 있었어. 그것처럼 계절적인 절기 사랑은 계절에 따라서 언제나 시리고 아픈 거야. 그리고 괴로운 거야. 나와 경미가 서로 사랑한다고 해도 똑같은 아픔과 괴로운 사랑의 계절들이 반복되지 않으리라는 보장은 없어. 인간들의 사랑은 아무리 고귀하고 숭고하다 하더라도 그와 같은 아픔과 괴로운 사랑의 계절을 맛보면서 지나갈 수밖에 없는 거지. 그러나 하나님이 함께하는 진정한 정신적인 사랑에는 계절이 존재하지 않아. 하나님의 사랑은 인간의 사랑과 같은 계절에 따른 사랑이 아니야. 계절 없는 사랑이지. 우리는 사랑을 해도 그와 같은 계절 없는 사랑을 만들어 가야 해"

"목사님, 사랑이 아무리 정신적이고 형이상학적이라 하더라도 현실적인 것이 아닌가요? 현실에서의 여러 가지 관계된 일들이 사랑하는 사람들에게 아픔과 괴로움을 가져다줄 때가 많이 있다고 생각해요. 물론 젊었을 때와 달리 나이가 들면 보다 성숙한 사랑을 하기 때문에 괴로움의 시련은 많이 줄어들겠지요. 그리고 무엇보다도 아프고 시린 사랑을 했던 사람들에게는 젊은 날의 사랑에서 어떤 것들이 잘못되었나 살펴보면서 많은 교훈을 얻을 수 있겠지요. 목사님, 제 생각입니다만 어떠한 일이 있더라도 자신을 희생하면서 서로를 존경하는 사랑이라면 목사님의 말씀대로 계절 없는 사랑은 가능하리라 생각이 됩니다."

"경미, 맞는 이야기야. 나이가 들면 현실에 부딪쳐 오는 많은 어려움들이 젊은 날의 그것들과는 많이 달라지겠지. 세월 지나면서 각자 가지고 있는 인성도 성숙해질 터이고. 그리고 경미가 말했듯이 사랑하는 사이에는 희생과 존경이 정말 중요하지."

"목사님, 목사님은 사랑의 모든 조건을 다 갖추신 분 같아요. 제가 만약 다시 목사님과 같은 사람을 사랑한다면 옛날과 같은 철부지 사랑은 없을 거예요. 목사님과는 정말 아름다운 성숙한 사랑을 하고도 남을 거예요. 그동안 저를 거쳐 간 모든 사랑은 제가 세상을 잘 알지 못하던 때의 철모르는 사랑이었어요. 성숙하지 않은 사랑을 했죠. 그런 이유로 해서 사랑의 계절 따라서 찾아오는 아픔들을 피해 갈 수가 없었다고 봐야 해요. 오직 회장님 한 사람에 의해서 제 인생의 사랑의 계절이 설계되어 있었기 때문이 아닐까 해요."

경미는 자신의 지나간 사랑을 회상하고 있었다. 그리고 이제 혹시라도 사랑을 다시 한다면 옛 철부지의 사랑은 더 이상 반복하지 않겠다는 의지를 보여 주었다. 그러면서 경미는 목사에게 향하는 자신의 사랑을 솔직하게 내보였다.

그러나 경미의 인간적인 사랑과 목사의 정신적 사랑에는 결국 함께 갈 수 없는 간격이 있었다. 우선 목사는 성직자다. 하나님의 부름을 받고 부인 이외에 다른 여인에게 관심을 갖는다는 자체가 간음이다. 그리고 맡겨진 교회와 함께 초장으로 인도해야 할 교인들이 있었다. 목사의 사회 활동 속에서 목사를 잘 알고 있는 사람들의 시선도 항상 목사를 주시하고 있다. 그리고 무엇보다도 목사에게는 가정이 있다. 목사와 함께 오랫동안 동고동락을 해 온 부인이 있다. 경미의 사랑을 쉽게 받아들여서는 안 되는 상황들이 목사 주변에 널려 있지 않은가!

경미의 반짝이며 사랑에 가득 찬 눈망울을 바라보던 목사는 경미에게 한 가지 제안을 했다.

"이렇게 하는 게 어떨까? 베르테르 회장님이 아직 생존해 계셔. 샤 로테 경미가 그분의 생명이 끝나는 그날까지 기다리는 거야. 그분은 나이도 90세가 넘으셨으니까 사시면 얼마나 사시겠어. 그분 인생의 겨울이 끝나면 그때 가서 경미와 나의 관심사에 대해서 다시 진지하게 이야기해 보는 것이 좋을 것 같은데."

목사는 경미의 사랑이라는 감정을 상하게 하고 싶지 않았다. 그리고 여러 가지 상황 속에서 시간을 가지고 생각하는 여유를 갖고 싶었다. 목사의 말을 들은 경미도 마음을 가다듬는 듯한 모습을 보여 주었다.

"그래요, 목사님의 뜻을 충분히 이해할 수 있어요. 그러나 목사님은 시간이 되면 변함없는 저의 마음에 다가와 주세요. 정말 인생을 살면서 진정으로 사랑할 수 있는 사람을 만난다는 게 얼마나 중요한지 모르겠어요. 저의 철부지 사랑은 이제 모두 끝내고 싶어요."

목사는 대답 대신 경미를 가볍게 포옹해 주었다. 목사와 경미는 함께 오크 나무 숲길을 계속해서 걸었다. 저녁나절의 가을 햇볕이 두 사람의 등을 따뜻하게 비춰 주었다. 한참을 걷던 경미가 무엇인가 생각난 듯 목사에게 얼굴을 돌려 말을 걸었다.

"목사님, 혹시 계약 결혼이라는 이야기 들어 본 적이 있으세요?"

"들어 보았지. 대학교 철학 강의 시간에 현대 철학을 강의하는 이석희 철학 교수에게서 들은 적이 있어."

"저는 잠깐 이야기는 들었지만 자세한 내용에 대해서는 알지 못해요. 말씀 좀 해 주세요."

"별것은 아니고 이런 내용이지. 프랑스의 철학자 사르트르와 보부아르 사이의 결혼 방식이었어. 그들은 프랑스의 같은 대학의 철학 교수들이었지. 그들은 전통 결혼 방식이라는 것은 어떠한 방법으로든 서로를 속박한다고 생각했지. 그래서 그들은 서로 속박당하지 않고 자유스럽게 결혼 생활할 수 있는 '계약 결혼'이라는 방식으로 결혼했어. 그 두 교수의 결혼 방식에서 나온 이야기가 소위 '계약 결혼'이라는 거지. 부부가 서로 성적인 만족만을 위해 경제적, 사회적, 도덕적으로 상대방을 구속하는 것처럼 모순과 부조리는 없다고 하면서 말이지. 결혼이라고 하는 사회적 규범 속에 얽매이지 아니하고 자유스럽게 사랑하면서 두 사람만의 아름다운 관계를 맺는 결혼 방식이라고 할까?

사르트르와 계약 결혼을 했던 보부아르는 그녀가 쓴 자서전에서 '내 인생에서 가장 성공적인 성과는 계약 결혼에 바탕을 둔 사르트르와의 관계였다.'고 이야기할 정도로 계약 결혼의 방식에 만족했다고 해. 글쎄, 경미, 어느 두 사람이 서로 사랑한다면 여러 가지 사랑의 방법 가운데 그런 사랑의 방식도 있을 수 있다고 생각해. 그런데 경미는 왜 그런 것을 알고 싶어 하는 거지?"

"혹시라도 저와 목사님과의 사랑이 사회적으로, 도덕적으로 구속을 당하는 사랑이라면 세상의 어떠한 규범에도 얽매이지 않는 범위 내에서 사랑도 가능하지 않을까 하는 생각이 들었어요. 프랑스의 두 철학자처럼 전통 결혼 방식에 의한 결혼이 아닌 자유스러운 사랑의 방법도 있지 않을까요. 계약 결혼이든, 계약 사랑이든 친구처럼 아름다운 사랑의 관계를 유지하면서 남은 인생을 살아간다면 그것처럼 이상적인 사랑은 없지 않을까요.

이제 저는 더 이상 사랑 때문에 방황하는 삶은 살고 싶지 않아요. 목사님은 저에게 완벽한 사랑으로 함께해 주실 분이에요. 그래서 계약 결혼이라는 방법을 통해서라도 목사님과 여생을 함께하고 싶은 겁니다. 그런 자유로운 방법으로 사랑하는 것도 좋을 것 같아요. 우리 둘이 세상의 어떤 규범에도 구속받지 말고, 그렇게 아름다운 친구처럼 사랑하도록 해요. '계약 사랑'이든 '계약 결혼'이든 어떤 명칭도 괜찮아요. 저는 뭐든지 좋아요. 목사님과 함께할 수 있다면."

그러면서 그녀는 어린아이처럼 자신의 오른쪽 새끼손가락을 목사 앞에 내밀었다.

"콜?"

목사는 반짝이는 경미의 눈동자 속에 피어오른 사랑의 감정을 피해 갈 아무런 공간도 발견할 수 없었다. 경미의 진솔한 사랑은 목사의 몸 전체에 전해져 왔다. 제어할 수 없는 충동이 목사의 마음을 사로잡았다.

다니엘(다니엘은 목사의 미국 이름) 목사의 눈동자가 경미의 눈동자에

겹쳐지면서 목사도 그의 오른쪽 새끼손가락을 내밀었다.

"콜."

목사와 경미는 그렇게 사랑의 약속을 만들어 내었다. 그러나 그것은 성경적으로 목회자의 분명한 간음이었다. 어떤 형태로든 사랑의 고백에 대한 반응은 간음의 범위를 벗어날 수 없다. 어떤 여인에 대한 친밀한 생각이나 관심조차도 그것이 하나님이 정해 놓은 사랑의 범위를 벗어난다면 성경이 설계한 간음이다. 여기에 기독교의 아픔이 있는 것이다. 목사는 그 아픔을 외면하지 못했다.

> *또 간음하지 말라는 것을 너희가 들었으나 나는 너희에게 이르노니 음욕을 품고 여자를 바라보는 자마다 마음에 이미 간음하였느니라*
> – 마태복음 5장 27~28

목사가 저녁이 되어서 집으로 돌아왔을 때 다이애나는 응접실 소파에 앉아서 그를 기다리고 있었다. 무척 흥분되어 있었고 감정을 제대로 다스리지 못하고 있었다.

"오준이의 숙제에 그렇게 긴 시간이 필요하던가요? 오준이 엄마와의 시간이 더 필요했던 거죠?"

목사는 다이애나의 질문에 선뜻 대답하지 못했다. 그 질문이 틀리지도 않았고, 목사는 거기에서 양심의 가책을 느꼈다.

"주위에 눈들이 있음을 기억하세요. 물론 오준이와 오준이 엄마는 이사를 했지만 당신과 오준이 엄마가 가까운 사이라는 것은 많은 교회 사람이 알고 있어요. 존경하는 마음으로 당신을 바라보던 그들의 시선이 따가운 눈총으로 변할지도 몰라요. 당신이 오준 엄마와 가깝게 지낸다는 사실을 알면 말이에요.”

“무슨 일은 없을 거요. 목회자로서의 본분을 잊지는 않도록 할 겁니다.”

목사는 다이애나를 안심시키기 위해서 일단 그렇게 이야기했지만 이미 암묵적으로 경미에게 그의 감정을 이입해 놓고 있지 않았던가! ‘계약 사랑’이라는 숨길 듯 말 듯한 사랑으로. 그것은 어떻게 보면 목사로서 이중적인 사랑이었고 하나님 보시기에도 아름답지 못한 행위였고 신앙의 배신이었다.

다니엘 목사에게 신앙적 죄의식이 깊이 자리 잡아 가고 있었다. 목사는 직접 경미의 사랑을 받아들인 것은 아니지만 그녀와의 사랑에 대한 암묵적 인정은 성직자로서 엄청난 마음의 갈등을 느끼기에 충분했다.

가을이 한창 깊어져 가는 어느 날 목사와 경미는 뉴저지 집에서 또다시 만나고 있었다. 경미가 급히 상의할 일이 있다는 핑계로 목사를 다시 불렀다. 어느 늦은 10월의 오후였다. 경미와 오준이가 반갑게 맞아 주었고 목사는 오준이를 양팔로 들어 올리면서 반가움을 표시했다.

경미가 목사에게 하고 싶었던 이야기는 조경식과의 이혼에 관한 것이었다. 두 주 전에 조경식이 이혼 서류에 서명해 달라고 하는 부탁과 함께 편지를 보내왔다고 했다. 경미는 목사에게 편지를 보여 주었다. 편지의 내용은 길지 않았다.

처음에 조경식은 오준이가 회장의 아들이라는 것을 알았을 때 경미와 회장에 대해서 무척이나 분노하고 배신감을 참지 못했다고 했다. 그래서 극단적 선택으로 이 세상을 떠나려고 했지만 살아난 후에 생각해 보니 경미가 회장을 얼마나 사랑했으면 그렇게까지 했겠나 하는 마음이 들면서

베르테르의 연인

경미의 모든 것을 용서한다고 했다. 쉽사리 경미와 회장에 대한 미움과 원망이 사라지지는 않겠지만 세월 속에 잊히기를 바란다고 했다. 그러나 그런 상황에서 결혼 생활은 지속할 수 없다는 생각이 들어 결국 이혼으로 끝낼 수밖에 없다는 내용이었다.

경미가 목사에게 이야기했다.

"그이의 모든 것을 이해했어요. 그리고 이혼 서류에 서명해서 보냈습니다. 회장님과의 관계가 없었다면 정말 그는 세상에서 가장 좋은 남편이었습니다. 철부지 사랑 하나를 지키기 위해서 그분을 희생시킨 것을 생각하면 아직도 마음이 아픕니다."

"이제는 어쩔 수 없는 지나 버린 일들에 마음 아파하지 말아. 경미도 그분과 결혼 생활을 유지하기 위해 얼마나 많은 날을 힘들게 보냈을까? 어쨌든 그렇게 마무리 지을 수밖에 없는 일이라고 생각하고 마음에 안정을 찾으려고 노력해. 그분을 위해 기도하고. 그러면 딸 유정이는 어떻게 하고?"

"남편은 유정이가 회장님의 딸이라고는 생각하지 않는 것 같아요. 그리고 유정이는 이미 결혼해서 집을 떠나 있으니까 더 이상 문제는 없는 것 같아요."

"그렇게 모두 결말을 짓게 되었으니 이제부터는 앞으로 여생을 어떻게 살지를 깊이 생각해야겠군."

"네, 이제 목사님만 제 앞에 있어요. 목사님과 제 모든 것을 상의하도록 할게요. 저는 회장님께 편지로 이미 목사님과의 관계를 모두 말씀드렸어요. 회장님은 제가 원하는 대로 남은 인생을 살라고 했어요. 정말 제 남은 인생, 온 열정을 다해서 사랑할 수 있는 사람이라면 조금도 망설이지 말고 그 길을 가라고 했어요. 그렇게 하는 것이 당신이 사랑했던 제게 주는 마지막 선물인 것 같다고 하면서 말이지요.

제게는 목사님의 사랑이 절대 필요해요. 회장님이 이제 늙고 병들어서
가 아니에요. 우선 목사님은 제 생명을 살려 주었어요. 미국에 와서 흔적
없이 사라져 버릴 저에게 하나님 안에서 새 생명을 갖게 하셨어요. 목사님
이 아니었으면 저는 지금 세상에 존재하지 않아요. 저는 아직도 수면제와
유언장들이 불길 속에서 재가 되어 사라지는 모습을 분명히 기억하고 있
어요. 그것이 옛날의 저였어요. 저의 과거는 그 불길과 함께 영원히 사라
져 버렸어요. 이제 저에게 새로운 삶이 시작되었어요. 저 숲속에서 지저귀
는 새 소리들은 나의 새로운 날들을 축복하고 있어요. 밝게 비치는 태양도
새로운 앞날을 비춰 주고 있고요.

무엇보다도 목사님을 알고부터는 정말 진정한 사랑이 무엇인가를 알
게 되었어요. 남녀 간의 육체적인 관계를 넘어서는 또 다른 사랑이 존재한
다는 것을 알게 되었어요. 육체적인 사랑도 사랑이지만 정신적인 영혼의
사랑이 훨씬 중요하다고 생각해요. 그리고 나만의 사랑에서 끝나지 않고
도움이 필요로 하는 이웃을 사랑하는 것이 얼마나 중요한가도 알게 되었
어요. 그래서 이제부터는 목사님의 사랑과 함께 세상을 향해서 아름다운
하나님의 사랑을 전하며 살아가려고 해요.”

경미는 목사를 반짝이는 눈으로 사랑스럽게 바라보면서 말을 이었다.

“목사님은 언젠가 제게 영화배우 오드리 헵번에 대해서 이야기를 한
적이 있어요. 그녀의 삶이 어떻게 보면 저와 비슷한 면이 많이 있어서 그
때 목사님의 이야기를 아주 감명 깊게 들었죠.”

경미가 목사의 집에 이사 와서 극단적인 선택을 포함한 자신의 인생의
문제를 이야기할 때 목사는 경미에게 오드리 헵번 이야기를 한 적이 있었
다. ‘이제부터는 인간적인 사랑에만 집착하지 말아야 합니다. 우리가 살아
가는 이 세상을 향해 양손을 벌리고 사랑을 전하면서 살아가야 합니다. 그

런 삶을 살아갔던 사람이 오드리 헵번입니다.'라고 하면서.

오드리 헵번은 은퇴 이후 유니세프를 통해 개발도상국으로 건너가 자선 활동과 기부를 꾸준히 하면서 난민 구호 활동을 할 때 이런 말을 남겼다. '나이가 들어감에 따라 우리의 손이 두 개인 이유를 분명히 알아야 한다. 하나는 자신을 돕기 위해서, 그리고 다른 하나는 다른 이들을 돕기 위해서임을 알라.'

"그 이야기를 듣고 오드리 헵번에 대해서 더 알고 싶어서 그녀의 일생에 대해서 찾아보았어요. 저와 비슷한 점이 정말 많더군요. 그녀도 저처럼 어린 나이에 발레를 하면서 프리마돈나를 꿈꿨고, 우연히 〈로마의 휴일〉에서 배우로 발탁되면서 유명한 배우가 되었어요. 저의 모델 발탁과 비슷하기도 해요. 결혼도 그래요. 세 번씩이나 이혼한 사람과 결혼해서 시리고 아픈 사랑을 했는데 제가 회장님을 사랑한 것과 비슷한 면도 있었어요. 회장님과의 사랑만이 제 인생의 전부였어요. 다른 사랑의 존재에 대해서는 조금도 생각해 본 적이 없어요. 한 손만의 사랑이었습니다. 그러나 이제 저도 오드리 헵번처럼 다른 손을 펼쳐서 남들을 사랑하고 싶어요."

그 후 경미와 목사는 전화로 잦은 대화를 나눴고 여러 차례의 만남도 반복해서 가졌다. 그러던 어느 날 경미는 목사에게 뉴저지 집에 급히 와주어야 할 일이 생겼다고 연락했다. 한국에서 회장이 왔는데 귀국 전에 목사를 꼭 한 번 보기를 원한다는 전언이었다. 경미와 오준이를 보러 왔다가 꼭 목사에게 할 이야기도 있으니 다녀가라는 것이었다.

다니엘 목사는 뉴저지 경미의 집에 온 샤 로테 그룹 회장을 만났다. 그는 경미에게서 회장에 관한 이야기를 수없이 이야기를 들었고, 한국의 정재계 뉴스 등을 통해서 익히 그에 대해 알고 있었다. 하지만 재벌 회장을 직접 만나기는 처음이었다. 뉴저지 집에 도착해서 경미와 오준이의 안내를 받아 응접실에 들어갔을 때 회장은 소파에서 일어나면서 목사를 반갑게 맞이했다.

"목사님, 어서 오세요. 반갑습니다."

"안녕하세요, 회장님. 처음 뵙겠습니다. 저도 회장님을 이렇게 만나 뵈어 반갑습니다. "

"바쁘신데 시간을 내 주셔서 감사합니다. 뉴욕에서 오시느라고 수고하셨습니다."

"아닙니다. 회장님. 뉴욕은 여기에서 먼 거리가 아닙니다. 연로하신 회장님께서 먼 거리를 오셨습니다. 이렇게 직접 불러 주시니 감사합니다."

"감사하기는요. 제가 목사님 뵙는 것이 고마울 뿐입니다. 며칠 전에 일본에서 업무를 끝내고 한국으로 가는 길에 경미와 오준이를 보기 위해서 일부러 왔습니다. 아마 이젠 내가 살아생전 미국에 다시 오기는 힘들 것 같군요. 그리고 나는 내일이면 떠나야 해요. 떠나기 전에 목사님을 만나서 하고 싶은 이야기가 있었습니다. 그래서 이렇게 일부러 뵙기를 원했습니다."

"네, 회장님. 하실 말씀은 무엇이든지 모두 해 주시면 감사하겠습니다. 회장님께서는 저보다 훨씬 어른이시니 제게 말을 낮추시지요."

"물론 나이로 보면 그렇긴 하지요. 그러나 목사님들은 존경받으셔야 하는 분들입니다. 그리고 존댓말을 하는 게 편합니다. 이해하셨으면 좋겠습니다."

머리카락이 하얀 은빛으로 변한 90세가 넘은 회장이었지만 정신은 꼿꼿해 보였고 말 한마디 한마디에 힘이 있었다. 그는 말을 계속했다.

"경미에게 이야기 많이 들었습니다. 먼저 철모르는 아들 오준이를 정성껏 돌봐 주신 것에 대해서 감사함을 전합니다. 오준이를 학교에 보내 주시고 열심히 가르쳐 주시면서 수고가 얼마나 많으셨습니까? 오준이의 오늘이 있기까지는 목사님의 사랑과 정성이 정말 많았습니다. 그리고 경미를 위해서도 많은 수고를 해 주셨고요. 다시 한번 고마움을 전합니다."

"회장님, 수고라고 할 것이 뭐가 있겠습니까? 시간이 허락하는 대로 조금씩 돌보아 준 것밖에 없습니다."

"그래도 경미는 목사님에 대해서 칭찬이 대단했습니다. 미국 생활을 잘 알지 못하는 오준이와 경미를 위해서 정말 아끼지 않는 수고를 해 주셨다고 말이죠."

"오준 엄마가 과찬을 한 것 같습니다. 오히려 오준 엄마가 저를 위해서 여러 가지로 많은 일을 해 주었습니다. 교회에 관한 일이라면 솔선수범하면서 몸을 돌보지 않고 수고했습니다. 그리고 교회 일을 하는 데 재정적으로도 많은 지원을 아끼지 않았습니다. 정말 제가 오준 엄마에게 고마워해야 할 일이 너무나 많습니다."

"어쨌든 그렇게 해서 서로 도울 수 있었다는 게 정말 좋은 일이라고 생각합니다. 경미가 뉴욕의 수천, 수만의 집 가운데서 목사님의 집을 선택해서 자리를 잡을 수 있었으니 아주 큰 인연이 아니겠습니까. 그리고 집주인이 다른 사람이 아니고 목사님이라 정신적으로 안정을 찾았으니, 정말 인연을 넘어서 필연적인 무엇이 있지 않나 하는 생각까지 듭니다. 무엇보다도 경미는 극단적 선택을 하기 위해서 아무도 모르게 미국에 왔는데 목사님을 만나서 새롭게 살아갈 힘을 얻게 되었다고 했습니다. 목사님은 경미의 생명을 구해 준 은인입니다."

회장은 그린 티 두어 모금으로 목을 축인 후에 말을 이어 갔다.

"목사님, 이제 본론을 이야기해야 할 것 같습니다. 이런 이야기를 목사님에게 하는 게 맞는지, 조금은 두렵기는 합니다. 그러나 해야 할 것 같습니다. 다른 것이 아닙니다. 목사님이 앞으로 경미의 좋은 친구가 되어 주었으면 좋겠습니다. 경미의 앞날에 함께해 주셨으면 좋겠습니다. 경미에게 목사님에 대한 이야기를 여러 차례 들었죠. 경미는 일생을 통해서 이 세상에서 가장 함께하고 싶은 사람을 만났다고 했습니다. 정말 놓치고 싶지 않은 사람이라고. 나는 경미의 성격을 너무나 잘 알고 있습니다. 경미는 마음먹은 일은 기필코 해내는 성격입니다. 경미는 제 인생의 전부였습니다. 그러나 이제 내겐 경미와 함께할 수 있는 시간이 얼마 남지 않았습니다. 물론 경미는 내가 자리에 누우면 나의 곁을 지켜 줄 겁니다. 끝까지 나와 함께해 줄 겁니다. 나의 영원한 샤 로테로서 옆에 있어 줄 겁니다. 그러나 내가 떠난 이후를 목사님께 부탁하는 겁니다."

회장은 꼿꼿한 자세를 앞으로 조금 숙이면서 다시 말을 계속했다.

"물론 나는 경미를 진정으로 사랑했습니다. 지금도 경미에 대한 사랑은 변함이 없습니다. 나의 가장 사랑하는 샤 로테입니다. 그러나 그 사랑은 나의 일방적인 사랑이었습니다. 사랑의 이름으로 경미를 나에게 순종하도록 했습니다. 다른 사람과 결혼하도록 해 놓고서도 계속해서 나와의 사랑만 확인하도록 했습니다. 그렇게 경미가 죄를 짓도록 만들었습니다. 경미가 결혼한 가정과 남편에게 사회적으로 인정받지 못하는 일을 저질렀습니다. 수천 번을 사과해도 용서받지 못할 죄였습니다. 경미의 결혼 생활은 불안정한 시간의 연속이었습니다.

그런 이유로 경미는 사랑다운 사랑을 한 번도 해 보지 못했습니다. 나와의 사랑은 경미가 철들지 않았을 때의 어설픈 사랑이었습니다. 남편 조경식과의 사랑은 너무나도 불안한 사랑이었습니다. 경미에게는 이제 온전한 사랑이 필요합니다. 자신이 진정 원하는 사랑이 함께하는 남은 인생이 되어야 합니다. 경미가 언젠가 나에게 이 세상에서 가장 사랑하고 싶은 사람을 만났다는 이야기를 했습니다. 경미가 지금까지의 삶을 살면서 못다

한 사랑, 아쉬웠던 사랑을 이제 온전한 사랑으로 가꾸어 나갈 목사님을 만났다고 했습니다. 나는 이제 내일을 장담하지 못합니다. 언제 나의 시야에 아무것도 보이지 않을 때가 올 지 알 수 없습니다. 이제 남은 시간 동안 경미가 온전히 이루고자 하는 사랑을 응원해야 할 책임이 있습니다. 어설프고 불안한 사랑이 아닌 온전한 사랑만이 경미의 인생을 완벽하게 완성할 수 있습니다."

회장은 목사가 대꾸할 여유도 주시 않고 하고 싶은 이야기를 털어놓았다. 경미는 회장 옆에 기대고 앉아서 계속되는 말을 경청하고 있었다.

"목사님, 나는 목사님이 가정을 가지고 있다는 이야기도 들어서 알고 있습니다. 그리고 성직자입니다. 목사라는 직업에 대해서 잘은 알지 못합니다. 그러나 세상에서는 성직자들에 대한 도덕적인 잣대가 아주 엄격하다는 것을 알고 있습니다. 그러나 그 모든 것을 비밀스럽게 지켜 가면서 경미의 앞날에 가장 가까운 친구로 남아 있기를 바랍니다.

나도 그랬습니다. 가정이 있었고 서민경이라는 사랑하는 사람도 있었습니다. 그러나 내가 경미를 만나고 난 후에는 내 인생을 온전하게 완성해 줄 사람을 만났다고 생각했습니다. 사람들은 살면서 자신의 인생을 완벽하게 완성하기를 원합니다. 돈과 출세가 자신의 인생을 완성할 수 없습니다. 사랑입니다. 자신의 인생을 완벽하게 완성하는 것은 사랑밖에 없습니다. 그렇기 때문에 온전한 사랑을 만났다고 하면 세상에서 이야기하는 사회적 규범이나 도덕적인 기준은 아예 무시하는 것이 좋습니다. 잘못된 말인지 모르겠지만 온전한 사랑을 얻으면 세상이 뭐라고 해도 완전한 이기주의자가 되어야 합니다.

내가 경미를 만났습니다. 나는 돈이 있었고 사회적 지위도 있었습니다. 결혼도 세 번씩이나 했습니다. 내가 만약 세상의 도덕적이고 윤리적인 기준에 얽매여 있었다면 나의 인생은 미완성으로 끝나고 말았을 것입니다. 그 모든 것들을 무시하면서까지 경미를 사랑했기 때문에 내가 원하는 내 인생을 완벽하게 완성했습니다. 나는 더 이상 여한이 없습니다."

회장은 옆에서 가만히 듣고 있는 경미에게 눈길을 한 번 준 다음 말을 이었다.

"경미는 이제 나와의 어설픈 사랑을 끝내야 할 때가 되었습니다. 조경식과의 불안정한 사랑도 천 길 땅속에 묻어야 할 시간도 되었습니다. 경미에게 온전한 사랑이 필요합니다. 이제 경미도 자신이 원하는 사람을 만나서 여한이 없는 사랑을 하면서 자신의 인생을 완벽하게 마무리 지어야 합니다. 경미는 지금까지 미완성의 삶을 살아왔습니다. 이제 목사님은 경미의 인생을 완성해야 합니다. 그렇지 않으면 경미의 인생은 아무런 가치도 없는 미완성의 작품이 되고 말 겁니다. 경미의 사랑과 함께하는 날에는 목사님도 아마 이 세상에서 가장 아름다운 사랑과 함께 인생 여정을 가장 보람 있게 마감할 수 있을 겁니다. 경미의 목사님을 향한 사랑은 나와 조경식에게 향했던 사랑과는 전혀 다른, 이 세상에서 가장 아름답고 헌신적인 사랑이 될 것입니다."

긴 시간 동안 회장은 자신이 하고자 했던 모든 이야기를 그렇게 매듭지었다.

"감사합니다. 회장님의 모든 말씀 잘 들었습니다. 마음 깊이 명심하도록 하겠습니다."

목사가 회장에게 대답해야 할 말은 그것밖에 없었다. 회장은 그 후에 자신의 재벌 그룹의 성장도 자신이 계획한 이상으로 이루어져 왔다고 하면서 자신의 사업 규모를 잠깐 설명해 주기도 했다. 그와 함께 이제부터 그동안 하지 못했던 자신이 가진 부의 사회 환원 작업의 일부를 목사가 할 수 있도록 지원하겠다고 약속했다. 모든 대화를 다 마친 회장은 일어서서 옆에 일어서 있던 경미에게 가볍게 포옹했다.

그리고 경미에게 "경미야, 그동안 너의 헌신적인 사랑, 정말 고마웠다. 내가 떠난 후 네가 홀로 남아 외롭게 지내야 할 것을 걱정했다. 그러나 네가 사랑하는 동반자가 있어서 나는 이제 아무런 미련도 없이 떠날 수 있게 되어서 기쁘다. 내가 너에게 목사님과 아름다운 관계를 맺으면서 남은 인생을 살라고 하는 것은 너를 사랑하기 때문이다. 네기 젊었을 때 내가 너를 조경식과 결혼시켰던 것도 너에 대한 나의 사랑을 계속하기 위한 하나의 방법이었다. 이제 와서 내가 너에게 목사님과의 관계를 원하는 것도 너를 사랑하기 때문이다. 경미야, 네가 어디에 있든 누구와 함께하든 나의 영원한 사랑은 너를 떠나지 않을 것이다. 부디 나를 잊지 말아 다오."라는 말을 전했다.

그리고 회장은 목사의 손을 굳게 잡고 흔들었다. 그런 다음 회장은 목사의 손과 경미의 손을 자신의 손위에 합쳐서 올려놓고 굳게 잡으면서 하나 됨을 나타내 보였다. 그리고 경미와 목사를 힘껏 포옹해 주었다. 회장은 자신의 생애에서 이루어야 할 모든 일을 남김없이 '다 이루었다.' 하면서 만족해했다.

2016년 겨울 크리스마스가 끝나고 다니엘 목사는 교회에 사직서를 내는 것으로 성직자의 길을 접었다. 그동안 계속해서 경미와의 관계에 혼란과 갈등을 겪고 있던 다니엘 목사의 아내 다이애나가 가족 변호사 럿셀 구바(Lussel Guba) 변호사에게 의뢰해서 목사와의 이혼 서류를 법원에 제출했다. 더 이상의 결혼 생활을 할 수 없게 됨과 동시에 성직자로서의 일도 끝을 내야 했기 때문이다. 다이애나는 이혼 서류를 접수하기 전에 목사에게 말했다.

"당신은 간음한 목사입니다. 목회자로서 성결해야 하고 거룩한 마음과 육체를 가지고 성도들에게 말씀을 전하고 모범을 보여야 할 성직자가 넘어야 할 선을 넘어서셨습니다. 당신은 성직자로서 자격을 상실하셨습니다. 더 이상 목회 강단에 서서는 안 됩니다. 목회자는 세상 사람들과 구별되는 거룩성이 있어야 합니다. 하나님은 당신에게 그 거룩성을 보시고 목회자의 소명을 주셨습니다. 당신에게서 그 소명감은 사라졌습니다. 교회에도 사직하십시오. 그리고 저는 이제 당신과의 부부관계도 끝을 내려고 합니다. 당신은 당신의 오른쪽 가슴에 주홍 글씨의 리본을 달았습니다."

2019년에 들어서면서 샤 로테 그룹 회장의 건강은 극도로 나빠지기 시작했다. 회장의 나이도 벌써 98세, 한국 나이로는 거의 100세다. 나이도 나이지만 지난 몇 년 동안의 그룹 내의 많은 문제가 회장의 건강을 더욱 악화시켰다. 2015년부터 시작된 형제간의 경영권 다툼은 한국과 일본에서 수도 없는 법정 싸움을 일으켰다. 그리고 비합법적인 주식 증여를 이유로 회장에게 여러 차례 법정 출두 명령이 떨어졌다.

그 후 회장은 건강상 이유로 법정 후견인을 지정하면서 법원 출두가 많이 줄어들긴 했지만 중요한 부분의 증언을 위해서는 노구를 이끌고 가야 했다. 건강도 좋지 않은 데다 치매 증상이 심해지면서 회장의 내일은 아무도 예측할 수 없게 되었다.

회장은 1978년부터 거의 평생을 살다시피 한 샤 로테 호텔 35층에서 2010년에 착공해서 6년 후인 2016년 12월에 준공된 133층 베르테르 월드 타워로 거처를 옮겼다. 한평생을 두고 한국에서 제일 높은 마천루를 지어 보겠다고 했던 회장의 꿈은 이루어져 있었다. 그리고 회장은 베르테르 월드타워의 샤 로테 레지던스 50층으로 옮겨서 인생의 마지막을 자신이 이루어 놓은 꿈의 궁전에서 준비하고 있었다.

한편 회장의 뜻에 따라서 일본으로 건너갔던 오준이는 일본어 사용에 문제가 있었고 주변의 환경에 적응하지 못해서 결국은 수년 전에 영국 로열 아카데미로 옮겨서 교육받고 있었다. 오준이의 나이가 벌써 18세, 의젓한 청년으로 성장해 있었다.

경미는 오준이가 영국에서 목사에게 보냈다고 하는 편지를 목사에게 보여주었다. 영어로 쓰여 있었다.

Hi, pastor.

It's been a long time since I did not see you. I've always missed you. However, due to circumstances, it was not possible to meet you. I have been educated at the royal academy in England since a few years ago. I was told to stay in Japan a lot while I was getting Japanese education, but it is much easier for me to use english.

Pastor, when I first went to the u.s and was at the pastoe's house, you let me enter the school and start studying English. Since I have studed english since then, I am doing well without any problems with the language even when I come to England where I speak English. I would like to thank you again that everything was the help of the pastor. here at the royal academy, there are many children of arab and Asian crown princes and royal families, as well as children of British royalty and aristocrats. Prince Harry of England sometimes met and had time together. it is a lot of fun making friends with the royals.

Pastor, I'd like to see you. I do not know when it will be, but if I have a chance to visit New York, I will definitely visit you and say hello. I will contact you from time to time as soon as possible.

definitely, pastor.

Oh Jun from England

목사님, 안녕하세요.

목사님을 뵙지 못한 지 오래되었습니다. 그동안 항상 보고 싶었습니다. 그러나 저의 사정상 목사님을 만날 수 있는 여건이 되지 못했습니다. 저는 몇 년 전서부터 영국의 왕립 아카데미에 와서 교육을 받고 있습니다. 일본어 교육을 받으면서 일본에 있으라는 이야기를 많이 들었지만 저에게는 그래도 영어 사용이 훨씬 편해요.

목사님, 제가 처음 미국에 가서 목사님 집에 있을 때 목사님이 학교에 입학시켜 주시고 영어 공부를 시작할 수 있도록 해 주셨습니다. 그때부터 영어를 공부했기 때문에 영어를 사용하는 영국에 와서도 언어에 아무런 문제가 없이 잘 지내고 있습니다. 모든 것이 목사님의 도움이었음을 다시 한번 감사를 드려요. 이곳 왕립 아카데미는 영국의 왕족이나 귀족 자녀들뿐만 아니고 아랍과 아시아의 왕세자나 왕가의 자녀들이 많이 와서 교육을 받고 있습니다. 영국의 해리 왕자도 가끔 함께 시간을 보내기도 했습니다. 그 왕족들과 친분을 쌓아가며 교제하는 것이 참 즐겁습니다.

목사님, 뵙고 싶습니다. 언제가 될지 모르지만 제가 혹시라도 뉴욕을 방문하는 기회가 되면 반드시 목사님부터 찾아뵙고 인사드리겠습니다. 시간이 허락하는 대로 종종 연락드리겠습니다.

안녕히 계세요.

영국에서, 오준 드림.

오준이를 생각해 보는 목사에겐 정말 감회가 깊을 수밖에 없다. 경미
와 오준이가 미국에 와 있을 때 회장과 조경식과의 아들 분쟁이 끝난 후에
경미는 오준이에게 너의 진짜 아버지는 조경식이 아니라 회장님이라고 이
야기했었다. 그러나 오준이는 절대로 그것을 받아들이지 못했다. 어린 오
준이는 아예 받아들일 수 없는 일이었다. 어렸을 때 조경식에게서 지극한
사랑을 받으면서 자랐고 아빠, 아빠라고 부르면서 얼마나 조경식을 따랐
던가. 그리고 그 아빠와는 언젠가 다시 만나 함께 살 것이라는 생각밖에 없
었다.

그런 오준이에게 회장이 자기 아빠라니…. 그에게 아빠는 조경식이었
다. 회장은 절대로 그의 아빠가 될 수가 없었다. 오준이가 미국에 있을 때
회장이 오준이를 일본으로 데려갔었다. 일본에 갔던 오준이는 그 어린 나
이에 일본의 회장 집을 몇 번씩 탈출하여 방황하기도 하면서 마음에 상처
를 많이 받았었다. 생전 알지도 못하던 낯선 회장이 자신이 아빠라고 하는
것도 받아들일 수 없었다. 그리고 회장 아버지와 그 가정을 둘러싼 낯선 환
경은 오준이에게 엄청난 갈등과 혼란을 가져왔었다.

그러나 얼마 후 회장의 비서진들이 엄마가 있는 곳, 미국 뉴저지로 보
내서 얼마 동안 함께 있게 했고 어느 정도 오준이의 마음이 안정되었을 때
영국의 왕립 아카데미로 보내져서 오늘에 이르게 된 것이다.

그동안 목사와 경미는 World Sharing Foundation(세계 나눔 재단) 자
선 단체의 활동으로 바쁜 일정을 보내고 있었다. 그러던 어느 날 경미는 회
장의 병이 매우 위독하다는 연락을 받고 즉시 한국으로 떠났다. 목사는 뉴
욕에 남아 재단의 일들을 처리해야 했기 때문에 경미와 동행할 수 없었다.

경미가 떠난 지 얼마 후 경미는 목사에게 소식을 전해 왔다.

목사님.

회장님은 그동안 '베르테르 월드센터'의 샤 로테 레지던스 50층에 머무르시다가 며칠 전 송파구 서울 아산병원으로 옮기셨습니다. 병원에 아무 말도 표정도 없이 누워 있는 모습을 보면 정말 안타깝기 짝이 없습니다.

병원에서 의사들과 간호사들이 계속해서 회장님을 24시간 돌보고 있습니다. 그러나 거동도 불편하셔서 일어설 기색이 없는 것을 보면 이제 회장님 인생의 여정이 마지막에 이르렀다는 생각이 듭니다. 병원에서 제가 회장님을 처음 찾아뵈었을 때는 그래도 많은 이야기를 하셨습니다. 그러나 시간이 지나면서 하시는 말씀이 계속 줄어들었습니다. 그동안에도 간혹 말씀은 하셨지만 요즈음은 대부분 목사님과 저와의 관계에 대해서 가끔 이야기하시곤 하세요. 회장님이 목사님을 처음 만났을 때 가지셨던 신뢰는 여전하세요. 무엇보다도 회장님 자신이 세상을 떠나기 전에 목사님이 경미의 좋은 친구가 되었다는 것에 대해서 아주 만족해하세요. 자신은 떠나가도 경미가 혼자가 아니고 목사와 좋은 친구로 남게 되는 것에 대해 자신이 해야 하는 마지막 책임을 다하셨다고 말씀하십니다. 회장님께서는 아마도 저를 혼자 남기고 떠나가시는 것이 가장 큰 염려였던 것 같습니다.

어쨌든 회장님은 거의 100년의 인생을 살면서 하고 싶었던 모든 계획을 이루어 놓고 가니 아무런 미련이나 후회는 없다고 이야기를 반복하셨습니다. 20세의 어린 나이로 일본에 건너가면서 반드시 해

베르테르의 연인

내고야 말겠다고 했던 기업도 이루었고 그동안 한국에서 아무도 생각하지도 못했던 제일 높은 빌딩을 지은 것에 대해서도 만족하신다고 했습니다.

그리고 무엇보다도 자신의 인생 전체를 통해서 찾고 찾던 샤 로테를 찾아서 살아생전 이 세상에서 가장 아름다운 사랑을 나눴다고 했습니다. 그리고 자신의 마지막 순간까지 저와 마지막을 함께할 수 있어서 무엇보다도 인생의 여한은 없다고 하면서 거의 한 세기를 살아온 자신의 인생에 대한 만족을 표했습니다. 그러나 시간이 지나면서 제가 무슨 이야기를 하면 그냥 의미 없이 웃으면서 제 손을 꼭 잡는 것으로 반응합니다. 그렇게도 용감하고 활기차고 열정으로 가득차서 세상을 호령하며 자신의 재벌 왕국을 건설했던 불세출 영웅의 모습은 지금 그의 모습 어디에서도 찾아볼 수가 없습니다.

이제 인생 겨울의 황혼 노을이 회장님에게 찾아와서 아무것도 보이지 않는 어두움의 세상으로 그를 인도해 가고 있는 것 같습니다. 오준이가 아직 영국에서 교육을 잘 받고 있다고 이야기했을 때 회장님은 사라져 가고 있는 기억력을 되살리신 듯 자기의 아들을 위해서 모든 것을 마련해 놓았다고 했습니다. 그리고 아들을 위한 새로운 기획팀이 만들어져서 앞으로 오준이를 위해서 앞으로 어떻게 해야 할 것인가를 모두 지시해 놓았고 그것을 유언장에 남겼다고 했습니다.

앞으로 며칠을, 아니 몇 시간을 버티실지 모르겠어요. 목사님의 기도가 필요합니다. 회장님의 저물어 가는 인생의 마지막 여정을 보면서, 앞으로 목사님과 저의 남아 있는 인생의 여정을 어떻게 가치 있게 보내야 하는가 염려가 되기도 합니다. 목사님이 언젠가 이야기했던 것이 기억나요.

'인생 살면서 좋은 흔적만 남기도록 해야 합니다. 나쁜 흔적은 절대로 남겨서는 안 됩니다.'

회장님은 살아생전 정말 남들이 상상할 수 없는 큰 흔적을 남기셨습니다. 물론 알 수 없는 나쁜 흔적들도 남기시긴 하셨겠지만 말이지요. 그러나 이제 그분이 남겼던 모든 흔적도 얼마 지나지 않아 사람들의 뇌리에서 모두 잊히고 말겠지요. 사람이 세상을 떠나고 나면 그가 만든 흔적도 모두 함께 지워지고 말 테니까요.

목사님, 저 경미는 그동안 길지 않은 인생을 살면서 어떤 흔적을 남기며 살아왔나 생각해 봅니다. 생각해 보면 오직 회장님과 철없는 사랑의 흔적만 남겨 놓은 것 같기도 하고요. 이제 남은 인생 모두는 목사님과 함께 정말 아름다운 흔적들만을 남기기를 원해요. 우리는 그 멋지고 자랑스러운 흔적을 남길 수 있도록 함께 좋은 일들을 하도록 해요. 어쩌면 세상 사람들이 두고두고 오랫동안 기억할 수 있는 아름다운 흔적들이 될 수 있게 말이에요.

회장님의 마지막을 지켜보면서 인생의 허무함과 무상함이 느껴집니다. 그러면서 인생 살아가는 동안 어떠한 삶이 가장 가치 있는 인생이 될 수 있을까 생각해 봅니다. 저와 목사님, 이제 우리도 언젠가는 회장님이 가는 이 길을 따라갈 것입니다. 우리의 남아 있는 여정이 얼마나 되는지는 알 수 없습니다. 그러나 목사님의 정겨운 사랑과 따뜻한 우정이 함께하면 아마도 그 여정 속에서 진정한 삶의 의미가 무엇인가를 충분히 발견할 수 있지 않을까 생각해 봅니다. 이제 목사님과 함께하는 우리의 인생길에 하나님의 인도하심이 항상 함께하길 바랄 뿐입니다.

또 연락드릴게요.

경미의 연락을 받고 두 주가 되기 전에 샤 로테 그룹 회장이 운명했다는 뉴스가 전 세계에 타전되었다. 2020년 1월 19일, 샤 로테 그룹 회장, 베르테르는 99세를 일기로 샤 로테와의 사랑을 끝내고 영원히 눈을 감았다.

회장이 떠난 뒤에도 경미는 미국으로 돌아오지 않고 계속 한국에 머물렀다. 회장이 떠난 후에 좀 정리해야 할 일들이 있어서 몇 개월 정도는 더 한국에서 머무르겠다고 목사에게 전해 왔다. 회장이 자신에게 남겨 준 유언장에 따라서 법률 고문과 함께 여러 가지를 정리해야 했다. 그리고 유정이가 결혼한 후에 세 번째 아이를 출산하면서 경미의 도움이 필요해지기도 했다.

그러나 경미를 한국에서 좀 더 머물게 했던 가장 큰 이유는 그녀의 건강 문제였다. 회장의 장례가 끝나고 난 후 2개월 정도가 지날 무렵 경미의 눈에 황달 증세가 나타나기 시작했다. 그 증세가 나타났다가 사라지기도 하고 다시 나타나면서 이상 증세를 보이기 시작한 것이다. 증상이 심할 경우에는 황달 증세가 얼굴과 온몸에도 나타나기 시작했다. 그리고 그동안 경미에게 없던 당뇨 증상도 나타났다. 식욕부진이 동반되면서 피로감도 가끔 온몸에 느껴졌다.

경미가 송파구 아산병원을 찾아서 진찰을 받았을 때는 경미의 생명을 살릴 수 있는 시점이 훨씬 지난 후였다. 이미 모든 치료 시기가 훨씬 지나 버린 췌장암이었다. 암세포의 일부는 이미 복강과 간으로 전이되어 있었다. 외과적 절제 수술도 필요 없는 상황이었다. 생존 기간은 4개월에서 6개월 정도라고 했다.

한국의 그레이스 켈리, 그리고 회장의 샤 로테 경미는 이렇게 해서 그녀가 그동안 달려온 삶의 여정을 끝내야 할 인생의 겨울을 맞이하고 있었다.

목사는 뉴욕에서 처리해야 할 일들을 대충 정리한 후에 즉시 한국으로 출발했다. 목사가 경미를 만난 것은 회장이 마지막으로 입원해 있던 아산병원에서였다. 회장이 마지막으로 누워 있던 병원 침대에 경미가 누워 있었다. 경미는 애써 침대에서 일어나서 목사를 맞이했다.

그녀의 아름다운 눈망울은 빛을 잃어 가고 있었고 당대 최고의 미녀 중의 하나였던 그녀의 얼굴에서 아름다움의 흔적들은 조금씩 사라져 가고 있었다.

"목사님, 아무리 생각해도 너무 이상해요. 회장님이 돌아가신 지 10개월이 되었는데 아마도 나와 함께 가시기를 원하셨던 게 아닌가 하는 생각이 드네요. 혼자 여행하시기가 심심하셨나 봐요. 회장님이 살아 계실 때 언젠가 저에게 단테의 『신곡』을 이야기해 주시면서 나중에 별나라를 여행할 때 같이 하자는 이야기를 하신 적이 있어요. 회장님 침대에 누워 있으니 그 생각이 드네요. 목사님, 정말 묘해요. 회장님이 누워 계시던 이 침대가 제 마지막의 침대가 되었다니 말이에요.

목사님, 어떻게 보면 저는 진즉 죽어야 했던 사람이었어요. 2008년도에 제가 미국에 도착해서 목사님 댁에 갔을 때 이미 저는 극단적 선택을 해서 죽은 사람이었습니다. 그러나 하나님은 저를 미국에 보내 주셔서 목사님을 만나게 하셨습니다. 그리고 목사님을 통해서 인간을 향한 하나님의 숭고한 사랑이 무엇인가를 알게 해 주셨어요. 하나님의 사랑을 알고 그 사랑을 실천하도록 하는 삶이 인생의 참다운 삶이라는 것도 알게 하셨습니다.

어린 철부지 시절에는 인간적인 사랑만이 최고의 사랑이라고 생각했습니다. 그러나 목사님이 전해 주시는 하나님의 말씀을 통해서 인간적인 사랑은 인생의 가장 작은 부분이라는 것을 깨닫게 했습니다. 하나님의 사랑을 실천하는 것이 사는 동안 얼마나 큰 아름다운 흔적을 남기는 것인가를 알게 되었습니다. 저는 그동안 저 하나만을 위한 삶을 살아왔습니다. 두 손을 가지고 있었지만 저만을 위해서 한 손만 펴고 살았습니다. 그러나 하나님에 대한 믿음을 가지고 성경의 말씀을 들으면서 이웃 사랑을 위해서 나의 남은 한 손을 펴는 삶을 사는 것이 세상을 살아가는 모든 인생의 침다운 삶이라는 것을 알게 되었습니다.

목사님, 저는 아직도 못다 편 저의 다른 한 손을 목사님께 놓고 갑니다. 저의 한 손은 이미 세상 속에서 어리석은 삶과 함께 사라진 과거의 손입니다. 오드리 헵번처럼 저의 남은 한 손은 세상을 향해 펼치고 싶어요. 그러나 제겐 그 사랑을 위해서 남은 손을 펼치고 살아갈 시간이 얼마 남아 있지 않습니다. 너무나 안타깝고 슬퍼요. 제가 살던 이 지구를 떠나서 제 영혼이 저 다른 세상에 가거든 목사님이 대신해서 마음껏 펼쳐 주시기를 바라요. 무엇보다도 목사님과의 영원한 사랑과 우정이 너무 일찍 끝나 버리는 것이 아쉬워요."

"나와 경미와의 사랑은 짧은 기간이었지만 그래도 이 세상에서 가장 아름다운 추억을 간직한 우정과 사랑이었어. 인생의 마지막 여정에서 경미는 정말 이 세상에서 가장 아름다운 사랑의 흔적을 남기고 가는 거야."

"목사님, 다시 한번 말씀드리지만 오랫동안 목사님과 사랑의 계절을 함께하지 못해서 너무 안타까워요. 겨우 몇 계절을 지나고 끝을 맺고 말았습니다. 그러나 회장님이 말씀하신 것처럼 저도 제 인생에 후회는 없습니다. 아무런 여한도 없습니다. 그동안 수없이 방황하던 저의 영혼은 주님의 사랑과 목사님의 아름다운 사랑 안에서 영원한 안식을 얻게 되었습니다. 무엇보다도 목사님과 같은 분을 만나서 시리고 아팠던 철부지 사랑에 충분한 보상을 받고 떠납니다. 목사님과 인생의 마지막을 함께할 수 있어서 너무 행복했어요. 목사님, 사랑합니다."

"경미, 나도 경미를 사랑해."

경미는 목사와의 말을 마치고 과거에 자신의 일생 동안 지나간 인생 사계절을 음미해 보는 듯 지그시 눈을 감고 목사의 손을 꼬옥 쥐고 있었다. 경미는 이제 별나라로 가기 위한 모든 준비를 마쳐 가고 있는 듯 보였다. 생기를 잃은 그녀의 얇고 파르스름한 입술은 계속해서 '회장님…. 목사님….'을 들릴 듯 말 듯 되뇌고 있었다.

며칠 후 경미는 아름다운 사랑의 계절들을 뒤로하고 영원히 눈을 감았다.

오경미. 60세.

오경미가 살아온 봄, 여름, 가을 그리고 겨울, 인생의 사계절은 이렇게 끝을 맺었다. 아픔과 고통이 함께했던 경미의 사랑의 사계절도 내려진 커튼 뒤로 감추어졌다. 그러나 이것은 경미에게 아름답고 영원한 사랑을 위한 또 다른 여정의 시작일 것이다. 아마도 경미는 지금쯤 먼저가서 기다리는 사랑하는 회장, 베르테르의 영원한 연인으로서 계절 없는 사랑의 여행을 함께하고 있을 것이다.

다니엘 목사가 병원 밖을 나왔을 때 12월 말의 함박눈이 쏟아져 내리고 있었다.

경미는 죽기 전에 유언장을 작성해 놓았다. 뉴저지 집과 그녀가 갖고 있던 홀딩스 주식 모두를 다니엘 목사가 봉사하고 있는 세계 나눔 재단, '월드 셰어링 파운데이션(World Sharing Foundation)'에 남겼다. 자신이 하지 못한 이웃 사랑을 목사를 통해서 계속해 나가기를 바라면서 그녀의 한 손을 세상을 향해 펼쳐 놓고 이 지구를 떠나갔다.

경미의 유해는 회장이 바랐던 것처럼 화장을 했다. 일부는 회장의 묘소에, 그리고 일부는 경미가 생전 즐겨 찾던 송계 계곡에 뿌려졌다.

에필로그

"사랑은 악마이며 불이며 천국이며 지옥이다. 쾌락과 고통, 슬픔과 후회가 거기에 함께 살고 있다. 사랑의 고뇌처럼 달콤한 것은 없고 사랑의 슬픔처럼 즐거운 것은 없으며 사랑의 괴로움처럼 기쁨은 없다."
– 반 필드

모든 사람은 사랑을 위해 이 땅에 태어난다. 그리고 그 사랑은 인생의 봄이 왔을 때 찾아온다. 사랑은 누구에게나 다가온다. 하지만 다가온 그 사랑은 금세 지나가기도 하고 얼마 동안 머물기도 하고 오랫동안 함께하기도 한다. 중요한 것은 자신들에게 찾아온 사랑이 어떤 사랑이냐이다.

시리고 아픈 사랑일 수도 있다. 고통스러운 사랑일 수 있다. 추억만 남기고 떠나는 사랑일 수 있다. 그러나 사랑은 아름다워야 한다. 아름다운 사랑은 때 묻지 않은 순결한 사랑이다. 가장 순수하고 지고한 사랑이다.

관능적인 사랑은 순간이지만 영혼의 아름다운 사랑은 영원과 함께한다. 그리고 아름다운 사랑은 그 사랑을 통해서 위대한 힘을 얻는다. 이 세상에서 가장 위대한 힘은 사랑의 힘이다. 그 사랑의 힘이 인류의 역사를 이끌어 왔다. 항상 그 사랑의 힘이 역사를 이끌어 가는 원동력이었다. 아무

베르테르의 연인

리 위대했던 사람도 사랑의 성공 없이는 인생의 성공도 없었다.

샤 로테 그룹 회장과 경미의 사랑은 재벌 왕국을 탄탄하게 건설하여 가는 원동력이 되었다. 아름다운 사랑의 힘이 기업 발전에 새로운 동력을 주었고 기업의 새 역사를 만들었고 미래의 발판을 마련했다. 그렇기 때문에 세상의 성공도 중요하지만 우리는 진정한 인간적인 사랑부터 이루어 내야 한다. 그리고 그 인간적인 사랑은 하나님의 사랑과 연결되어서 아름답고 승화된 사랑이 무엇인가를 이 세상에 보여 줄 수 있어야 한다.

오경미. 그녀는 오직 사랑만을 위해 별에서 와서 그 사랑만을 위해서 길지 않은 삶을 살다가 갔다. 경미는 자신에게 찾아온 사랑의 완성을 위해서 어떠한 희생도 감내해야 했다. 고귀하고 순수한 사랑이었고, 지고한 사랑이었다. 그리고 그녀의 그 위대한 사랑은 흔적으로 남았다. 무엇보다도 그녀의 인간적인 사랑은 하나님의 위대한 사랑과 연결되어서 이 세상에 가장 위대한 사랑이 어떠한 모습인가를 보여 주었다. 그녀는 인간적인 사랑과 아름다운 하나님의 사랑, 그 모두를 이루고 떠나갔다.

우리 인생 모두는 그와 같은 위대한 사랑의 주인공이 되어서 자신에게 주어진 인생 사계절의 삶을 살다 가야 한다.

작가
인터뷰

사랑을 떠나서는 삶을 이야기할 수 없어요.
사랑이 있기 때문에 삶이 존재하고,
삶은 오직 사랑의 연속에 불과해요.
모든 인생은 자신에게 주어진 삶의 계절 동안에
얼마나 아름다운 사랑을 이루어가느냐에 달려 있어요.

이 소설을 집필하게 된 계기는 무엇인가요?

소설 속 등장인물들은 실제 인물들을 바탕으로 했어요. 물론 소설적 영감과 상상력을 통해 각색했지만요. 제가 주인공인 '경미'에게 이야기를 들은 것은 20년도 더 된 일이에요. 당시에는 소설로 써야겠다는 생각은 없었어요. 글쓰기에도 문외한이었고, 사실 기반의 이야기를 소설로 쓴다는 것도 걱정되었거든요. 하지만 지금은 오랜 시간이 흘러 시간적인 여유도 생겼고, 표현의 자유를 펼칠 수 있겠다는 생각이 들어 이 이야기를 소설로 옮겨보게 되었어요. 경미와 회장의 사랑은 세상 사람들이 정해 놓은 윤리적 잣대를 넘어선 사랑이에요. 물론 나이의 기준도 그렇고요. 그럼에도 다른 사람들이 경험하기 힘든 아름다운 사랑 이야기라고 생각해서 작품으로 만들어 보고 싶었어요.

작가님 개인이 살아온 이력이 소설 창작에 어떤 영향을 주었나요?

개인적으로 자랑할 만한 이력은 없는 것 같아요. 소설 창작에 영향을 줄 만한 특별한 경험도 없었고요. 저도 경미처럼 아름다운 사랑을 하고 싶었지만 저에게 찾아왔던 두 번의 사랑을 모두 실패했어요. 인생의 겨울을 맞이하는 이 시점에서 문득 경미 같은 사랑을 하지 못한 것이 아쉬워 이 소설을 썼어요.

소설을 집필하면서 가장 어려웠던 점은 무엇이었나요?

처음에는 어떻게 써 나가야 할지가 가장 큰 걱정이었어요. 이야기의 시작은 어떻게 해야 하며, 내용 전개와 끝맺음은 어떻게 해야 하는지 아이디어가 없었어요. 그래서 검색도 많이 하고 다른 책들의 전개 과정도 많이 참고했어요. 모두 이 책에 담긴 사랑을 독자들에게 더욱 잘 전달하고 싶다는 마음에서였죠. 염려와는 달리 막상 시작을 하니까 조금씩 방향이 잡히기 시작했어요. 여전히 서투른 글이지만 이 책을 통해 독자들이 감동을 받을 수 있으면 좋겠어요.

작가님의 소설에서 반복적으로 등장하는 주제나 메시지가 있다면 무엇인가요?

'사랑은 삶의 전부이다.' 사랑을 떠나서는 삶을 이야기할 수 없어요. 사랑이 있기 때문에 삶이 존재하고, 삶은 오직 사랑의 연속에 불과해요. 모든 인생은 자신에게 주어진 삶의 계절 동안에 얼마나 아름다운 사랑을 이루어가느냐에 달려 있어요. 나의 삶이 성공한 인생이었는지는 모든 계절을 보낸 후 내가 이루어 놓은 사랑을 보면 알 수 있죠.

작가님이 생각하시는 사랑의 본질은 무엇인가요?

오 헨리의 『마지막 잎새』에 나오는 화가 베어먼의 희생정신이 사랑의 본질이라고 생각해요. 폐렴에 걸린 여인을 위하여 추운 날 영원히 떨어지지 않는 담쟁이 한 잎을 그려놓는 마음처럼 자신이 힘들고 어려울지라도 헌신을 다하는 것이 참된 사랑의 모습이 아닐까요? 성경에도 이런 구절이 있지요. '사람이 친구를 위하여 자기 목숨을 버리면 이보다 더 큰 사랑은 없나니'(요한복음 15:13).

사계절에 담긴 각기 다른 사랑의 형태 중 작가님의 철학과 가장 닮아 있는 것은 어떤 것인가요?

회장의 사랑이라고 생각해요. 사랑은 전적으로 개인적인 것이라 다른 사람과 공유하거나 나눠 가질 수 없죠. 그렇기 때문에 남들의 눈치를 보면서 자신의 사랑을 제한하면 안 돼요. 회장을 보세요. 회장은 사회적, 도덕적 기준이나 윤리적 잣대에 얽매이지 않는 사람이에요. 자신이 추구하는 사랑의 기준을 명확하게 알고, 그것을 실현하여 인생과 사랑을 완성했죠.

햄릿은 남편이 죽은 지 두 달도 안 돼서 남편을 독살한 숙부와 재혼한 어머니를 욕하고 저주해요. 햄릿은 어머니의 새로운 사랑을 어리석다고 표현했지만 저는 어머니를 비난해서는 안 된다고 생각해요. 어머니는 그저 자신의 새로운 사랑을 찾았을 뿐이니까요. 마찬가지로 제 작품 속의 회장의 사랑 또한 누군가는 비난할 수 있겠지만 자신만의 아름다운 사랑을 보여 준 것이라고 생각해요.

소설 작업 중 가장 어려웠던 부분은 무엇이었나요?

경미 인생의 사계절과 경미가 겪는 사랑의 사계절을 그려 내는 것이 가장 어려웠어요. 설레는 사춘기를 봄으로, 회장과의 사랑을 여름으로, 결혼을 가을로, 그리고 경미 인생의 마지막 부분을 겨울로 정해서 풀어 나갔죠.

소설을 쓰면서 특별히 중요하게 생각한 것은 무엇인가요?

'사랑은 파괴될 수는 있어도 결코 정복될 수는 없다.' 현재를 살아가는 모든 사람들은 사랑을 위해 생명을 걸어야 한다고 생각해요. 정말 모든 것을 걸어야만 해요. 요즘 사람들은 성공을 위해 주식, 부동산, 코인 등에 매달리고 있죠. 사랑도 마찬가지예요. 모든 사람들이 사랑의 재테크에 혼신의 힘을 다했으면 좋겠어요.

작가님이 생각하는 이상적인 독자는 어떤 사람들인가요?

어떤 사랑이 내 인생에서 가장 아름다운 사랑인지 고민해 본 사람들,

그리고 사랑에 도전해 본 사람들 모두가 이상적인 독자라고 생각해요. 순수하면서도 지고지순한 사랑이 무엇인지 궁금한 모두가 이 책을 읽었으면 좋겠어요.

향후 창작 활동 계획이 궁금합니다.

벌써 제 인생도 초겨울에 접어들고 있어요. 여러 가지 생각과 계획이 많지만 우선은 세상 사람들에게 감동을 줄 수 있는 또 다른 사랑 이야기를 찾고 싶어요. 그리고 이번 작품보다 더 좋은 작품으로 만들고 싶어요.

마지막으로 사랑 때문에 방황하는 독자들에게 한 말씀해 주신다면?

사랑에는 미묘한 감정의 움직임이 많아요. 그러면서 동시에 럭비공처럼 어디로 튈지 예측하기도 어렵죠. 또 어떨 때는 너무 연약해서 상처받기도 해요. 그만큼 사랑은 열심히 지켜보면서 혼신의 힘을 다해서 지켜나가야 하는 인생의 가장 큰 명제예요. 한순간 잘못하면 예상하지 못한 길로 빠지고 상처만 남기기도 하니까요.

많은 사람들이 사랑을 '주는 것'이라고 말해요. 그리고 주기 위해서는 희생과 헌신이 따라야 한다고도 하고요. 그렇지만 사랑을 위한 헌신과 희생은 쉬운 것이 아니에요. 무엇이든지 함께하는 자세가 필요하죠. 무엇을 해도 '함께'라는 단어가 들어가야 해요. 재정도, 가사도, 취미도, 심지어 생각조차도 함께 하는 마음가짐이 중요해요. 나 혼자 어떻게든 해 보겠다는 생각을 가져서는 안 돼요. 즐거움뿐만 아니라 역경도 함께 해야 한다는 마음이 필요해요.

또 한 가지는 사랑하는 상대를 위해서 자신이 안식처가 되어 주어야 한다는 거예요. '퀘렌시아'라는 스페인 단어가 있어요. 안식처, 피난처라는 뜻이에요. 스페인의 투우장 한쪽에는 소가 안전하다고 생각하는 장소가 하나 만들어져 있대요. 죽을 듯 싸우던 소도 그곳에 들어가 쉬면서 새로운 힘과 기운을 얻는다고 해요.

우리가 살아가는 이 세상이 투우장과 같은 싸움터처럼 느껴질 때가 참 많아요. 매일을 싸움터에서 살아가는 우리들 인생에도 안식처가 필요하죠. 나는 너를 위하여, 너는 나를 위하여. 사랑하는 사람을 위해 내가 '퀘렌시아'가 되어 주면 어떨까요. 내가 사랑을 위한 안식처가 되어 줄 수 있다면 사랑에 대한 많은 고민들이 사라질 거예요. 사랑하는 사람을 위해 안식처로서의 역할을 다하다 보면 서로 다시 세상의 싸움터에 나갈 힘과 기운을 얻을 수 있을 테니까요.

작가 홈페이지

베르테르의 연인

베르테르의 연인

사계

발행일 2025년 1월 31일

지은이 송계
펴낸이 마형민
기획 신건희
편집 곽하늘 강채영 김현우
디자인 김안석 조도윤
펴낸곳 주식회사 페스트북
홈페이지 festbook.co.kr
편집부 경기도 안양시 동안구 관악대로 488
씨앗트 스튜디오 경기도 안양시 동안구 안양판교로 20

© 송계 2025

ISBN 979-11-6929-678-6 03810
값 18,000원